THE
SILKWORM

The Silkworm by Robert Galbraith

실크웜

1

로버트 갤브레이스 지음 | 김선형 옮김

문학수첩

젠킨스에게,
그가 없이는……
나머지 말은 그가 안다.

피와 복수는 장면, 죽음은 스토리,
피로 물든 장검, 글을 쓰는 펜,
그리고 시인은 끔찍한 반장화를 신은 비극 배우,
그 머리에 월계잎이 아니라 불 붙은 성냥으로 엮은 관을 쓰고 있네.

− 토머스 데커, 《고귀한 스페인 병사》

1

질문:
너는 뭘 먹고 사니?
답:
설쳐버린 잠을 먹고 살지.
— 토머스 데커, 《고귀한 스페인 병사》

"누군지 뒤지게 유명한 사람일 테고." 전화선 저편에서 걸걸하게 쉰 목소리가 말했다. "차라리 죽는 게 나을 테고 뭐 그렇겠지, 스트라이크."

동 트기 직전 어둠 속에서 발을 동동 구르던 수염이 덥수룩한 거구의 사내는 귀와 어깨 사이에 전화기를 낀 채 통화하며 씩 웃었다.

"뭐 대충 비슷하군."

"지금 빌어먹을 새벽 6시란 말이야!"

"6시 반이야. 내가 찾은 게 탐나면 와서 가져가야 할걸." 코모란 스트라이크가 말했다. "자네 집에서 별로 멀지 않은 데 있어. 뭐냐 하면—."

"내가 어디 사는지 어떻게 알았지?" 목소리가 따져 물었다.

"말해줬으니까 알지." 스트라이크가 하품을 참으며 말했다.

"아파트 판다면서."

"아." 상대가 민망한 듯 말했다. "기억력 좋네."

"거기 24시간 하는—."

"집어치우고. 나중에 사무실로 들어와—."

"컬페퍼, 난 오늘 아침에 다른 고객이 있어. 그쪽보다 돈도 훨씬 많이 내는 손님이야. 게다가 밤새 한숨도 못 잤다고. 아무튼 이걸 써먹으려면 지금 와야 할 거야."

앓는 소리, 그리고 바스락거리는 이불 소리가 들렸다.

"초대박 정보가 아니기만 해봐라."

"롱레인의 스미스필드 카페야." 스트라이크는 이 말만 하고 전화를 끊어버렸다.

스미스필드 마켓 쪽으로 내리막길을 따라 걸으니 살짝 고르지 못한 그의 걸음걸이가 한층 부각되었다. 겨울의 어둠 속에서 한 덩어리로 뭉쳐 보이는 정방형의 스미스필드 마켓은 육류에 헌정된 거대한 빅토리아 사원이다. 이곳에서는 평일 새벽 4시가 되면 어김없이 동물의 살점이 하적되어, 지난 수백 년 동안 그러했듯이, 절단되고 포장된 상태로 런던 전역의 정육점과 식당으로 팔려나간다. 스트라이크는 어둠을 뚫고 고래고래 외쳐대는 지시와 투덜대는 불만의 소리, 그리고 도축한 정육을 하적하는 트럭들이 후진하는 경고음을 들을 수 있었다. 롱레인으로 접어드는 그는 그저 월요일 아침에 목도리를 둘둘 감고 나와 제각기 뚜렷한 목적을 가지고 볼일을 보러 이동하는 수많은 사람들 중 하나로 보였다.

시장 건물 한 모퉁이에서 보초를 서고 있는 석조 그리핀상 밑에

형광색 상의를 걸친 한 무리의 일꾼들이 장갑 낀 손으로 홍차가 담긴 머그잔을 감싸 쥐고 있었다. 길 건너에 24시간 영업하는 스미스필드 카페가 주위의 어둠을 배경으로 들판의 모닥불처럼 환히 빛났다. 그곳은 따뜻한 온기와 기름기 줄줄 흐르는 음식이 숨어 있는 찬장만 한 크기의 아늑한 은신처였다.

카페에는 화장실이 없었고 몇 집 건너 마권영업소 건물을 이용하게 되어 있었다. 하지만 라드브록스 마권영업소는 세 시간 후에야 문을 열기 때문에 스트라이크는 뒷골목으로 슬쩍 돌아가 어두컴컴한 통로에 서서 밤새 마셔댄 연한 커피로 터져나가기 일보 직전인 방광을 비워냈다. 지치고 허기진 그는 자신의 육체를 한계까지 다그쳐본 사람만이 경험할 수 있는 쾌감을 느끼고는 마침내 달걀 프라이와 베이컨 기름이 범벅된 실내 공기 속으로 발을 들여놓았다.

플리스와 방수복 차림의 두 남자가 막 일어나 테이블 하나를 비운 참이었다. 스트라이크는 큰 덩치로 비좁은 공간을 힘겹게 비집고 들어가 단단한 목재와 강철 재질의 의자에 풀썩 주저앉으면서 만족스러운 신음 소리를 뱉었다. 주문도 하지 않았는데 벌써 이탈리아계 가게 주인이 와서 커다란 하얀 머그잔에 홍차를 따라주고 삼각형 모양의 버터 바른 흰 빵을 내려놓았다. 그리고 5분도 못 되어 영국식 아침 정찬이 커다란 타원형 접시에 담겨 앞에 차려졌다.

스트라이크는 여기저기 쿵쿵 부딪히며 카페를 드나드는 강인한 사내들과 위화감 없이 잘 섞여들었다. 엄청난 거구에 숱 많은 그는 짧은 머리를 했고, 둥근 이마에 머리 선이 뒤로 살짝 물러나

시원하게 높았다. 권투선수처럼 펑퍼짐한 콧대에, 눈썹은 짙고 무뚝뚝한 인상이었다. 턱은 수염을 잘 깎지 않아 지저분했고 눈 밑은 멍든 것처럼 시커멓게 그늘져 검은 눈을 더 커 보이게 했다. 그는 건너편의 시장 건물을 몽롱하게 바라보며 식사를 했다. 제일 가까운 곳에 위치한 아치형의 출입구에는 2번이라고 쓰여 있었는데, 어둠이 엷어지면서 차츰 뚜렷한 형체를 드러내기 시작한 참이었다. 턱수염을 기른 근엄한 얼굴의 고대 석상이 저편에서 그의 눈길을 똑바로 받고 노려보았다. 도축된 짐승의 신이라는 게 세상에 있었던가?

막 소시지를 먹기 시작했을 때 도미닉 컬페퍼가 도착했다. 기자는 스트라이크에 버금가는 장신이었지만, 성가대 소년 같은 얼굴에 말라깽이였다. 누군가 얼굴을 시계 반대 방향으로 뒤틀어놓은 것처럼 묘하게 불균형한 생김새라, 계집애처럼 이쁘장하게 잘생겼을 뻔하다 만 느낌이었다.

"대박 아니기만 해봐." 컬페퍼가 자리에 앉으면서 말했다. 그는 장갑을 벗고 수상쩍다는 눈길로 카페 안을 흘끗 둘러보았다.

"뭐 좀 먹겠나?" 스트라이크가 입 안 가득 소시지를 물고 물었다.

"됐어." 컬페퍼가 말했다.

"참았다가 크루아상 같은 걸 먹겠다?" 스트라이크가 씩 웃으며 말했다.

"집어치우라니까, 스트라이크."

이 사립학교 졸업생은 안쓰러우리만큼 놀려먹기 쉬웠다. 컬페퍼는 반항기 가득한 태도로 홍차를 주문했고, (스트라이크는 재밌어하며 지켜보았다) 무심한 태도의 웨이터를 "어이, 친구"라고 불렀다.

"그래, 뭔데?" 컬페퍼가 길고 창백한 손으로 뜨거운 머그를 감싸 쥐고 따져 물었다.

스트라이크는 코트 주머니를 뒤져 봉투를 꺼내더니 테이블 건너편으로 쓱 밀었다. 컬페퍼가 내용물을 꺼내 읽기 시작했다.

"씨발, 맙소사." 잠시 후에 그가 나직하게 내뱉었다. 그리고 미친 듯이 서류를 뒤적거리기 시작했다. 그중에는 스트라이크의 친필로 도배된 문건들도 있었다. "이걸 대체 어디서 구한 거야?"

스트라이크는 소시지를 입안 가득 문 채 사무실 주소가 낙서처럼 끼적여진 종이를 손가락으로 가리켜 보였다.

"그치의 완전 또라이 비서." 결국 다 삼키고 나서 스트라이크가 말했다. "아마 당신이 아는 두 여자 말고 비서랑도 뒹굴고 있었던 모양이야. 차후에 레이디 파커가 될 가능성이 없다는 걸 이제야 알아차린 모양이더군."

"대체 그런 걸 어떻게 알아냈지?" 컬페퍼는 흥분감에 떨리는 손으로 서류를 들고 그 너머 스트라이크를 똑바로 응시했다.

"탐정 노릇이지." 스트라이크가 또 소시지를 먹느라 뭉개진 발음으로 말했다. "그쪽 기자들도 옛날에는 이런 걸 했을 텐데? 우리 같은 사람한테 하청을 주기 전에 말이야. 하지만 그 여자도 다른 데 취직해서 먹고살 길은 찾아야 하니까 기사에 내면 안 돼, 컬페퍼. 알았지?"

컬페퍼는 코웃음을 쳤다.

"그런 생각은 이런 걸 째비기 전에 미리미리 했어야지―."

스트라이크는 민첩한 동작으로 기자의 손가락에 끼워져 있던 서류를 홱 낚아챘다.

"그 여자가 쌔빈 거 아니야. 오늘 오후에 그치가 인쇄해달라고 시킨 거지. 그 여자한테 잘못이 있다면 나한테 보여준 것뿐이야. 하지만 자네가 비서의 사생활을 신문에 쫙 뿌리겠다면 내가 도로 가져가야겠군."

"미쳤어." 컬페퍼는 스트라이크의 털북숭이 손에 꽉 쥐어진 대규모 탈세의 증거를 빼앗으려고 헛손질을 했다. "좋아, 그 여자는 건드리지 않겠어. 하지만 이 자료의 출처는 그도 알 거야. 완전히 바보는 아니니까."

"그렇다고 뭘 하겠어? 비서를 법정으로 끌고 가서 지난 5년간 봐온 온갖 수상한 행적들을 다 털어놓게 만들 거야, 어쩔 거야?"

"그래, 그렇군." 컬페퍼는 잠시 생각에 잠겼다가 한숨을 쉬었다. "그거 다시 내놔, 비서 얘기는 기사에서 뺄 테니까. 하지만 직접 만나서 얘기는 좀 해봐야겠어. 그렇잖아? 진짜인지 봐야지."

"서류는 진짜야. 그 여자하고 만나서 얘기할 필요 없어." 스트라이크의 말투는 단호했다.

조금 전까지도 그 여자는 끔찍한 실연에 정신없이 취해서 덜덜 떨고 있었다. 그런 여자를 컬페퍼와 단둘이 두는 건 위험한 일이었다. 결혼과 아이를 약속했던 남자에 대한 맹폭한 복수심에 사로잡혀 돌이킬 수 없는 자해를 하고 앞날을 망쳐버릴지도 몰랐다. 스트라이크는 그녀의 신뢰를 얻는 데 그리 오래 걸리지 않았다. 그녀는 마흔둘을 바라보는 나이였고 자기가 로드 파커의 자식들을 낳게 될 거라고 생각했었다. 그런데 이제는 복수심에 피를 보고 싶어 안달이 나 있는 상태였다. 스트라이크는 몇 시간 동안 그녀 곁에 앉아 집착에 휩싸인 이야기를 경청하고, 눈물범벅으로 거실을 서성이거나 이마를 손등에 괴고 소파에 앉아 앞뒤로 몸을 흔드는 모습을 지켜보았다. 그러고 나서야 그녀는 이 일에 동의해주었다. 이 배신은 그녀 자신의 모든 희망 역시 땅에 파묻고 장례식을 치른다는 의미였다.

"그 여자는 절대 끌어들이면 안 돼." 스트라이크는 컬페퍼의 손보다 두 배는 큰 주먹으로 서류를 단단히 쥐고 말했다. "알았어? 그 여자 얘기가 빠져도 어차피 좆나 어마어마하게 터지는 기사야."

컬페퍼는 한순간 주저하더니 쓴웃음을 지으며 승복했다. "그래, 알았어, 알았다고. 그거나 내놔."

기자는 상의 안주머니에 서류를 쑤셔 넣고 홍차를 꿀꺽꿀꺽 삼켰다. 잠시 스트라이크 때문에 불편했던 심기도 영국 귀족의 명예를 박살낼 수 있다는 화려한 전망 속에 흐릿해지는 눈치였다.

"페니웰의 로드 파커." 그는 만족스러워하며 읊조리듯 말했다. "당신 이제 완전히 개좆된 거야."

"이건 자네 회사 사장님이 내시는 거지?" 스트라이크가 두 사람 앞으로 나온 계산서를 보고 물었다.

"그럼, 그럼······."

컬페퍼가 10파운드 지폐를 테이블에 던졌고 두 사내는 함께 카페를 나섰다. 등 뒤에서 문이 닫히자마자 스트라이크가 담배에 불을 붙였다.

"어떻게 그 여자가 술술 털어놓게 만든 거지?" 시장을 오가는 수많은 오토바이와 트럭 들을 지나쳐 추위를 뚫고 걸어가며 컬페퍼가 물었다.

"얘기를 잘 들어줬지." 스트라이크가 말했다.

컬페퍼는 날카롭게 그를 흘겨보았다.

"내가 쓰는 다른 사립탐정들은 하나같이 전화 메시지를 해킹하느라고 시간을 다 쓰던데."

"불법이야." 스트라이크가 옅어지는 어둠 속으로 연기를 불며 말했다.

"그러면 어떻게……."

"자네는 자네 정보원이나 보호해. 난 내 정보원을 보호할 테니까."

그들은 아무 말 없이 50미터를 걸었다. 한 발 한 발 더 걸을 때마다 스트라이크의 절뚝거림은 점점 더 뚜렷해졌다.

"이건 어마어마하게 터질 거야. 엄청날 거라고." 컬페퍼가 희열에 젖어 말했다. "줄곧 대기업의 탐욕이 어쩌고저쩌고 앵앵거리던 위선적인 영감탱이가 알고 보니 케이맨 제도에 2천만 파운드를 숨겨두고 있었다……."

"고객님께서 만족하시니 참으로 기쁘군요." 스트라이크가 말했다. "청구 내역은 이메일로 보냅지요."

컬페퍼가 다시 한 번 그를 곁눈질로 흘겨보았다.

"지난주에 톰 존스의 아들이 신문에 난 거 봤나?" 그가 물었다.

"톰 존스?"

"웨일스 가수 있잖아." 컬페퍼가 말했다.

"아, 그 사람." 스트라이크는 열없이 말했다. "군대에서 알던 사람 이름도 톰 존스였거든."

"그 기사 봤어?"

"아니."

"썩 괜찮은 장문의 인터뷰를 했더군. 부친을 만난 적도 없고 말한마디 들은 적이 없대. 아마 그 인터뷰 한 번에 자네가 이번에 받을 수임료보다 훨씬 더 벌었을걸."

"아직 내 청구서 구경도 못 했잖아." 스트라이크가 말했다.

"그냥 그렇다 이 말이야. 자네도 인터뷰 한번 제대로 해주면 적어도 며칠 밤은 비서들 얘기 들어주러 다니는 일 없이 푹 쉴 수 있을 텐데."

"그딴 소리 집어치워." 스트라이크가 말했다. "안 그러면 이제 자네 일은 해주지 않을 거야, 컬페퍼."

"알았어." 컬페퍼가 말했다. "그래도 어쨌든 기사는 쓸 수 있다고. 록스타의 절연한 아들은 전쟁 영웅이며, 친부와는 전혀 연을 맺지 않고 살았고, 사립탐정으로 —."

"들기로는 전화를 해킹하라고 사주하는 것도 불법이라던데."

롱레인이 끝나는 지점에서 그들은 발걸음을 늦추고 서로 마주보았다. 컬페퍼의 너털웃음에 불편함이 묻어났다.

"그럼 청구서를 기다리겠네."

"좋아."

그들은 서로 다른 길로 걷기 시작했다. 스트라이크는 지하철역 쪽으로 향했다.

"스트라이크!" 컬페퍼의 목소리가 스트라이크의 등 뒤로 어둠을 뚫고 메아리쳤다. "자네 그 여자하고 잤나?"

"기사 기대하고 있겠네, 컬페퍼." 스트라이크는 고개도 돌리지 않고 심드렁하게 말했다.

그러고는 지하철역의 컴컴한 출입구로 들어가 컬페퍼의 시야
에서 사라져버렸다.

2

얼마나 오래 싸워야만 하는 거지? 나는 여기 머무를 수 없고,
머무르지도 않을 생각인데! 볼일이 있단 말이야.
- 프랜시스 보몬트와 필립 매신저, 《작은 프랑스 변호사》

지하철은 벌써 인파로 붐비기 시작했다. 월요일 아침의 얼굴들.
축 처지고, 누렇게 뜨고, 이를 악물거나 체념한 표정들. 스트라이
크는 눈이 퉁퉁 부은 젊은 금발 여자 맞은편에 자리를 잡고 앉았
다. 잠에 취해 여자의 고개가 계속 옆으로 기울고 있었다. 그러다
화들짝 놀라 깨서는 반듯하게 앉으며 혹시 정류장을 놓쳤나 해서
흐릿한 역사 표지판을 허겁지겁 찾곤 했다.
  기차가 덜컹거리고 철컹거리며 속도를 올려 스트라이크를 소
위 그가 집이라고 부르는, 단열도 잘 안 되는 지붕에 한심한 방 두
칸 반짜리 공간으로 데려다주고 있었다. 깊은 피로감에 젖어 무
표정한 양 떼 같은 얼굴들에 둘러싸여 있자니 자기도 모르게 이
모든 사람들을 존재하게 만든 우발적 사건들을 생각하게 되었다.
제대로 들여다보면 탄생은 모두 우연에 불과하다. 암흑 속에서
맹목적으로 헤엄치는 1억 마리의 정자를 생각해보면, 한 사람이

그 자신이 될 확률은 경이로울 지경이다. 이 지하철에 가득 찬 사람들 중 몇 사람이나 부모의 계획으로 태어났을까, 그는 피로에 찌들어 띵한 머리로 생각했다. 그리고 그처럼 사고로 생긴 사람들은 얼마나 될까?

초등학교 때 얼굴에 포트와인색 반점이 있는 같은 반 여자아이가 하나 있었는데, 스트라이크는 늘 그 아이와 은밀한 동질감을 느꼈다. 두 사람 모두 자기 잘못도 아닌데, 태어날 때부터 도저히 지워지지 않는 차이를 짊어지고 있었기 때문이었다. 그들 자신의 눈에는 보이지 않는 차이가 다른 사람들의 눈에는 잘 보였고, 그래서 다른 사람들은 예의도 없이 계속 그 얘기를 하고 또 하곤 했다. 가끔씩 생면부지의 사람들이 깊은 관심을 보일 때가 있었는데, 다섯 살 때는 자기한테 뭔가 독특한 매력이 있나 보다 생각했지만 머지않아 그런 사람들은 자신을 유명한 가수의 접합체, 즉 우발적으로 생겨난 유명인의 불륜 증거 이상으로 보지 않는다는 걸 깨달았다. 스트라이크는 생물학적 아버지를 딱 두 번 만났을 뿐이다. 조니 로커비는 유전자 검사를 하고 나서야 자기가 친부라는 사실을 인정했다.

요즘 들어서는 뚱한 인상의 제대군인을 늙은 록스타와 연관 짓는 사람을 만나게 되는 일조차 흔치 않았지만, 그중에서도 도미닉 컬페퍼는 호색한과 철면피의 총 집합체였다. 그런 부류의 인간들은 생각이 순식간에 명의신탁과 두둑한 사례금으로, 전용기와 VIP 라운지로, 건드리기만 하면 터져 나오는 백만장자의 돈주머니로 비약하기 일쑤다. 그런 사람들은 스트라이크의 소박한 삶과 형벌 같은 근무시간에 경악하며 자문했다. 스트라이크가 무슨 짓을 했기에 아버지가 저렇게 모른 척하는 걸까? 로커비한테서 돈을 더 많이 뜯어내려고 가난한 척 쇼하는 걸까? 틀림없이 어머니가 부자 애인한테서 수백만 파운드는 짜냈을 텐데, 그 돈은 다 어떻게 했을까?

그럴 때면 스트라이크는 군대 시절이 그리워지곤 했다. 주어진 일을 수행하는 능력에 비하면 출신 배경이나 족보는 아무 의미도 없던 그 직업의 익명성이 그리웠다. 헌병대 특수조사팀에 근무하던 시절에는 자기소개를 할 때 맞닥뜨린 가장 개인적인 질문이라고 해봤자 사회적 관습이라고는 쥐똥만큼도 신경 쓰지 않는 그의 어머니가 굴레로 묶어준 괴상한 이름을 한 번 더 말해보라는 요청 정도였다.

스트라이크가 지하철역에서 나왔을 무렵에는 채링크로스 로드에 벌써 수많은 차량들이 분주하게 굴러다니고 있었다. 그때, 무기력한 회색빛에 미적거리는 그림자로 가득한 11월의 동이 텄다. 진이 다 빠지고 온몸이 쑤신다는 생각에 빠져 덴마크 스트리트로 돌아들며, 9시 반에 다음 고객이 찾아올 때까지 잠깐 눈을 붙일 시간만 기대했다. 거리에서 종종 담배를 함께 피우는 기타 가게 여직원에게 손을 흔들어 인사한 뒤 '12 바 카페' 옆으로 난 검은 문을 열고 망가진 구식 엘리베이터 통로를 가운데 두고 나선형으로 올라가는 철제 층계를 오르기 시작했다. 1층 그래픽 디자이너의 집을 지나고 이름이 음각된 유리문이 있는 2층의 자기 사무소도 지나 이제는 집이 된 3층의 제일 좁은 층계참으로 올라갔다.

전에 여기 살던 아래층 술집 매니저가 더 살기 좋은 동네로 이사 가자 몇 달쯤 그의 사무실을 숙소로 쓰던 스트라이크는 아예 월세로 눌러앉을 기회를 잡았고, 홈리스 신세를 이렇게 쉽게 해결할 방안이 생겼다는 데 감사했다.

처마 밑 다락방은 어떤 기준으로 보아도 좁았지만 188센티미터의 장신에게는 특히나 턱없이 비좁았다. 욕실은 몸을 돌릴 여유조차 없었다. 부엌과 거실은 한 공간에 불편하게 공존하고 있었고 침실은 더블베드를 놓으니 꽉 차다시피 했다. 덕분에 스트라이크의 소지품 일부는 건물주의 권고를 묵살하고 상자에 포장된 채로 층계참에 그대로 쌓여 있었다.

작은 유리창들 밖으로는 지붕 꼭대기들이 보였고, 아래로 덴마크 스트리트가 내려다보였다. 아래층 술집에서 끊임없이 들려오는 쿵쿵대는 베이스 소리는 스트라이크가 음악을 틀면 묻힐 정도로 희미했다.

집 안 곳곳에는 스트라이크의 천성적인 정리 벽이 드러나 있었다. 침대는 깔끔하게 정리되고 식기는 깨끗했으며 모든 게 제자리에 있었다. 면도와 샤워를 해야 했지만 당장 급한 건 따로 있었다. 그는 코트를 걸어놓고 9시 20분에 알람을 맞춘 후 옷을 입은 채로 침대에 몸을 쭉 뻗고 누웠다.

몇 초도 되지 않아 잠에 빠져들었는데 또 몇 초 지나지 않아서—적어도 느낌은 그랬다—다시 잠에서 깨고 말았다. 누군가 문을 두드리고 있었다.

"미안해요, 코모란. 진짜 미안한데—."

문을 열자 그의 비서, 출렁이는 딸깃빛 금발의 훤칠한 젊은 여자가 잔뜩 미안한 얼굴을 하고 서 있었다. 그런데 그의 모습을 본 비서의 표정이 경악으로 바뀌었다.

"괜찮아요?"

"자다 깼어요. 밤새—이틀 밤을 꼬박—한숨도 못 자서요."

"정말 미안해요." 로빈이 되풀이해 말했다. "하지만 9시 40분인 데다 윌리엄 베이커 씨가 와서—."

"씨발." 스트라이크가 중얼거렸다. "알람을 제대로 맞춰놓지 않은 모양인데, 5분만 벌어줘요."

"그게 다가 아니에요." 로빈이 말했다. "어떤 여자분이 또 와 있어요. 약속을 한 건 아니라는데요, 새 고객을 받을 여유는 없다고 얘기했는데도 막무가내로 고집을 피우며 버티고 있어요."

스트라이크는 하품을 하며 눈을 비볐다.

"5분만요. 홍차를 대접하거나 뭐 어떻게든 부탁해요."

6분 후, 깨끗한 셔츠로 갈아입고 치약과 데오도란트 향을 풍기며, 하지만 여전히 면도는 하지 않은 채로 스트라이크가 바깥 사무실로 들어섰다. 로빈은 컴퓨터 앞에 앉아 있었다.

"뭐, 바람맞는 것보다는 지각이 낫죠." 윌리엄 베이커가 굳은 미소를 띠며 말했다. "저런 미인을 비서로 둔 걸 다행으로 알아요. 그렇지 않았으면 지겨워서 돌아갔을지도 모릅니다."

스트라이크는 화가 나서 발끈 달아오른 로빈이 우편물을 정리하는 척 고개를 돌리는 모습을 보았다. 베이커가 입에 올린 "비서"라는 말의 어투가 어쩐지 사람을 기분 나쁘게 만들었다. 핀스트라이프 정장을 완벽하게 차려입은 기업 경영자는 동료 이사 두 명의 뒷조사를 하기 위해 스트라이크를 고용했다.

"안녕하십니까, 윌리엄 씨." 스트라이크가 말했다.

"사과는 없습니까?" 베이커가 눈길을 천장에 두고 웅얼거렸다.

"안녕하세요. 누구시죠?" 스트라이크가 그의 말은 묵살하고 소파에 앉아 있는 낡은 갈색 코트 차림의 왜소한 중년 여인에게 말을 걸었다.

"리어노라 퀸이에요." 잘 훈련된 스트라이크의 귀에는 웨스트 컨트리 출신 억양으로 들렸다.

"오늘 아침에 내가 굉장히 바쁩니다, 스트라이크 씨." 베이커가 말했다.

베이커는 누가 들어오라는 말도 하지 않았는데 안쪽 사무실로 걸어 들어갔다. 스트라이크가 따라 들어오지 않자 그의 미끈한 태도가 살짝 흔들렸다.

"군대에서는 시간 약속을 그렇게 대충대충 지키고 무사하지 못했을 텐데요, 스트라이크 씨. 어서 들어와요."

스트라이크는 그의 말을 듣지도 않는 것 같았다.

"정확히 무슨 일을 원하시는 겁니까, 퀸 부인?" 그는 소파에 앉은 허름한 행색의 여인에게 물었다.

"그게, 우리 남편 일인데요―."

"스트라이크 씨, 한 시간 뒤에 바로 또 다른 약속이 있단 말이오." 윌리엄 베이커가 언성을 더 높였다.

"―비서분께서 선약이 있다고 하셔서 기다리겠다고 했죠."

"스트라이크!" 윌리엄 베이커가 버럭 성질을 내며 고함쳤다.

"로빈." 지쳐서 참을성을 잃은 스트라이크가 쌀쌀하게 대꾸했다. "베이커 씨 앞으로 청구서 작성해서 파일과 함께 줘버려요. 최신 자료까지 다 정리해놨으니까."

"뭐라고?" 당황한 윌리엄 베이커가 물었다. 그는 다시 바깥 사무실로 나왔다.

"당신 잘린 거예요." 리어노라 퀸이 신나서 말했다.

"일을 다 끝내지 않았잖소." 베이커가 스트라이크에게 말했다. "더 있다고 말하지 않았—."

"그 일은 다른 사람도 끝내줄 수 있을 겁니다. 성질 더러운 멍청이도 고객으로 받아주는 사람."

순식간에 사무실 분위기가 돌처럼 굳어버렸다. 로빈이 경직된 표정으로 캐비닛에서 베이커의 파일을 꺼내 스트라이크에게 건넸다.

"감히 어떻게—."

"파일에 법정에서 쓸 만한 꽤 괜찮은 자료들이 많이 있습니다." 스트라이크가 경영자에게 파일을 주면서 말했다. "돈값은 하고도 남을 겁니다."

"일을 끝내지를—."

"이 사람이 당신하고는 끝났다잖아요." 리어노라 퀸이 끼어들었다.

"입 닥치지 못해, 이 병신 같은 여편—." 윌리엄 베이커가 말머리를 꺼내다가, 갑자기 스트라이크가 반 걸음 앞으로 나오자 뒤로 한 발 물러섰다. 그러고는 아무 말도 하지 못했다. 갑자기 전직 군인의 덩치가 몇 초 전보다 두 배는 더 훌쩍 커진 것처럼 보였던 것이다.

"제 사무실로 들어가서 좀 앉으시죠, 퀸 부인." 스트라이크가 조용히 말했다. 그녀는 하라는 대로 순순히 앉았다.

"그 여자가 자네 수임료를 감당할 수 있을 것 같아?" 뒷걸음치던 윌리엄 베이커가 비웃듯 말했다. 손으로는 벌써 문손잡이를 잡고 있었다.

"제 수임료는 협상의 여지가 있습니다." 스트라이크가 말했다. "고객이 내 마음에 들면."

그는 리어노라 퀸을 따라 사무실로 들어가서 등 뒤로 찰칵 문을 닫아버렸다.

3

……홀로 남겨져 이 모든 불행을 견디니……

-토머스 데커,《고귀한 스페인 병사》

"저 사람이 정당한 손님인 거죠, 안 그래요?" 리어노라 퀸이
스트라이크의 책상 맞은편 의자에 앉으며 말했다.

"네." 스트라이크는 반대편 의자에 털썩 앉으며 동의했다. "그
렇죠."

주름도 거의 없는 발그레한 피부와 연푸른색 눈동자를 둘러싼
깨끗한 흰자위에도 불구하고 그녀는 오십 줄은 되어 보였다. 가
늘고 힘 없는 회색 머리카락은 흘러내리지 않도록 플라스틱 빗핀
두 개에 고정되어 있었다. 그녀는 플라스틱으로 된 커다란 구식
안경테 너머로 눈을 깜박거리며 그를 바라봤다. 코트는 깔끔하긴
했지만 어깨패드와 큼지막한 플라스틱 단추가 달린 것으로 보아
80년대에 산 게 분명했다.

"그러니까 남편 문제로 오셨단 말이죠, 퀸 부인?"

"네." 리어노라가 말했다. "남편이 실종됐어요."

"얼마나 됐습니까?" 스트라이크는 자동적으로 수첩을 잡으며 물었다.

"열흘요." 리어노라가 말했다.

"경찰에 신고는 하셨습니까?"

"경찰은 필요 없어요." 그녀는 사람들에게 이런 설명을 하는 데 진력이 났다는 듯이 성마르게 대답했다. "전에 언젠가 한번 경찰에 연락한 적이 있는데, 모두가 제게 길길이 화를 냈어요. 남편은 그냥 친구랑 같이 있었거든요. 오언은 가끔씩 그냥 사라져버려요. 작가거든요." 그녀는 마치 그게 모든 걸 설명하기라도 하는 양 말했다.

"전에도 이런 일이 있었나요?"

"감정적인 사람이에요." 그녀는 어두운 얼굴로 대답했다. "수틀리는 일이 있으면 훌쩍 사라져버리기 일쑤지만, 벌써 열흘이나 됐는걸요. 남편이 정말로 화가 났다는 건 알겠지만 이제는 집에 돌아왔으면 해요. 올랜도도 있고, 저도 할 일이 있고, 또……."

"올랜도요?" 스트라이크가 되물었다. 기진맥진한 그는 이미 마음으로는 플로리다 리조트에 가 있었지만, 지금으로서는 미국까지 갈 시간이 없었고, 고색창연한 코트를 입은 리어노라 퀸은 어느 모로 보나 그에게 티켓을 사줄 수 있는 형편으로 보이지 않았다.

"우리 딸 올랜도요." 리어노라가 말했다. "돌봐줘야 하거든요. 제가 여기 와 있는 동안은 이웃에게 좀 봐달라고 부탁해뒀어요."

문에서 노크 소리가 들리더니 로빈의 밝은 금발이 나타났다.

"커피 드시겠어요, 스트라이크 씨? 퀸 부인?"

28

로빈이 주문을 받아서 나가자, 리어노라가 말했다.

"이 사건은 오래 걸리지도 않을 거예요. 왜냐하면 남편이 어디 있는지 알 것 같거든요. 그저 주소를 알아낼 수가 없고, 아무도 제 전화를 받지 않을 뿐이에요. 열흘이나 됐어요." 그녀는 되풀이해서 말했다. "우린 그이가 필요해요."

스트라이크가 보기에 이런 상황에서 사설탐정을 고용한다는 건 굉장한 사치 같았다. 특히 행색에서 가난의 냄새가 여실히 풍기는 판에 말이다.

"그저 전화를 걸면 되는 문제라면⋯⋯." 그가 점잖게 말했다. "있잖습니까, 친구나 뭐?"

"에드나는 못 해요." 그녀는 말했다. 세상에 친구가 단 하나밖에 없다는 그녀의 암묵적 인정에 스트라이크는 어울리지 않게 마음이 찡해졌다(지칠 대로 지치면 때론 이런 식으로 무방비한 상태가 됐다). "오언은 그 사람들에게 자기가 있는 곳을 말하지 말라고 했어요." 그녀는 간단하게 말했다. "전 그 일을 해줄 사람이 필요해요. 그 사람들 입을 열게 할 사람요."

"남편분 성함이 오언이군요, 그렇죠?"

"네." 그녀는 대답했다. "오언 퀸.《호바트의 죄》를 썼어요."

이름도 책 제목도 스트라이크에게는 금시초문이었다.

"부인은 남편분이 어디 있는지 알고 계시다는 거죠?"

"네. 우린 출판인들을 비롯해 사람들이 무척 많이 모인 파티에 갔었어요—그이는 절 그곳에 데려가고 싶어 하지 않았지만, 전 말했죠. '애 봐줄 사람을 벌써 구해놨으니까 난 갈 거야'—그래서 전 크리스천 피셔가 오언에게 그곳에 대해 말하는 걸 들을 수 있었어요. 작가의 은신처라는 곳요. 나중에 오언에게 '그 사람이 말한 그곳이 어디야?' 하고 물으니까 오언이 그러더군요. '당신한 텐 말 안 해. 그게 바로 핵심이니까. 마누라랑 애들에게서 벗어나는 거.'"

스트라이크가 자신을 비웃는 남편에게 동조하도록 부추기는 듯한 말투였다. 엄마들이 때로 자식의 오만불손함을 뿌듯해하는 척하듯이.

"크리스천 피셔는 누구죠?" 스트라이크는 집중하려고 애를 쓰며 물었다.

"출판인요. 젊고 앞서나가는 사람이죠."

"피셔에게 전화해서 그 은신처 주소를 물어봤습니까?"

"네. 일주일 동안 매일 전화했어요. 그 사람들은 그이한테서 돌아올 거라는 메시지를 받았다고 했지만 그이는 돌아오지 않았어요. 제 생각에는 오언이 자기 행방을 알리지 말라고 한 것 같아요. 하지만 선생님은 피셔에게서 그 주소를 알아내실 수 있을 거예요. 실력이 좋으시다는 거 알아요." 그녀가 말했다. "경찰도 못 한 룰라 랜드리 사건을 해결했잖아요."

겨우 8개월 전만 해도 스트라이크에게는 단 한 명의 고객밖에 없었고, 사업은 빈사 상태에 전망도 암담하기 짝이 없었다. 그러다가 그는 한 유명한 젊은 여성이 자살을 한 게 아니라 4층 발코니에서 떠밀려 죽었다는 것을 밝혀내 영국 검찰청마저 만족시켰다. 뒤이은 유명세로 일거리가 물밀듯이 밀려들었고, 그는 몇 주 동안 이 도시에서 가장 유명한 사설탐정이 되었다. 조니 로커비는 그의 사연에 붙는 각주에 불과한 존재가 되었고 이제 그는 스스로 이름을 떨쳤다. 비록 대부분의 사람들이 제대로 알아듣지 못하는 이름이긴 했지만······.

"제가 말을 끊었네요." 그는 생각의 맥락을 잡으려고 애를 쓰며 말했다.

"그랬나요?"

"네." 스트라이크는 수첩에 갈겨놓은 자신의 악필을 흘낏 보며 말했다. "부인께선 '올랜도도 있고, 저도 할 일이 있고, 또······.' 이렇게 말씀하셨습니다."

"아, 네." 그녀가 말했다. "그이가 떠난 후로 이상한 일들이 있었어요."

"어떤 이상한 일요?"

"똥요." 리어노라 퀸이 사무적으로 말했다. "우리 우편함에요."

"어떤 사람이 부인 우편함에 배설물을 넣었다고요?" 스트라이크가 물었다.

"네."

"남편분이 사라지고 나서요?"

"네. 개 같은." 리어노라가 말했다. 스트라이크는 잠시 후에야 그 말이 남편이 아니라 배설물에 적용된다는 추론을 해냈다. "이제까지 서너 번, 밤에요. 아침에 봐서 즐거운 물건은 아니죠. 게다가 집 앞에 오는 여자가 있는데, 이상해요."

그녀는 말을 멈추고 스트라이크가 할 말을 알려주기를 기다렸다. 질문받는 걸 즐기는 눈치였다. 외로운 사람들은 누군가가 집중해서 관심 가져주는 게 좋아서 그 새로운 경험을 오래 끌려고 애쓴다는 것을 스트라이크는 알고 있었다.

"그 여자가 언제 집 앞에 왔죠?"

"지난주였어요. 오언을 찾기에 제가 '그이는 집에 없어요' 하고 말했죠. 그랬더니 '앤절라가 죽었다고 전해줘요'라고 말하더니 가버리더군요."

"부인께선 모르는 사람이고요?"

"본 적도 없어요."

"앤절라라는 사람은 압니까?"

"아뇨. 하지만 이상하게 구는 여성 팬들이 있어요, 이따금씩요." 리어노라는 갑자기 대범하게 말했다. "그러니까, 한번은 그이한테 편지를 쓰고 그이 소설의 등장인물처럼 차려입고 찍은 사진을 보낸 여자도 있었어요. 편지를 보내는 이런 여자들 중 일부는 책 때문에 그이가 자기들을 이해해준다고 생각해요. 바보 같지 않아요?" 그녀는 말했다. "다 지어낸 건데."

"팬들은 보통 남편분이 어디 사는지 알고 있습니까?"

"아뇨." 리어노라가 말했다. "하지만 학생이나 뭐 그런 걸지도 모르죠. 그이는 가끔씩 글쓰기도 가르치거든요."

문이 열리더니 로빈이 쟁반을 들고 들어왔다. 그녀는 스트라이크 앞에 블랙 커피를, 리어노라 퀸 앞에는 차를 놓고 다시 물러나 문을 닫았다.

"이상한 일들은 그게 답니까?" 스트라이크가 리어노라에게 물었다. "문 안으로 배설물을 투척한 것, 그리고 집에 찾아온 이상한 여자?"

"그리고 제 생각엔 제가 미행당하고 있는 것 같아요. 어깨가 둥그스레한 키가 크고 가무잡잡한 여자한테요." 리어노라가 말했다.

"이 사람은 또 다른 여잡니까?"

"네, 집에 찾아온 여자는 땅딸막해요. 긴 빨강 머리고. 이 사람은 가무잡잡하고 좀 구부정해요."

"그 사람이 부인을 미행했다고 확신하세요?"

"네, 그런 것 같아요. 지금까지 두세 번 봤어요. 이웃 사람은 아니에요. 전에는 한 번도 본 적이 없거든요. 제가 래드브로크 그로브에 산 지가 30여 년인데."

"좋습니다." 스트라이크는 느릿느릿 말했다. "남편분이 화가 났다고 했죠? 무슨 일이 있었습니까?"

"에이전트와 대판 싸웠거든요."

"무슨 일 때문인지 혹시 아십니까?"

"책 때문에요, 최신작. 리즈 — 에이전트 이름이에요 — 는 그 원고가 이제껏 그이가 쓴 것 중에 최고라고 했어요. 그래놓고는 바로 다음 날인가, 저녁 식사를 하자고 불러서는 그 원고를 출판할 수 없다고 했거든요."

"왜 마음을 바꿨죠?"

"그 여자에게 물어보세요." 리어노라가 처음으로 성을 내며 말했다. "물론 그 일이 있고 나서 그이는 화가 났죠. 누구라도 그럴 거예요. 그걸 쓰는 데 거의 2년이 걸렸거든요. 그이는 화가 나서 집에 오더니 서재로 가서 몽땅 다 챙겨 — ."

"뭘 챙겨요?"

"책이랑 원고랑 메모랑 다요. 있는 대로 욕을 해대며 마구 챙기더니 가방에 쑤셔 넣고는 나가버렸어요. 그날 이후로 본 적이 없고요."

"휴대전화는 있습니까? 전화는 걸어보셨나요?"

"네, 하지만 안 받아요. 이렇게 사라질 때면 절대 받지 않아요. 한번은 차창 밖으로 전화를 집어 던진 적도 있어요." 이번에도 그녀의 말투에는 남편의 성질에 대한 희미한 자부심이 묻어 있었다.

"퀸 부인," 스트라이크는 말했다. 윌리엄 베이커에게 뭐라고 말했건 간에 박애주의에는 필연적으로 한계가 있었다. "솔직히 말씀드리겠습니다. 수임료가 싸지는 않습니다."

"그건 괜찮아요." 리어노라는 단호하게 말했다. "리즈가 낼 거예요."

"리즈요?"

"네, 리즈. 오언의 에이전트 엘리자베스 태슬요. 그이가 사라진 건 리즈 잘못이에요. 자기 직권으로 낼 수 있거든요. 그이는 리즈의 최고 고객이에요. 자기가 무슨 짓을 한 건지 깨달으면 다시 그이를 붙잡으려고 할 거예요."

리어노라는 자신만만해 보였지만, 스트라이크는 그녀만큼 이 확신에 큰 기대를 걸지 않았다. 그는 커피에 설탕 세 개를 넣고 꿀꺽 삼키며 어떻게 대처해야 최선일지 생각하려고 애썼다. 변덕스러운 남편의 울화증에 익숙해진 듯한 여인, 누구도 자신의 전화에 답해주지 않을 거라는 사실을 받아들이고 자신이 유일하게 기대할 수 있는 도움은 유료일 수밖에 없다고 확신하고 있는 리어노라 퀸이 딱하다는 생각이 어렴풋이 들었다. 살짝 엉뚱한 태도를 제쳐놓고 보면, 그녀에게는 신랄하게 정직한 데가 있었다. 하지만 스트라이크는 사업이 예기치 않게 호황을 누리게 된 후로 수익

성 높은 사건들만 가차 없이 골라 받고 있었다. (언론에서 보도되고 부풀려진) 개인적 역경 때문에 행여 그가 무료로 도와줄 마음을 내지 않을까 기대하며 구구절절한 사연을 들고 온 사람들이 몇몇 있었지만 실망만 안고 돌아갔다.

리어노라 퀸은 스트라이크만큼이나 재빨리 찻잔을 비우고 벌써 일어서 있었다. 마치 그들이 조건에 합의했고 모든 게 결정되었다는 분위기였다.

"전 가봐야겠어요." 그녀가 말했다. "올랜도를 너무 오래 내버려두고 싶지 않아요. 애가 아빠를 보고 싶어 한답니다. 전 아이에게 아빠를 찾아달라고 부탁할 거라고 말했어요."

스트라이크는 최근 몇몇 부유한 젊은 부인들이 금융 붕괴 이후 매력을 상실한 비즈니스맨 남편들을 떼어내 버리는 일을 도왔었다. 아내에게 남편을 찾아주는 일은 기분전환도 될 것 같았고, 어쩐지 끌리는 데가 있기도 했다.

"좋습니다." 그는 하품을 하며 그녀에게 수첩을 내밀고 말했다. "부인의 연락처가 필요합니다, 퀸 부인. 남편분 사진이 있다면 그것도 도움이 될 테고요."

그녀는 어린아이 같은 동글동글한 글씨체로 주소와 전화번호를 적었지만, 사진을 달라는 요구에는 놀란 것 같았다.

"도대체 그이의 사진이 왜 필요한 거죠? 그이는 작가 은신처에 있는데. 그냥 크리스천 피셔에게 거기가 어딘지만 말하게 하면 돼요."

그녀는 기진맥진해서 온몸이 아픈 스트라이크가 책상 뒤에서 일어나 나오기도 전에 문밖으로 나갔다. 로빈에게 "차 고맙습니

다"라고 말하는 쾌활한 목소리가 들리더니, 층계참으로 통하는
유리문이 번쩍 열렸다가 살짝 흔들리며 닫혔다. 그리고 그의 새
고객은 사라졌다.

4

음, 머리 좋은 친구를 가진다는 건 흔치 않은 일이지……
– 윌리엄 콩그리브, 《표리부동한 사람》

스트라이크는 바깥 사무실 소파에 털썩 쓰러졌다. 처음 사무실에 들였던 중고 소파를 그가 망가뜨렸기 때문에 생긴 필수지출로, 새거나 마찬가지였다. 매장에서 봤을 때는 멋지다고 생각했던 인조가죽 소파는 잘못 움직이면 방귀 뀌는 소리를 냈다. 그의 조수, 키가 크고 곡선미 넘치는 몸매에다 깨끗하고 환한 피부에 밝은 회청색 눈을 가진 조수가 커피잔 너머로 그를 유심히 바라보고 있었다.

"꼴이 엉망이에요."

"히스테리컬한 여자한테서 왕국 귀족의 성적 부정과 재정적 위법행위의 상세사항들을 알아내느라 밤을 꼴딱 샜거든요."

"파커 경요?" 로빈이 헉 하고 놀라며 물었다.

"바로 그 사람이죠." 스트라이크가 말했다.

"그럼 그 사람이—."

"동시에 세 여자랑 자면서 외국에는 수백만 파운드를 쟁여놓고 있었죠." 스트라이크가 말했다. "비위가 좋다면, 이번 주 일요일 판 《뉴스 오브 더 월드》를 봐요."

"그런 걸 다 어떻게 알아냈어요?"

"아는 사람의 아는 사람의 아는 사람을 통해서요." 스트라이크가 읊조렸다.

그는 또 하품을 했다. 입을 어찌나 크게 벌리는지 보는 사람이 아플 지경이었다.

"주무시는 게 좋겠어요." 로빈이 말했다.

"네, 그래야겠네요." 말은 그렇게 했지만 스트라이크는 움직이지 않았다.

"오늘 오후 2시 건프리 씨 건 이전에는 아무 예약도 없어요."

"건프리라." 스트라이크는 눈두덩을 문지르며 한숨지었다. "왜 내 고객들은 다 쓰레기들이죠?"

"퀸 부인은 쓰레기처럼 보이지 않던데요."

그는 두꺼운 손가락 사이로 그녀를 흐릿하게 바라보았다.

"내가 그 사건을 맡았다는 걸 어떻게 알아요?"

"그럴 줄 알았어요." 로빈은 참지 못하고 싱긋 웃으며 말했다. "스트라이크 씨 타입이거든요."

"1980년대풍 중년?"

"고객 타입 말이에요. 베이커 씨 화를 돋우려던 것도 있고."

"먹힌 것 같죠, 안 그래요?"

전화벨이 울렸다. 로빈은 여전히 싱글거리며 전화를 받았다.

"코모란 스트라이크 사무소입니다." 그녀가 말했다. "아, 안녕."

약혼자 매튜의 전화였다. 그녀는 상사를 곁눈질했다. 스트라이크는 눈을 감고 넓은 가슴 앞으로 팔짱을 낀 채 고개를 뒤로 젖혔다.

"들어봐," 매튜가 말했다. 직장에서 전화할 때 그의 목소리는 결코 다정다감하지 않았다. "금요일 술 약속 말이야, 목요일로 옮겨야겠어."

"오, 맷." 그녀는 실망과 분노를 목소리에 드러내지 않으려고 애쓰며 말했다.

이 술자리 약속을 만든 건 다섯 번째였다. 참석자 세 사람 중 로빈만이 시간이나 날짜, 장소를 변경하지 않고 매번 기꺼이 가능하다고 했다.

"왜?" 그녀는 중얼거렸다.

갑자기 소파에서 으르렁대며 코 고는 소리가 들려왔다. 스트라이크가 고개를 젖혀 벽에 기대고 팔짱을 낀 채 앉은 자리에서 그대로 잠들어버린 것이다.

"19일에 회식이 있어." 매튜가 말했다. "내가 빠지면 좋아 보이지 않을 거야. 얼굴 비춰야 해."

그녀는 그에게 한마디 쏘아주고 싶은 충동과 싸웠다. 그는 큰 회계법인에서 일하고 있는데, 때론 이 강제적인 사교 의무가 마치 국가 간의 외교적 관례라도 되는 듯이 행동했다.

그녀는 약속을 변경한 진짜 이유를 확신했다. 술자리는 스트라이크의 요구로 거듭 연기됐었다. 그는 매번 이런저런 긴급한 야간 업무로 바빴다. 그 핑계들은 진짜였지만 매튜는 화가 났다. 대놓고 말한 적은 없지만, 로빈은 알고 있었다. 매튜는 스트라이크가 이런 행동을 하는 건, 그의 시간이 매튜의 시간보다, 그가 맡은 사건들이 매튜의 일보다 훨씬 가치 있다고 암시하려는 의도라고 믿고 있었다.

로빈이 코모란 스트라이크와 일한 8개월 동안, 그녀의 상사와 약혼자는 만난 적이 없었다. 심지어 궁지에 몰린 살인자가 스트라이크를 끝장내려고 칼로 찔러 그녀가 그의 팔을 자기 코트로 둘둘 감싸 응급처치실에 데려갔던, 그리고 매튜가 그녀를 데리러 왔던 그 악명 높은 밤조차 둘은 만나지 않았다. 스트라이크의 상처를 봉합하고 있던 그곳에서 충격에 덜덜 떠는 그녀가 피에 젖은 채로 나왔을 때, 매튜는 부상당한 상사를 소개시켜주겠다는 그녀의 제안을 거절했다. 자기는 전혀 위험하지 않았다고 로빈이 재차 장담했음에도 그는 그 모든 일에 화가 머리끝까지 나서 어쩔 줄 몰랐다.

매튜는 로빈이 스트라이크 사무소에 눌러앉는 데 결사반대였다. 처음부터 스트라이크를 미심쩍게 여겼고, 빈궁한 행색과 집도 없는 처지, 어이없어 보이는 직업을 싫어했다. 로빈이 집에 물어 온 얼마 안 되는 정보, 즉 영국육군헌병대 사복단인 특수수사대에서의 경력, 무공훈장, 오른쪽 종아리를 잃은 일, (그녀의 눈에 전문가로 보이는 데 너무나 익숙해져 있었던) 매튜가 거의 혹은 전혀 모르는 수백 가지 분야의 전문지식은 (그녀가 순진하게 바랐던 것처럼) 두 남자 사이에 다리를 놓기는커녕 벽만 더 단단하게 쌓아 올렸다.

스트라이크의 폭발적인 유명세, 실패에서 성공으로의 갑작스러운 전환은 매튜의 적의를 더 깊어지게 했을 뿐이다. 로빈은 자신이 매튜의 모순을 지적한 게 상황을 더 악화시켰다는 사실을 뒤

늦게야 깨달았다. "자기는 그 사람이 집도 없고 가난하다고 싫어하더니, 이제는 유명해져서 일거리가 넘쳐난다고 싫어하잖아!"

하지만 그녀가 잘 알다시피, 매튜가 볼 때 스트라이크가 저지른 최악의 범죄는 병원에 다녀온 후 감사와 작별의 선물로 그녀에게 사준 몸에 착 달라붙는 디자이너 드레스였다. 긍지와 기쁨에 차서 매튜에게 그 드레스를 보여줬던 그녀는 그의 반응을 보고 나선 감히 그 옷을 입을 엄두도 내지 못했다.

로빈은 직접 만나서 얼굴을 보고 모든 걸 바로잡길 바랐지만 스트라이크가 연거푸 약속을 취소하는 바람에 매튜의 반감만 더 깊어졌다. 마지막 약속 때는 스트라이크가 말도 없이 나타나지 않았다. 고객을 못 믿는 배우자가 미행을 붙이는 바람에 떼어내려고 우회할 수밖에 없었다는 그의 변명은, 유달리 살벌한 그 이혼 사건의 복잡한 전말을 알고 있던 로빈에겐 납득할 만했지만, 매튜에게는 관심 끌기 좋아하는 오만방자한 녀석이라는 기존의 시각을 더 강화시켰을 뿐이었다.

로빈은 애써 매튜를 설득해 네 번째 술자리 약속을 잡았다. 시간과 장소 모두 매튜가 정해놓고는 로빈이 스트라이크의 동의를 모두 다 새로 받아낸 이제 와서 날짜를 바꾸고 있으니 일부러 그러는 거라고 생각하지 않을 수가 없었다. 스트라이크에게 자기도 다른 중요한 일이 있으며 남들을 약 올릴 수 있다고 과시하려는 것이었다(로빈은 그런 생각을 떨칠 수가 없었다).

"좋아." 그녀는 전화에 대고 한숨을 쉬었다. "코모란에게 물어봐서 목요일이 괜찮은지 알아볼게."

"괜찮은 사람 말투가 아닌데."

"맷, 시비 걸지 마. 내가 물어볼게, 됐지?"

"그럼 나중에 봐."

로빈은 수화기를 놓았다. 스트라이크는 이제 발을 바닥에 딱 붙이고 다리를 쩍 벌리고는 팔짱을 끼고 입을 벌린 채 전차 엔진처럼 요란하게 코를 골고 있었다.

그녀는 잠든 상사를 바라보며 한숨을 푹 쉬었다. 스트라이크는 매튜에게 한 번도 적의를 보인 적이 없고, 어떤 식으로든 논평한 적도 없었다. 스트라이크의 존재를 신경 쓰는 사람은 바로 매튜였다. 적당한 월급을 줄 능력도 안 되는 데다 빚더미에 올라앉은 방탕한 사설탐정의 사무소에 남겠다는 어리석은 결정을 내리기 전에 제의받았던 숱한 일자리 중 아무 데나 골라 갔으면 지금보다 돈을 훨씬 더 많이 벌 수 있었을 거라고, 틈날 때마다 로빈에게 지적을 해대는 사람도 매튜였다. 코모란 스트라이크에 대한 로빈의 의견에 매튜가 동의하게 되고, 그를 좋아하고 심지어 훌륭하다고 평가하게 된다면 생활이 훨씬 편해질 터였다. 로빈은 낙관적이었다. 그녀가 두 사람을 다 좋아하는데 둘이 서로 좋아하지 말라는 법은 없지 않은가?

스트라이크가 갑자기 컥 하는 코골이 소리와 함께 잠에서 깼다. 그는 눈을 뜨더니 껌벅거리며 그녀를 바라봤다.

"내가 코를 골았군요." 그가 입가를 쓱 닦으며 말했다.

"심하진 않았어요." 그녀는 거짓말을 했다. "저기요, 코모란, 우리 술 마시기로 한 약속을 금요일에서 목요일로 옮겨도 괜찮겠어요?"

"술요?"

"매튜랑 저랑요." 그녀는 말했다. "기억나요? 루펠 스트리트의 킹스암즈에서요. 제가 메모도 해뒀잖아요." 그녀는 약간 부자연스러운 어조로 쾌활하게 말했다.

"맞아요." 그가 말했다. "그래요, 금요일."

"아니, 매튜가 바라는 건 —. 매튜가 금요일엔 안 된대요. 대신 목요일에 만나는 건 어때요?"

"네, 좋아요." 그가 멍하게 말했다. "아무래도 가서 잠을 좀 자야 할 것 같아요, 로빈."

"좋아요. 목요일 약속에 대해 메모해둘게요."

"목요일에 무슨 일이 있다고요?"

"술 약속이 —. 아, 신경 쓰지 마요. 가서 주무세요."

로빈은 유리문이 닫히고 나서 컴퓨터 화면을 멍하니 바라보며 앉아 있다가 문이 다시 열리는 바람에 깜짝 놀랐다.

"로빈, 크리스천 피셔라는 사람에게 전화 좀 해주겠어요?" 스트라이크가 말했다. "내가 누군지 말하고, 오언 퀸을 찾고 있는데 피셔가 퀸에게 말해준 작가 은신처 주소를 알고 싶어 한다고 말해요."

"크리스천 피셔의 직장이 어디예요?"

"젠장." 스트라이크가 중얼거렸다. "완전히 맛이 가서, 그걸 묻지도 않았네. 출판인이에요. 선도적인 출판인이라나."

"문제없어요. 제가 찾을게요. 가서 주무세요."

유리문이 두 번째로 닫히자 로빈은 구글로 관심을 돌렸다. 그녀는 30초 내에 크리스천 피셔가 엑스머스 마켓에 위치한 크로스파이어라는 소규모 출판사의 창립자라는 걸 알아냈다.

그녀는 출판사 전화번호를 누르면서 일주일째 핸드백 안에 들어 있는 청첩장을 떠올렸다. 로빈은 스트라이크에게 매튜와의 결혼식 날짜를 말하지 않았고, 매튜에게도 상사를 초대하고 싶다는 말을 하지 않았다. 목요일 술자리가 잘 흘러간다면…….

"크로스파이어입니다." 날카로운 목소리가 전화를 받았다. 로빈은 당장 눈앞의 할 일에 정신을 집중했다.

5

인간의 생각만큼 무한히 괴로운 것은 없지.

-존 웹스터, 《하얀 악마》

그날 밤 9시 20분, 스트라이크는 티셔츠에 사각팬티만 걸치고 이불 위에 누워 스포츠면을 읽고 있었다. 옆의 의자 위에는 포장해 와서 먹다 남긴 카레가 놓여 있었고, 침대 맞은편의 텔레비전에서는 뉴스가 방송되고 있었다. 오른쪽 발목 역할을 하는 쇠막대는 옆에 놓아둔 상자 위에 자리한 싸구려 탁상램프의 불빛을 받아 은색으로 빛났다.

수요일 밤에는 웸블리에서 영국 대 프랑스의 친선경기가 열릴 예정이었지만 스트라이크는 다음 일요일에 있는 아스널 대 토트넘의 홈경기에 더 관심이 있었다. 그는 테드 삼촌을 따라 아주 어린 시절부터 아스널의 팬이었다. 평생을 콘월에서 산 테드 삼촌이 왜 거너스*를 응원하는지 스트라이크는 한 번도 물어보지 않

* 아스널 팀의 별명.

았다.

조그만 창문 너머 밤하늘에는 희미한 빛이 가득했고, 그 사이로 별빛이 힘겹게 반짝거리고 있었다. 낮에 몇 시간 선잠을 잔 정도로 풀릴 피로가 아니었지만 아직 잠자리에 들 기분은 아니었다. 커다란 양고기 볶음밥에 맥주 한 파인트를 먹고 곧장 잘 수는 없었다. 로빈의 자필 메모가 침대 옆에 놓여 있었다. 그날 밤 사무실을 나올 때 받은 메모였다. 거기에는 약속 두 개가 적혀 있었다. 첫 번째 약속은,

> 크리스천 피셔, 내일 9시, 크로스파이어 출판사
> 엑스머스 마켓 ECI

"왜 날 만나겠다는 거죠?" 스트라이크는 놀라서 물었다. "난 그저 그 사람이 퀸에게 말한 은신처 주소를 알고 싶을 뿐인데."

"알아요." 로빈이 말했다. "저도 그렇게 말했지만, 그 사람은 당신을 굉장히 만나고 싶어 하는 것 같았어요. 자기는 내일 아침 9시가 괜찮다면서 절대 거절하면 안 된다고 하더라고요."

스트라이크는 메모를 물끄러미 들여다보며 짜증스레 자문했다. '내가 도대체 무슨 게임을 하고 있는 거지?'

그날 아침, 그는 피곤에 지친 나머지 성질을 죽이지 못하고 더 많은 일을 물어다줄 수도 있는 부자 고객을 차버렸다. 그러고는 리어노라 퀸의 우격다짐에 휘말려 불안하기 짝이 없는 수임료 약속을 받고 그녀를 고객으로 받아들였다. 이제 그녀가 눈앞에 없으니 그 사건을 떠맡게 만든 동정심과 호기심이 뒤섞인 감정 상태

를 떠올리기도 힘들었다. 살벌하게 고요한 다락방에 누워 있자니, 부루퉁한 남편을 찾아주기로 약속한 게 돈키호테처럼 무책임한 짓으로 느껴졌다. 빚을 갚으려는 이 모든 노력의 핵심은 얼마간의 자유시간을 되찾기 위해서가 아니었던가? 토요일 오후는 에미리츠*에서 보내고 일요일에는 늦잠을 자기로 하지 않았나? 그는 애초의 현란한 유명세 때문만이 아니라 더 조용한 입소문을 통해서도 고객들을 끌면서 몇 달 동안 거의 쉬지도 않고 일한 끝에 마침내 돈을 벌고 있었다. 윌리엄 베이커를 3주만 더 참아줄 수는 없었을까?

스트라이크는 로빈이 쓴 메모를 다시 내려다보며 자문했다. '이 크리스천 피셔라는 사람은 뭐에 그리 흥분해서 직접 만나자는 걸까?' 룰라 랜드리 사건의 해결사로든 (더 끔찍하지만) 조니 로커비의 아들로든, 스트라이크 개인에 대한 관심일까? 자신의 유명세가 어느 정도인지 평가하기란 매우 어려웠다. 예상치 못한 폭발적 명성도 지금은 시들어가고 있다고 추정할 뿐이었다. 한창때의 유명세는 맹렬했지만, 기자들의 전화 공세는 몇 달 전에 잠잠해졌고, 아무 상관 없는 상황에서 그가 자기 이름을 말했을 때 대답으로 룰라 랜드리의 이름을 듣지 않게 된 것도 거의 그쯤 됐다. 처음 보는 사람들은 또다시 그가 평생 당해왔던 일들을 하고 있었다. 그의 이름을 '캐머런 스트릭' 비슷하게 부르는 것이다.

한편으로는, 어쩌면 그 출판업자는 사라진 오언 퀸에 대해 뭔가 알고 있어서 그걸 스트라이크에게 몹시 전해주고 싶어 하는지도

* 런던 홀로웨이에 위치한 아스날의 홈구장.

몰랐다. 이런 경우라면 퀸의 아내에게는 왜 말하기를 거부했는지 짐작할 수가 없다.

로빈이 적어준 두 번째 약속은 피셔와의 약속 밑에 있었다.

11월 18일 목요일 6시 30분, 킹스암즈,
루펠 스트리트 25, SEI

스트라이크는 로빈이 날짜를 왜 그렇게 확실히 써놓았는지 알고 있었다. 세 번째인지 네 번째인지, 아무튼 이번에는 그와 약혼자를 결국 만나게 하겠다고 작정을 한 것이다.

그 미지의 회계사는 거의 믿지 않겠지만, 스트라이크는 매튜의 존재만으로도, 또 로빈의 세 번째 손가락에서 빛나는 사파이어와 다이아몬드 반지에 대해서도 감사했다. 매튜는, 비록 병신새끼 같았지만 (로빈은 약혼자에 대해 무심코 한 잡담 하나하나를 스트라이크가 얼마나 정확히 기억하고 있는지 상상도 못 했다), 스트라이크의 평정심을 뒤흔들어놓을 수도 있는 여자와 그 사이에 유용한 방벽을 세워주었다.

스트라이크는 로빈에 대한 감정을 억제할 수 없었을 것이다. 그녀는 그가 바닥을 쳤을 때 굳건히 옆에 있어줬고, 운이 트이도록 도와준 여자였다. 또한 정상적인 시력을 가진 사람으로서 로빈이 굉장한 미모의 여성이라는 사실도 보지 않을 수가 없었다. 그는 그녀의 약혼을 끊임없이 살살 새어 들어오는 외풍, 멋대로 들어오게 내버려두면 평안을 심각하게 어지럽힐 수도 있는 외풍을 막는 방풍막으로 보았다. 스트라이크는 현재를 길고 폭풍 같았던,

시작부터 그랬듯이 거짓으로 끝났던 관계 이후의 회복기로 보고 있었다. 편안하고 또 편리한 싱글 상태에서 벗어나고 싶은 바람이 전혀 없었고, 그를 무슨 데이트 사이트의 찌꺼기 같은 절박한 여자들과 엮어주려는 여동생 루시의 시도에도 불구하고 몇 달 동안 감정적으로 연루되는 관계들을 성공적으로 피해왔다.

물론 매튜와 로빈이 실제로 결혼하게 되면, 매튜가 그 상승된 지위를 이용해 아내를 설득해서 자기가 그토록 싫어하던 일을 그만두게 할 가능성도 있었다(스트라이크는 그 점에 있어 로빈의 망설임과 회피를 제대로 해석하고 있었다). 하지만 결혼식 날짜가 정해졌다면 로빈이 당연히 말했을 테니까, 현재로서는 그런 위험도 먼 훗날 이야기라고 믿고 있었다.

그는 또 한 번 입이 째져라 하품을 하며 신문을 접어 의자 위로 던지고는 텔레비전 뉴스로 관심을 돌렸다. 조그만 다락방에 이사 온 이래로 유일하게 개인적으로 사치를 부린 항목은 위성텔레비전이었다. 조그만 휴대용 텔레비전은 이제 스카이박스 위에 놓여 있었고, 더 이상 약해빠진 실내 안테나에 의존하지 않는 화면은 거칠지 않고 선명했다. 케네스 클라크 법무장관이 법무원조예산에서 3억 5천만 파운드를 삭감한다는 계획을 발표하는 중이었다. 스트라이크는 혈색이 좋고 배가 불룩 나온 남자가 "문제가 있을 때마다 사람들이 변호사들에게 의지하는 걸 자제시키고 대신 더 적절한 갈등 해결 방식을 고려하기를 권장하고 싶다"고 의회에 말하는 걸 피곤에 지친 흐릿한 눈으로 바라보았다.

물론 그 말은 가난한 사람들은 법 서비스를 포기해야 한다는 뜻이었다. 스트라이크의 주 고객 부류는 여전히 비싼 변호사를 쓸 수 있을 것이다. 요즈음 그의 일거리 대부분은 의심에 가득 차고 끝없이 배신당하는 부자들을 위한 것이었다. 그가 하는 일은 고객들의 매끈한 변호사들에게 먹이를 주고 그 변호사들이 독설이 난무하는 이혼과 표독스러운 사업상 논쟁을 더 잘 해결하게 해줄 정보를 제공하는 것이었다. 부유한 고객들은 지루할 정도로 비슷비슷한 곤경에 빠진 비슷비슷한 남녀들에게 그의 이름을 꾸준히 알려주었다. 이것이 업계에서 이름을 날린 보상이고 이런 일이 자주 거듭되면 돈이 되는 것이다.

뉴스가 끝나자 그는 힘겹게 침대에서 내려와 옆 의자 위에 둔 먹다 남은 음식을 치우고 설거지를 하려고 조그만 부엌으로 뻣뻣하게 걸어갔다. 그는 절대 그런 소소한 집안일을 간과하지 않았다. 군대에서 배운 자중의 습관은 빈궁하기 짝이 없던 시절에도 그를 떠나지 않았다. 전적으로 군대 훈련 탓만도 아니었다. 그는 테드 삼촌을 본받아 어릴 때부터 깔끔했다. 도구상자에서 보트하우스에 이르기까지 모든 곳에서 질서를 추구하는 삼촌은 어머니 레다를 둘러싼 혼돈과 몹시 극명한 대조를 이루었다.

샤워실과 붙어 있는 탓에 늘 젖어 있는 화장실에서 마지막으로 소변을 보고 공간의 여유가 조금은 더 있는 부엌 싱크대에서 양치를 한 후인 10분 뒤 스트라이크는 침대로 돌아와 의족을 뺐다.

뉴스 마무리로 내일 일기예보가 나오고 있었다. 영하의 날씨에 안개가 낀다고 한다. 스트라이크는 절단된 다리 끝부분에 파우더를 문질렀다. 몇 달 전보다는 확실히 덜 쓰라렸다. 오늘은 비록 영국식 아침 정찬과 테이크아웃한 카레를 먹었지만, 다시 요리를 해 먹을 수 있게 된 뒤부터는 체중이 조금 줄었고 따라서 다리에 가해지는 압박이 줄었다.

텔레비전 스크린을 향해 리모컨을 누르자 웃고 있는 금발 여자와 손에 든 목욕 파우더가 깜깜한 화면 속으로 사라졌다. 스트라이크는 이불 밑에서 꿈틀꿈틀 뒤치며 자세를 가다듬었다.

물론 오언 퀸이 작가 은신처에 숨어 있다면 그를 끌고 나오기란 식은 죽 먹기일 것이다. 소중한 책을 가지고 어둠 속으로 훌쩍 사라져버리다니 이기적인 새끼가 아닌가…….

격노한 남자가 어깨에 대형 배낭을 둘러메고 뛰쳐나가는 어렴풋한 모습이 갑자기 떠올랐다가 순식간에 휙 사라졌다. 스트라이크는 꿈도 없이 깊은, 반가운 잠 속으로 빠져들었다. 저 아래 지하 바에서 희미하게 들려오는 베이스기타의 진동이 요란한 코골이 소리에 순식간에 파묻혔다.

6

오, 태틀 씨, 당신과 함께라면 모든 게 안전해요, 우린 알아요.
— 윌리엄 콩그리브, 《사랑에는 사랑으로》

다음 날 9시 10분 전, 스트라이크가 엑스머스 마켓 건물에 들어섰을 때는 차가운 안개가 여전히 건물을 휘감고 있었다. 바깥 보도에 좌석들이 놓인 수많은 카페들과 파스텔 색조의 건물 벽들, 금색과 파란색 벽돌로 이루어진 바실리카 같은 교회, 자욱한 안개에 휩싸인 성그리스도 교회가 있는 그곳은 런던 거리 같지 않았다. 싸늘한 안개, 골동품이 가득한 가게들, 보도 위 테이블과 의자들…… 만약 여기에 톡 쏘는 짠내와 쓸쓸한 갈매기 울음소리를 더할 수만 있었다면, 어린 시절 중 가장 견실한 한때를 보냈던 콘월에 돌아와 있다고 생각했을지도 모른다.

빵집 옆의 평범하기 짝이 없는 문에 붙은 조그만 표지가 그곳이 크로스파이어 출판사임을 알려주고 있었다. 스트라이크는 9시 정각에 벨을 울렸고, 흰 페인트칠을 한 가파른 계단 입구로 들어가 난간에 한껏 의지하며 힘겹게 계단을 올랐다.

꼭대기 층계참에서 서른 살가량으로 보이는 안경 쓴 홀쭉하고 말끔한 남자가 그를 맞이했다. 어깨 길이의 곱슬머리에 청바지와 조끼, 소맷부리에 프릴이 달린 페이즐리 문양 셔츠를 입고 있었다.

"안녕하세요?" 그가 말했다. "제가 크리스천 피셔입니다. 캐머론, 맞죠?"

"코모란입니다." 스트라이크가 자동적으로 교정했다. "하지만—."

그는 수년간의 실수에 대한 표준적 반응으로 캐머론에 대해 설명하려고 했지만, 크리스천 피셔가 즉각 대답했다.

"코모란, 콘월의 거인이죠."

"맞습니다." 스트라이크는 놀라서 대답했다.

"작년에 어린이용 영국 민속학 서적을 출판했거든요." 피셔는 흰 문을 밀어젖혀 열고는 칸막이 없이 확 뚫린 어수선한 공간으로 스트라이크를 데리고 들어갔다. 벽에는 포스터가 덕지덕지 붙어 있고 지저분한 책장들이 늘어서 있었다. 검정 머리의 추레한 젊은 여자가 지나가는 스트라이크를 호기심 어린 눈으로 쳐다보았다.

"커피? 차?" 피셔가 스트라이크를 자기 사무실로 안내하며 물었다. 안개 낀 조용한 거리가 근사하게 내려다보이는 중심 구역의 조그마한 방이었다. "제이드에게 잠깐 나갔다 와달라고 하면 돼요." 스트라이크는 방금 커피를 마셨다고 사실대로 말하며 거절했지만, 한편으로는 피셔가 왜 상황에 맞지 않게 더 오래 이야기하려고 하는지 궁금한 생각이 들었다. "그럼 라테 하나만, 제이드." 피셔가 문 밖으로 외쳤다.

"앉으세요." 피셔는 스트라이크에게 말하고는 벽에 늘어선 책장을 주르륵 훑기 시작했다. "세인트마이클 산에 살지 않았던가요? 거인 코모란요."

"네." 스트라이크가 말했다. "그리고 잭이 그를 죽였죠. 콩나무 줄기로 유명한."

"그게 여기 어디 있는데." 피셔는 여전히 책장을 뒤지며 말했다. 《영국 섬지역의 민담들》말이에요. 아이가 있나요?"

"아뇨." 스트라이크가 말했다.

"아." 피셔가 말했다. "뭐, 그럼 애써 찾지 않을게요."

그는 싱긋 웃으며 스트라이크의 맞은편 의자에 앉았다.

"자, 그럼 누가 당신을 고용했는지 물어봐도 되나요? 제가 추측해도 될까요?"

"마음대로 하십시오." 원칙적으로 추측을 절대 막지 않는 스트라이크가 말했다.

"대니얼 차드 아니면 마이클 팬코트겠죠." 피셔가 말했다. "맞죠?"

안경렌즈 때문에 눈빛이 반짝반짝 집중되어 보였다. 겉으로 티는 내지 않았지만, 스트라이크는 깜짝 놀랐다. 마이클 팬코트는 최근 굵직한 문학상을 받은 굉장히 유명한 작가였다. 도대체 왜 그가 실종된 퀸에게 관심을 가진단 말인가?

"아닌 것 같군요." 스트라이크가 말했다. "퀸의 부인, 리어노라입니다."

피셔는 거의 우스꽝스러울 정도로 깜짝 놀란 눈치였다.

"부인이라고요?" 그는 멍하게 되풀이해서 말했다. "로즈 웨스트처럼 생긴 쥐 같은 여자요? 그 여자가 왜 사설탐정을 고용한 거죠?"

"남편이 사라졌어요. 11일째입니다."

"퀸이 사라졌다고요? 하지만— 하지만 그렇다면……."

스트라이크는 피셔가 매우 다른 대화를 기대하고 있고, 그걸 열렬히 고대하고 있었다는 걸 알 수 있었다.

"하지만 왜 선생을 제게 보낸 거죠?"

"퀸이 어디 있는지 그쪽이 알고 있다고 생각하거든요."

"도대체 제가 어떻게 안단 말이죠?" 피셔가 물었다. 그는 진심으로 당황스러워 보였다. "제 친구도 아닌데."

"퀸 부인은 당신이 남편분에게 작가의 은신처에 대해 말하는 걸 들었대요, 파티에서—."

"아." 피셔가 말했다. "비글리 홀 말이군요. 하지만 오언은 거기 없을 겁니다!" 웃기 시작하자 그는 교활함과 즐거움이 뒤섞인 표정의, 안경 쓴 퍽*으로 변신했다. "그 사람들은 오언 퀸이 돈을 싸갖고 간대도 그를 들이지 않을걸요. 타고난 문제아거든요. 그곳 운영자들 중 하나는 오언의 배짱을 싫어해요. 오언이 그 여자의 첫 소설 리뷰를 아주 혹독하게 써서 절대 용서하지 않고 있거든요."

"어쨌거나 전화번호를 줄 수 있습니까?" 스트라이크가 물었다.

"여기 있어요." 피셔는 청바지 뒷주머니에서 휴대전화를 꺼내며 말했다. "지금 전화를 걸어보면……."

그는 휴대전화를 두 사람 사이의 책상 위에 놓은 뒤 스트라이크

---

* 셰익스피어의 희극 《한여름 밤의 꿈》에 나오는 요정.

를 위해 스피커폰 모드로 바꾸고 전화를 걸었다. 신호가 울린 지 1분은 족히 지난 후 숨이 턱에 찬 여자가 전화를 받았다.

"비글리 홀입니다."

"안녕하세요. 섀넌이에요? 저 크로스파이어의 크리스 피셥니다."

"아, 안녕하세요, 크리스. 잘 지내요?"

피셔의 사무실 문이 열리더니 바깥의 추레한 검정 머리 여자가 들어와서 말 한마디 없이 피셔 앞에 라테를 놓고 나갔다.

"제가 전화드린 건," 문이 딸깍 닫히자 피셔가 말했다. "오언 퀸이 거기 있는지 알아보기 위해서입니다. 거기 나타나진 않았죠, 그죠?"

"퀸?"

외마디 쇳소리에 불과했지만, 섀넌의 반감이 책장에 둘러싸인 방 안에 경멸조로 메아리쳤다.

"네. 본 적 있어요?"

"1년 넘게 못 봤어요. 왜요? 여기 올 생각은 아니겠죠? 절대 환영받지 못할 거예요, 그건 장담하죠."

"걱정 마요, 섀넌. 퀸 부인이 상황을 잘못 이해하고 있는 것 같아요. 곧 또 전화할게요."

피셔는 스트라이크와 얼른 다시 이야기하고 싶은 마음에 여자의 작별 인사를 잘랐다.

"봤죠?" 그가 말했다. "말했잖아요. 가고 싶어도 비글리 홀에는 갈 수가 없어요."

"부인이 전화했을 때 그렇게 말해줄 수는 없었습니까?"

"아, 그것 때문에 계속 전화했던 거군요!" 피셔는 이제야 이해가 간다는 듯이 말했다. "전 오언이 부인을 시켜서 전화하는 줄 알았어요."

"왜 부인에게 전화를 걸게 하죠?"

"아, 이봐요." 피셔는 싱긋 웃으며 말했지만, 스트라이크가 미소로 답하지 않자 잠깐 웃다 그쳤다. "《봄빅스 모리》 때문이죠. 부인에게 전화를 하게 시켜서 절 떠보려는 퀸의 전형적인 수작인 줄 알았어요."

"《봄빅스 모리》라." 스트라이크는 미심쩍거나 어리둥절한 어조를 내비치지 않으려고 애쓰면서 되짚어 말했다.

"네, 전 퀸이 여전히 그 책을 출판할 가능성이 있을지 알아보려고 절 괴롭히는 줄 알았습니다. 그 사람이 할 법한 짓이거든요. 아내를 시켜서 전화하는 거. 하지만 지금 《봄빅스 모리》에 손을 대려고 하는 사람이 있다고 한대도, 전 아닐 겁니다. 우린 조그만 회사거든요. 법정 싸움을 감당할 돈이 없어요."

자기가 알고 있는 이상 아는 척하는 데서 아무것도 얻지 못하자, 스트라이크는 전략을 바꿨다.

"《봄빅스 모리》는 퀸의 최신작이죠?"

"네." 피셔는 라테를 홀짝거리며 자기 생각의 흐름을 계속 따라갔다. "그러니까 그가 사라졌단 말이죠? 그 사람이라면 옆에서 어정거리면서 재밋거리를 구경하고 싶어 할 거라 생각했었는데. 그게 핵심이라고 생각했을 거예요. 아니면 배짱을 잃어버렸나? 오언답지 않은데."

"퀸의 소설을 내신 지 얼마나 됐습니까?" 스트라이크가 말했다. 피셔가 믿을 수 없다는 표정으로 그를 바라보았다.

"전 그 사람 책을 낸 적이 없어요!" 그가 말했다.

"저는—."

"이전의 세 권인가 네 권인가는 로퍼차드에서 냈어요. 아니, 일이 어떻게 된 거냐 하면, 제가 몇 달 전에 리즈 태슬, 그러니까 퀸의 에이전트요, 그 여자와 파티에 간 적이 있는데, 리즈가 비밀이라며 말해주길—비밀이 몇 개 있거든요—로퍼차드가 얼마나 더 오래 퀸을 참아줄지 모르겠다는 거예요. 그래서 제가 퀸의 다음 책을 한번 보겠다고 했죠. 퀸은 요즘 '너무 못돼서 오히려 그게 매력이 되는 작자 부류'에 속해 있기 때문에 우리가 뭔가 색다른 마케팅을 해볼 수도 있었을 거예요." 피셔가 말했다. "하여간 《호바트의 죄》가 있잖아요. 그건 괜찮았어요. 아직 뭔가 있을지 모른다고 생각했죠."

"리즈가 《봄빅스 모리》를 보냈습니까?" 스트라이크는 전날 리어노라 퀸에게 철저하게 질문하지 못한 자신을 속으로 저주하면서 질문의 방향을 더듬어나갔다. 이것이 바로 피곤에 지쳐 제정신이 아닌 상태에서 고객을 받은 결과였다. 상대보다 더 많은 것을 알고 있는 상태에서 인터뷰를 하는 데 익숙했기 때문에 스트라이크는 완전히 발가벗겨진 기분이었다.

"지지난주 금요일에 한 부 보내주더군요." 피셔의 능글맞은 미소가 더 교활해졌다. "불쌍한 리즈가 저지른 인생 최악의 실수였죠."

"왜죠?"

"분명 그걸 제대로 읽어보지 않았거나 끝까지 안 읽었기 때문이죠. 원고가 도착한 지 두어 시간이 지나자 제 전화로 당황해서 어쩔 줄 모르는 이런 음성 메시지가 오더군요. '크리스, 실수가 있었어요. 내가 엉뚱한 원고를 보냈네요. 제발 읽지 말아요. 그 원고 당장 돌려주겠어요? 사무실에서 기다리고 있을게요.' 리즈 태슬이 그런 목소리를 내는 건 단 한 번도 들어본 적이 없었죠. 굉장히 무서운 여자거든요. 성인 남자들도 움츠러들게 하죠."

"그래서 돌려보냈습니까?"

"물론 아니죠." 피셔가 말했다. "토요일에 거의 온종일 그 원고를 읽었어요."

"그래서요?" 피셔가 물었다.

"아무도 말 안 했어요?"

"말하다뇨, 뭘……."

"그 책의 내용요." 피셔가 말했다. "그가 한 짓."

"무슨 짓을 했길래요?"

피셔의 미소가 사라졌다. 그는 커피를 내려놓았다.

"전 런던 최고의 변호사들에게 그 내용을 말하지 말라는 경고를 받았어요." 그가 말했다.

"누가 변호사들을 고용했죠?" 스트라이크가 물었다. 피셔가 대답하지 않자, 그는 덧붙였다. "차드와 팬코트 말고도 누가 있습니까?"

"차드뿐이에요." 피셔는 스트라이크의 덫에 쉽게 말려들어 대답했다. "제가 오언이라면 팬코트에 대해 더 많이 걱정하겠지만요. 팬코트는 아주 나쁜 놈이 될 수 있거든요. 원한을 절대 잊는 법이 없죠. 제가 이런 말을 했다고 딴 데다 전하면 안 돼요." 그는 황급히 덧붙였다.

"그런데 당신이 말하는 차드란 사람은?" 스트라이크는 어둑한 무지 속을 헤매며 말했다.

"대니얼 차드, 로퍼차드의 사장요." 피셔가 살짝 인내심을 잃고 대답했다. "오언이 어떻게 자기 책 출판사 발행인을 엿먹이고도 무사할 수 있다고 생각했는지 이해할 수가 없어요. 하지만 그런 게 오언이죠. 그자는 제가 본 중 가장 터무니없이 오만하고 착각에 빠져 사는 인간이에요. 아마 차드를 이렇게 그릴 수 있다고 생각했겠죠—."

피셔는 어색한 웃음을 터뜨리며 말을 멈췄다.

"이러다가 내가 내 발등을 찍지. 아무리 오언이라도 그런 글을 쓰고도 무사할 수 있다고 생각하다니 놀랐다고만 합시다. 어쩌면 자기가 뭘 암시하고 있는지 모든 사람이 정확하게 아는 걸 깨닫고는 용기를 잃었을지도 모르죠. 그래서 도망가버린 거예요."

"명예 훼손입니까?" 스트라이크가 물었다.

"픽션에서는 애매한 문제죠, 안 그래요?" 피셔가 물었다. "그로테스크한 방식으로 진실을 이야기한다면 말이요." 그는 다급히 덧붙였다. "아, 그렇다고 해서 오언의 말이 진실이라고 암시하는 건 아니에요. 문자 그대로 진실일 수는 없죠. 하지만 모든 인물들이 알아볼 수 있게 되어 있잖아요. 오언은 꽤 많은 사람들을 굉장히 영리하게 공격했어요. 사실 팬코트의 초기작과 많이 닮았죠. 낭자한 유혈에 불가해한 상징주의……. 몇몇 군데에서는 도대체 무슨 소리를 하는지 알 수 없었지만, 그 가방 속에 뭐가 있는지, 그 불 속에 뭐가 있는지 알고 싶잖아요?"

"뭐 안에 뭐가—?"

"신경 쓰지 말아요, 그냥 책 속의 이야기니까. 리어노라가 이런 이야기는 안 했습니까?"

"아뇨." 스트라이크가 말했다.

"이상하네요." 크리스천 피셔가 말했다. "분명히 알 텐데. 전 퀸이 밥 먹을 때마다 자기 작품에 대해 식구들에게 강연을 늘어놓는 류의 작가라고 생각했거든요."

"퀸이 실종됐다는 걸 몰랐을 때, 왜 차드나 팬코트가 사설탐정을 고용했을 거라고 생각한 거죠?"

피셔는 어깨를 으쓱했다.

"모르겠네요. 어쩌면 둘 중 하나는 오언이 그 책으로 뭘 하려는지 알아내려고 했는 줄 알았죠. 그를 멈추게 하거나, 새 출판사에 고소하겠다고 경고하기 위해서요. 아니면 오언에 대해서 뭔가 알아내려고 했을 수도 있고요, 맞불 작전으로."

"그래서 그렇게 절 만나고 싶어 한 겁니까?" 스트라이크가 물었다. "퀸에 대해서 뭔가 아는 게 있나요?"

"아뇨." 피셔가 웃으며 답했다. "그냥 오지랖이 넓은 거죠. 일이 어떻게 돌아가는지 알고 싶었거든요."

그는 시계를 보더니 앞에 놓인 책 표지 복사본을 넘겨봤다가 의자를 뒤로 살짝 뺐다. 스트라이크는 그 신호를 알아들었다.

"시간 내주셔서 감사합니다." 그는 일어서며 말했다. "오언 퀸에게서 연락이 오면 제게 알려주시겠습니까?"

그는 피셔에게 명함을 건넸다. 피셔는 스트라이크를 사무실 밖으로 안내해주려고 책상 옆으로 돌아 나오며 실눈을 뜨고 명함을 봤다.

"코모란 스트라이크…… 스트라이크…… 이 이름을 아는데……."

불현듯 깨달음이 왔다. 피셔는 배터리라도 새로 갈아 넣은 듯 갑자기 쌩쌩해졌다.

"맙소사, 당신이 그 룰라 랜드리 탐정이군요!"

스트라이크는 다시 자리에 앉아서 라테를 시키고 한 시간 정도 피셔의 관심을 독차지할 수도 있다는 것을 알았다. 하지만 그 대신 단호하고도 우호적인 태도로 사무실을 빠져나와 수 분 내에 안개 낀 쌀쌀한 거리로 홀로 다시 나왔다.

7

맹세컨대, 그런 걸 읽는 죄는 절대 범한 적이 없소.
- 벤 존슨, 《십인십색》

남편이 결국 작가의 은신처에 있는 게 아니라는 전화를 받자 리어노라 퀸은 불안한 기색이었다.

"그럼 어디에 있는 거죠?" 그녀는 스트라이크에게라기보다 도리어 스스로에게 묻듯이 말했다.

"집을 나가면 보통 어디에 갑니까?" 스트라이크가 물었다.

"호텔요." 그녀가 말했다. "한번은 어떤 여자와 있었던 적도 있지만, 이제 그 여자는 안 만나요. 올랜도," 그녀는 수화기 너머에 대고 날카롭게 말했다. "그거 내려놔, 그건 내 거야. 내 거라고. 뭐라고요?" 그녀가 스트라이크에게 큰 소리로 말했다.

"전 아무 말도 안 했습니다. 제가 계속 남편을 찾기를 원하십니까?"

"물론이에요. 그럼 누가 그이를 찾아주겠어요? 올랜도를 혼자둘 수도 없는데. 리즈 태슬에게 그이가 어디 있는지 물어봐요. 전에 찾은 적이 있으니까. 힐튼," 리어노라가 느닷없이 말했다. "한 번은 힐튼에 있었어요."

"어느 힐튼요?"

"몰라요, 리즈에게 물어봐요. 그 여자가 그이를 사라지게 했으니, 당연히 돌아오게 하는 걸 도와야죠. 근데 제 전화를 받지 않아요. 올랜도, 내려놓으라니까."

"더 떠오르는 사람은—."

"아뇨, 그랬으면 제가 말했겠죠, 안 그래요?" 리어노라가 톡 쏘아붙였다. "댁이 탐정이잖아요. 알아서 찾아요! 올랜도!"

"퀸 부인, 우린—."

"리어노라라고 불러요."

"리어노라, 우린 남편분께서 스스로에게 위해를 가했을 가능성을 고려해야만 합니다. 경찰을 개입시키면," 스트라이크는 전화기 너머 집 안의 소란보다 목소리를 더 높이며 말했다. "남편분을 더 빨리 찾을 수 있습니다."

"그러고 싶지 않아요. 그이가 일주일 동안 사라졌을 때 경찰을 불렀는데, 그이는 여자친구 집에서 발견됐고 둘 다 심기가 좋지 않았어요. 또 그러면 그이가 화낼 거예요. 하여간 오언은—. 올랜도, 놔둬!"

"경찰은 남편분 사진을 더 효과적으로 배포할 수 있고, 또—."

"전 그저 남편이 조용히 집에 오길 바랄 뿐이에요. 왜 그냥 돌아오지 않는 거죠?" 그녀는 골을 내며 덧붙였다. "그만하면 진정할 시간을 가졌잖아요."

"남편분의 새 책을 읽어봤습니까?" 스트라이크가 물었다.

"아뇨. 전 항상 책이 끝날 때까지 기다려요. 제대로 된 표지에 모든 걸 다 갖춰서 읽을 수 있으니까요."

"남편분이 책에 대해서 무슨 말이든 한 적이 있습니까?"

"아뇨, 남편은 일 이야기 하는 걸 좋아하지 않아요, 아직 —. 올랜도, 내려놓으라니까!"

그는 그녀가 일부러 전화를 끊었는지 아닌지 확신할 수가 없었다.

이른 아침 안개가 걷혔다. 빗방울이 사무실 창문에 아롱지고 있었다. 곧 고객이 방문할 예정이었다. 곧 전남편이 될 작자가 어디에 재산을 숨겨놓았는지 알고 싶어 하는 예비 이혼녀였다.

"로빈," 스트라이크가 바깥 사무실로 나오며 말했다. "인터넷에서 오언 퀸의 사진을 찾을 수 있으면 하나 뽑아주겠어요? 그리고 퀸의 에이전트 엘리자베스 태슬에게 전화해서 몇 가지 간단한 질문에 대답해줄 수 있는지 알아봐줘요."

그는 자기 사무실로 돌아가려다가 또 다른 게 생각났다.

"그리고 '봄빅스 모리'를 찾아서 그게 무슨 뜻인지 알아봐줄래요?"

"철자가 어떻게 되죠?"

"누가 알겠어요." 스트라이크가 말했다.

예비 이혼녀 고객은 11시 30분 정각에 도착했다. 수상쩍을 정도로 어려 보이는 외모의 40대로, 펄럭이는 매력과 사향 향을 발산하는 그녀가 올 때면 로빈은 사무실이 좁게 느껴졌다. 스트라이크는 그녀를 데리고 자기 사무실로 사라졌고, 두 시간 동안 로빈에게 들리는 소리라곤 한결같이 추적대는 빗소리와 자신이 키보드를 두드리는 소리 위로 부드럽게 오르락내리락하는 그들의 목소리뿐이었다. 로빈은 스트라이크의 사무실에서 갑자기 울음소리와 한탄, 심지어 고함 소리가 터져 나오는 데 익숙했다. 가장 불길한 건 갑작스러운 침묵이었다. 한 남성 고객이 스트라이크가 망원렌즈로 찍은 아내와 그 애인의 사진을 보고 문자 그대로 기절했던 때처럼 말이다(나중에 안 사실이지만 가벼운 심장마비였다).

마침내 스트라이크와 고객은 밖으로 나왔고, 여자는 과도하게 애교가 넘치는 작별 인사를 했다. 로빈은 상사에게 바스 문학축제 웹사이트에서 찾아낸 오언 퀸의 커다란 사진을 건넸다.

"이런 세상에." 스트라이크가 말했다.

오언 퀸은 헝클어진 옅은 노랑머리에 끝을 뾰족하게 다듬은 반다이크 수염을 기른, 예순가량의 크고 창백하고 풍채 좋은 남자였다. 양쪽 눈 색깔이 달랐는데, 그 때문에 눈빛이 특히 강렬해 보였다. 사진 촬영을 위해 망토 같은 것을 두르고 깃털로 장식한 트릴비*를 쓰고 있었다.

"남의 눈에 띄지 않고 오래 숨어 있기는 힘들겠군요." 스트라이크가 말했다. "이 사진 몇 장 복사해줄 수 있어요, 로빈? 호텔에 뿌려야 할지도 몰라요. 퀸 부인 말이 남편이 한번은 힐튼에 있었다고 하는데, 어느 힐튼인지는 기억을 못 하더라고요. 그러니 전화를 돌려서 퀸이 예약했는지 알아봐주겠어요? 자기 이름을 쓸 것 같지는 않지만, 생김새를 묘사해볼 수는 있을 테니……. 엘리

---

* 챙이 좁은 중절모.

자베스 태슬에게서는 뭐 좀 알아냈어요?"

"네." 로빈이 말했다. "못 믿겠지만, 제가 막 전화하려는데 그 여자한테서 전화가 왔어요."

"그 여자가 여기로 전화를 걸었다고요? 왜요?"

"크리스천 피셔가 당신이 찾아왔었다고 이야기했대요."

"그래서요?"

"오늘 오후에는 회의가 있으니, 내일 아침 11시에 자기 사무실에서 만나자고 하더라고요."

"그래요, 지금요?" 스트라이크는 흥미로운 표정으로 말했다. "점점 더 재미있어지는데. 퀸이 어디 있는지 아느냐고 물어봤어요?"

"네, 전혀 모르겠대요. 하지만 여전히 당신을 만나고 싶대요. 굉장히 권위적인 스타일이더라고요. 교장선생님처럼. 그리고 '봄빅스 모리'는," 그녀가 말을 끝맺었다. "라틴어로 누에(silkworm)예요."

"누에요?"

"네. 있잖아요, 전 항상 누에가 실을 자아내는 거미 같은 거라고 생각했거든요. 그런데 누에한테서 어떻게 실크를 얻는지 아세요?"

"모르겠는데요."

"끓여요." 로빈이 말했다. "산 채로 끓인다고요. 누에가 고치에서 뛰쳐나와서 고치를 망치지 않게요. 고치가 실크로 만들어졌거든요. 정말이지 별로 좋은 이야기는 아니죠, 안 그래요? 왜 누에에 대해 알아보려는 거죠?"

"오언 퀸이 왜 자기 소설을 봄빅스 모리라고 불렀는지 알고 싶어서요." 스트라이크가 말했다. "뭐라도 더 이해가 되는 것 같지는 않네요."

그는 날씨가 개길 바라면서 오후 내내 감시 사건과 관련된 지루한 서류작업을 했다. 위층에 먹을 게 거의 없었기 때문에 밖에 나가야 했다. 로빈이 퇴근하고 나서도 스트라이크는 계속 일했고, 창을 두드리는 빗소리는 점점 더 거세졌다. 마침내 그는 코트를 입고 가장 가까운 슈퍼마켓에서 음식을 사려고 이제는 호우로 변한 비를 뚫고 흠뻑 젖은 어두운 채링크로스 로드를 걸어 내려갔다. 최근에는 포장음식을 사 와서 먹는 일이 너무 잦았다.

양손에 불룩한 쇼핑백을 들고 돌아오는 길에, 막 문을 닫으려고 하는 중고서점 안으로 충동적으로 들어갔다. 카운터 뒤의 남자는 오언 퀸의 첫 번째 소설이자 아마도 최고작인 《호바트의 죄》가 가게에 있는지 잘 모르는 눈치였다. 그는 한참 동안 밑도 끝도 없이 중얼대며 자신 없이 컴퓨터 모니터를 들여다본 끝에 스트라이크에게 작가의 다른 책인 《발자크 형제들》을 내밀었다. 비에 젖은 데다 피곤하고 허기진 스트라이크는 2파운드를 지불하고 낡은 하드커버 책을 다락방으로 들고 왔다.

스트라이크는 식품을 정리해놓고 파스타를 만들어 먹은 다음 밤이 새까맣게 깊어가며 추워지고 있는 창밖 풍경을 바라보다 침대에 대자로 누워 실종된 남자의 책을 폈다.

문체는 화려하고 장식적이고, 이야기는 고딕풍에 초현실적이었다. 바리코셀과 바스라는 이름의 두 형제가 아치형 천장의 방 안에 갇혀 있는데, 방구석에서는 그들 형의 시체가 서서히 부패하고 있었다. 그들은 술에 취해 문학과 충절, 프랑스 작가 발자크에 대해 논쟁을 벌이면서 그 사이사이에 부패하고 있는 형의 일생에 대한 이야기를 공동집필하려고 했다. 바리코셀은 아픈 고환을 계속해서 만지작거렸는데, 스트라이크가 보기에 그건 작가의 슬럼프에 대한 조잡한 은유였고, 일은 바스가 거의 다 하는 것 같았다.

50쪽까지 읽고 나서 스트라이크는 "이런 헛소리!" 하고 중얼대며 책을 던지고 잠자리에 들기 위한 고된 절차를 시작했다.

지난밤과 같은 깊고 복된 혼수상태는 찾아오지 않았다. 비가 다락방 창문을 마구 두드려대며 잠을 방해했고, 그는 밤새도록 어수선한 대참사의 꿈을 꿨다. 스트라이크는 불편한 꿈의 여파가 숙취처럼 달라붙은 상태로 잠에서 깼다. 비는 여전히 창문을 두드리고 있었고, 텔레비전을 켜니 콘월에는 대홍수가 나 있었다. 사람들이 차에 갇혀 있거나 집에서 대피해 비상센터에 어수선하게 모여 있었다.

스트라이크는 휴대전화를 집어 들고 거울에 비친 자신의 모습만큼이나 익숙한, 그에게 있어 평생토록 안전과 안정감을 상징해온 전화번호를 눌렀다.

"여보세요?" 숙모가 전화를 받았다.

"코모란이에요. 괜찮아요, 조앤 숙모? 방금 뉴스를 봤어요."

"우린 괜찮다, 얘야. 상황이 안 좋은 건 저 위쪽 해안이야." 그녀가 말했다. "태풍이 몰아쳐서 온통 물바다지만, 세인트오스텔하고는 비교가 안 돼. 우리도 뉴스로 보고 있단다. 콤, 넌 어떻게 지내니? 너무 오랜만이구나. 안 그래도 어젯밤에 테드랑 네 소식을 들은 지 오래라고 이야기했던 참이야. 다시 혼자가 됐으니 크리스마스 때 오지 그러니? 어떻게 생각하니?"

그는 휴대전화를 든 채로는 옷을 입을 수도 없고 의족을 달 수도 없었다. 숙모는 그곳 소식을 끝도 없이 쏟아놓다가 그가 건드리고 싶지 않은 사적 영역으로 갑자기 휙 침범해 들어와 30분 동안 떠들어댔다. 숙모는 마지막으로 그의 애정생활과 빚, 절단된 다리에 대해 한바탕 취조를 한 끝에 마침내 그를 놓아줬다.

스트라이크는 지치고 짜증 난 상태로 늦게 사무실에 도착했다. 짙은 색 양복에 넥타이 차림이었다. 로빈은 그가 엘리자베스 태슬을 만난 후에 이혼 수속 중인 갈색 머리 여자와 점심을 하러 가는지 궁금했다.

"소식 들었어요?"

"콘월의 홍수요?" 스트라이크가 전기포트의 버튼을 누르며 물었다. 조앤 숙모가 떠드는 동안 아침에 마시려던 차가 다 식어버렸기 때문이다.

"윌리엄과 케이트가 약혼한대요." 로빈이 말했다.

"누구요?"

"윌리엄 왕자랑," 로빈이 재미있어 하며 말했다. "케이트 미들턴요."

"아." 스트라이크는 무심하게 말했다. "잘됐네요."

몇 달 전만 해도 그 역시 약혼자의 반열에 올라 있었다. 지금은 옛 약혼녀의 새 약혼이 어떻게 되어가고 있는지도 모르거니와, 언제 약혼 상태가 끝날까 궁금해하고 싶지도 않았다. (물론 이번 약혼은 지난번 그와의 약혼 때처럼 그녀가 약혼자의 얼굴을 할퀴고 자신의 부정을 고백하면서 끝나는 게 아니라 스트라이크가 결코 선사하지 못했을 그녀의 결혼식으로 끝나겠지만 말이다. 틀림없이 윌리엄과 케이트가 곧 치를 결혼식과 비슷하게.)

스트라이크가 차를 반쯤 마셨을 때쯤, 로빈은 이 우울한 침묵을 깨는 게 좋겠다고 판단했다.

"방금 전에 루시가 토요일 밤 당신 생일 저녁식사 약속을 확인하러 전화했어요. 누굴 데려올 건지 묻더군요."

스트라이크의 기운이 몇 단계는 더 주욱 빠졌다. 여동생 집에서 하기로 한 저녁식사 약속은 완전히 잊고 있었다.

"그렇군요." 그는 침울하게 말했다.

"토요일이 생일이에요?" 로빈이 물었다.

"아니요." 스트라이크가 말했다.

"언젠데요?"

그는 한숨을 내쉬었다. 그는 케이크도 카드도 선물도 원하지 않건만, 로빈의 표정은 기대에 차 있었다.

"화요일요." 그가 말했다.

"23일?"

"네."

그는 잠시 말없이 있다가, 문득 자기도 되물어야 한다는 생각을 했다.

"로빈 생일은 언제예요?" 뭔가 주저하는 그녀의 태도에 그는 불안해졌다. "맙소사, 설마 오늘은 아니겠죠?"

그녀가 웃었다.

"아뇨, 지났어요. 10월 9일이에요. 괜찮아요, 토요일이었으니까.” 그녀는 괴로워하는 그의 표정을 보고 여전히 미소를 지으며 말했다. “하루 종일 여기 앉아서 꽃을 기대하고 있지는 않았답니다.”

그도 마주 미소 지었다. 로빈의 생일을 모르고 넘긴 데다 언제인지 물어보려는 생각도 하지 않았기 때문에 조금 더 성의를 보여야겠다는 생각이 들어 그는 한마디 덧붙였다.

“당신과 매튜가 아직 날짜를 정하지 않아서 다행이군요. 적어도 왕실 결혼과 겹치는 일은 없을 거잖아요.”

“아.” 로빈이 얼굴을 붉히며 말했다. “우리 날짜 정했어요.”

“정했다고요?”

“네.” 로빈이 말했다. “1월 8일이에요. 여기 청첩장요.” 그녀는 허둥지둥 가방 위로 몸을 숙이며 말했다(스트라이크를 초대하는 문제에 대해 매튜에게 물어보지도 않았지만, 이젠 그러기에 너무 늦었다). “여기요.”

“1월 8일이라고요?” 스트라이크는 은색 봉투를 받으며 말했다. “그럼 겨우…… 뭐야, 7주밖에 안 남았잖아요.”

“네.” 로빈이 말했다.

잠시 이상한 침묵이 뒤따랐다. 스트라이크는 로빈에게 또 뭘 부탁하려고 했는지 순간 잊어버렸다가 곧 생각해냈다. 그는 은색 봉투로 손바닥을 사무적으로 톡톡 두드리며 말했다.

“힐튼 건은 어떻게 되어갑니까?”

“몇 군데 전화해봤어요. 퀸은 자기 이름으로 숙박하지 않았고, 아무도 그런 외모는 기억하지 못하더라고요. 하지만 힐튼 호텔은 많으니까, 목록을 따라가며 전화하고 있어요. 엘리자베스 태슬을 만나고 나서 무슨 일정 있으세요?” 그녀는 무심하게 물었다.

"메이페어에 아파트를 사려는 척하려고요. 모 씨의 남편이 아내의 변호사가 막기 전에 자산을 현금화해서 외국으로 빼돌리려는 것 같아요." 그는 뜯지 않은 청첩장을 코트 주머니 깊숙이 찔러 넣으며 말했다. "이만 가보는 게 좋겠군요. 못된 작가를 찾아야 하니까."

8

난 그 책을 가져갔고, 그래서 그 노인은 사라졌다.

— 존 릴리, 《엔디미온: 혹은 달의 남자》

엘리자베스 태슬의 사무실까지 지하철 한 정거장을 서서 가고 있던 스트라이크는 (그는 이런 짧은 여정에서도 절대 완전히 긴장을 늦추지 않았고, 혹시라도 넘어져서 의족에 압박이 가해지는 걸 막기 위해 발을 굳게 버티고 섰다) 문득 로빈이 퀸 사건을 맡은 걸 나무라지 않았다는 생각이 들었다. 물론 그녀가 고용주를 나무랄 입장은 아니었지만, 그와 운명을 같이하기 위해 훨씬 더 많은 월급을 거절했으니 일단 빚만 다 갚고 나면 최소한 월급 인상 정도는 해줄 거라고 기대하는 것도 터무니없는 일은 아니다. 비판을 한다거나 비난 섞인 침묵시위를 하지 않는다는 점에서 그녀는 특이했다. 스트라이크가 살면서 만난 여자들 중 그를 개선하거나 교정하려는 욕구가 없어 보이는 유일한 여자였다. 그의 경험상 여자들은 종종 남자를 바꿔놓으려고 죽어라 노력하는 게 곧 사랑의 크기와 비례한다고 알아주길 바랐다.

그런데 로빈은 7주 후에 결혼한다. 7주가 지나면 매튜 어쩌고 하는 사람의 부인이 된다. 매튜……. 약혼자의 성을 들었다 하더라도 어차피 기억하지 못했을 것이다.

굿지 스트리트에서 승강기를 기다리던 스트라이크는 갑자기 이혼 소송 중인 갈색 머리 고객—그녀는 이런 전개를 두 팔 벌려 환영할 거라고 분명히 암시했다—에게 전화를 하고 싶은 미친 충동을 느꼈다. 오늘 밤 나이트브리지에 있는 깊고 부드럽고 향수를 진하게 뿌린 그녀의 침대에서 그녀와 자는 것이다. 하지만 그 생각은 떠오르자마자 즉시 사라졌다. 그런 건 미친 짓이다. 돈도 못 받을 것 같은 실종사건을 맡는 것보다 더 미친 짓…….

그런데 그는 왜 오언 퀸에게 시간을 허비하고 있는 것일까? 얼굴을 때리는 비를 피해 고개를 숙이고 자문했다. '호기심.' 잠시 생각한 끝에 속으로 대답했다. 그리고 어쩌면 알 수 없는 뭔가가 더 있을지도 모른다. 쏟아지는 폭우 속에서 실눈을 뜨고 미끄러운 보도 위에 조심스레 발을 내디뎌 스토어 스트리트를 내려가면서 생각했다. 부유한 고객들이 계속 들고 오는 탐욕과 복수심의 끝없는 변주로 인해 그의 취향도 탈진할 위험에 처해 있었다. 실종 사건을 조사해본 지도 오랜만이었다. 도망자 퀸을 가족에게 돌려보내는 일은 보람이 있으리라.

엘리자베스 태슬 문학 에이전시는 혼잡한 가워 스트리트에서 벗어나 깜짝 놀랄 정도로 조용한 막다른 골목 안, 빛깔 짙은 벽돌 건물들이 즐비한 주거지역에 위치해 있었다. 스트라이크는 진중하게 생긴 놋쇠 명판 옆 벨을 울렸다. 가벼운 발소리가 들리더니, 윗단추를 푼 셔츠 차림의 창백한 젊은이가 빨간 카펫이 깔린 계단을 내려와 문을 열었다.

"사립탐정님이시죠?" 그가 놀라움과 흥분이 뒤섞인 어조로 물었다. 스트라이크는 낡은 카펫 여기저기에 물을 뚝뚝 흘리며 계단을 올라 마호가니 문을 지나 예전엔 아마도 따로 분리된 현관과 거실이었을 넓은 사무실 공간으로 들어갔다.

오래된 우아함은 서서히 허물어지며 추레함으로 변했다. 창문들은 응결된 빗방울로 흐릿했고, 공기는 오랜 담배 연기에 찌들어 있었다. 책들이 꽉꽉 들어찬 나무 책장들이 벽을 따라 죽 늘어서 있고, 지저분한 벽지는 문인들의 캐리커처와 만화 액자들로 온통 뒤덮여 있었다. 커다란 책상 두 개가 나달나달한 양탄자를 사이에 두고 마주 보고 있었지만, 자리에 앉아 있는 사람은 없었다.

"코트 받아드릴까요?" 젊은이가 묻자, 겁에 질린 표정의 바짝 마른 여자 하나가 책상 뒤에서 펄쩍 튀어나왔다. 그녀는 한손에 지저분한 스펀지를 들고 있었다.

"안 지워져, 랠프!" 그녀는 스트라이크와 같이 있는 젊은이에게 미친 듯이 속삭였다.

"젠장할." 랠프가 짜증스레 중얼거렸다. "엘리자베스의 늙어빠진 개가 샐리의 책상 밑에다 토해놨거든요." 그는 흠뻑 젖은 스트라이크의 크롬비(Crombie) 코트를 받아 문 바로 안쪽의 빅토리아 스타일 옷걸이에 걸면서 나지막이 털어놓았다. "오셨다고 전할게요. 계속 문질러." 그는 두 번째 마호가니 문 쪽으로 가면서 동료에게 충고하고는 딸각 하고 문을 열었다.

"스트라이크 씨 오셨어요, 리즈."

개 짖는 소리가 커다랗게 들리더니, 늙은 광부의 폐에서나 나올 것 같은 걸쭉하게 쿨럭대는 기침 소리가 그 뒤를 이어 바로 터져 나왔다.

"잡아." 쉰 목소리가 말했다.

에이전트 사무실의 문이 열리더니, 늙었지만 딱 봐도 여전히 기운찬 도베르만 핀셔의 목줄을 단단히 잡은 랠프와 이목구비가 큼직큼직하고 단호하고 꾸밈없는 인상에 나이는 예순 정도 되어 보이는 키 크고 다부진 체격의 여자가 나왔다. 기하학적으로 완벽한 회색 단발머리와 각이 딱 잡힌 검은 정장, 심홍색 립스틱이 뭔가 근사했다. 그녀에게서는 성적 매력 대신 성공한 중년 여성 특유의 위엄이 풍겨 나오고 있었다.

"데리고 나가는 게 좋을 거야, 랠프." 에이전트는 짙은 올리브색 눈동자를 스트라이크에게 고정한 채 말했다. 비는 여전히 창문을 세차게 두드리고 있었다. "배변봉지 잊지 말고. 오늘은 좀 순해."

"들어오세요, 스트라이크 씨."

비서는 진절머리 난다는 표정을 지으며 살아 있는 아누비스* 같은 머리를 가진 커다란 개를 사무실 밖으로 끌고 나갔다. 스트라이크와 도베르만이 서로 지나치는 순간, 개가 기운차게 으르렁 댔다.

"샐리, 커피." 겁에 질린 표정으로 스펀지를 숨기고 있는 여자에게 에이전트가 소리쳤다. 여자는 벌떡 일어나 책상 뒤의 문 너머로 사라졌고, 스트라이크는 그녀가 커피를 타기 전에 손을 철

---

* 이집트의 망자의 신.

저히 씻길 바랄 뿐이었다.

엘리자베스 태슬의 숨 막히는 사무실은 바깥 공간의 압축판이
었다. 담배와 늙은 개 냄새가 코를 찔렀다. 개 전용 트위드 침대가
책상 밑에 놓여 있었고, 벽에는 오래된 사진들과 판화들이 덕지
덕지 붙어 있었다. 스트라이크는 그 가운데 제일 큰 사진 속의 인
물을 알아봤다. 어린이 그림동화책 작가로 꽤 잘 알려진 핀켈먼
이라는 나이 든 사람이었는데, 아직 살아 있는지는 알 수가 없었
다. 에이전트는 스트라이크에게 말없이 맞은편 의자—거기서 그
는 우선 한 무더기의 종이와 오래된 《북셀러》 몇 권을 치워야만
했다—를 가리키며 앉으라고 한 다음, 책상 위 상자에서 담배를
꺼내 오닉스 라이터로 불을 붙이고 한 모금 깊게 빨아들이더니 켁
켁대고 씨근거리며 오랫동안 발작적으로 기침을 했다.

"그러니까," 기침이 잦아들자 그녀는 쉰 목소리로 서두를 떼며
책상 뒤 가죽의자로 돌아갔다. "크리스천 피셔 말이, 오언이 또
그 유명한 사라지기 재주를 선보였다면서요."

"그렇습니다." 스트라이크가 말했다. "당신과 책에 대해 다툼
을 했던 그날 밤 사라졌습니다."

그녀는 말을 하려 했지만, 그 말은 즉시 또 다른 기침이 삼켜버
렸다. 폐부 깊은 곳에서 가슴을 찢어발기는 듯한 끔찍한 소리가
터져 나왔다. 스트라이크는 발작이 지나가길 말없이 기다렸다.

"지독한 기침이네요." 기침을 할 데까지 하고 잠잠해지자마자
놀랍게도 그녀는 다시 담배를 깊숙이 한 모금 빨았고, 지켜보던
그가 마침내 말했다.

"독감이에요." 그녀는 쉰 목소리로 말했다. "떨어지지가 않네

요. 리어노라가 언제 찾아왔죠?"

"그저께요."

"그럴 돈은 있나요?" 그녀는 켁켁대며 말했다. "랜드리 사건을 해결한 당신 같은 사람에게 일을 맡기는 게 싸게 먹힐 것 같진 않은데."

"퀸 부인은 당신이 돈을 줄 거라던데요." 스트라이크가 말했다.

거친 뺨이 시뻘겋게 달아오르고 기침을 너무 해서 눈물 어린 검은 눈이 가느다래졌다.

"음, 당장 리어노라한테 가요—." 기침이 또 터져 나오려는 걸 억누르느라 멋진 검은 자켓 아래서 가슴이 들썩거리기 시작했다. "가서 난 그 자식이 돌아오는 데 단 한 푼도 쓰지 않을 거라고 말해요. 오언은 더— 더 이상 내 고객이 아니에요. 가서— 가서—."

또 한 번의 심한 기침 발작이 그녀를 덮쳤다.

문이 열리더니 바싹 마른 여자 조수가 컵과 커피여과기가 놓인 무거운 나무쟁반을 낑낑대며 들고 들어왔다. 스트라이크가 일어나서 쟁반을 받아 들었지만, 책상 위에는 쟁반을 놓을 자리가 없었다. 여자가 자리를 좀 만들어보려다가 긴장한 나머지 종이 더미를 무너뜨렸다.

에이전트가 기침을 해대며 보인 무시무시한 경고의 손짓에 여자는 겁에 질려 허둥지둥 방에서 도망쳤다.

"쓸모— 쓸모가 없어— 하나도—." 엘리자베스 태슬이 씨근댔다.

스트라이크는 카펫 위에 온통 어질러진 종이를 무시한 채 쟁반을 책상 위에 놓고 다시 자리에 앉았다. 이 에이전트는 익숙한 유형의 강자였다. 의식적이든 아니든, 자신이 감수성 예민한 사람들에게 엄격하고 위압적인 어머니에 대한 어린 시절 기억을 일깨운다는 사실을 이용하는 나이 많은 여자 말이다. 스트라이크는 그런 협박에는 면역이 되어 있었다. 일단 그의 어머니는, 어떤 잘못을 저질렀건 상관없이, 덜 성숙했고 공공연히 애정을 표현했다. 또 하나, 그는 겉보기엔 여장부 같은 이 에이전트에게서 나약함을 감지했다. 줄담배, 빛바랜 사진들, 늙은 개 바구니는 젊은 고용인들이 생각하는 것보다 그녀가 더 감상적이고 덜 자신만만한 여자임을 암시하고 있었다.

마침내 그녀가 기침을 멈추자 그는 커피를 한 잔 따라 건넸다.

"고마워요." 그녀는 퉁명스레 중얼거렸다.

"그러니까 퀸을 자른 겁니까?" 그가 물었다. "퀸에게 그렇게 말했나요, 저녁식사를 한 그날 밤에요?"

"기억이 안 나요." 그녀가 켁켁거리며 말했다. "순식간에 상황이 과열됐거든요. 오언은 레스토랑 한가운데 서 있었어요. 나한테 소리 지르기에 아주 딱인 장소였죠. 그러고는 계산서를 남겨두고 휑하니 뛰쳐나가 버렸어요. 무슨 말을 했는지 목격자들을 수두룩하게 찾을 수 있을 거예요, 알고 싶다면 말이죠. 오언은 작정하고 공개적으로 소란을 피웠으니까."

그녀는 담배를 한 개비 더 집더니, 뒤늦게 생각이 났는지 스트라이크에게도 하나 권했다. 그녀는 담배 두 개비에 다 불을 붙이고 말했다.

"크리스천 피셔가 무슨 말을 했죠?"

"뭐 별말 없었습니다." 스트라이크가 말했다.

"두 사람 다를 위해서 그게 사실이길 바라죠." 그녀가 쏘아붙였다.

스트라이크는 말없이 담배를 피우고 커피를 마셨고, 엘리자베스는 그가 정보를 더 내놓길 바라며 기다렸다.

"《봄빅스 모리》 이야기를 하던가요?" 그녀가 물었다.

스트라이크는 고개를 끄덕였다.

"뭐라던가요?"

"퀸이 그 책에 많은 사람들을 별로 위장하지도 않고 다 알아볼 수 있게 넣었다고요."

긴장된 침묵이 이어졌다.

"차드에게 정말로 고소당했으면 좋겠어요. 그 작자는 그런 걸 입 닫고 있는 거라고 생각하니 말이에요. 안 그래요?"

"퀸이 뛰쳐나간 후에 그와 연락을 해봤습니까? 그리고 저녁식사를 한 곳이 어디라고 했죠?" 스트라이크가 물었다.

"리버 카페요." 그녀가 쉰 목소리로 대답했다. "아뇨, 연락해보지 않았어요. 할 말도 없어요."

"퀸도 연락을 하지 않았고요?"

"네."

"리어노라 말로는 당신이 퀸에게 이번 책이 이제껏 쓴 책 중 최고라고 해놓고는 갑자기 돌변해서 그 책을 맡지 않겠다고 했다면서요."

"뭐라 그랬다고요? 그게 아니라— 아니에요— 내가 말—."

이제껏 최악의 기침 발작이었다. 스트라이크는 침을 튀기며 고꾸라질 듯 기침하는 그녀의 손에서 담배를 강제로 확 빼앗고 싶은 강한 충동을 느꼈다. 마침내 발작이 지나갔다. 그녀는 뜨거운 커피 반 잔을 꿀꺽 삼키고 좀 진정이 되는 것 같았다. 그러고는 더 강한 목소리로 반복해서 말했다.

"난 그렇게 말하지 않았어요. '이제껏 쓴 책 중 최고'라니! 오언이 리어노라에게 그렇게 말했대요?"

"네. 사실은 뭐라고 했나요?"

"난 아팠어요." 그녀는 질문을 무시하고 쉰 목소리로 말했다. "독감으로요. 일주일 동안 결근했죠. 오언은 소설을 마쳤다고 말하려고 사무실로 전화했어요. 내가 집에 앓아누워 있다고 랠프가 말하자, 오언은 즉시 원고를 우리 집으로 배달시켰어요. 거기에 사인하느라 일어나야만 했다고요. 오언의 전형적인 행태예요. 열이 40도까지 올라서 제대로 서 있기도 힘든 사람한테 자기 책이 완성되었으니 당장 읽으라는 거죠."

그녀는 느릿느릿 커피를 좀 더 마시고 말했다.

"난 복도 탁자 위에 원고를 던져놓고 곧장 침대로 다시 들어갔어요. 오언은 내 의견을 물으려고 거의 한 시간마다 전화를 걸어대기 시작했죠. 수요일과 목요일 내내 졸라대는데……."

"30년간 이 일을 하면서 그런 적은 한 번도 없었어요." 그녀가 쉰 목소리로 말했다. "그 주말에 난 여행을 갈 계획이었어요. 기대하고 있었죠. 여행을 취소하고 싶지도 않았고, 여행 가 있는 동안 오언이 3분마다 전화질 해대는 것도 싫었어요. 그래서 그냥 오언을 떼어내려고…… 그 생각을 하면 아직도 끔찍하지만…… 원고를 대충 읽었어요."

그녀는 담배를 길게 한 모금 빨고 예정대로 기침을 한 후 진정하고 말했다.

"그전에 낸 두 권보다 나빠 보이지 않았어요. 오히려 더 나아졌어요. 전제가 꽤 흥미로웠죠. 일부 심상도 매력적이었고. 고딕 동화, 섬뜩한 《천로역정》이라고나 할까."

"읽은 부분에서 알아본 사람이 있습니까?"

"인물들은 대부분 상징적인 것 같았어요." 그녀는 약간 방어적으로 말했다. "성인전(聖人傳) 같은 자화상을 포함해서 말이죠. 벼— 변태적인 섹스도 많고." 그녀는 말을 멈추고 다시 기침을 했다. "평소와 다름없는 조합이네, 하고 생각했죠. 하지만 난— 난 꼼꼼히 읽지 않았다고요. 그걸 시인하는 사람은 내가 처음일 걸요."

그는 그녀가 잘못을 인정하는 데 익숙하지 않다는 걸 알 수 있었다.

"난— 어, 후반부는 대충 훑어보기만 했어요. 마이클과 대니얼에 대해 쓴 부분요. 결말은 슬쩍 봤는데, 그로테스크하고 좀 바보 같았을 뿐……. 그렇게 아프지만 않았다면, 원고를 제대로 읽기만 했더라면 당연히 곧장 오언에게 그런 걸 내면 무사하지 못할 거라고 말했을 거예요. 대니얼은 이— 이상한 데다 굉장히 미— 민감한 사람이에요." 목소리가 다시 갈라지고 있었지만, 그녀는 어떻게든 문장을 마치려고 씨근대며 "게다가 마— 마이클은 가장 비열한— 비열한—"까지 말하고 나서, 또다시 기침이 장렬하게 터져 나왔다.

"퀸 씨는 왜 소송당할 게 뻔한 걸 출판하려고 애쓰는 걸까요?" 스트라이크는 그녀가 기침을 멈추자 물었다.

"오언은 자기가 사회 나머지 구성원들과 같은 법의 적용을 받는다고 생각하지 않거든요." 그녀가 내뱉듯 말했다. "자기가 무슨 천재나 앙팡 테리블*인 줄 알아요. 분란을 일으키는 걸 자랑으로 여기죠. 용감하고 영웅적인 일이라고."

"책을 보고 나서 어떻게 했습니까?"

"오언에게 전화했어요." 그녀는 스스로에게 화가 난 듯 잠시 눈을 감고 말했다. "그러고는 '그래, 엄청 좋네'라고 말하고, 랠프에게 우리 집에서 그 망할 원고를 가져가서 두 부를 복사하라고 했어요. 한 부는 로퍼차드의 오언 담당 편집자인 제리 월드그레이브에게, 다른 한 부는, 하느님 맙소사, 크리스천 피셔에게 보내라고 시켰죠."

"왜 원고를 이메일로 사무실에 보내지 않았습니까?" 스트라이크가 궁금해서 물었다. "USB 같은 데 가지고 있지 않았나요?"

그녀는 꽁초가 수북한 유리 재떨이에 담배를 비벼 껐다.

"오언은 《호바트의 죄》를 쓴 구식 전기 타자기를 여전히 고집하거든요. 허세인지 멍청한 건지 원. 오언은 기술에 대해서는 놀랄 정도로 무지한 위인이에요. 어쩌면 노트북을 쓰려고 시도해봤다가 실패했는지도 모르죠. 하여간 사사건건 불편을 자초해요."

"왜 두 곳의 출판사에 원고를 보낸 겁니까?" 스트라이크는 이미 대답을 알고 있지만 물었다.

"제리 월드그레이브가 복 받은 성자인 데다 출판계에서 가장 착한 사람일 수도 있으니까요." 그녀는 커피를 홀짝거리며 말했

---

* 장 콕토의 소설 제목에서 비롯된 말로, 사회적 통념에 반하는 행동을 일삼으며 나이나 경력에 맞지 않는 걸출한 실력을 가진 신예.

84

다. "하지만 그 사람마저 최근에는 오언과 오언의 성질머리를 못
참게 되었거든요. 오언이 로퍼차드에서 낸 마지막 책은 거의 안
팔렸어요. 예비로 대책을 마련하는 게 현명하다고 생각했죠."

"책의 진짜 내용을 언제 알아챘습니까?"

"그날 초저녁에요." 그녀가 쉰 목소리로 대답했다. "랠프가 전
화를 했어요. 복사본 두 개를 보내고는 원본을 뒤적여본 거예요.
전화해서 '리즈, 이거 정말 읽어보신 거 맞아요?' 하고 묻더군요."

그 창백한 젊은이가 전화했을 때의 공포, 전화를 거느라 쥐어짠
용기, 결정을 내리기 전 여자 동료와 함께했을 고통스러운 논의
과정이 스트라이크의 눈에 선했다.

"난 인정해야 했어요. 읽지 않았…… 아니 제대로 읽지 않았다
고." 그녀는 중얼거렸다. "랠프가 내가 놓친 부분을 몇 개 골라 읽
어주더군요. 그래서……."

그녀는 오닉스 라이터를 집어 들고 멍한 표정으로 켰다가 스트
라이크를 쳐다봤다.

"난 완전히 당황했어요. 크리스천 피셔에게 전화했더니, 곧장
음성사서함으로 넘어가더군요. 그래서 거기 간 원고는 초고니까
읽지 말라고, 내가 실수했으니까 가능한 한— 가능한 한 빨리 돌
려줬으면 좋겠다고 메시지를 남겼죠. 그러고는 제리에게 전화했
지만, 거기도 전화를 받지 않았어요. 아내랑 주말에 결혼기념일
여행을 간다고 했거든요. 난 그가 원고 읽을 시간이 없기를 바라
면서 피셔에게 남긴 것과 비슷한 메시지를 남겼어요. 그러고는
다시 오언에게 전화했죠."

그녀는 또 새 담배에 불을 붙였다. 담배를 빨아들이자 커다란

콧구멍이 벌름거렸고, 입가 주름이 깊어졌다.

"난 말을 꺼내지도 못했어요. 그래봤자 소용없었을 거예요. 오언이 좋아 죽으려고 하면서 다짜고짜 내 말을 막고 떠들기 시작했거든요. 딱 오언 식이죠. 만나서 저녁을 먹으며 책의 완성을 축하해야 한다는 거예요. 그래서 난 억지로 옷을 갈아입고 리버 카페에 가서 기다렸어요. 그리고 오언이 들어왔죠. 심지어 지각도 안 하더군요. 보통은 늘 늦거든요. 완전 의기양양해서는 말 그대로 공중에 붕붕 떠 있더라고요. 진짜로 자기가 아주 대단하고 놀라운 일을 했다고 생각하고 있었어요. 영화 각색 이야기를 하기 시작하는데 겨우 끼어들어 한마디 할 수 있었어요."

진홍색 입술에서 연기가 뿜어져 나오고 거기에 빛나는 검은 눈까지 더하니 그녀는 진짜 용처럼 보였다.

"그 책은 야비하다고, 사악하고 출판할 수 없는 책이라고 말하자 오언은 펄쩍 뛰며 의자를 집어 던지고 고함을 질러대기 시작했어요. 날 개인적으로, 또 직업적으로 모욕하더니, 내게 더 이상 자기를 맡을 용기가 없다면 자비출판을 하겠다고— 전자책으로 내겠다고 하더군요. 그러고는 계산서를 내게 맡기고 뛰쳐나가 버렸죠. 벼— 별" 그녀가 으르렁댔다. "별난 일도 아니지만—."

그녀는 감정이 북받쳐 전보다 더 심한 기침 발작을 했다. 스트라이크가 보기에 진짜로 질식이라도 할 것만 같았다. 그가 엉거주춤 자리에서 일어났지만 그녀가 손짓으로 거절했다. 마침내 그녀는 얼굴이 시뻘개져서는 눈물을 흘리며 거친 목소리로 말했다.

"난 일을 바로잡으려고 할 수 있는 일은 다 했어요. 바닷가에서의 주말을 다 망쳤죠. 피셔와 월드그레이브와 이야기하려고 계속 전화를 해댔어요. 응답을 받으려고 그위디언의 젠장할 절벽에서 오도 가도 못 하고 메시지를 보내고 또 보냈다고요—."

"거기 출신이십니까?" 스트라이크는 약간 놀라며 물었다. 그녀의 말투에서 콘월에서 보낸 자신의 어린 시절의 흔적을 전혀 알아채지 못했기 때문이다.

"숙모 한 분이 거기 사세요. 4년 동안 런던에서 나가보지도 못했다고 하자 주말에 오라며 초대해주셨죠. 숙모 책의 배경이 된 온갖 멋진 곳들을 보여주려고 하셨어요. 내가 본 중 가장 아름다운 경치였지만, 내 머릿속은《봄빅스 모리》와 아무도 그걸 못 읽게 해야 한다는 생각뿐이었어요. 잠도 잘 수 없었어요. 끔찍했어요. 마침내 일요일 점심 때 제리한테서 연락이 왔어요. 주말에 기념일 여행도 가지 않았고 내 메시지도 받지 못했다는 거예요. 그래서 그놈의 책을 읽어보기로 했대요."

"화가 머리끝까지 났더라고요. 난 제리에게 모든 수단을 써서 그 젠장할 책의 출간을 막겠다고 장담했어요. 하지만 그걸 크리스천에게도 보냈다는 말은 해야 했어요. 그 말을 듣자 제리는 쾅소리 나게 전화를 끊더군요."

"퀸이 그 책을 인터넷에 올리겠다고 협박한 것도 말했습니까?"

"아뇨." 그녀는 쉰 목소리로 말했다. "그게 공갈이길 빌었죠. 왜냐하면 오언은 정말이지 컴퓨터에 대해서는 일자무식이거든요. 걱정되는 건……."

그녀의 목소리가 기어들어갔다.

"걱정되다니요?" 스트라이크가 장단을 맞춰줬다.

그녀는 대답하지 않았다.

"이 자비출판이라는 게 뭐가 있군요." 그가 가볍게 말했다. "리어노라 말로는 퀸이 그날 밤 사라지면서 원고와 기록들을 다 챙겨 갔다고 하더군요. 난 퀸이 원고를 태우려고 한 걸까 아니면 강에 던지려고 한 걸까 생각했죠. 하지만 아마도 원고를 전자책으로 바꿀 목적으로 가져간 모양이군요."

이 정보는 엘리자베스 태슬의 심기를 전혀 편하게 해주지 못했다. 그녀는 이를 악물고 말했다.

"여자친구가 있어요. 그가 가르치던 작문 수업에서 만난 여자예요. 그 여자가 자비출판을 한 적이 있어요. 오언이 그 여자가 쓴 끔찍한 에로틱 판타지 소설에 제 관심을 끌어보려고 애를 썼기 때문에 알아요."

"연락해봤습니까?" 스트라이크가 물었다.

"네, 사실 해봤어요. 겁줘서 못 하게 하려고요. 오언의 부탁에 낚여서 그 책 포맷을 바꾸거나 온라인에서 판매하는 걸 도와주면 같이 송사를 당하게 될 거라고 말하려고 했죠."

"뭐라고 하던가요?"

"몇 번이나 해봤지만 연락이 되지 않았어요. 전화번호가 바뀌었을지도 모르죠. 모르겠어요."

"그 여자 연락처를 알 수 있을까요?" 스트라이크가 물었다.

"랠프가 명함을 갖고 있어요. 나 대신 계속 전화를 하라고 일러뒀거든요. 랠프!" 그녀가 고함질렀다.

"아직 보랑 밖에 있는데요!" 문 너머에서 여자가 겁에 질려 꽥소리 질렀다. 엘리자베스 태슬은 눈을 굴리다가 힘들게 자리에서 일어났다.

"저 아이한테 찾아달라고 해봤자 소용없어요."

에이전트가 문을 휙 닫고 나가자, 스트라이크는 즉시 자리에서 일어나 책상 뒤로 가 몸을 굽히고 앞서 눈에 들어왔던 사진을 살펴봤다. 그러기 위해 책장 위에 놓인 도베르만 두 마리의 사진을 치워야만 했다.

그가 관심을 가진 사진은, 색이 많이 바랜 A4 크기의 컬러사진이었다. 사진에 찍힌 네 사람의 옷차림으로 보아 적어도 2, 30년 전에 바로 이 건물 앞에서 찍은 사진 같았다.

엘리자베스는 사진 속의 유일한 여자라 분명히 알아볼 수 있었다. 그녀는 덩치가 크고 수수했고 바람에 날린 검정 머리에, 어울리지 않게 진분홍과 청록색이 섞인 드롭웨이스트 드레스*를 입고 있었다. 그녀의 한쪽 옆에는 금발에 호리호리한 체격을 가진 꽹장한 미남 청년이 서 있었고, 다른 한쪽에는 키가 작고 창백한 피부에 뚱한 얼굴을 한 남자가 서 있었는데 몸에 비해 머리가 너무 컸다. 어딘지 낯익은 얼굴이었다. 신문이나 텔레비전에서 봤을지도 모른다는 생각이 들었다.

알아볼 수는 없지만 아마도 유명인인 듯한 남자 옆에는 훨씬 젊은 시절의 오언 퀸이 서 있었다. 넷 중 가장 키가 큰 그는 구깃구깃한 흰 양복에다 삐죽삐죽한 멀릿 스타일** 머리를 하고 있었다. 보자마자 살찐 데이빗 보위***가 연상되는 모양새였다.

기름칠 잘된 경첩이 부드럽게 돌아가며 문이 휙 열렸다. 스트라

* 허리부분이 낮은 드레스.
** 앞머리와 정수리 부분은 짧고 뒷머리는 긴 헤어스타일.
*** 영국 출신의 세계적인 록 가수. 오드아이를 가지고 있다.

이크는 뭘 하고 있었는지 감추려고 하지 않고, 돌아서서 에이전트를 쳐다봤다. 그녀는 종이 한 장을 들고 있었다.

"플레처예요." 그녀는 스트라이크가 들고 있는 개 사진을 바라보며 말했다. "작년에 죽었죠."

그는 개들 사진을 다시 책장에 놓았다.

"아." 그녀가 상황을 이해하고 말했다. "다른 사진을 보고 있었군요."

그녀는 빛바랜 사진 쪽으로 걸어왔다. 어깨를 나란히 하고 서서 가늠해보니, 키가 180센티미터는 되는 것 같았다. 그녀에게서 존 플레이어 스페셜즈*와 아르페주** 향기가 났다.

"이 에이전시를 시작한 날이에요. 저 세 사람은 내 첫 고객들이고."

"저 사람은 누구죠?" 그는 금발 미남에 대해 물었다.

"조셉 노스. 단연코 셋 중 재능이 가장 뛰어났죠. 불행히도 요절했어요."

"그리고 저 사람은—."

"마이클 팬코트잖아요, 당연히." 그녀는 놀란 어조로 말했다. "낯이 익다고 생각했어요. 여전히 저 사람을 맡고 계십니까?"

"아뇨! 난······."

그녀는 말하지 않았지만, 그는 나머지 부분을 알아들었다. '모두가 알 거라 생각했는데요.' 서로 다른 세계였다. 어쩌면 런던 문학계는 왜 유명한 팬코트가 더 이상 그녀의 고객이 아닌지 다들

* 담배 브랜드.
** 랑방의 향수.

잘 알고 있겠지만, 그는 몰랐다.

"왜 이젠 팬코트와 함께 일하지 않으시는 거죠?" 그는 다시 자리에 앉으며 물었다.

그녀는 손에 들고 있던 종이를 책상 너머 그에게 줬다. 얇고 지저분해 보이는 명함의 복사본이었다.

"전 팬코트와 오언 중 하나를 선택해야 했어요. 몇 년 전에요." 그녀가 말했다. "그리고 바— 바보천치처럼—." 그녀는 다시 기침을 하기 시작했다. 목소리가 갈라지며 쉰 목소리로 변했다. "오언을 선택한 거에요."

"이게 제가 가진 캐스린 켄트의 유일한 연락처예요." 그녀는 팬코트에 대한 더 이상의 이야기를 차단하며 단호하게 덧붙였다.

"감사합니다." 그는 종이를 접어 지갑 안에 넣으며 말했다. "퀸이 이 여자와 얼마나 만났는지 혹시 아십니까?"

"잠깐 동안이었어요. 리어노라는 올랜도와 집에 처박혀 있는데 그 여자를 파티에 데리고 다녔죠. 정말 뻔뻔했어요."

"어디에 숨어 있을지 전혀 짐작이 가지 않습니까? 리어노라는 당신이 찾은 적이 있다고 하던데요. 다른 때는 퀸이……."

"내가 '찾은' 게 아니에요." 그녀가 말을 잘랐다. "호텔에 일주일쯤 있다가 전화를 해서는 선금, 자기 말로는 현금 선물을 달라고 요구하더군요. 미니바 계산을 해야 한다면서요."

"그래서 계산을 해주셨군요, 그렇죠?" 스트라이크가 물었다. 절대로 만만한 상대가 아니었다.

그녀의 찡그린 얼굴은 부끄러운 약점을 인정하는 것처럼 보였지만, 응답은 예상 밖의 말이었다.

"올랜도를 본 적 있어요?"

"아뇨."

그녀는 말을 계속하려고 입을 열었다가, 생각을 고쳐먹었는지 이렇게만 말했다.

"오언과 나는 사연이 길어요. 우린 좋은 친구였어요, 한때는……"

그녀는 통렬하게 괴로운 어조로 덧붙였다.

"전에는 어느 호텔에 있었습니까?"

"다는 기억나지 않아요. 한번은 켄징턴 힐튼. 그리고 세인트존 스우드의 다누비우스 호텔도 있고요. 집에서는 못 누리는 온갖 호사를 누릴 수 있는 정체불명의 커다란 호텔들이죠. 오언은 보헤미안이 아니에요, 위생 문제에 대한 태도만 제외하면요."

"퀸에 대해 잘 아시는군요. 혹시나 퀸이―."

그녀는 희미한 냉소를 지으며 그가 할 말을 대신 했다.

"어리석은 짓을 할 가능성은 없겠냐고요? 물론 없어요. 그 인간은 이 세상에서 오언 퀸이라는 천재를 빼앗아버리는 짓은 절대 꿈도 안 꿔요. 퀸은 어디선가 모두에게 복수할 계획을 짜고 있을걸요. 전국적인 수색이 벌어지지 않는 것에 대해 자존심 상해하면서."

"그렇게 습관적으로 사라지면서 수색을 기대해요?"

"아, 그럼요." 엘리자베스가 말했다. "사라지는 재주를 선보일 때마다 신문 1면에 기사가 나길 기대한답니다. 문제는 첫 번째 편집자와 말다툼을 벌이고 나서 처음으로 사라졌을 때, 수년 전의 일이에요, 그때는 통했거든요. 약간의 걱정스러운 소동도 있었고, 언론에서도 아는 체했어요. 그 일 이후론 내내 그런 기대를 품고 살고 있죠."

"퀸 부인은 경찰을 부르면 남편이 화낼 거라고 굳게 믿고 있던데요."

"도대체 그런 생각은 어쩌다 갖게 된 건지 알 수가 없어요." 엘리자베스는 또 새 담배에 불을 붙이며 말했다. "오언은 자기 같은 거물에게는 국가에서 적어도 헬리콥터와 수색견 정도는 풀어야 한다고 생각할걸요."

"시간 내주셔서 감사합니다." 스트라이크는 자리에서 일어나며 말했다. "친절하게 만나주셔서요."

엘리자베스 태슬은 손을 내밀며 말했다.

"아니에요. 부탁드릴 게 있어요."

그는 선뜻 기다렸다. 그녀는 부탁하는 데 익숙하지 않았다. 그건 확실했다. 그녀는 잠시 동안 말없이 담배를 피웠고, 억눌러왔던 기침이 또 한번 터져 나왔다.

"이— 이…… 《봄빅스 모리》 일은 제게 큰 타격을 줬어요." 마침내 그녀가 쉰 목소리로 말했다. "이번 주 금요일 로퍼차드의 기념파티 초대도 취소됐어요. 거기 제출해놨던 원고 두 개도 고맙다는 인사조차 없이 반송되어 왔고요. 불쌍한 핀켈먼의 최신작이 슬슬 걱정되기 시작하는 참이에요." 그녀는 벽에 걸린 노(老)동화 작가의 사진을 가리켰다. "제가 오언과 한통속이라는 역겨운 루머가 돌고 있어요. 제가 그를 부추겨 마이클 팬코트의 옛 스캔들을 개작하고 논란을 불러일으켜서는 책에 입찰경쟁을 붙이려 한다는 거예요."

"오언을 아는 사람들을 다 찾아다닐 작정이라면," 그녀는 핵심

에 도달해서 말했다. "그 사람들, 만나게 된다면 특히 제리 월드
그레이브에게 난 그 소설 내용을 전혀 몰랐다고 말해주면 정말 고
맙겠어요. 그렇게 아프지만 않았다면 절대 원고를 보내지 않았을
거예요. 특히 크리스천 피셔에게는요. 내가," 그녀는 머뭇거렸다.
"경솔했어요. 하지만 정말 그것뿐이에요."

바로 이것 때문에 그녀는 그렇게나 스트라이크를 만나고 싶어
했던 것이다. 호텔 이름 두 개와 애인의 주소에 대한 대가로 터무
니없는 부탁 같지는 않았다.

"기회가 되면 꼭 말하겠습니다." 스트라이크는 일어서며 말했다.

"고마워요." 그녀는 무뚝뚝하게 말했다. "배웅해드리죠."

그들이 사무실에서 나오자 개 짖는 소리가 일제사격처럼 울려
퍼졌다. 랠프와 늙은 도베르만이 산책에서 돌아와 있었다. 랠프
는 젖은 머리를 뒤로 빗어 넘긴 채, 스트라이크를 향해 으르렁대
고 있는 회색코 개를 억제하려고 낑낑댔다.

"낯선 사람을 싫어하거든요." 엘리자베스 태슬이 무심하게 말
했다.

"한번은 오언을 문 적도 있어요." 랠프가 나서서 말했다. 마치
그 말을 들으면 자기에게 해를 끼치려고 작정한 듯한 개에 대해
스트라이크의 감정이 좀 풀리기라도 할 것처럼.

"맞아." 엘리자베스 태슬이 말했다. "그때—."

하지만 또 한번 쿨럭대고 씨근대는 기침 발작이 그녀를 덮쳤다.
다른 세 사람은 그녀가 진정되기를 잠자코 기다렸다.

"그때 끝장냈어야 했어." 그녀가 마침내 쉰 목소리로 말했다.
"그랬으면 모두에게 큰 고생을 덜어줬을 텐데."

조수들은 충격받은 표정이었다. 스트라이크는 그녀와 악수하고 인사를 나눴다. 문이 휙 닫히며 도베르만의 으르렁대는 울음소리가 멀어졌다.

9

페튤런트 주인님이 여기 계십니까, 마님?
– 윌리엄 콩그리브,《세상의 이치》

 스트라이크는 비에 젖은 골목길 끝에 서서 로빈에게 전화를 걸
었지만, 통화 중이었다. 코트 깃을 세운 채 비에 젖은 벽에 기대서
서 몇 초에 한 번씩 재다이얼을 눌러대던 그의 시선이 맞은편 건
물에 달린 파란 명판에 가닿았다. 문학모임 주최자 레이디 오토
라인 모렐이 그곳에 거주했다는 것을 기념하는 명판이었다. 분명
골치 아픈 실화소설에 대한 토론이 한때는 저 벽들 안에서도 이루
어졌을 것이다…….
 "여보세요, 로빈." 마침내 그녀가 전화를 받자 스트라이크가 말
했다. "나 늦어요. 나 대신 건프리에게 전화해서 내가 내일 목표
물과 확실하게 약속을 잡아놨다고 말해줘요. 그리고 캐럴라인 잉
글스에게는 더 이상 움직임이 없다고 말해주고, 내일 전화로 최
근 정보를 알려줄 거라고 해줘요."
 스케줄 조정을 끝낸 그는 로빈에게 세인트존스우드의 다뉴비

우스라는 호텔 이름을 알려주고 오언 퀸이 거기 있는지 알아보라고 했다.

"힐튼 일은 어떻게 돼가요?"

"안 좋아요." 로빈이 말했다. "이제 두 개밖에 안 남았는데, 아무 데도 없어요. 그중 어디 있다면, 다른 이름을 쓰거나 위장하고 있을 거예요. 아니면 직원들이 굉장히 눈썰미가 없든지. 사람들이 그 사람을 못 보고 놓칠 것 같진 않잖아요, 특히 그런 망토를 입고 있다면 말이죠."

"켄징턴 지점에도 전화해봤어요?"

"네, 없어요."

"뭐 그렇다면, 또 다른 단서가 하나 있어요. 캐스린 켄트라는 자비출판을 한 여자친구예요. 내가 나중에 찾아가볼 수도 있어요. 오늘 오후에는 전화 못 받을 겁니다. 브록클허스트 양을 미행하거든요. 필요한 일이 있으면 문자해요."

"알았어요. 미행 잘하세요."

하지만 오후는 지루하고 성과도 없었다. 스트라이크는 엄청난 보수를 받는 개인비서를 감시하는 중이었다. 편집증적인 상사이자 애인이 그녀가 그의 경쟁자와 성적 호의뿐만 아니라 사업비밀까지 나누고 있다고 믿고 있기 때문이다. 하지만 애인의 즐거움을 위해 제모와 매니큐어와 인공태닝을 더 근사하게 하려고 오후 근무를 쉬고 싶다고 한 브록클허스트 양의 요구는 진짜인 것 같았다. 스트라이크는 스파 맞은편에 위치한 카페네로*에서 거의 네

* 영국의 커피 프랜차이즈.

시간을 기다리며 빗물로 얼룩진 창문을 통해 건물 정면을 지켜보았고, 그러느라 잡담할 공간을 찾아 유모차를 끌고 온 온갖 여자들의 분노를 샀다. 마침내 브록클허스트 양이 비스토* 같은 갈색에 아마도 목 아래로는 털이 하나도 없을 것 같은 상태로 나타났다. 조금 뒤에서 미행을 하던 스트라이크의 눈에 그녀가 택시에 올라타는 게 보였다. 비가 오고 있다는 걸 생각할 때 거의 기적과도 같은 행운으로, 스트라이크는 그녀가 시야에서 사라지기 전에 두 번째 택시를 잡을 수 있었다. 하지만 비에 젖은 복잡한 거리들을 따라 이루어진 조용한 추적은, 그가 택시가 움직이는 방향에서 짐작했듯이, 의심에 시달리는 상사의 집 앞에서 끝났다. 오는 길 내내 몰래 사진을 찍었던 스트라이크는 택시비를 내고 머릿속에서 퇴근시간을 기록했다.

시간은 거의 4시가 다 됐고 해가 지고 있었다. 끝없이 내리는 비는 점점 차가워졌다. 지나치는 음식점 창문들에 크리스마스 장식등이 빛났다. 그의 생각은 연속해서 세 번 그의 머릿속으로 비집고 들어와 그를 부르고 그에게 속삭인 콘월로 흘러갔다.

가장 조용한 어린 시절을 보냈던 그 아름답고 조그만 바닷가 마을에 가본 지가 얼마나 되었던가? 4년? 5년? 숙모와 숙부는 두 분이, 그분들의 자의식적 표현에 의하면 "런던에 올라와서" 루시의 집에 머물며 대도시 구경을 할 때마다 만났다. 지난번에는 숙부를 모시고 에미리츠 경기장에 가서 맨체스터시티와의 경기를 관람했다.

---

* 그레이비 파우더로 유명한 영국식품회사.

전화기가 주머니 안에서 울렸다. 로빈이 여느 때와 다름없이 지시사항을 곧이곧대로 따라 전화 대신 문자를 보낸 것이다.

건프리 씨가 내일 아침 10시에 그분 사무실에서 한 번 더 만나자고 해요. 할 말이 있대요. Rx

스트라이크는 '고마워요'라고 답문자를 보냈다.

그는 여동생이나 숙모를 제외하면 절대 문자에 키스*를 덧붙이지 않았다.

지하철에서 그는 다음 할 일을 생각했다. 오언 퀸의 행방이 가려움증처럼 그의 머릿속을 괴롭혔다. 그 작가의 종적이 그렇게도 파악되지 않는다는 게 짜증나기도 하고 흥미롭기도 했다. 그는 엘리자베스 태슬이 준 종이를 지갑에서 꺼냈다. 캐스린 켄트라는 이름 밑에 풀럼의 고층 아파트 주소와 휴대전화 번호가 적혀 있었다. 아래쪽 모서리에는 두 단어가 적혀 있었다. '인디 작가'.

런던 몇몇 지역에 대한 스트라이크의 지식은 택시 운전사 못지않게 정확했다. 진짜 고급동네에 진출해본 적은 없지만 어린 시절 그는 영원한 유목민 체질인 돌아가신 어머니와 함께 수도의 여러 주소들을 전전하며 살았다. 주로 빈집에서 불법거주하거나 임대주택들에서 살았지만, 간혹 그 당시 어머니의 남자친구가 능력이 될 경우에는 좀 더 쾌적한 환경에서 살기도 했다. 그는 캐스

---

* 문자 뒤에 x를 덧붙이면 키스를 의미함.

린 켄트의 주소가 어디인지 알았다. 클레멘트애틀리 코트는 오래된 임대아파트들로 이루어져 있는데, 지금은 그중 많은 동이 민간에 팔렸다. 각 층마다 발코니가 있는 그 네모나고 못생긴 벽돌 건물들은 풀럼의 100만 파운드짜리 집들에서 몇백 미터 떨어진 곳에 서 있었다.

집에서 그를 기다리는 사람도 없는 데다, 그는 카페네로에서 오래 죽치며 커피와 과자들을 잔뜩 먹은 상태였다. 그는 노던 라인 대신 디스트릭트 라인을 타고 가다 웨스트켄징턴에서 내려 어둠이 깔리기 시작한 노스엔드 로드를 따라 걷기 시작했다. 불황의 여파로 망해 판지로 창문을 막아놓은 커리 음식점들과 조그만 가게들을 지나쳤다. 스트라이크가 찾던 고층 아파트에 도착했을 무렵에는 이미 밤이었다.

스태포드 크립스 하우스는 길에서 가장 가까운 동으로, 나지막한 현대식 병원 바로 뒤에 있었다. 아마도 사회주의적 이상에 들떠 있었을 낙천적인 임대주택 건축가는 각 집에 조그만 발코니 공간을 만들었다. 행복한 주민들이 창가 화분을 가꾸고 난간 너머로 몸을 내밀고 이웃에게 쾌활하게 인사를 나누는 광경을 상상했을까? 사실상 주민들은 이 외부공간을 하나같이 창고로 사용했다. 낡은 매트리스, 유모차, 부엌용품, 지저분한 옷가지 같은 것들이 공기 중에 노출된 상태로 쌓여 있었다. 마치 쓰레기로 가득 찬 찬장의 단면을 잘라 모두 보라고 공개해놓은 것 같았다.

커다란 플라스틱 재활용 수거함 옆에서 담배를 피우고 있던 후드 쓴 청년 패거리가 지나가는 그를 유심히 쳐다보았다. 그는 그들보다 키가 크고 덩치가 좋았다.

"덩치새끼." 그들이 시야에서 사라져갈 즈음 누군가가 이렇게 말하는 소리가 들렸다. 그는 예상했던 대로 고장이 난 승강기를 무시하고 콘크리트 계단 쪽으로 걸어갔다.

캐스린 켄트의 아파트는 3층에 있었다. 바람에 노출된 채 건물 벽을 따라 죽 나 있는 벽돌 발코니 쪽에 문이 있었다. 문을 두드리려던 스트라이크의 눈에 캐스린의 집에만 창문에 진짜 커튼이 걸려 있는 게 들어왔다.

안에서는 아무 응답이 없었다. 만약 오언 퀸이 안에 있는 거라면, 그는 순순히 나오지 않으려고 작정한 것 같았다. 불도 꺼져 있고, 움직임도 없었다. 옆집 문이 열리고 입에 담배를 문 화난 표정의 여자가 우스꽝스러울 정도로 황급히 얼굴을 내밀더니, 스트라이크를 쓱 살펴보고는 다시 들어갔다.

발코니에 스산한 바람이 윙윙대며 불었다. 코트는 비에 젖어 번들거렸지만, 모자도 쓰지 않은 머리는 전과 다름없어 보이리라는 걸 스트라이크는 알고 있었다. 그의 짧은 곱슬머리는 비에 꿈쩍도 하지 않았다. 그는 주머니 깊숙이 손을 찔러 넣었다가 잊고 있던 빳빳한 봉투를 찾았다. 캐스린 켄트네 문 옆 외부등은 깨져 있어서, 스트라이크는 불이 들어오는 전구를 찾아 두 집을 더 걸어가서 은색 봉투를 열었다.

마이클 엘라코트 부부의 딸
로빈 베네치아와
매튜 존 컨리프의
결혼식에 당신을 초대합니다.

2011년 1월 8일 토요일 2시

마샴의 성모마리아 교회

피로연은 스윈턴 공원

청첩장에서는 군대식 명령의 권위가 풍겨 나왔다. 이 결혼식은
여기 묘사된 방식으로 이루어질 것이다. 그와 샬럿은 반짝이는
검정색 흘림체 글자를 새긴 빳빳한 크림색 청첩장을 돌리는 데까
지 가지 못했다.

스트라이크는 카드를 다시 주머니에 넣고 컴컴한 캐스린네 문
옆으로 가서 캄캄한 릴리 로드와 휙휙 지나가는 불빛들, 루비색
과 황갈색을 내뿜는 헤드라이트와 꼬리를 끌며 따라가는 반사광
을 물끄러미 바라보며 기다렸다. 저 아래 길거리에서는 후드 쓴
패거리들이 모였다가 흩어졌다가 다른 사람들이 더 합류하며 다
시 모였다.

6시 반이 되자 세력이 더 커진 패거리는 무리 지어 다 함께 달
려갔다. 지켜보고 있던 스트라이크의 시야에서 거의 사라지려는
순간, 그들은 반대쪽에서 오던 여자를 지나쳤다. 희미한 가로등
불빛 아래서 걸어오는 여자의 검은 우산 아래서 바람에 휘날리는
숱 많은 밝은 빨강 머리가 보였다.

여자의 몸은 한쪽으로 기울어져 있었다. 우산을 받치지 않은 손
에 무거운 쇼핑백 두 개를 들고 있었기 때문이다. 하지만 멀리서
볼 때, 숱 많은 곱슬머리를 규칙적으로 뒤로 흔들어 젖히며 걸어
오는 여자의 모습이 매력 없지는 않았다. 바람에 날린 머리는 눈
길을 끌었고, 낙낙한 코트 아래 드러난 다리는 날씬했다. 그녀는

앞마당 건너 3층 위에서 그가 숨어서 지켜보고 있다는 걸 모른 채 점점 더 가까이 다가왔다.

5분 뒤 그녀는 스트라이크가 기다리고 있는 발코니에 나타났다. 더 가까이 걸어오자 단추가 팽팽하게 당겨진 코트 아래로 풍만한 사과 모양의 상체가 드러났다. 고개를 숙이고 있는 바람에 그녀는 두 사람 사이의 거리가 10미터 정도 될 때까지도 스트라이크를 보지 못했다. 고개를 들자, 스트라이크가 기대했던 것보다 훨씬 더 나이 들어 보이는 살찌고 주름진 얼굴이 드러났다. 그녀는 갑자기 걸음을 멈추며 헉 하고 놀라 말했다.

"당신!"

스트라이크는 깨진 등 때문에 그녀에게는 자신의 윤곽만 보인다는 것을 알았다.

"이 죽일 놈의 개새끼!"

쨍그랑 하고 유리 깨지는 소리와 함께 쇼핑백이 콘크리트 바닥에 떨어졌다. 그녀는 주먹을 꼭 쥐고 전속력으로 그에게 달려들어 마구 두드려댔다.

"개새끼, 이 개새끼야, 절대 용서하지 않을 거야, 절대! 날 두고 가다니!"

스트라이크는 몇 번의 맹렬한 타격을 피할 수밖에 없었다. 그는 비명을 질러대고 속절없이 주먹을 날리며 전직 권투선수의 방어막을 뚫으려고 애쓰는 그녀를 피해 뒷걸음쳤다.

"기다려. 피파가 널 죽일 거야. 딱 기다려."

이웃집 문이 다시 열리더니, 입에 담배를 문 아까 그 여자가 나왔다.

"이봐!" 그녀가 말했다.

복도 불빛이 스트라이크에게 쏟아지며 얼굴이 드러났다. 빨강 머리 여자는 헐떡거림과 고함이 뒤섞인 소리를 내며 그에게서 떨어져 비틀비틀 물러났다.

"무슨 일이야?" 이웃이 물었다.

"사람을 잘못 본 것 같습니다." 스트라이크가 쾌활하게 말했다.

이웃이 문을 쾅 닫자, 탐정과 공격자는 다시 어둠 속에 파묻혔다.

"당신 누구예요?" 그녀가 속삭였다. "원하는 게 뭐예요?"

"당신이 캐스린 켄트입니까?"

"원하는 게 뭐예요?"

그 순간 그녀가 갑자기 놀라며 말했다. "이게 내가 생각하는 그거라면, 난 관련 없어요!"

"뭐라고요?"

"그럼 당신은 누구예요?" 그녀는 더 공포에 질린 목소리로 말했다.

"전 코모란 스트라이크입니다. 사설탐정이죠."

그는 자기 집 문 앞에서 갑자기 그를 만난 사람들의 반응에 익숙해져 있었다. 놀라서 침묵하고 있는 캐스린의 반응은 전형적이었다. 그녀는 뒷걸음치다가 자기가 내동댕이친 가방에 걸려 넘어질 뻔했다.

"누가 나한테 사설탐정을 붙인 거예요? 그 여자죠, 아니에요?" 그녀가 사납게 말했다.

"전 오언 퀸 작가를 찾으려고 고용됐습니다." 스트라이크가 말했다. "실종된 지 거의 2주가 지났거든요. 당신이 그분 친구라고—"

"아니에요." 그녀는 가방을 들려고 몸을 굽히며 대답했다. 쇼핑백에서 심하게 짤랑대는 소리가 났다. "제가 그렇게 말했다고 그 여자에게 전해요. 오언은 그 여자 마음대로 하라고요."

"이젠 친구가 아니라고요? 그럼 어디 있는지 모릅니까?"

"어디 있는지 전혀 몰라요."

고양이 한 마리가 석재 발코니 가장자리를 따라 거만하게 걸어갔다.

"질문 하나 해도 됩니까? 마지막으로 본 게 언제—."

"아뇨, 하지 마요." 그녀는 화난 몸짓을 하며 말했다. 그녀가 쇼핑백 하나를 들고 휙 휘두르는 바람에 비슷한 높이에 있던 고양이가 난간에서 떨어질까 봐 스트라이크는 움찔했다. 고양이는 쉿 소리를 내며 풀쩍 뛰어 내려갔다. 그녀는 고양이를 향해 분노의 발길질을 했다.

"젠장할 것!" 그녀가 말했다. 고양이는 쏜살같이 달려 사라졌다. "비켜주세요. 집에 들어가고 싶으니까."

그는 여자가 문에 다가갈 수 있도록 몇 걸음 물러섰다. 그녀는 열쇠를 찾지 못했다. 쇼핑백을 든 채 불편하게 몇 초 동안 주머니를 뒤지던 그녀는 결국 쇼핑백을 발치에 내려놓았다.

"퀸 씨는 최신작을 놓고 에이전트와 말다툼을 벌인 후 사라졌습니다." 스트라이크는 코트를 뒤지고 있는 캐스린에게 말했다. "제가 궁금한 건—."

"그 사람 책은 내 알 바 아니에요. 읽어본 적도 없어요." 그녀가 덧붙였다. 손이 떨리고 있었다.

"켄트 부인—."

"씨." 그녀가 말했다.

"켄트 씨, 퀸 부인 말로는 어떤 여자가 집에 전화를 해서 남편을 찾았다고 합니다. 묘사로 볼 때, 그 사람은—."

캐스린 켄트는 열쇠를 찾았지만 이내 떨어뜨렸다. 스트라이크가 몸을 굽혀 열쇠를 줍자, 그녀가 홱 낚아챘다.

"무슨 말씀을 하시는지 모르겠군요."

"지난주에 퀸 씨를 찾아 그 집에 가지 않았습니까?"

"말했잖아요, 어디 있는지 모른다고. 전 아무것도 몰라요." 그녀는 열쇠를 자물쇠에 쑤셔 넣고 돌리며 내뱉었다.

그녀가 쇼핑백 두 개를 들자, 그중 하나에서 다시 심하게 짤랑거리는 소리가 났다. 스트라이크는 그게 근처 철물점 봉투라는 것을 알아봤다.

"무거워 보이는군요."

"수위 조절 장치가 망가졌거든요." 그녀가 사납게 말했다.

그리고 그녀는 그의 면전에서 문을 쾅 닫았다.

10

버돈: 우린 싸우러 왔소.
클레러몬트: 싸우게 될 거요, 신사분들. 그것도 충분히. 하지만 잠
시 후……
– 프랜시스 보몬트와 필립 매신저, 《조그만 프랑스인 변호사》

다음 날 아침 로빈은 쓸모없어진 우산을 움켜쥔 채 끈적끈적하
고 불편한 기분으로 지하철역에서 나왔다. 며칠째 내린 폭우에
축축한 옷 냄새가 진동하는 지하철, 미끄러운 길거리, 비에 얼룩
진 창문들에 시달리다 갑자기 등장한 햇살과 보송보송한 날씨에
로빈은 깜짝 놀랐다. 다른 사람들은 호우와 낮게 드리운 먹구름
으로부터의 휴식에 기뻐했겠지만, 로빈은 아니었다. 매튜와 한바
탕 말다툼을 했기 때문이다.

스트라이크의 이름과 직함이 새겨진 유리문을 열고 들어갔을
때 상사가 이미 자기 사무실 안에서 문을 닫은 채 전화 통화를 하
고 있는 것을 보고 로빈은 거의 안도감을 느꼈다. 스트라이크를
보기 전에 마음을 좀 다잡아야 할 것 같은 막연한 기분이 들었다.
스트라이크가 지난밤 말다툼의 화제였기 때문이다.

"그 사람을 결혼식에 초대했다고?" 매튜가 날카롭게 외쳤다.

그녀는 스트라이크가 그날 밤 술을 마시다 초대 이야기를 할까봐 걱정이 됐다. 자기가 먼저 매튜에게 경고해놓지 않으면 스트라이크가 매튜의 화를 정통으로 맞게 될 것 같았다.

"도대체 언제부터 우리가 서로에게 말도 안 하고 사람들을 무작정 초대하게 된 거지?" 매튜가 말했다.

"말하려고 했어. 말한 줄 알았다고."

다음 순간 로빈은 스스로에게 화가 났다. 그녀는 매튜에게 거짓말한 적이 한 번도 없었다.

"그 사람은 내 상사야. 당연히 초대받을 거라고 생각할 거라고!"

그건 사실이 아니었다. 그러거나 말거나 스트라이크는 상관할 것 같지도 않았다.

"뭐, 난 코모란이 거기 왔으면 좋겠어." 그녀가 말했다. 결국 그건 정직한 말이었다. 그녀는 지금껏 경험한 적 없었을 만큼 최고로 즐거운 현재의 업무 생활을 그것과의 융합을 거부하고 있는 사생활 가까이로 끌어당기고 싶었다. 그 두 개를 한데 꿰매 만족스러운 하나로 만들고, 청중들 사이에서 그녀가 매튜와 결혼하는 걸 승인해주는 (승인이라니! 왜 그가 승인해줘야 하는 거지?) 스트라이크를 보고 싶었다.

그녀는 매튜가 좋아하지 않으리라는 걸 알고 있었지만, 이때쯤엔 두 사람이 만나서 서로를 좋아하길 바랐다. 그 일이 아직 이루어지지 않은 건 그녀의 잘못이 아니었다.

"내가 세라 셰드록을 초대하려고 했을 땐 그 난리를 쳐놓고." 매튜가 말했다. 이건 반칙이야, 하고 로빈은 느꼈다.

"그럼 초대해!" 그녀는 화내며 말했다. "하지만 이건 상황이 전혀 다르잖아. 코모란은 날 침대에 끌어들이려 한 적이 없다고. 그 콧방귀는 무슨 뜻이야?"

말다툼이 정점으로 치닫고 있을 때, 매튜의 아버지가 전화해서 는 지난주에 매튜의 어머니가 겪었던 이상한 증상들이 가벼운 뇌 졸중으로 진단받았다는 소식을 알렸다.

전화를 받고 나자, 그녀와 매튜는 스트라이크를 갖고 벌인 이 시시한 언쟁이 품위 없게 느껴졌다. 결국 이론적으로는 화해하고 잠자리에 들었지만, 둘 다 속에선 여전히 화가 끓어올라 불만스 러운 상태라는 걸 로빈은 알고 있었다.

스트라이크가 마침내 자기 사무실에서 나온 건 거의 정오가 다 되어서였다. 오늘은 양복이 아니라 지저분하고 구멍 난 스웨터와 청바지, 운동화 차림이었다. 얼굴에는 24시간마다 면도를 하지 않으면 덥수룩해지는 수염이 자라 있었다. 로빈은 자기 문제도 잊고 그를 멍하니 바라보았다. 심지어 사무실에서 자던 시절에도 그가 이렇게 노숙자처럼 보인 적은 없었다.

"잉글스 파일 때문에 전화를 좀 돌리고, 룽먼 사건에 관련된 전 화번호들을 몇 개 땄어요." 스트라이크는 등에 각각 손으로 일련 번호를 적어놓은 구식 갈색 종이 서류철을 로빈에게 넘겨주며 말 했다. 특수수사대 시절 사용했던 서류철로, 아직도 정보 수집용 으로 그가 가장 좋아하는 방식이었다.

"그건 음…… 일부러 그렇게 입은 건가요?" 그녀는 청바지 무 릎에 묻어 있는 기름 자국 같은 걸 쳐다보며 물었다.

"네. 건프리 건 때문에요. 이야기하자면 길어요."

스트라이크가 차 두 잔을 만드는 사이, 그들은 현재 맡고 있는 세 사건의 상세사항들을 논의했다. 스트라이크는 새로 입수한 정보들과 더 조사할 사항들에 대해 로빈에게 일러줬다.

"오언 퀸은 어떻게 돼가요?" 로빈이 머그잔을 건네받으며 물었다. "에이전트는 뭐래요?"

스트라이크는 여느 때처럼 방귀 소리를 내는 소파에 앉아, 엘리자베스 태슬과 가진 인터뷰와 캐스린 켄트에게 갔던 일에 대해 자세히 이야기했다.

"장담컨대, 날 처음 봤을 때 그 여잔 내가 퀸이라고 생각했어요."

로빈이 웃었다.

"당신은 그렇게 뚱뚱하지 않은데요."

"고마워요, 로빈." 그는 무미건조하게 말했다. "퀸이 아니라는 걸 깨닫자, 내가 누군지 알기도 전에 이렇게 말했어요. '난 그거랑 관련 없어요.' 혹시 무슨 말인지 알겠어요?"

"아뇨, 하지만……." 그녀는 자신 없이 덧붙였다. "어제 캐스린 켄트에 대해 조금은 알아냈어요."

"어떻게요?" 스트라이크가 깜짝 놀라며 물었다.

"어, 켄트가 자비출판한 작가라고 했잖아요." 로빈이 그에게 상기시켜줬다. "그래서 온라인에 뭐가 있는지 찾아보자 싶었죠. 그랬더니," 그녀는 마우스를 두 번 클릭하더니 페이지를 불러왔다. "블로그가 있더라고요."

"잘했어요!" 스트라이크는 기뻐하며 소파에서 일어나, 로빈의 어깨 너머로 블로그를 읽으려고 책상 옆으로 돌아왔다.

아마추어 냄새가 풍기는 웹페이지의 제목은 '나의 문학인생'으로, 깃펜 그림과 스트라이크가 보기에 족히 10년은 더 전에 찍은 게 틀림없는, 굉장히 잘 나온 캐스린의 사진으로 꾸며져 있었다. 블로그는 일기처럼 날짜순으로 정리된 포스팅들로 이루어져 있었다.

"전통적인 출판사들은 좋은 책으로 머리를 맞아도 그 가치를 알아보지 못한다는 이야기들이 대부분이에요." 로빈은 스트라이크가 볼 수 있도록 웹페이지를 천천히 스크롤해서 내리며 말했다. "멜리나 전설이라는 제목의, 소위 에로틱 판타지 시리즈 소설을 세 권 썼어요. 킨들에 다운받을 수 있어요."

"재미없는 책은 더 이상 읽고 싶지 않아요. 발자크 형제들만으로도 충분해요." 스트라이크가 말했다. "퀸 이야기는 없어요?"

"수두룩해요." 로빈이 말했다. "그녀가 '유명작가(The Famous Writer)'라고 부르는 남자라면 말이죠. 줄여서 TFW라고 불러요."

"그 여자가 작가 둘이랑 잘 것 같지는 않군요." 스트라이크가 말했다. "퀸이 틀림없어요. 하지만 '유명'이라는 말은 좀 과장됐네요. 리어노라가 찾아오기 전에 퀸이라는 작가에 대해 들어본 적이 있어요?"

"아뇨." 로빈이 인정했다. "여기 있어요. 봐요, 11월 2일자."

오늘 밤 플롯과 내러티브에 대해 TFW와 굉장한 이야기를 나눴다. 둘은 물론 같은 것이 아니다. 궁금해할 사람들을 위해 말해주자면, 플롯은 일어나는 일이고, 내러티브는 독자들에게 얼마만큼 보여주고 어떻게 보여주느냐이다.

내 두 번째 소설 《멜리나의 희생》에서 예를 들어보자.

그들이 하더렐 숲을 향해 가고 있을 때, 렌도르는 잘생긴 옆모

습을 들어 어느 정도 왔는지 살폈다. 승마와 궁술로 연마된 잘
유지된 몸은—

"올려봐요." 스트라이크가 말했다. "퀸에 대한 다른 이야기가
있나 봅시다." 로빈은 10월 21일자 포스팅에 마우스를 멈췄다.

그래서 TFW는 전화를 해서 (또) 나와 만날 수 없다고 했다.
집안 문제란다. 이해한다는 말 외에 내가 무슨 말을 할 수 있
을까? 우리가 사랑에 빠졌을 때 난 상황이 복잡해지리라는 걸
알았다. 대놓고 분명히 말할 수는 없지만, 그이는 그저 제삼자
때문에 사랑하지도 않는 아내에게 매여 있다고만 말하겠다.
그이의 잘못이 아니다. 제삼자의 잘못도 아니다. 그이의 아내
는 그게 모두에게 최선인데도 그를 놓아주지 않는다. 그래서
우린 때로는 연옥 같은 이 상황에 꼼짝없이 갇혀 있다.
그 아내는 나에 대해 알지만 모른 척하고 있다. 어떻게 다른
사람과 있고 싶어 하는 남자와 살 수 있는지 모르겠다. 난 절
대 못 한다. TFW 말로는 아내는 자기를 포함해 다른 모든 것
앞에 항상 제삼자를 들이민다고 한다. '돌봐주는 사람'이 된다
는 게 때로는 지독한 이기심을 감추는 방편이 된다는 건 참
이상한 일이다.
이 모든 게 유부남과 사랑에 빠진 내 잘못이라고 말할 사람들
도 있을 것이다. 나한테 아무 말도 하지 마. 친구들, 자매들,
엄마도 아무 소리도 안 한다. 다 그만두려고도 해봤지만 내가
뭐라 할 수 있겠는가, 마음이 따르는 이유는 따로 있다는 것밖

에, 이성으로는 설명할 수 없다. 그래서 오늘 밤 난 또 새로운 이유로 그이 때문에 울고 있다. 그는 걸작을 거의 마쳐간다고 한다, 이제껏 쓴 책 중 최고의 책을. "당신이 좋아했으면 좋겠어. 당신도 거기 나와."

유명한 작가가 자기의 최고 걸작이라고 하는 책에 당신 이야기를 쓴다면 어떨 것 같나? 그가 내게 주는 건 비-작가들은 할 수 없는 방식이라는 걸 나는 안다. 그건 자랑스럽고 겸손한 기분이 드는 일이다. 그렇다 우리 작가들이 마음에 들이는 사람들이 있지만, 우리 책 안에?! 그건 특별한 일이다. 그건 틀리다.

TFW를 사랑하지 않을 수가 없다. 마음이 따르는 이유는 따로 있으니까.

밑에 댓글이 달려 있었다.

그가 내게 조금 읽어줬다고 하면 뭐라고 할래요? 피파2011
농담이죠 핍 나한테도 안 읽어주려 하는데!!! 캐스
기다려봐요. 피파2011 xxxx

"흥미롭군." 스트라이크가 말했다. "매우 흥미롭군요. 어젯밤 켄트는 날 공격하면서 피파라는 사람이 날 죽이고 싶어 한다고 장담했어요."

"그럼 이걸 봐봐요!" 로빈이 흥분해서 11월 9일자 포스팅으로 내려가며 말했다.

맨 처음 TFW를 만났을 때 그는 내게 말했다 '당신은 글을
제대로 못 쓸 겁니다 누군가 피를 흘리지 않는다면, 그건 아
마 당신이겠죠.' 이 블로그를 지켜본 사람들은 내가 비유적으
로 내 혈관을 이곳과 내 소설 속에 열었다는 걸 알 것이다.
하지만 오늘 난 내가 믿음을 배운 사람한테 치명상을 입은 기
분이다.

"오 마치스! 당신은 내게서 평안을 앗아갔어요. 당신이 고문당
하는 꼴을 보면 난 기쁨을 느낄 거예요."

"저건 어디서 인용한 거죠?" 스트라이크가 물었다.
로빈의 날렵한 손가락이 키보드 위에서 재빨리 움직였다.
"〈거지 오페라〉, 존 게이요."
"박식한데요. '틀리다'와 '다르다'도 구분 못 하고 구두점도 제
대로 못 찍는 여자치곤 말이죠."
"모두가 문학천재일 수는 없잖아요." 로빈이 질책하듯 말했다.
"고맙군요. 모두들 내게 그런 소리를 하더군요."
"하지만 인용 아래 댓글을 보세요." 로빈이 캐스린의 블로그를
다시 보며 말했다. 그녀가 링크를 클릭하자 한 문장이 나타났다.

캐스 당신을 위해 염×할 고문대 손잡이를 돌리죠.

이 댓글도 피파 2011이 쓴 것이었다.
"피파는 할 일이 많아 보이는군요, 안 그래요?" 스트라이크가
말했다. "여기 켄트가 밥벌이로 뭘 하는지 쓴 것도 있어요? 에로

틱 판타지로 먹고 사는 것 같지는 않은데."

"그것도 좀 이상해요. 이것 좀 봐요."

10월 28일에 캐스린은 다음과 같이 썼다.

대부분의 작가들처럼 나도 낮에 하는 일이 있다. 보안상의 이
유로 너무 많은 걸 이야기할 수는 없다. 이번 주에는 우리 시
설 보안이 또 삼엄했는데, 그 결과 (거듭난 기독교인이자 내
사생활 문제에 대해 경건한 척하는) 참견쟁이 동료가 민감한
정보를 누설할 가능성에 대비해 블로그 등을 살펴봐야 한다고
관리팀에 제안할 핑계가 됐다. 다행히도, 분별이 승리해서 어
떤 조치도 취해지지 않았다.

"알 수가 없네." 스트라이크가 말했다. "삼엄한 보안이라……
여자감옥? 정신병원? 아니면 산업기밀 같은 걸까요?"

"이것 봐요, 11월 13일자."

로빈은 블로그에 올라온 가장 최근 포스팅으로 내려갔다. 캐스
린이 치명상을 입었다고 주장한 글 뒤에 쓴 유일한 포스팅이었다.

사흘 전 사랑하는 언니가 유방암과의 오랜 사투에서 패배했어
요. 여러분의 기도와 응원 감사합니다.

그 밑에는 댓글이 두 개 달려 있었다. 로빈이 댓글을 열자, 피파
2011이 쓴 글이 있었다.

너무 슬픈 소식이에요 캐스. 세상의 모든 사랑을 보내며 xxx

캐스린의 답글이 달려 있었다.

고마워요 피파 당신은 진짜 친구예요 xxx

다수의 응원 메시지에 대해 캐스린이 미리 남긴 감사 인사는 이 짧은 대화 위에 매우 처량하게 놓여 있었다.

"왜죠?" 스트라이크가 무거운 목소리로 말했다.

"뭐가 왜예요?" 로빈이 그를 쳐다보며 말했다.

"사람들은 왜 이런 걸 하는 겁니까?"

"블로그 말이에요? 모르죠…… 시험하지 않는 삶은 살 가치가 없다고 누군가 말하지 않았나요?"

"네, 플라톤이죠." 스트라이크가 말했다. "하지만 이건 삶을 시험해보는 게 아니에요. 삶을 전시하는 거지."

"아, 맙소사!" 로빈이 갑자기 탄성을 지르며 차를 엎질렀다. "잊어버렸는데, 또 말씀드릴 게 있어요! 어젯밤 제가 막 퇴근하려는데 크리스천 피셔가 전화를 했어요. 책 쓰는 데 관심이 있냐고 묻더라고요."

"그 사람이 뭐라고 했다고요?"

"책요." 로빈은 스트라이크의 얼굴에 떠오른 역겹다는 표정에 웃음을 참으려고 애쓰며 말했다. "당신 인생에 대해서요. 군대에서의 경험과 룰라 랜드리 사건 해결―."

"전화해요." 스트라이크가 말했다. "그래서 안 한다고 말해요.

난 책 쓰는 데 관심 없습니다."

그는 머그잔을 비우고 옷걸이를 향해 걸어갔다. 이제 낡은 가죽 재킷은 검은 코트 옆에 걸려 있었다.

"오늘 밤 잊지 않았죠?" 로빈이 말했다. 잠시 풀어져 있던 속이 다시 팽팽하게 긴장됐다.

"오늘 밤?"

"술 약속 말이에요." 그녀가 절박하게 말했다. "저, 매튜, 킹스 암즈요."

"아뇨, 잊어버리지 않았어요." 그는 로빈이 왜 저렇게 긴장하고 슬픈 표정인지 의아해하며 말했다. "난 오후 내내 나가 있을 테니까, 그쪽으로 바로 갈게요. 8시, 맞죠?"

"6시 반요." 로빈은 극도로 긴장하며 말했다.

"6시 반. 좋아요. 거기서 봅시다…… 베네치아."

그녀는 잠시 멍하니 있다가 깜짝 놀랐다.

"어떻게 알았……."

"청첩장에 있던데요." 스트라이크가 말했다. "특이하네요. 어디서 따온 이름입니까?"

"전 그러니까…… 거기서 잉태됐대요." 그녀는 얼굴을 발갛게 붉히며 말했다. "베니스에서요. 당신 중간이름은 뭐예요?" 그녀는 웃음을 터뜨리며 재미와 짓궂음이 섞인 표정으로 물었다. "C. B. 스트라이크, B는 뭐예요?"

"가야겠어요." 스트라이크가 말했다. "8시에 봅시다."

"6시 반요!" 그녀는 닫히는 문에 대고 소리 질렀다.

그날 오후 스트라이크의 목적지는 크라우치 엔드에 있는 전자 상회였다. 뒷방에서 도난 휴대전화와 노트북들의 비밀번호를 풀고 개인정보를 꺼낸 다음 깨끗이 청소한 기기와 정보를 각각 쓸 사람들에게 나누어 파는 곳이었다.

이 번창하는 가게의 주인은 스트라이크의 고객인 건프리 씨에게 상당한 불편을 끼친 장본인이다. 건프리 씨는 스트라이크가 지금 사업 본부까지 추적해 온 당사자 못지않은 사기꾼이었지만 더 크고 화려한 규모로 남의 영역을 침범한 건 분명 실수였다. 스트라이크가 보기에 건프리는 우위를 점한 상태에서 빠져나갈 필요가 있었다. 두 사람을 다 아는 지인을 둔 그는 이 상대가 어떤 짓을 할 수 있는지 알고 있었기 때문이다.

목표물은 엘리자베스 태슬의 사무실 못지않게 퀴퀴한 위층 사무실에서 스트라이크를 맞이했고, 뒤에서는 허름한 트레이닝복 차림의 젊은이 둘이 손톱을 파며 빈둥거리고 있었다. 스트라이크는 지인의 추천을 받아 살인청부업자 행세를 하고 그곳을 찾아갔다. 그리고 그를 고용하려는 사람이 건프리 씨의 10대 아들을 목표로 삼고 있다고 실토하는 걸 똑똑히 들었다. 그 위인은 소름 끼칠 정도로 아이의 동태를 낱낱이 파악하고 있었다. 심지어 소년을 칼로 찌르는 일에 500파운드를 제시하며 스트라이크를 사주하기까지 했다. ("살인은 원하지 않아. 그냥 그 아비한테 메시지만 주는 거지. 알아들어?")

스트라이크가 그곳에서 겨우 빠져나왔을 때는 6시가 한참 넘어 있었다. 따라붙은 미행이 없다는 걸 확인하자마자 건프리 씨에게 전화를 걸었다. 경악스러운 침묵이 자기가 어떤 상대와 싸우고 있는지 그가 마침내 깨달았음을 잘 보여주고 있었다.

그다음에 스트라이크는 로빈에게 전화했다.

"좀 늦을 것 같아요, 미안." 그가 말했다.

"어디예요?" 로빈이 잔뜩 긴장한 목소리로 물었다. 뒤에서 대화와 웃음소리 같은 펍의 소음이 들렸다.

"크라우치 엔드요."

"세상에." 그녀는 조그만 소리로 말했다. "여기까지 오자면—."

"택시 탈게요." 그는 그녀를 안심시켰다. "최대한 빨리 가죠."

택시 뒷자리에 앉아 어퍼 스트리트를 달리며 스트라이크는 왜 매튜가 워털루에 있는 펍을 택했을까 궁금했다. 스트라이크에게 일부러 먼 거리를 이동하게 하려고? 전에 약속을 잡았을 때 스트라이크가 자기에게 편한 술집들을 고른 데 대한 보복? 스트라이크는 킹스암즈에서 음식도 팔면 좋겠다고 생각했다. 갑자기 심한 허기가 덮쳤다.

목적지까지 도착하는 데는 40분이 걸렸다. 그렇게 오래 걸린 데는, 펍이 위치한 19세기 노동자 오두막집들이 늘어선 골목길이 차가 들어갈 수 없는 길이었다는 것도 한몫했다. 스트라이크는 논리적 순서에 따라 정해진 게 아닌 것 같은 번지수를 이해하려는 심술궂은 택시 운전사의 시도를 끝내버리기 위해 차에서 내리기로 했다. 걸어가면서 그는 찾아가기 어려운 장소라는 사실이 매튜의 선택에 영향을 줬을까 생각했다.

킹스암즈는 길모퉁이에 위치한 빅토리아풍의 근사한 펍이었다. 입구 앞에는 양복 차림의 전문직 젊은이들과 학생으로 보이는 사람들이 뒤섞여서 담배를 피우고 술을 마시고 있었다. 그가 다가가자 조그만 무리는 그 정도 키와 덩치를 가진 사람에게 필요한 만큼보다 더 넓은 공간을 내주며 쉽게 길을 터줬다. 문지방을 넘어 조그만 술집 안으로 들어가면서 스트라이크는 지저분한 옷차림 때문에 나가달라는 권고를 받지는 않을까 생각했다. 그런 일이 생기길 바라는 희미한 희망도 없지 않았다.

한편 안마당 공간에 유리천장을 덮고 눈길을 끌려고 장식품들을 가득 채워 만든 시끄러운 뒷방에서는 매튜가 시계를 들여다보고 있었다.

"거의 7시 15분이 다 됐어." 그가 로빈에게 말했다.

양복과 넥타이를 말끔하게 차려입은 그는—늘 그렇듯이—그 방 안에서 가장 잘생긴 남자였다. 로빈은 매튜가 지나갈 때 여자들의 눈길이 그를 따라 움직이는 데 익숙했다. 그들의 신속하고 뜨거운 시선을 매튜가 어느 정도 의식하고 있는지 로빈은 결코 알 수가 없었다. 깔깔대는 학생들 무리와 할 수 없이 합석한 기다란 나무벤치에 앉아 있는 182센티미터 키에 홈이 팬 턱과 연푸른색 눈을 가진 그는 하이랜드 조랑말들 방목장에 있는 순종처럼 보였다.

"저기 왔어." 로빈은 안도감과 불안이 동시에 몰려오는 걸 느끼며 말했다.

스트라이크는 사무실에서 나간 이후 더 크고 거칠어진 것처럼 보였다. 그는 로빈의 밝은 금발과 홉헤드 맥주 잔을 쥐고 있는 커다란 손을 바라보며 사람들이 빼곡하게 들어찬 방을 여유 있게 헤치고 다가왔다.

"코모란, 잘 찾아왔네요."

"당신이 매튜군요." 스트라이크가 손을 내밀며 말했다. "이렇게 늦게 와서 죄송합니다. 일찍 나오려고 했지만, 허락 없이 등을 보이고 싶지 않은 놈이랑 있어서요."

매튜는 억지 미소로 답했다. 그는 스트라이크가 이런 식의 말들을 늘어놓으리라고 예상하고 있었다. 자기를 극화하고, 자기가 하는 일을 신비롭게 보이게 하려는 말들. 꼬라지로 봐선 타이어라도 갈다 온 것 같았다.

"앉아요." 로빈이 소심하게 스트라이크에게 말했다. 그녀는 얼마나 벤치 끝 쪽으로 옮겨 앉았는지 거의 떨어질 지경이었다. "배고파요? 막 뭘 좀 주문할까 이야기하고 있던 참이었는데."

"여기가 음식을 꽤 잘합니다." 매튜가 말했다. "타이 음식요. 망고트리만큼은 아니지만, 괜찮아요."

스트라이크는 온기 없는 미소를 지었다. 매튜가 이런 식으로 굴 거라 예상했었다. 런던에서 1년 있어놓고는 노련한 런던 사람임을 증명하기 위해 벨그레이비어*의 레스토랑 이름을 대는 식이다.

"오늘 오후 일은 어떻게 됐어요?" 로빈이 스트라이크에게 물었다. 그녀는 스트라이크가 하는 일을 듣기만 한다면 매튜 역시 자기와 마찬가지로 수사 과정에 홀딱 반할 테고 그러면 모든 편견이 사라질 거라고 생각했다.

하지만 관련자들을 알아볼 만한 상세사항은 모두 빼고 오후 일을 간략하게 묘사한 스트라이크의 설명에 매튜는 아예 드러내놓고 무관심으로 화답했다. 스트라이크는 빈 잔을 쥐고 있는 두 사람에게 술을 한 잔 사겠노라고 말했다.

* 런던 하이드파크 남쪽의 부자동네.

"조금은 관심을 보일 수도 있잖아." 스트라이크가 말소리가 들리지 않는 바 쪽으로 가자 로빈은 소리 죽여 매튜를 질책했다.

"로빈, 저 사람은 가게에서 사람을 만난 것뿐이야." 매튜가 말했다. "조만간 영화판권 옵션을 받을 것 같지는 않은데."

그러더니 스스로의 위트에 흥겨워하며 반대편 벽 칠판에 적힌 메뉴 쪽으로 고개를 돌렸다.

스트라이크가 술을 가지고 돌아오자 로빈은 음식 주문은 자기가 바까지 사람들을 헤치고 가서 하겠노라고 고집했다. 두 사람만 함께 두는 건 두려웠지만 자기 없이 어떻게든 서로 의견을 조율할 수도 있으니까.

로빈이 사라지자 잠시 높아졌던 매튜의 자기만족도 썰물 빠지듯이 사라졌다.

"전직 군인이시라면서요." 스트라이크의 인생경험을 대화의 주된 화제로 삼지 않으리라고 굳게 결심했지만 그는 자기도 모르게 스트라이크에게 말해버리고 말았다.

"맞습니다." 스트라이크가 말했다. "SIB(Special Investigation Branch, 특수수사대)예요."

매튜는 알아듣지 못했다.

"우리 아버지는 RAF(Royal Air Force, 영국공군)셨죠." 그가 말했다. "제프 영과 같은 시기에 복무하셨습니다."

"누구요?"

"웨일스 럭비유니언 선수요, 국제대회에 스물세 번이나 출전한?" 매튜가 말했다.

"그렇군요."

"네, 비행중대장까지 하셨죠. 86년에 전역하셔서 부동산 관리 일을 하고 계세요. 괜찮은 편이세요. 당신 아버지와는 비교가 안 되지만." 매튜는 약간 방어적으로 말했다. "하지만 괜찮아요."

'멍청이.' 스트라이크는 생각했다.

"무슨 이야기 하고 있어?" 로빈이 다시 자리에 앉으며 불안하게 말했다.

"그냥 아버지 이야기." 매튜가 말했다.

"안됐어." 로빈이 말했다.

"뭐가 안됐어?" 매튜가 닦아세웠다.

"어머니 걱정을 하시잖아, 안 그래? 뇌졸중 때문에."

"아." 매튜가 말했다. "그거."

스트라이크는 군대에서 매튜 같은 사람들을 보았다. 하나같이 장교계급인데도 매끈한 표면만 걷어내면 조그만 불안 주머니가 달려 있어서 과잉 보상을 하는 부류, 때로는 도를 넘어 무리하는 유형의 인간들 말이다.

"그래서 로더 – 프렌치는 어때?" 로빈은 스트라이크에게 매튜가 얼마나 괜찮은 사람인지 보여주고 싶어서, 자신이 사랑하는 진짜 매튜를 보여주고 싶은 마음에 물었다. "매튜는 정말로 이상한 소규모 출판사 회계감사를 하고 있어요. 정말 웃기는 사람들이지, 안 그래?" 그녀는 약혼자에게 말했다.

"그건 '웃기는' 게 아니야. 그 아수라장이라니." 매튜가 말했다. 그리고 음식이 올 때까지 복잡한 숫자들을 엄청 섞어가며 이야기했다. 모든 문장은 거울처럼 자기를 가장 멋지게 비춰줄 수 있도록 설계되어 있었다. 똑똑함, 빠른 머리 회전, 그가 앞지른 느리고 멍청한 선배들, 회계감사를 하고 있는 회사에서 일하는 멍청이들에 대한 생색이 줄줄이 이어졌다.

"크리스마스 파티를 할 구실을 마련하려고요. 2년 만에 거의 도산할 판인데도요. 오히려 초상집이어야 마땅할 텐데 말입니다."

음식이 도착하면서 소규모 회사에 대한 매튜의 자신만만한 비난은 침묵으로 이어졌다. 매튜가 조그만 출판사에서 벌어지는 괴상한 일들에 대해 자기한테 해줬던 얘기들보다 더 친절하고 애정 어린 일화들을 말해주길 바랐던 로빈은 할 말을 찾을 수가 없었다. 하지만 매튜가 말한 출판사 파티는 스트라이크에게 한 가지 아이디어를 줬다. 탐정의 턱은 점점 더 천천히 움직이기 시작했다. 오언 퀸의 행방에 대한 정보를 얻을 굉장한 기회가 있을지도 모른다는 생각이 들었던 것이다. 그의 대용량 기억력이 자신도 잊고 있던 조그만 정보 하나를 꺼내놓았다.

"여자친구 있으세요, 코모란?" 매튜가 스트라이크에게 직접적으로 물었다. 확실히 해두고 싶었던 문제다. 로빈은 그 점에 대해 분명히 말해주지 않았었다.

"아뇨." 스트라이크는 멍하니 대답했다. "실례합니다. 오래 걸리지는 않을 거예요. 전화 걸 데가 있어서."

"네, 괜찮아요." 매튜는 성마르게 대답하고는 스트라이크가 다시 말소리가 들리지 않는 곳으로 사라지자마자 말했다. "40분이나 지각하고는 저녁식사 도중에 꺼진다 이거지. 우린 그냥 여기 앉아서 댁께서 왕림해주실 때까지 기다립죠."

"맷!"

스트라이크는 컴컴한 길거리에 나가 담배와 휴대전화를 꺼냈다. 그는 담뱃불을 붙이고는 근처의 다른 흡연자들에게서 떨어져 나와 골목길 끝, 철길을 떠받치고 있는 벽돌 아치 아래 컴컴한 구석에 섰다.

컬페퍼는 세 번째 신호음에 전화를 받았다.

"스트라이크." 그가 말했다. "어떻게 지내나?"

"좋아. 부탁 좀 하려고."

"말해보지." 컬페퍼는 어물쩍 대답했다.

"로퍼차드에서 일하는 니나라는 사촌 말인데―."

"세상에, 그걸 어떻게 알지?"

"자네가 말했잖나." 스트라이크가 참을성 있게 말했다.

"언제?"

"몇 달 전, 자네를 위해 그 교활한 치과의사를 수사하고 있을 때."

"그놈의 미친 기억력." 컬페퍼는 감탄하기보다는 기겁한 듯한 목소리로 말했다. "정상이 아니군. 걔는 왜?"

"내가 연락 좀 하게 해줄 수 없나?" 스트라이크가 물었다. "로퍼차드에서 내일 밤 기념파티를 하는데, 거기 가고 싶거든."

"왜?"

"사건이 있어서." 스트라이크는 애매하게 말했다. 컬페퍼가 늘 졸라댔지만 스트라이크는 자신이 수사하고 있는 상류사회의 이혼과 사업상 결렬에 대한 속이야기를 한 번도 넘겨준 적이 없었다. "내가 막 자네 경력에서 최고의 특종을 물어다 줬잖나."

"그래, 좋네." 기자는 잠시 주저하다가 마지못해 말했다. "그 정도는 해줄 수 있을 것 같아."

"남자친구는 없고?" 스트라이크가 물었다.

"뭐야, 잠까지 자려고?" 컬페퍼가 물었다. 스트라이크가 자기 사촌에게 들이댄다는 생각에 화를 내기는커녕 오히려 재미있어 하는 눈치였다.

"아니. 나를 파티에 데려가는 게 수상해 보이지 않을까 해서 그러지."

"아, 그렇군. 아마 얼마 전에 헤어졌을걸. 잘 모르겠어. 번호를 문자로 보내줄게. 일요일까지 기다려보게." 컬페퍼는 기쁨을 참지 못하고 덧붙였다. "포커 경*은 곧 똥물 홍수를 뒤집어쓰게 될 거야."

"먼저 니나한테 전화부터 해줘, 알았지?" 스트라이크가 부탁했다. "그리고 내가 누군지도 말해주고. 상황을 이해할 수 있게."

컬페퍼는 알겠다고 동의하고 전화를 끊었다. 스트라이크는 매튜에게로 굳이 서둘러 돌아가지 않고 담배를 느긋하게 꽁초까지 다 피운 후에야 들어갔다.

천장에 매달린 냄비와 안내 표지판에 부딪히지 않으려고 고개를 숙인 채 복잡한 술집 안을 헤치고 가던 스트라이크는 그 장소 자체가 매튜를 닮았다는 생각을 했다. 지나치게 무리하고 있었던 것이다. 실내는 구식 난로와 오래된 서류함, 여러 개의 쇼핑 바구니, 낡은 판화와 쟁반들로 장식되어 있었다. 고물상에서 발굴해 낸 쓰레기로 꾸며낸 장관이었다.

매튜는 스트라이크가 돌아오기 전에 국수를 다 먹어치워서 그

---

* 파커(parker)의 철자를 'porker(돼지고기)'로 바꿔 불러 조롱하고 있음.

가 얼마나 오래 자리를 비웠는지 강조할 수 있길 바랐지만, 그러지 못했다. 로빈의 괴로운 표정을 보고 스트라이크는 자기가 없는 사이 두 사람 사이에 오간 이야기가 좀 궁금해졌다. 그리고 로빈에게 미안한 생각이 들었다.

"로빈이 럭비 선수셨다고 말해줬어요." 스트라이크는 노력하기로 결심하고 매튜에게 말을 걸었다. "주 경기도 뛰셨겠군요, 안 그래요?"

그들은 한 시간 더 고된 대화를 나눴다. 대화는 매튜가 자기 이야기를 할 기회를 얻었을 때 그나마 가장 매끄럽게 이어졌다. 스트라이크는 로빈이 버릇처럼 매튜에게 계속해서 할 말과 단서를 주고 있다는 걸 눈치챘다. 약혼자가 돋보일 수 있는 대화로 이어질 수 있도록 고심해서 화두를 제시하고 있었던 것이다.

"두 분은 얼마나 오래 사귀셨나요?" 그가 물었다.

"9년요." 매튜가 이전의 전투적인 태도로 살짝 돌아오며 말했다.

"그렇게 오래요?" 스트라이크는 깜짝 놀라며 말했다. "뭐예요, 대학을 같이 다닌 겁니까?"

"고등학교요." 로빈이 미소 지으며 말했다. "3학년 때."

"별로 큰 학교가 아니었어요." 매튜가 말했다. "머리도 있으면서 좋아할 만한 여자는 로빈이 유일했죠. 선택의 여지가 없었어요."

'멍청한 놈.' 스트라이크는 생각했다.

돌아가는 길이 겹쳐 워털루 역까지는 함께 걷게 되었다. 그들은 계속해서 잡담을 하며 컴컴한 밤길을 걷다가 지하철역 입구에서 헤어졌다.

"저기," 로빈은 매튜와 함께 에스컬레이터 쪽으로 걸어가며 절

망적으로 말했다. "괜찮은 사람이지, 안 그래?"

"시간 개념이 엉망이라서 그렇지." 매튜는 헛소리처럼 들리지 않
으면서 스트라이크를 공격할 거리를 달리 찾을 수 없었다. "40분씩
지각해서 일을 다 망칠 스타일이야."

하지만 그건 스트라이크의 참석을 암묵적으로 인정한 셈이어
서, 어차피 진심에서 우러난 환영 따위는 받을 리가 없는 상황인
데 이 정도면 그럭저럭 괜찮다고 로빈은 생각했다.

한편 매튜는 말없이 그 누구에게도 털어놓을 수 없는 상념들에
잠겨 있었다. 로빈은 상사의 외모—음모 같은 머리카락에 권투
선수 같은 옆얼굴—를 정확하게 묘사했지만, 매튜는 스트라이크
가 그렇게 엄청난 거구일 줄은 생각도 하지 못했다. 사무실에서
가장 키가 크다고 자부하는 매튜보다도 5, 6센티미터는 더 컸다.
만일 스트라이크가 아프가니스탄과 이라크에서의 경험에 대해
장황하게 늘어놓았다거나, 자기 다리가 어떻게 날아갔는지 또는
로빈이 굉장한 감명을 받은 눈치인 그 훈장을 어떻게 탔는지 떠벌
렸다면 매튜는 역겨운 과시라고 생각하고 말았을 뿐 지금처럼 짜
증이 솟구치지는 않았을 것이다. 하지만 스트라이크의 영웅주의,
액션으로 점철된 인생, 여행과 위험한 경험들은 그러거나 말거나
유령처럼 대화의 언저리를 맴돌았다.

지하철 안에서 로빈은 매튜 곁에 말없이 앉아 있었다. 저녁시간
은 전혀 즐겁지 않았다. 그런 매튜의 모습은 처음이었다. 그를 그
런 식으로 바라본 적도 없었다. 그건 스트라이크 때문이었다. 그
녀는 흔들리는 지하철 안에서 당혹스러워하며 생각했다. 아무래
도 스트라이크가 그의 눈을 통해 매튜를 바라보게 한 것 같았다.

어떻게 그렇게 하게 만들었는지는 알 수 없었다. 매튜에게 던진 그 모든 럭비 관련 질문들…… 어떤 사람들은 예의바르다고 생각했을 수도 있지만, 로빈은 그게 다가 아니라는 걸 알고 있었다. 아니면 스트라이크가 늦어서 그냥 화가 난 걸까, 그래서 그가 의도하지도 않은 것들까지 생트집을 잡고 있는 걸까?

그렇게 약혼한 커플은 그 순간 노던 라인을 타고 요란하게 코를 골면서 흔들거리며 멀어져가고 있는 남자에 대한 말할 수 없는 짜증으로 하나가 되어 집을 향해 달려갔다.

11

알려줘요
왜 내가 이렇게 무시당해야 하는지
− 존 웹스터, 《몰피 공작부인》

"코모란 스트라이크예요?" 다음 날 아침 8시 40분에 중상류층 소녀 같은 목소리가 물었다.

"그렇습니다." 스트라이크가 말했다.

"니나예요. 니나 라셀스. 도미닉한테서 당신 전화번호를 받았어요."

"아, 네." 스트라이크는 샤워실이 어둡고 좁아서 주로 부엌 싱크대 옆에 세워두는 면도거울 앞에서 상의를 벗은 채 서서 대답했다. 그는 입 주변에 묻은 면도거품을 팔뚝으로 쓱 닦으며 말했다.

"무슨 일인지 말해줬습니까, 니나?"

"네, 로퍼차드 기념파티에 잠입해 들어가고 싶어 한다면서요."

"'잠입'은 너무 센데요."

"하지만 그렇게 말하면 훨씬 흥미진진하잖아요."

"좋습니다." 그는 재미있어하며 말했다. "그럼 하기로 한 거죠?"

"와, 그럼요. 재밌겠어요. 왜 거기 와서 모두를 정탐하고 싶어 하는지 제가 추측해봐도 되나요?"

"'정탐'도 좀—."

"찬물 끼얹지 마요. 추측해봐도 돼요?"

"그럼 해봐요." 스트라이크는 창문을 바라보며 차를 한 모금 마셨다. 잠시 계속됐던 햇살은 사라지고, 다시 안개가 끼어 있었다.

"《봄빅스 모리》." 니나가 말했다. "제 말이 맞죠? 맞아요, 그렇죠? 제 말이 맞는다고 해줘요."

"맞습니다." 스트라이크가 말하자 그녀는 신이 나서 꺅꺅 환성을 질렀다.

"전 거기에 대해 아무 얘기도 하면 안 돼요. 함구령이 내렸거든요. 회사 전체에 이메일이 돌고, 변호사들이 대니얼 사무실에 우르르 몰려 들어갔다 나오고. 우리 어디서 만나요? 어디서 먼저 만나서 같이 들어가야 하는 거 아니에요?"

"네, 그럼요." 스트라이크가 말했다. "어디가 좋습니까?"

문 뒤에 걸린 코트에서 펜을 꺼내면서도 그는 집에서 보낼 저녁 시간을 그리워했다. 토요일 아침 일찍 갈색 머리 고객의 지조 없는 남편을 미행하기 전에 한숨 푹 자면서 누릴 평화와 휴식의 막간을.

"예 올드 체셔 치즈 알아요?" 니나가 물었다. "플리트 스트리트*에 있어요. 사무실에서 걸어갈 수 있는 거리에 있지만 직장 동료들은 아무도 거기 오지 않거든요. 촌스럽다는 건 알지만 전 거기가 좋아요."

---

* 과거에 여러 신문사가 모여 있었던 런던 중심부.

그들은 7시 반에 만나기로 약속했다. 스트라이크는 다시 면도를 하면서 출판사 파티에서 퀸의 행방을 아는 사람을 만날 가능성이 얼마나 될지 자문했다. 문제는…… 스트라이크는 턱수염을 맹렬히 밀면서 원형거울 속에 비친 자신을 타박했다, 넌 여전히 SIB처럼 행동하고 있어. 철저하다고 해서 국가에서 월급을 주는 게 아니라고, 이 친구야.

하지만 그는 다른 방법을 몰랐다. 그건 그가 성인이 된 후로 언제나 지켜온 강직한 개인적 윤리강령의 일부였다. '맡은 일을 해라. 그리고 제대로 해내라.'

스트라이크는 사무실에서 하루 종일 있을 예정이었고, 보통 때라면 그 일을 좋아했다. 그와 로빈은 서류작업을 나눠서 했다. 그녀는 지적이고, 결정을 내리는 데 종종 도움을 주며, 처음 사무소에 들어왔을 때와 마찬가지로 지금도 여전히 수사 기술에 매혹되어 있었다. 하지만 오늘 그는 다소 내키지 않는 마음으로 아래층으로 내려갔고, 아니나 다를까, 그의 숙련된 안테나는 로빈의 인사에서 긴장된 자의식을 감지했다. 조만간 "매튜 어땠어요?"라는 두려운 질문으로 터져 나올 긴장감이었다.

스트라이크는 안쪽 사무실로 들어가 전화를 건다는 핑계로 문을 닫으며 생각했다. '이래서 유일한 직원이랑 근무시간 외에 밖에서 만나면 안 되는 거야.'

몇 시간이 지나자 허기 때문에 어쩔 수 없이 밖으로 나올 수밖에 없었다. 로빈은 평소처럼 샌드위치를 사두긴 했지만 굳이 문을 노크해서 샌드위치가 있다고 알려주지는 않았다. 이 또한 어젯밤 이후의 어색함과 상관있을 터였다. 그 이야기를 꺼내야만 하는 순간을 미루고 싶기도 했거니와 (여자를 대하는 책략은 이제껏 배운 적이 없었지만) 혹시라도 화제를 오래 회피하다 보면 로빈이 아예 말을 꺼내지 않을지도 모른다는 희망을 품고, 스트라이크는 방금 건프리 씨와의 통화를 끝냈다고 사실대로 말했다.

"경찰에 갈 거래요?" 로빈이 물었다.

"어, 아뇨. 건프리는 누가 자기를 괴롭힌다고 경찰에 갈 타입이 아닙니다. 그 녀석은 자기 아들을 찌르려는 놈만큼이나 뒤틀린 인간이거든요. 하지만 이번에는 자기가 생각한 것보다 더 복잡한 상황에 빠졌다는 걸 깨달은 거죠."

"그 깡패가 당신에게 돈을 주겠다고 한 걸 녹음해서 경찰에 넘길 생각은 해보지 않았어요?" 로빈이 별 생각 없이 물었다.

"아니죠, 로빈, 그러면 그 정보가 어디서 나왔는지 뻔하잖아요. 감시를 하면서 동시에 살인청부업자를 피해 다녀야만 한다면, 우리 사업에 무리가 올 겁니다."

"하지만 건프리가 아들을 영원히 집에만 끼고 있을 순 없잖아요!"

"그럴 필요 없을 거예요. 건프리가 가족들을 데리고 깜짝 미국 여행을 갈 예정이거든요. LA에 가서 이 칼 휘두르는 친구에게 전화를 해서는 생각을 좀 해봤는데 사업을 더 이상 방해하지 않겠다고 말할 겁니다. 놈은 지저분한 짓들을 이미 충분히 해뒀거든요. 벽돌로 자동차 유리도 깼고, 아내에게 협박전화도 했죠. 아마 난 다음 주쯤 크라우치 엔드로 돌아가서 그 아들 녀석이 나타나지 않아서 원숭이를 돌려준다고 해야겠죠." 스트라이크는 한숨을 쉬었다. "뭐 대단히 그럴듯하지는 않지만, 그놈들이 날 찾아다니는 건

싫거든요."

"그 사람들이 당신한테 —."

"원숭이, 500파운드 말입니다." 스트라이크가 말했다. "요크셔에서는 뭐라고 부르죠?"

"10대 아이를 찌르는 대가로는 충격적인 푼돈이네요." 로빈은 힘주어 말하더니, 스트라이크가 방심한 틈을 타서 말했다. "매튜어땠어요?"

"좋은 사람이던데요." 스트라이크는 반사적으로 거짓말을 했다. 그는 자세한 설명은 삼갔다. 그녀는 바보가 아니었다. 거짓말을, 가짜 어조를 본능적으로 감지하는 그녀의 능력에 전에도 감탄한 적이 있었다. 그는 서둘러 다른 화제를 끄집어내지 않을 수가 없었다.

"생각 중인데, 어쩌면 내년쯤, 그러니까 우리가 제대로 돈을 벌기 시작하고 당신 월급도 인상하고 나면, 사람을 하나 더 뽑아도 되지 않을까 싶어요. 난 여기서 죽어라고 일하고 있잖아요. 언제까지나 이런 식으로 할 순 없어요. 최근 고객들을 몇 명이나 거절했죠?"

"두 명요." 로빈은 차갑게 대답했다.

스트라이크는 매튜에 대한 자신의 찬사가 부족했다고 추측은 했지만, 더 이상 위선적인 말은 하지 않겠다고 굳게 결심하고 조금 뒤 자기 사무실로 돌아가 다시 문을 닫았다.

하지만 이번 경우에 스트라이크는 반만 옳았다.

로빈은 그의 반응에 정말로 낙담했다. 만약 스트라이크가 진짜로 매튜를 좋아했다면 "좋은 사람"같이 명확한 말은 쓰지 않았을 것이다. "뭐, 괜찮아요"라거나 "나쁘지 않은 선택이네요" 같은 말을 했을 것이다.

정말 화가 나고 심지어 상처받기까지 한 말은 직원을 하나 더 두자는 제안이었다. 로빈은 컴퓨터 모니터로 돌아가 평소보다 키보드를 더 세게 두드리며 맹렬하게 타이핑을 시작해 갈색 머리 예비 이혼녀에게 보낼 이번 주 청구서를 작성했다. 그녀는 자신이 여기서 비서 이상의 역할을 하고 있다고—분명히 잘못된—생각하고 있었다. 그녀는 스트라이크가 룰라 랜드리 살인범의 유죄를 입증한 증거를 입수하는 걸 도왔다. 심지어 그중 일부는 자발적으로 혼자 취재하고 수집했다. 그 후로 몇 달 동안 그녀는 몇 번이나 개인비서의 직무를 넘어서는 일을 수행해왔다. 굵고 낮은 목소리를 가진 스트라이크가 전화상으로 절대 흉내 낼 수 없는 온갖 여자 역할을 하는 것은 말할 나위도 없거니와, 스트라이크의 덩치와 둔한 표정에 본능적으로 기분이 상한 고집 센 증인들과 문지기들을 달래고, 커플 행세를 하는 게 더 자연스러울 경우에는 스트라이크와 함께 감시 작업도 했다.

로빈은 스트라이크도 자신과 같은 생각인 줄 알았다. 그는 때로 "탐정 훈련에 좋아요"라거나 "역감시 강좌를 들어야겠군요" 같은 말들도 했다. 사업이 탄탄한 궤도에 오르면 (그리고 그녀는 그렇게 되는 걸 도왔다고 분명히 주장할 수 있을 것이다), 필요한 훈련을 받게 될 거라고 추정했었다. 하지만 이제 보니 그 힌트들은 그저 아무렇지도 않게 한 말들, 타이피스트에게 주는 모호한 칭찬에 불과했다. 그렇다면 그녀는 여기서 무엇을 했던 걸까? 왜 훨씬 더 나은 것들을 내던졌던 걸까? (로빈은 화가 난 나머지 아무리 보수가 많다 해도 그 인사부 일은 전혀 내키지 않았다는 사실도 잊어버렸다.)

어쩌면 새 직원은 유용한 일들을 수행할 수 있는 여자일지도 모른다. 그러면 로빈은 두 사람 모두의 접수원이자 비서가 되어 다시는 책상 앞을 떠나지 못할지도 모른다. 그런 걸 하자고 훨씬 나은 월급을 포기하고 연인과의 관계에 끊임없는 긴장 요인을 만들어가며 스트라이크와 함께 있었던 게 아니다.

쾅 소리에 스트라이크는 잠에서 깼다. 그는 책상머리에서 팔을 괸 채 곤히 잠들었었다. 시계를 보니 5시여서 누가 방금 사무실에 들어온 건가 싶었다. 사무실 문을 열고 로빈의 코트와 가방이 없고 컴퓨터 모니터가 꺼진 걸 보고서야 그는 그녀가 인사도 하지 않고 나갔다는 걸 알았다.

"아, 제기랄." 그가 성마르게 말했다.

보통 그녀는 부루퉁한 사람이 아니었다. 그가 그녀에게서 좋아하는 여러 가지 점들 중 하나였다. 매튜를 좋아하지 않는다 한들 그게 무슨 대수란 말인가? 자기가 매튜랑 결혼할 것도 아닌데. 그는 나지막이 짜증스레 중얼대며 문을 잠근 다음 다락방으로 올라갔다. 니나 라셀스를 만나기 전에 저녁을 먹고 옷을 갈아입을 생각이었다.

12

그녀는 대단한 확신과 비상하게 적절한 위트, 언변을 갖춘 여인이오.
- 벤 존슨, 《에피코이네, 혹은 조용한 여인》

그날 밤 스트라이크는 주머니 깊숙이 손을 찔러 넣은 채 피로와
점점 더 아파오는 오른쪽 다리가 허락하는 한 최대한 기운차게 컴
컴하고 추운 스트랜드를 따라 플리트 스트리트 쪽으로 걸어갔다.
그는 자신이 찬미해 마지않는 침실 겸 거실의 평화와 안락을 버린
것을 후회했다. 이 야밤의 원정에서 쓸모 있는 게 나올 것 같지 않
았지만, 겨울밤의 차가운 안개 속을 걷다보니 둘로 나뉜 어린 시
절의 충성심 중 한쪽을 차지한 이 오래된 도시의 숙성된 아름다움
에 자기도 모르게 새삼 반했다.

얼어붙은 11월 밤의 추위 속에서 관광객의 흔적이란 흔적은 모
두 말끔히 지워졌다. 다이아몬드 모양 창유리가 빛나는 올드벨
선술집의 17세기풍 외양에서는 고색창연한 고결함이 풍겨 나왔
고, 템플 바 이정표 위에서 항상 보초를 서고 있는 용이 별이 총총
박힌 어두운 하늘을 배경으로 완고하고 사나운 윤곽을 드러냈으

며, 저 멀리서는 안개에 싸인 세인트폴의 돔이 떠오르는 달처럼 빛나고 있었다. 목적지에 다가가는 그의 머리 위 벽돌담 저 위쪽에는 플리트 스트리트의 잉크 묻은 과거를 말해주는 이름들—《피플즈 프렌드》《던디 쿠리어》—이 있었지만, 컬페퍼와 신문기자 일족들은 이미 오래전 전통적 근거지에서 쫓겨나 와핑과 카나리 와프로 옮겨갔다. 현재 이 지역을 지배하는 것은 법이어서, 스트라이크 쪽 업계의 궁극적인 신전인 영국사법재판소가 지나가는 탐정을 내려다보고 있었다.

스트라이크는 이렇게 관대하고 이상하게 감상적인 기분에 빠진 채 예올드체셔치즈의 입구를 나타내는 길 건너 노란 원형등으로 다가가, 나지막한 가로대에 고개를 부딪치지 않기 위해 몸을 숙이고는 입구로 이어지는 좁은 복도를 올라갔다.

오래된 유화들이 걸려 있는 비좁은 나무패널 입구를 지나자 조그만 전실이 나타났다. 스트라이크가 "신사만 출입가능"이라고 쓰인 빛바랜 나무 표지판을 피하기 위해 다시 몸을 휙 숙이는 순간, 커다란 갈색 눈이 두드러지게 눈에 띄는 창백하고 조그만 여자가 열렬하게 손을 흔들었다. 그녀는 장작불 옆에서 검은 코트로 몸을 감싼 채 조그맣고 하얀 두 손으로 빈 잔을 흔들고 있었다.

"니나?"

"당신인 줄 알았어요. 도미닉이 당신 외모를 정확하게 묘사해줬거든요."

"한잔하겠어요?"

그녀는 화이트와인을 청했다. 스트라이크는 샘스미스 맥주 한잔을 가져와 불편한 나무 벤치 옆자리에 끼어 앉았다. 사방에서 온통 런던 말투가 들렸다. 그의 기분을 읽기라도 한 듯이 니나가 말했다.

"이곳은 여전히 진짜 펍이에요. 여긴 관광객들만 수북할 거라고 생각하는 사람들은 생전 여기 오지도 않는 사람들이죠. 디킨스도 여기 왔어요, 존슨과 예이츠도······. 전 여기가 좋아요."

그녀가 그를 향해 환하게 웃자, 그도 몇 모금 마신 맥주에 힘입어 진정한 온기를 끌어모아 미소로 답했다.

"당신 사무실은 여기서 얼마나 멀죠?"

"10분쯤 걸으면 나와요." 그녀가 말했다. "스트랜드 바로 옆에 있어요. 새 건물이고 옥상정원도 있어요. 지독하게 추울걸요." 그녀는 미리 몸을 덜덜 떨며 코트를 단단히 여미고는 덧붙였다. "하지만 상사들은 다른 장소를 물색하지 않을 핑계가 있었죠. 출판 업계가 요즘 힘들거든요."

"《봄빅스 모리》 때문에 문제가 좀 있었다고 했죠?" 스트라이크는 탁자 아래에서 의족을 될 수 있는 한 길게 뻗고는 일에 착수했다.

"문제라고 하면," 그녀는 말했다. "표현을 엄청 절제한 거죠. 대니얼 차드는 화가 머리끝까지 났어요. 더러운 소설에서 대니얼 차드를 악당으로 만들면 안 돼요. 절대. 좋은 생각이 아니에요. 그는 이상한 사람이에요. 사람들 말로는 가업에 휘말려 들어왔지만, 원래는 예술가가 되고 싶었대요. 히틀러처럼." 그녀는 킬킬대며 웃었다.

바의 불빛이 그녀의 커다란 눈 안에서 춤을 췄다. 경계태세를 취한 흥분한 쥐 같다고 스트라이크는 생각했다.

"히틀러요?" 그가 조금 재미있어하며 되풀이해서 말했다.

"화가 나면 히틀러처럼 고래고래 소리를 질러요. 이번 주에 그 사실을 알았어요. 그전에는 대니얼이 중얼대는 이상으로 목소리를 높이는 걸 아무도 들어본 적이 없거든요. 제리에게 소리를 지르고 마구 고함을 질러대는 통에, 벽 너머에서도 다 들리더라니까요."

"그 책을 읽어봤습니까?"

그녀는 장난스러운 미소를 입가에 걸고 머뭇거렸다.

"공식적으로는 아니에요." 마침내 그녀가 말했다.

"하지만 비공식적으로는……."

"몰래 살짝 봤을 수는 있죠."

"안전한 곳에 보관되어 있나요?"

"아, 네. 제리의 금고 안에 있어요."

여자는 익살맞은 곁눈질로 아무것도 모르는 편집자에 대한 점 잖은 조롱에 동참할 것을 청했다.

"문제는, 제리가 금고 비밀번호를 계속 까먹어서 모든 사람들에게 그걸 알려줬다는 거예요. 우리한테 물어봐서 기억하려고요. 제리는 상냥하기 그지없고 세상에서 가장 정직한 사람이라, 우리가 읽어선 안 되는 걸 읽으리라는 생각은 하지도 못했을 거예요."

"언제 봤죠?"

"제리가 원고를 받은 다음 월요일에요. 그때쯤에는 이미 소문이 막 퍼져나가고 있었어요. 크리스천 피셔가 주말 동안 50명은 되는 사람들에게 전화해서 부분 부분 읽어줬거든요. 원고를 스캔해서 일부를 이메일로 보내기 시작했다는 소리도 들었어요."

"그건 변호사들이 개입되기 전이죠?"

"네. 변호사들이 우리를 다 모으더니, 그 책 이야기를 하면 어떤 일이 일어날지에 대해 우스꽝스러운 일장연설을 했어요. 말도 안 되는 소리였죠. CEO가 조롱당하면—우린 막 비밀을 공개할 참이었거든요. 그런 소문이 있었어요—우리 회사의 명성이 실추되고 궁극적으로는 우리 직업이 위태롭게 될 거라니. 그런 이야기를 하면서 그 변호사가 어떻게 계속 진지한 표정을 하고 있는지 모르겠더라니까요. 우리 아버지가 QC*이신데," 그녀는 쾌활하게 말했다. "회사 밖에서 너무 많은 사람들이 알게 되면 차드가 우릴 쫓느라 고생 좀 할 거라고 하시더군요."

"차드는 좋은 CEO인가요?" 스트라이크가 물었다.

"그런 것 같아요." 그녀는 들떠서 말했다. "하지만 굉장히 불가사의하고 엄숙해서…… 그냥 웃겨요, 퀸이 차드에 대해서 쓴 거요."

"어떤 게……."

"어, 그 책에서 차드의 이름은 팔루스 임푸디쿠스이고 또—."

스트라이크는 맥주를 마시다 사레가 들렸다. 니나는 킥킥대며 웃었다.

"이름이 '음탕한 음경'이라고요?" 스트라이크는 웃으면서 손등으로 입가를 닦으며 물었다. 니나도 웃었다. 성실한 여학생처럼 생긴 사람치고는 놀랍게도 째지는 듯한 음란한 웃음소리였다.

"라틴어 했어요? 전 포기했어요. 지긋지긋했죠. 하지만 다들 '팔루스'가 뭔지는 알잖아요, 안 그래요? 사전을 찾아볼 수밖에

* Queen's counsel, 칙선 변호사. 영국에서 최고등급 법정변호사다.

없었죠. 그랬더니 팔루스 임푸디쿠스는 사실 말뚝버섯이라는 독버섯의 고유 이름이더군요. 분명 고약한 냄새가 날 것 같고……"

그녀는 좀 더 킥킥대며 웃었다. "썩어 들어가는 음경처럼 생겼더라고요. 전형적으로 오언다운 짓이에요. 더러운 이름들하며 모두를 까발려 드러내는 것까지."

"그래서 팔루스 임푸디쿠스는 뭘 하죠?"

"어, 대니얼처럼 걷고, 대니얼처럼 말하고, 대니얼처럼 생겼어요. 그리고 자기가 죽인 잘생긴 작가와 시간(屍姦)을 즐겨요. 정말 잔인하고 역겨워요. 제리는 늘 말했죠, 오언은 독자들을 적어도 두 번 구역질하게 만들지 못하면 시간을 낭비했다고 생각한다고. 불쌍한 제리." 그녀는 조용히 덧붙였다.

"왜 '불쌍한 제리'예요?" 스트라이크가 물었다.

"그 사람도 책에 나오거든요."

"그 사람은 어떤 종류의 팔루스죠?"

니나가 다시 킥킥댔다.

"말 못 해요. 제리 부분은 읽지 않았거든요. 전 그냥 휙휙 넘겨서 대니얼 부분만 봤어요. 다들 너무 역겹고 웃기다고 해서요. 제리가 자리를 비운 건 겨우 30분이었기 때문에 시간이 별로 없었거든요. 하지만 제리가 거기 나온다는 건 모두 알아요. 왜냐하면 대니얼이 제리를 끌고 들어가 변호사들을 만나게 하고는, 《봄빅스 모리》 이야기를 하면 하늘이 무너질 거라는 그 멍청한 이메일들에다가 다 제리 이름을 덧붙여서 우리에게 보냈거든요. 오언이 제리도 공격 대상으로 삼았다는 게 대니얼의 기분을 나아지게 만든 것 같아요. 모두들 제리를 좋아한다는 걸 알기 때문에, 제리를 보호하기 위해서라도 우리가 다들 입을 다물 거라고 생각한 모양이에요." 니나는 미소를 살짝 거두며 덧붙였다. "하지만 퀸이 왜 제리를 공격했는지는 아무도 몰라요. 제리는 세상에 적이라고는 없거든요. 오언은 나쁜 놈이에요, 정말로." 그녀는 빈 와인 잔을 쳐다보고 있었다.

"한 잔 더 할래요?" 스트라이크가 물었다.

그는 바로 돌아왔다. 맞은편 벽의 유리장 안에는 박제된 회색앵무새가 있었다. 술집 안에서 유일하게 진짜 별난 물건이었다. 그는 옛 런던의 진정한 모습을 간직한 이곳에 대한 관대한 마음에서 그 앵무새가 누추한 장식품으로 산 게 아니라 한때는 이곳에서 꽥꽥거리며 재잘댔을 거라고 정중하게 간주해주기로 했다.

"퀸이 실종되었다는 거 알죠?" 스트라이크가 니나 옆으로 돌아와서 물었다.

"네, 소문을 들었어요. 놀랍지도 않아요, 그 사람이 일으킨 난리를 생각하면."

"퀸을 압니까?"

"별로요. 간혹 사무실에 와서 시시덕대려고 했어요. 알잖아요, 그 바보 같은 망토를 두르고, 항상 사람들을 놀래려고 애쓰고 으스대면서요. 전 좀 애처롭더라고요. 그 사람 책은 하나같이 싫었어요. 제리가 권해서 《호바트의 죄》를 읽어봤는데, 끔찍하더라고요."

"최근 퀸에게서 소식을 들었다는 사람이 있습니까?"

"제가 아는 한은 없어요." 니나가 말했다.

"소송당할 게 뻔한 책을 왜 썼는지 아무도 모른단 말이죠?"

"다들 오언이 대니얼과 대판 싸웠다고 생각해요. 오언은 결국 모든 사람과 다 싸워요. 얼마나 수두룩한 출판사들을 거쳤는지 몰라요."

"대니얼이 오언의 책을 출판하는 유일한 이유는, 그러면 조 노스에게 끔찍하게 굴었던 걸 오언이 용서해준 것처럼 보일 거라 생각하기 때문이라고 들었어요. 오언과 대니얼은 서로를 정말로 싫어하거든요. 그건 기정사실이에요."

스트라이크는 엘리자베스 태슬의 사무실 벽에 걸려 있던 금발 미남의 이미지를 떠올렸다.

"차드가 노스에게 어떻게 지독하게 굴었는데요?"

"자세한 건 저도 잘 몰라요." 니나가 말했다. "하지만 그랬다는 건 알아요. 제가 알기로 오언은 대니얼네 출판사에서는 절대 책을 내지 않겠다고 맹세했지만, 거의 모든 출판사를 다 거친 끝에 대니얼에 대해 오해한 척할 수밖에 없었대요. 대니얼은 오언을 받아들이면 자기가 좋은 사람으로 보일 거라 생각해서 받아들인 거고. 하여간 다들 그렇게 말해요."

"퀸이 제리 월드그레이브와도 싸웠습니까, 당신이 알기로?"

"아뇨, 그게 바로 너무나 이상한 점이에요. 왜 제리를 공격하는 거죠? 그 사람은 좋은 사람인데! 제가 들은 바에 의하면 사실은—."

스트라이크가 아는 한 처음으로, 그녀는 이야기를 더 하기 전에 하려던 말을 조금 더 침착하게 다시 한 번 생각했다.

"글쎄요, 오언이 제리에 관한 부분에서 뭘 공격하고 있는지 정말 알 수가 없네요. 그리고 말했다시피, 전 그 부분은 읽지 않았어요. 하지만 오언은 오만 사람들을 다 집어넣었어요." 니나는 계속해서 말했다. "그 사람 부인도 나온대요. 리즈 태슬에 대해서도 분명 비열하게 썼고. 나쁜 년일진 몰라도, 리즈가 좋을 때나 나쁠 때나 오언 옆을 지켰다는 건 모두가 다 알아요. 리즈는 앞으로 로퍼차드에서 아무것도 못 낼 거예요. 모두 리즈에게 화가 났거든요. 대니얼의 명령으로 오늘 파티 초청도 취소됐잖아요. 정말 굴욕적인 일이에요. 몇 주 뒤에는 래리 핀켈먼, 리즈가 맡고 있는 다른 작가요, 그를 위한 파티가 있을 예정인데, 거기에 초대하지 않을 수는 없지만—래리는 정말로 좋은 사람이거든요. 다들 래리를 사랑한답니다—리즈가 나타나면 어떤 대접을 받을지는 아무도 모르죠."

"하여간," 니나는 밝은 갈색 앞머리를 뒤로 흔들어 넘기더니 갑자기 화제를 바꿨다. "당신과 전 어떻게 아는 사이로 하죠? 파티에 가면 말이에요. 제 남자친구, 아니면 뭘로?"

"이런 곳에 애인도 데리고 올 수 있습니까?"

"네, 하지만 당신과 사귀고 있다고 아무에게도 말한 적이 없으니, 오래 사귄 사이라고 할 순 없어요. 지난 주말 파티에서 만났다고 해요, 좋죠?"

스트라이크는 그녀와 거의 마찬가지로 불안감과 만족스러운 허영심을 느끼며 그녀가 열성적으로 제안한 허구의 밀회에 대해 들었다.

"가기 전에 오줌 좀 누고요." 그녀가 세 번째 잔을 비우는 동안 그는 나무 벤치에서 무거운 몸을 일으키며 말했다.

화장실로 내려가는 계단은 빙빙 돌아가는 구조였고, 천장이 너무 낮아서 몸을 굽혔는데도 머리를 부딪고 말았다. 그는 관자놀이를 문지르며 나지막이 욕을 했다. 마치 신이 뭐가 좋은 생각이고 뭐가 좋은 생각이 아닌지 알려주기 위해 머리를 한 대 친 느낌이었다.

13

소문을 듣자하니, 자네가 책 하나를 가지고 있는데
거기에서 자네가 이 도시에 숨어 있는
온갖 악명 높은 범죄자들의 이름을
지능적으로 인용했다고 하더군.

— 존 웹스터, 《하얀 악마》

스트라이크는 경험을 통해 자신에게 이상하게 끌리는 유형의
여자가 있다는 걸 알고 있었다. 그들의 공통된 특징은 지성과 접
촉 불량 전등의 깜박거리는 빛이었다. 그들은 종종 매력적이었
고, 그의 오랜 친구 데이브 폴워스의 표현을 따르자면 대개 "존나
괴짜들"이었다. 정확히 그의 어떤 점이 그들을 매료시키는지 스
트라이크는 한 번도 생각해보지 않았다. 자기 혼자 정립한 여러
이론들을 가진 폴워스는 그런 ("자식을 많이 낳는, 과민한") 여자들
은 무의식적으로 소위 "돌쇠 혈통"을 찾고 있다는 견해를 내놓았
지만.

스트라이크의 전 약혼자 샬럿은 그 종족의 여왕이라고 할 만했
다. 아름답고 영리하고 변덕스럽고 비뚤어진 그녀는 가족들의 반
대와 노골적인 친구들의 혐오에 맞서 스트라이크에게 몇 번이고
다시 돌아왔다. 3월에 마침내 그는 16년에 걸친 그들의 단속적인

관계에 종지부를 찍었고, 그녀는 곧바로 전 남자친구와 약혼했다. 먼 옛날 옥스퍼드에서 스트라이크에게 그녀를 빼앗겼던 그 남자친구였다. 그 이후 예외적인 하룻밤을 제외하곤 스트라이크의 애정 생활은 자발적인 불모지였다. 깨어 있는 시간은 사실상 모두 일로 채웠고, 매혹적인 갈색 머리 고객 부류, 즉 시간도 죽이고 외로움도 달래려는 예비 이혼녀들의 미묘하거나 공공연한 유혹은 성공적으로 물리쳤다.

하지만 굴복해버리고 싶은, 하루 이틀 정도의 위안을 위해 복잡한 말썽들을 무시해버리고 싶은 위험한 충동이 항상 존재했다. 그리고 이제 그의 옆에서는 니나 라셀스가 그가 한 걸음 걸을 때마다 두 걸음씩 종종걸음으로 걸으며 어두운 스트랜드를 지나고 있었다. 그녀는 "가본 적 있는 것처럼 보이기 위해" 필요하다며 세인트존스우드에 있는 자기 집 주소를 정확하게 알려주었다. 그녀의 키는 그의 어깨까지도 닿지 않았는데, 스트라이크는 조그만 여자에게서 매력을 느낀 적이 한 번도 없었다. 그녀는 필요 이상으로 많이 웃으며 로퍼차드에 대해 끝도 없이 재잘댔고, 한두 번은 이야기의 포인트를 강조하느라 그의 팔을 건드리기도 했다.

"다 왔어요." 석재 위에 빛나는 오렌지색 명판이 붙어 있는, 회전유리문이 달린 현대식 고층 건물 앞으로 가까이 가면서 그녀가 말했다.

이브닝드레스를 입은 사람들이 여기저기 서 있는 넓은 로비 정면에는 금속재 슬라이딩 도어들이 서 있었다. 니나가 가방에서 초청장을 꺼내더니 제대로 맞지도 않는 턱시도를 입은 용역처럼 보이는 사람에게 보여줬고, 그녀와 스트라이크는 다른 스무 명의 사람들과 함께 거울로 둘러싸인 커다란 승강기에 탔다.

"이 층은 회의용이에요." 니나는 사람들로 북적대는 확 트인 홀로 나오면서 그에게 소리쳤다. 홀에서는 밴드가 사람들이 몇 없는 댄스플로어를 향해 음악을 연주하고 있었다. "보통은 칸막이로 나눠져 있죠. 그래서…… 누굴 만나고 싶어요?"

"퀸을 잘 알고 그가 어디 있을지 알 만한 사람요."

"그건 제리뿐인데……. 정말로요."

뒤의 승강기에서 새로 나온 손님들이 그들을 휩쓸고 사람들 무리 속으로 나아갔다. 스트라이크는 니나가 아이처럼 자기 코트 등 부분을 붙잡는 것을 느꼈지만, 손을 잡아 화답하지도, 그들이 서로 연인 사이라는 인상을 어떻게든 강조하지도 않았다. 한두 번 그녀는 지나가는 사람들에게 인사했다. 그들은 마침내 하얀 코트 입은 웨이터들이 파티 음식을 들고 서빙하고 있는 테이블들이 놓인 반대편 벽까지 헤치고 나아갔다. 거기서는 소리 지르지 않고도 대화를 할 수 있었다. 스트라이크는 맛있는 게살케이크 두 개를 가져와 그 콩알만 한 크기를 개탄하며 먹었고, 니나는 주위를 둘러보았다.

"제리가 아무 데도 안 보이는데, 아마 옥상에서 담배 피우고 있을 거예요. 우리도 거기 올라가볼까요? 와, 저기 봐요, 대니얼 차드가 사람들과 어울리고 있어요!"

"누구예요?"

"대머리요."

딱 붙는 검정 드레스를 입은 몸매 좋은 아가씨와 이야기하고 있는 사장의 주위로는 사람들이 예의상 다들 조금씩 거리를 두고 서 있었다. 마치 헬리콥터가 날아오를 때 주변 곡식들이 납작하게 쓰러져 있는 모습 같았다.

팔루스 임푸디쿠스. 스트라이크는 웃겨서 미소가 떠오르는 것을 참을 수가 없었지만, 사실 차드는 대머리가 꽤 잘 어울렸다. 그는 스트라이크의 예상보다 더 젊고 몸매도 탄탄했으며, 나름 잘생긴 사람이었다. 깊은 눈 위엔 숱 많은 검정 눈썹이 자리하고 있었고, 매부리코에 입술이 얇았다. 먹색 양복은 별다를 것 없었지만, 엷은 담자색 타이는 보통보다 폭이 훨씬 넓었고 사람의 코가 그려져 있었다. 동료 중사들에 의해 연마된 진부한 패션 감각을 늘 가져왔던 스트라이크는 이 CEO의 차림에서 보이는, 규범을 거부하는 작지만 강력한 성명에 흥미를 가지지 않을 수가 없었다. 특히 가끔씩 경탄과 흥미의 시선을 던지게 한다는 점에서.

"술은 어디 있어요?" 니나가 별 도움도 안 되는 까치발을 하며 말했다.

"저기요." 스트라이크에게는 어두운 템스 강이 보이는 창문 앞에 자리한 바가 보였다. "여기 있어요. 제가 가져오죠. 화이트와인?"

"샴페인으로 할게요. 대니얼이 돈을 아끼지 않았다면요."

그는 눈에 띄지 않게 차드 가까이 다가가기 위해 사람들 틈을 비집고 가는 길을 택했다. 차드는 상대가 혼자 떠들도록 내버려두고 있었다. 여자에게선 자기 이야기가 재미없다는 걸 알면서도 이야기를 계속하고 있는 사람 특유의 희미한 절망이 느껴졌다. 물컵을 쥐고 있는 차드의 손등이 번들거리는 빨간 습진으로 덮여 있는 게 스트라이크의 눈에 들어왔다. 스트라이크는 한 무리의 아가씨들이 반대 방향으로 갈 수 있도록 길을 비켜주는 척하며 차드 바로 뒤에서 걸음을 멈췄다.

"그건 정말로 무척 재미있었어요." 검정 드레스 여인이 소심하게 말했다.

"네." 차드의 목소리는 굉장히 따분하는 것처럼 들렸다. "정말 그랬겠군요."

"뉴욕은 멋졌어요? 제 말은, 멋지다는 게 아니라, 쓸모 있었냐고요. 재미있었어요?" 상대방이 물었다.

"바빴어요." 차드가 말했다. 스트라이크의 눈에 CEO가 보이지는 않았지만, 그는 진짜로 하품이라도 하는 것 같았다. "디지털 대화들을 많이 했죠."

8시 반밖에 안 됐는데 벌써 취한 것처럼 보이는, 쓰리피스 양복 차림의 풍채 좋은 남자 하나가 스트라이크 앞에서 걸음을 멈추더니 과장되게 공손한 태도를 취하며 계속 가달라고 부탁했다. 스트라이크는 공들인 몸짓을 곁들인 요청을 거절할 도리가 없어 대니얼 차드의 목소리가 들리지 않는 곳으로 걸어갔다.

"고마워요." 몇 분 후 니나는 스트라이크에게서 샴페인을 받아들고 말했다. "그럼 옥상정원에 갈까요?"

"좋습니다." 스트라이크가 말했다. 그도 샴페인을 가져왔다. 좋아해서가 아니라 마시고 싶은 게 없었기 때문이다. "대니얼 차드와 이야기하고 있는 여자는 누굽니까?"

니나는 스트라이크를 데리고 나선형 철제계단 쪽으로 가면서 목을 길게 빼고 보았다.

"조애나 월드그레이브, 제리의 딸이에요. 첫 소설을 막 끝낸 참이죠. 왜요? 당신 타입이에요?" 그녀는 숨을 헐떡대며 웃었다.

"아뇨." 스트라이크가 말했다.

그들은 그물세공 계단을 올라갔고, 스트라이크는 다시 한 번 난간에 한껏 의존하며 걸음을 옮겼다. 건물 옥상에 나서자 얼음장 같은 밤공기가 폐부를 찔렀다. 부드러운 잔디밭이 펼쳐져 있고, 꽃과 묘목 화단들, 벤치들이 여기저기 놓여 있었다. 심지어 환하게 조명을 밝힌 연못도 있었는데, 그 검은 수련 잎 아래서 물고기들이 불꽃처럼 돌진했다. 거대한 쇠버섯처럼 생긴 옥외난로들이 깔끔한 사각형 잔디밭 사이에 무리 지어 놓여 있고, 그 아래엔 사람들이 인공 전원풍경에 등을 돌린 채 담뱃불을 밝힌 동료 흡연자들을 바라보며 모여 있었다.

내려다보이는 도시 풍경은 검정 벨벳에 보석을 박아놓은 듯한 장관이었다. 형광파랑으로 빛나는 런던아이, 진홍색 창문의 옥소타워, 사우스뱅크센터, 빅벤, 저 오른쪽에서는 웨스트민스터가 황금색으로 빛나고 있었다.

"이리 와요." 니나는 이렇게 말하며 대담하게도 스트라이크의 손을 잡더니 여자 셋이 모인 무리를 향해 끌고 갔다. 그들의 입에선 담배 연기를 뿜고 있지 않을 때도 하얀 입김이 확 뿜어져 나왔다.

"안녕." 니나가 말했다. "제리 본 사람 있어?"

"제리는 술이 떡이 됐어." 빨강 머리가 대놓고 말했다.

"오, 저런." 니나가 말했다. "그런데도 그렇게 잘하고 있단 말이야!"

호리호리한 금발이 어깨 너머를 슬쩍 보더니 중얼거렸다.

"지난주엔 아버터스*에서 완전 인사불성이 됐어."

"《봄빅스 모리》 때문이야." 예민해 보이는 짧은 검정 머리 여자가 말했다. "그리고 주말에 파리로 기념 여행을 가기로 한 것도 못 갔고. 페넬라가 또 성질을 터뜨린 것 같아. 도대체 언제 그 여자를 떠날까?"

"그 여자 여기 있어?" 금발이 탐욕스럽게 물었다.

"어딘가 있어." 검정 머리가 말했다. "우리한테 소개 안 시켜줄 거야, 니나?"

질풍 같은 소개를 받고도 스트라이크는 누가 미란다고 세라고 에마인지 구분할 수가 없었다. 그러거나 말거나 네 여자는 다시 제리 월드그레이브의 불행과 음주에 대한 정밀분석에 빠져들었다.

"제리는 벌써 옛날에 페넬라를 버렸어야 했어." 검정 머리가 말했다. "사악한 여자 같으니."

"쉿!" 니나가 신호하자 네 사람은 모두 부자연스럽게 조용해졌고, 거의 스트라이크만큼이나 키 큰 남자가 그들에게 어슬렁어슬렁 다가왔다. 밀가루 반죽 같은 동그란 얼굴을 커다란 뿔테안경과 엉킨 갈색 머리가 일부 가리고 있었다. 잔 끝까지 채운 레드와인이 손 위로 쏟아질 듯 아슬아슬하게 찰랑거렸다.

"뭔가 켕기는 침묵인데." 그는 상냥한 미소를 지으며 말했다. 그 낭랑한 말투에는 지나친 숙고의 기색이 풍겼는데, 스트라이크가 들어보니 딱 노련한 주정뱅이 말투였다.

"자네들이 무슨 이야기하고 있었는지, 세 마디로 추측해볼까? 봄빅스-모리-퀸. 안녕하세요?" 그는 스트라이크를 보고 손을 내밀며 덧붙였다. 눈높이가 같았다. "처음 뵙는 것 같은데, 안 그

---

* 런던 소호 지역에 위치한 고급 레스토랑.

래요?"

"제리, 코모란이에요. 코모란, 이쪽은 제리." 니나가 얼른 말했다. "제 데이트 상대예요." 그녀가 덧붙였다. 키 큰 편집자보다는 옆에 선 세 여자를 향한 말이었다.

"캐머론이라고요?" 월드그레이브가 귀에 손을 갖다 대며 물었다.

"뭐 비슷합니다." 스트라이크가 말했다.

"미안해요." 월드그레이브가 말했다. "한쪽 귀가 멀어서. 그런데 여기 숙녀분들은 이 훤칠한 낯선 미남 앞에서 소문 이야기를 하고 있었단 말이지." 그는 묵직한 유머를 섞어서 말했다. "회사 외부인은 누구도 우리의 죄스러운 비밀에 관여하게 해서는 안 된다고 차드 씨가 분명히 지시했는데도?"

"우릴 고발하진 않을 거죠, 제리?" 검정 머리가 말했다.

"대니얼이 정말로 그 책에 대해 침묵하게 하고 싶다면," 빨강 머리가 성마르게 말했다. 그래도 상사가 근처에 있지는 않은지 어깨 너머를 재빨리 살피는 것은 잊지 않았다. "온 동네에 변호사들을 보내 입을 막으려고 하지는 말아야죠. 사람들이 무슨 일이냐며 계속 전화해요."

"제리," 검정 머리가 용감하게 말했다. "왜 변호사들이랑 이야기했어요?"

"내가 그 책 안에 있으니까, 세라." 월드그레이브가 잔을 흔들며 말하는 바람에, 짧게 깎은 잔디 위에 잔의 내용물 일부가 흩뿌려졌다. "그 책 때문에 내 고장 난 귀까지 곤경에 빠져버렸다고."

여자들은 모두 충격 받아 항의를 해댔다.

"퀸이 제리에 대해 할 말이 뭐가 있어요? 그렇게 잘해줬는데?" 검정 머리가 주장했다.

"오언이 계속 되풀이해서 하는 말은, 내가 자기 걸작에 이유 없이 잔인하게 굴었다는 거지." 월드그레이브는 이렇게 말하며 잔을 들고 있지 않은 손으로 가위질하는 흉내를 냈다.

"어머, 그게 다예요?" 금발이 살짝 실망하며 말했다. "대박이네. 그 사람 하는 거 보면 거래를 하는 것만 해도 용하구만."

"보아하니, 또 잠수 탄 것 같아." 월드그레이브가 말했다. "전화도 전혀 받지 받고."

"겁쟁이 자식." 빨강 머리가 말했다.

"사실 난 꽤 걱정이 돼."

"걱정이 된다고요?" 빨강 머리가 믿을 수 없다는 듯이 되풀이해서 말했다. "설마 진담은 아니겠죠, 제리?"

"그 책을 읽어봤다면 자네도 걱정될걸." 월드그레이브가 살짝 딸꾹질하며 말했다. "오언은 무너지고 있는 것 같아. 그 책은 유서 같고."

금발이 살짝 웃음을 터뜨렸다가 월드그레이브가 쳐다보자 황급히 억눌렀다.

"농담 아니야. 오언은 신경쇠약 같아. 그 주제는, 그 모든 통상적 그로테스크함 아래에는, 모두가 나의 적이다, 모두가 나를 잡으려 한다, 모두가 나를 증오한다―."

"모두들 진짜 그 사람을 증오해요." 금발이 끼어들었다.

"제정신을 가진 사람이라면 누구도 그 책이 출판될 거라고 상상하지 못했을 거야. 그리고 이제 오언이 실종됐고."

"하지만 항상 그러잖아요." 빨강 머리가 성마르게 말했다. "그게 오언의 장기 아니에요, 도망가는 거? 데이비스 카터 출판사의 데이지 카터가 이야기해줬는데, 거기서 《발자크 형제들》을 작업하고 있을 때 오언은 두 번이나 불끈해서 사라졌대요."

"난 오언이 걱정돼." 월드그레이브는 완고하게 말했다. 그는 와인을 한 모금 길게 마시고 말했다. "손목을 그었을지도 몰라."

"오언은 자살하지 않을걸요!" 금발이 코웃음 쳤다. 월드그레이브는 스트라이크가 생각하기에 동정심과 혐오가 뒤섞인 표정으로 그녀를 굽어보았다.

"사람들은 진짜 자살해, 미란다. 살아야 할 이유를 빼앗겼다고 생각하면. 다른 사람들이 그 고통을 하찮게 여긴다 해도, 그게 자살을 그만둘 이유가 되지는 않는 거지."

금발은 못 믿겠다는 표정을 짓다가 주위를 둘러보며 동조를 구했지만, 아무도 그녀의 편을 들어주지 않았다.

"작가들은 달라." 월드그레이브가 말했다. "괜찮은 작가치고 정신 나가지 않은 사람은 본 적이 없어. 리즈 태슬이 기억하면 좋을 텐데."

"그 책 내용이 뭔지 몰랐다고 하잖아요." 니나가 말했다. "아파서 제대로 읽지 않았다고 사방에 말하고—."

"난 리즈 태슬을 알아." 월드그레이브가 으르렁댔다. 이 술 취한 상냥한 편집자에게서 순간적으로 진짜 분노가 번득이는 걸 보고 스트라이크는 흥미를 느꼈다. "리즈는 자기가 무슨 짓을 하는지 알면서 그 책을 돌렸어. 오언을 갖고 돈 좀 벌어볼 마지막 기회라고 생각한 거지. 몇 년 동안 증오해온 팬코트 스캔들을 이용해 유명세도 좀 얻고. 그런데 이제 상황이 난처해지니까 제 고객을 내치고 있는 거잖아. 지독하게 잔인한 행동이야."

"대니얼이 오늘 밤 초대를 취소했잖아요." 검정 머리가 말했다. "제가 전화해서 이야기해야 했다고요. 끔찍했어요."

"오언이 어디 갔을지 혹시 알아요, 제리?" 니나가 물었다.

월드그레이브는 어깨를 으쓱했다.

"어딘가 있겠지, 안 그래? 하지만 어디 있든지 간에 괜찮길 바라. 그 어리석은 놈은 좋아하지 않을 수가 없거든, 그 모든 일에도 불구하고."

"오언이 책에 썼다는 이 엄청난 팬코트 스캔들이란 게 도대체 뭐예요?" 빨강 머리가 물었다. "무슨 리뷰랑 관련이 있다고 누가 그러던데."

스트라이크를 제외한 모두가 동시에 떠들기 시작했지만, 월드그레이브의 목소리가 다른 모두를 이기면서 여자들이 조용해졌다. 무능력해진 남자들에게 여자들이 종종 보여주는 본능적 공손함이었다.

"모두들 아는 줄 알았는데." 월드그레이브가 또다시 살짝 딸꾹질을 하며 말했다. "한마디로 말해서, 마이클의 첫 번째 아내 엘스페스가 예전에 굉장한 졸작 소설을 썼는데, 작자미상의 패러디가 문예잡지에 실린 거야. 엘스페스는 그 패러디를 잘라서 드레스 앞에 핀으로 꽂고 가스를 마셨지. 실비아 플라스 풍으로."

빨강 머리가 헉 하고 숨을 들이켰다.

"자살했다고요?"

"그렇지." 월드그레이브가 다시 와인을 꿀꺽꿀꺽 들이켜며 말했다. "작가들은 제정신이 아니야."

"그 패러디를 누가 썼는데요?"

"모두들 오언이라고 생각했어. 그는 부인했지만 그다음에 벌어진 사태를 생각할 때 나도 오언일 수도 있겠구나 싶었어." 월드그레이브가 말했다. "오언과 마이클은 엘스페스가 죽은 후로 다시는 말도 안 했지. 그런데 《봄빅스 모리》에서 오언이 교묘한 방식으로 그 패러디의 진짜 저자가 바로 마이클이라고 암시한 거야."

"세상에." 빨강 머리는 충격을 받았다.

"팬코트 이야기가 나왔으니 말인데," 월드그레이브가 손목시계를 흘낏 보며 말했다. "9시에 아래층에서 엄청난 발표가 있을 거라고 말해줘야겠네. 자네들도 다들 놓치고 싶지 않을걸."

그는 느릿느릿 걸어갔다. 여자 둘은 담배를 밟아 끄고 그의 뒤를 따라갔다. 금발은 다른 무리를 향해 스르르 걸어갔다.

"좋은 사람이죠? 제리요. 안 그래요?" 니나가 울 코트 안에서 덜덜 떨며 스트라이크에게 물었다.

"굉장히 도량이 넓은 사람이군요." 스트라이크가 말했다. "다른 사람들은 퀸이 자기가 무슨 짓을 하고 있는지 잘 몰랐다고 생각하지 않는 것 같은데. 따뜻한 실내로 다시 들어갈까요?"

피로가 스트라이크의 의식 언저리를 침범해 들어오고 있었다. 그는 간절히 집에 가고 싶었다. (그가 스스로에게 묘사하는 대로) 다리를 재우는 성가신 과정을 시작하고, 눈을 감은 다음, 다시 일어나 또 한 명의 지조 없는 남편 옆에 서 있어야 할 때까지 여덟 시간을 내리 자고 싶었다.

아래층 방은 어느 때보다 사람들로 북적댔다. 니나는 몇 번이나 걸음을 멈추고 아는 사람들 귀에 고함을 질렀다. 스트라이크는 싸구려 샴페인과 시끄러운 밴드에 넋이 나간 땅딸막한 로맨스 소설가와, 술에 취해 호들갑을 떨며 엉킨 검정 머리 사이로 니나에게 인사를 하는 제리 월드그레이브의 아내를 소개받았다.

"저 여잔 늘 알랑대요." 니나는 그들에게서 벗어나 임시무대 쪽으로 스트라이크를 데리고 가며 차갑게 말했다. "부잣집 출신인데, 제리와 기우는 결혼을 했다고 티를 내고 다니죠. 끔찍한 속물 같으니."

"당신의 칙선 변호사 아버지에게 강한 인상을 받았나 보죠, 안 그래요?" 스트라이크가 물었다.

"무시무시한 기억력을 가졌네요." 니나가 감탄하는 표정으로 말했다. "아뇨, 제 생각에는 그게……. 그래요, 사실은 우리 아버진 귀족이에요. 누가 신경이나 쓴대요? 하지만 페넬라 같은 사람들은 신경 쓰죠."

말단직원 하나가 바 옆 무대 위 목재연단에 마이크 각도를 조절하고 있었다. 로퍼차드의 로고인 두 이름 사이의 밧줄 매듭 그림과 "100주년 기념"이라는 글자가 현수막에 화려하게 장식되어 있었다.

10분 동안 지루한 기다림이 이어졌고, 그동안 스트라이크는 니나의 잡담에 공손하고 적절하게 반응했다. 그녀는 너무 키가 작고 방은 점점 더 시끄러워지고 있어서 많은 노력이 필요한 일이었다.

"래리 핀켈먼도 여기 왔습니까?" 그는 엘리자베스 태슬의 벽에 걸려 있던 늙은 동화 작가를 떠올리고 물었다.

"아뇨, 그분은 파티를 싫어하세요." 니나가 쾌활하게 말했다.

"당신들이 파티를 열어줄 거라고 하지 않았어요?"

"그걸 어떻게 알아요?" 그녀가 깜짝 놀라며 물었다.

"아까 말했잖아요, 펍에서."

"와, 당신 정말 제대로 경청하는군요, 그렇죠? 그래요, 크리스마스 이야기 증쇄를 기념해서 저녁 모임을 할 거예요. 하지만 정말 조그만 모임이에요. 그분은 사람 많은 걸 정말 싫어하시거든요. 정말 수줍음이 많으세요."

대니얼 차드가 마침내 무대에 나왔다. 이야기 소리가 두런거리는 소리로 희미해졌다가 완전히 사라졌다. 차드가 메모를 정리하고 목소리를 가다듬자 공기 중에 긴장감이 돌았다.

스트라이크가 보기에 그는 엄청나게 연습을 한 게 틀림없었지만 그럼에도 연설 실력은 형편없었다. 차드는 규칙적으로 간격을 두고 청중들의 머리 위 한 지점을 기계적으로 바라보았지만, 누구와도 눈을 맞추지 않았고, 때로는 말소리도 거의 안 들렸다. 그는 청중들에게 로퍼 출판사의 화려한 역사를 잠시 소개한 후, 할아버지의 회사인 차드북스로 간략히 우회했다가 그들의 합병을 묘사했고, 이 세계적 기업의 수장으로 10년째 일하고 있는 것에 대한 겸허한 즐거움과 자부심을 한결같이 무미건조한 어조로 표했다. 그의 소소한 농담들에 뒤따른 열광적인 웃음의 동력은, 스트라이크가 보기에 술기운뿐만 아니라 불안감인 듯했다. 스트라이크는 자기도 모르게 데기라도 한 듯 쓰라려 보이는 손을 쳐다보고 있었다. 예전에 군대에서 스트레스로 인해 습진이 너무 심해져 입원까지 한 병사를 본 적이 있었다.

"분명," 차드는 메모를 넘기며 말했다. 그 방 안에서 가장 키가 큰 사람들 중 하나이자 무대에 가까이 서 있는 스트라이크에게는 그게 마지막 페이지라는 게 보였다. "출판업은 현재 가파른 변화와 새로운 도전의 시기를 지나고 있습니다. 하지만 오늘날이나 한 세기 전이나 변함없이 그대로인 게 하나 있습니다. 바로 콘텐츠가 왕이라는 사실입니다. 로퍼차드가 세계 최고의 작가들을 자랑하는 한, 우리는 계속해서 흥미를 불러일으키고, 새로운 것에 도전하고, 즐거움을 줄 것입니다. 그리고 바로 그 맥락에서—" 클라이막스가 멀지 않았다는 것은 흥분하는 것이 아니라 느긋해진 차드의 태도에서 분명히 드러났다. 그의 시련이 거의 끝나가고 있는 것이다. "전 영광스럽고 기쁜 마음으로 우리가 이번 주에 세계 최고의 작가들 중 한 분을 영입하게 되었다는 소식을 여러분께 알립니다. 신사숙녀 여러분, 마이클 팬코트 씨를 환영해주십시오!"

헉 하고 숨을 들이켜는 소리가 산들바람처럼 청중들 사이로 퍼져나갔다. 한 여자는 흥분해서 꽥꽥 소리를 질렀다. 방 뒤쪽 어디선가 박수 소리가 터져 나오더니 불길처럼 앞쪽으로 번졌다. 저 멀리 문이 열리고 커다란 머리에 뚱한 얼굴이 슬쩍 보이는가 싶더니, 팬코트는 곧 열광적인 직원들에게 휩싸여 사라졌다. 몇 분이 지나서야 그는 무대에 올라와 차드와 악수를 나눴다.

"세상에." 니나는 열렬하게 박수를 치며 계속해서 말했다. "오, 세상에."

스트라이크와 마찬가지로 대부분 여자들로 이루어진 청중들 위로 머리와 어깨가 우뚝 솟은 제리 월드그레이브는 그들과 거의 반대쪽인 무대 저편에 서 있었다. 그는 또 술이 가득 든 잔을 들고 있어서 박수를 칠 수가 없었다. 그는 미소도 띠지 않고 잔을 입에 가져가며 마이크 앞에 서서 조용히 하라고 손짓하는 팬코트를 지켜보고 있었다.

"고마워요, 댄." 팬코트가 말했다. "음, 전 제가 여기 있게 되리라곤 전혀 예상하지 않았습니다." 그가 말하자, 시끌벅적한 웃음소리가 터져 나왔다. "하지만 마치 집에 돌아온 것 같군요. 전 차드에서 책을 냈고, 다음에는 로퍼에서 냈죠. 좋은 시절이었습니다. 전 성난 젊은이였죠." 사방에서 킥킥댔다. "이제 전 성난 늙은이예요." 커다란 웃음소리가 뒤를 따랐고, 심지어 대니얼 차드조차 살짝 미소 지었다. "여러분을 위해 분노하기를 기대하고 있습니다." 청중들뿐만 아니라 차드까지 폭소했다. 방 안에서 포복절도하지 않는 사람은 스트라이크와 월드그레이브밖에 없는 것 같았다. "돌아와서 기쁘고, 최선을 다해서—뭐였죠, 댄?—로퍼 차드가 계속해서 흥미를 불러일으키고, 새로운 것에 도전하고, 즐거움을 줄 수 있도록 하겠습니다."

우레 같은 박수 소리가 터져 나왔고, 두 남자는 카메라플래시 속에서 악수를 나눴다.

"50만쯤 될 거야." 스트라이크 뒤에서 술 취한 남자가 말했다. "그리고 오늘 밤 출연에 1만 파운드."

팬코트는 스트라이크 바로 앞에서 무대를 내려왔다. 습관화된 그의 뚱한 표정은 사진 촬영에도 거의 변하지 않았지만, 그를 향해 뻗은 손들 사이에서 좀 더 행복해 보였다. 마이클 팬코트는 과찬을 경멸하지 않았다.

"와." 니나가 스트라이크에게 말했다. "믿을 수 있어요?"

팬코트의 커다란 머리가 군중들 속으로 사라졌다. 조애나 월드그레이브가 유명 작가에게 다가가려고 애를 쓰는 게 보였다. 그녀의 아버지가 갑자기 그 뒤에 나타나더니 취해서 비틀거리며 손을 뻗어 딸의 팔뚝을 난폭하게 붙들었다.

"팬코트는 다른 사람들과 이야기해야 해, 조. 좀 내버려둬라."

"엄마는 곧장 가고 있잖아요. 엄마나 잡지 그래요?"

스트라이크는 조애나가 화를 내며 아버지에게서 멀어져가는 것을 지켜보았다. 대니얼 차드도 사라졌다. 사람들이 팬코트에게 정신이 팔려 있는 사이 문밖으로 살짝 나간 게 아닐까 싶었다.

"당신네 CEO는 각광받는 걸 좋아하지 않는군요." 스트라이크가 니나에게 말했다.

"훨씬 나아진 거래요." 여전히 팬코트 쪽을 바라보고 있던 니나가 말했다. "10년 전에는 연설문에서 눈도 들지 못했대요. 그래도 능력 있는 사업가예요. 빈틈이 없어요."

호기심과 피곤이 스트라이크 안에서 싸움을 벌였다.

"니나." 그는 팬코트를 둘러싸고 있는 무리에서 니나를 끌어당기며 말했다. 그녀는 기꺼이 그가 이끄는 대로 따라왔다. "《봄빅스 모리》 원고가 어디 있다고 했죠?"

"제리의 금고 안에요." 그녀가 말했다. "한 층 아래." 그녀는 커다란 눈을 빛내며 샴페인을 홀짝댔다. "당신이 부탁하려는 게 혹시 내가 생각하는 그거 맞아요?"

"그러면 당신이 굉장히 곤란해질까요?"

"엄청요." 그녀는 태평하게 말했다. "하지만 전 키 카드를 가지고 있고, 사람들은 다 바쁘잖아요. 안 그래요?"

'아버지가 칙선 변호사야.' 스트라이크는 무정하게 생각했다. '이 여자를 해고하려면 신중해야 되겠지.'

"우리가 원고를 복사할 수 있을까요?"

"해요." 그녀는 남은 술을 털어 넣으며 말했다.

승강기는 비어 있었고, 아래층은 캄캄하고 아무도 없었다. 니나는 키 카드로 부서 문을 열고는 까만 컴퓨터 모니터와 빈 책상들 사이로 자신만만하게 그를 이끌고 가 구석에 있는 커다란 사무실로 향했다. 빛이라고는 창문 아래 펼쳐진 영원히 꺼지지 않는 런던의 불빛과 절전모드 컴퓨터에서 깜박이는 조그만 오렌지색 불빛뿐이었다.

월드그레이브의 사무실은 잠겨 있지 않았지만, 문 달린 책장 뒤에 놓인 금고는 키패드로 작동했다. 니나가 네 자리수 비밀번호를 집어넣자 문이 획 열리더니 그 안에 어수선하게 쌓인 종이들이 보였다.

"저거예요." 그녀가 행복한 목소리로 말했다.

"목소리 낮춰요." 스트라이크가 충고했다.

니나가 문밖 복사기에서 복사를 하는 동안 스트라이크는 망을 봤다. 끝없이 들려오는 휙휙 윙윙 소리에 이상하게 마음이 진정됐다. 아무도 오지 않았고, 아무도 보지 않았다. 15분 후 니나는 원고를 금고 안에 다시 넣고 문을 잠갔다.

"여기요."

그녀가 탄탄한 고무줄 몇 개로 묶은 복사본을 그에게 건넸다. 그가 원고를 받자 그녀는 몇 초 동안 살짝 몸을 기댔다. 술에 취한 몸이 비틀거려 좀 길게 스치는 것처럼. 그도 뭔가 보답을 해야 했지만, 지금은 몸이 부서져라 피곤했다. 세인트존스우드의 아파트로 돌아가는 것도, 덴마크 스트리트의 자기 다락방에 그녀를 데리고 가는 것도 다 마음에 들지 않았다. 혹시 내일 밤에 한잔하자고 하면 적절한 보답이 될까? 하지만 그 순간 내일 밤엔 여동생 집에서 생일 파티가 있다는 생각이 났다. 루시는 누굴 데려와도 된다고 했었다.

"내일 밤 지루한 저녁파티에 올래요?" 그가 그녀에게 물었다.

그녀는 의기양양한 웃음을 터뜨렸다.

"뭐가 지루한데요?"

"모든 게 다. 당신이 분위기를 띄울 수 있겠죠. 올래요?"

"음, 못 갈 것 없죠?" 그녀가 행복하게 말했다.

그 초청으로 계산이 될 것 같았다. 육체적 제스처에 대한 요구가 멀어지는 게 느껴졌다. 그들은 《봄빅스 모리》 복사본을 스트라이크의 코트 안에 숨긴 채 살가운 동지 같은 분위기로 캄캄한 사무실에서 나왔다. 그는 그녀의 주소와 전화번호를 적은 다음 안도감과 해방감을 느끼며 그녀를 안전하게 택시에 태워 보냈다.

14

그는 때로는 오후 내내 거기 앉아서 그 혐오스럽고 사악하고 (염병
할 것, 난 그 시들을 참을 수가 없다!) 천한 시들을 읽는다.

─ 벤 존슨, 《십인십색》

다음 날엔 스트라이크가 다리를 잃은 전쟁에 반대하는 행진이
벌어졌다. 수천 명의 사람들이 군인 가족을 전면에 세운 채 플래
카드를 들고 추운 런던 도심부를 구불구불 뚫고 지나갔다. 스트
라이크는 군대 친구들을 통해 자신이 다리를 잃은 폭발 때 사망한
개리 토플리의 부모도 행진에 참여할 것이라는 이야기를 들었지
만, 자신도 참가하고 싶지는 않았다. 전쟁에 대한 그의 기분은 하
얀 사각형 플래카드에 검정 글씨로 요약될 수 있는 게 아니었다.
맡은 일을 제대로 하자는 게 그때나 지금이나 그의 신조였다. 행
진은 그가 가지지도 않은 후회를 암시하는 셈이 될 것이다. 그래
서 그는 의족을 채우고 제일 좋은 이태리제 양복을 입고 본드 스
트리트로 출발했다.

그가 쫓는 배신한 남편은 스트라이크의 갈색 머리 고객인, 이제
는 소원해진 아내와 예전에 한 호텔에 머물렀을 때 그녀가 술에

취해 매우 고가의 보석 몇 점을 잃어버렸다고 주장하고 있었다. 스트라이크는 어쩌다 그 남편이 오늘 아침 본드 스트리트에서 약속이 있다는 것을 알게 되었고, 없어졌다고 주장하는 그 보석 중 일부가 깜짝 재등장할지도 모른다는 예감이 들었다.

스트라이크가 길 건너 가게 진열창을 보고 있는 동안 목표 대상이 보석가게에 들어갔다. 30분 후 그가 떠나고 나자, 스트라이크는 커피를 한 잔 마시고 두 시간쯤 흘려보낸 다음 보석가게에 들어가 아내가 에메랄드를 좋아한다고 말했다. 그 핑계는 먹혔다. 여러 보석들을 놓고 미리 계획한 고심을 30분 정도 거듭하자, 바람난 남편이 슬쩍했다고 갈색 머리가 의심했던 바로 그 목걸이가 등장한 것이다. 스트라이크는 당장 그 목걸이를 샀다. 고객이 그 목적으로 미리 준 1만 파운드가 있었기에 가능한 거래였다. 남편의 속임수를 증명하기 위해 지출한 1만 파운드는 위자료로 수백만을 받을 여자에게는 아무것도 아니었다.

스트라이크는 오는 길에 케밥을 샀다. 그는 목걸이를 사무실에 비치해놓은 (보통은 범죄 사실을 입증할 사진들을 간직하는 데 사용하는) 조그만 금고에 넣어놓고 위층으로 올라가 진하게 차 한 잔을 만든 다음 양복을 벗고 아스널 대 토트넘의 경기 전 준비 상황을 보려고 텔레비전을 틀었다.

엘리자베스 태슬의 말대로 《봄빅스 모리》는 《천로역정》의 변태판이었다. 민담에 나오는 것 같은 위험한 땅을 배경으로 제목과 동명의 주인공(천재적인 젊은 작가)이 그의 재능을 알아보지 못하는 무식한, 근친교배 천치들이 사는 섬을 떠나 먼 도시를 향해 뭔가 대체로 상징적인 듯한 여행을 하는 이야기였다. 풍부하고 기

괴한 언어와 이미지는《발자크 형제들》을 정독한 스트라이크에게
는 이미 익숙한 바였지만, 그는 소재에 대한 흥미 때문에 계속해
서 읽어나갔다.

조밀하고 종종 음탕한 문장들 속에서 가장 먼저 눈에 띈 익숙한
인물은 리어노라 퀸이었다. 젊고 똑똑한 봄빅스는 온갖 위험과
괴물들이 득실대는 땅을 여행하던 중, 간략하게 "닳고 닳은 창
녀"라고 묘사된 서쿠바라는 여자를 만난다. 그녀는 그를 붙잡아
묶어놓고는 강간에 성공한다. 리어노라의 묘사는, 커다란 안경을
낀 마르고 초라한 행색에 활기 없고 무표정한 태도까지 실물 그대
로였다. 봄빅스는 며칠 동안 체계적으로 능욕당한 끝에 서쿠바를
설득해 풀려난다. 그가 떠나는 걸 서쿠바가 너무 쓸쓸해하자, 봄
빅스는 그녀를 데리고 가기로 한다. 이는 종종 등장하는 기괴하
고 꿈같은 반전의 첫 번째 예로, 사악하고 끔찍했던 일을 어떤 정
당화나 사과도 없이 괜찮고 사리에 맞는 일로 만들어버렸다.

몇 페이지 더 가자, 봄빅스와 서쿠바는 틱*이라는 놈의 공격을
받는데, 사각턱에 굵은 목소리, 무서운 태도 등, 딱 보니 엘리자베
스 태슬이었다. 틱이 봄빅스를 마음껏 능욕하고 나자, 그는 또다
시 녀석에게 동정심을 갖고 여행에 동참할 것을 허락한다. 틱에
게는 봄빅스가 잠든 사이 그의 피를 빠는 불쾌한 버릇이 있었다.
그는 점점 더 마르고 약해지기 시작한다.

봄빅스의 성은 이상하게도 변할 수 있는 것 같았다. 정기적으로
맞닥뜨리는 수많은 색정광 여자들을 계속해서 만족시키는데도

* Tick에는 진드기라는 의미가 있다.

168

불구하고, 그에게는 모유수유 능력이 있을 뿐만 아니라 곧 임신의 증상까지 보인다.

스트라이크는 현란하게 외설스러운 이야기를 힘들여 읽어나가며 자신이 얼마나 많은 실제 인물들을 못 알아보고 지나가고 있는지 궁금해했다. 봄빅스와 다른 인간들의 만남에 담긴 폭력성은 불편할 지경이었다. 변태적이고 잔인한 그들은 몸에 난 구멍이란 구멍은 거의 다 남김없이 능욕했다. 광란의 사도마조키즘의 향연이었다. 하지만 변치 않는 주제는 봄빅스의 본질적 순진과 순수였고, 그가 천재라고 선언하는 것만으로도 독자들은 그가 주위의 가상의 괴물들과 거리낌 없이 공모한 모든 범죄들을 다 용서해줘야 하는 것 같았다.

시합이 곧 시작될 판이었다. 스트라이크는 원고를 내려놓았다. 마치 구더기가 들끓는 어두운 지하실에서 햇빛도 바람도 못 느끼고 오래도록 갇혀 있었던 것 같은 기분이었다. 이제 그의 마음은 기분 좋은 기대감으로 두근댔다. 그는 아스널의 승리를 확신하고 있었다. 아스널은 17년 동안 한 번도 홈구장에서 토트넘에게 진 적이 없었다.

스트라이크는 자기 팀이 2 대 0으로 경기를 이어가는 45분 동안 기쁨에 포효해가며 정신없이 경기를 즐겼다.

하프타임이 되자 그는 마지못해 텔레비전을 음소거하고 오언 퀸의 기괴한 상상력의 세계로 돌아갔다.

그는 봄빅스가 목적지인 도시에 다가갈 때까지 아무도 알아보지 못했다. 이때 도시 성벽을 둘러싼 해자 위 다리에 근시안을 가진 거대한 괴물이 어기적거리며 등장했다. 커터였다.

커터는 뿔테안경 대신 챙이 낮은 모자를 썼고, 어깨에는 꿈틀대며 몸부림치는 피 묻은 자루를 메고 있었다. 봄빅스는 비밀 문을 통해 자기와 서쿠바, 틱을 도시 안으로 안내하겠다는 커터의 제안을 받아들인다. 이제는 성적 폭력에도 단련된 스트라이크는 커터가 봄빅스를 거세하는 데 지대한 관심을 보이기 시작해도 놀라지 않았다. 뒤이은 격투 와중에 커터가 등에 멘 자루가 굴러떨어지더니, 그 안에서 난쟁이 여자가 튀어나왔다. 커터는 봄빅스와 서쿠바, 틱이 달아나도록 내버려두고 난쟁이를 쫓아갔다. 도시 성벽에서 간신히 틈을 발견한 봄빅스와 그 일행이 뒤를 돌아보니 커터가 해자에서 난쟁이를 익사시키고 있었다.

스트라이크는 책 읽는 데 빠진 나머지 경기가 재개된 것을 잊어버렸다. 그는 음이 소거된 텔레비전을 쳐다봤다.

"젠장!"

2 대 2. 놀랍게도 토트넘이 동점까지 따라와 있었다. 스트라이크는 경악해서 원고를 내팽개쳤다. 아스널의 방어가 그의 눈앞에서 무너지고 있었다. 이건 이겼어야 하는 경기였다. 시작부터 리그 1위는 맡아놓은 자리였다.

"젠장!" 10분 후 헤딩슛이 파비앙스키의 머리 위를 지나 날아오르자 스트라이크는 울부짖었다.

토트넘이 이겼다.

그는 몇 마디 욕설을 더 내뱉으며 텔레비전을 끄고 시계를 확인했다. 세인트존스우드에 니나 라셀스를 데리러 가기 전에 샤워하고 옷 갈아입을 시간이 30분밖에 없었다. 브롬리까지 왕복하자면 엄청난 돈이 깨질 것이다. 그는 염증을 느끼며 퀸 원고의 마지막

4분의 1이 어떻게 진행될까 생각했다. 마지막 페이지들을 대충 훑은 엘리자베스 태슬이 굉장히 이해가 됐다.

호기심을 제외하고는 심지어 이 원고를 왜 읽고 있는지조차 알 수 없었다.

그는 저녁때 집에 있을 수 있으면 얼마나 좋을까 생각하며 짜증이 가득한 저기압 상태로 욕실로 들어갔다. 자기가 《봄빅스 모리》의 음란하고 악몽 같은 세계에 정신이 팔리지만 않았어도 아스널이 이겼을지도 모른다는 말도 안 되는 생각까지 들었다.

15

내 장담하지만 시내의 온갖 연애 사건들을 아는 건
유행에 뒤떨어진다니까.
– 윌리엄 콩그리브, 《세상의 이치》

"그래서요? 《봄빅스 모리》는 어땠어요?" 그로서는 감당하기
힘든 값비싼 택시를 타고 니나의 아파트에서 출발하는데 그녀가
물었다. 그녀를 초대하지 않았더라면 스트라이크는 브롬리까지
아무리 오래 걸리고 불편하더라도 대중교통을 이용했을 것이다.
"병든 정신의 소산이더군요." 스트라이크가 말했다.
니나는 웃음을 터뜨렸다.
"하지만 오언의 다른 책들은 하나도 읽지 않았잖아요. 다들 못
지않게 끔찍하거든요. 이 책은 확실히 개그 요소가 있긴 하죠. 대
니얼의 곪아 썩어가는 귀두는 어땠어요?"
"아직 거기까지 못 갔어요. 기대할 거리가 하나 생겼네요."
어젯밤에 입었던 따뜻한 울 코트 속에 그녀는 몸에 달라붙는 끈
달린 검은 드레스를 입고 있었다. 세인트존스우드에 있는 그녀의
아파트에서 그녀가 가방과 키 카드를 챙기는 동안 그에게 집 안에

들어와 있으라고 한 덕분에 스트라이크는 그 드레스를 아주 잘 볼 수 있었다. 게다가 그녀는 스트라이크가 빈손인 걸 보고는 부엌에서 와인 한 병을 들고 나왔다. 매너 좋고 영악하고 어여쁜 처녀였지만 처음 소개받은 바로 다음 날, 그것도 토요일 밤에 흔쾌히 그를 만나러 나서다니 무모한, 어쩌면 정서적으로 결핍된 면을 은근히 드러내 보이는 게 아닐까 싶었다.

런던 도심을 벗어나 자가 거주자들의 영토를 향해, 커피메이커와 HD 텔레비전들이 빽빽하게 들어찬 널찍한 주택들을 향해, 그가 한 번도 가져보지 못했으나 여동생은 그게 그의 최종적 야심일 거라 생각하며 초조해하는 그 모든 걸 향해 다가가는 길에 스트라이크는 자기가 지금 플레이하고 있다고 생각하는 게임이 과연 무엇인가 한 번 더 자문해보았다.

자기 집에서 그에게 생일 파티를 열어주는 건 루시다운 일이었다. 천성적으로 상상력이 결여된 동생은 다른 데 있을 때보다 오히려 자기 집에서 더 속 끓일 일이 많아 보였지만, 한편으로 자기 집의 매력을 굉장히 높이 평가했다. 그가 원치도 않는 저녁식사를 준비하겠다고 우기는 것도 그녀다웠다. 오빠가 대체 왜 싫어하는지 그녀는 이해하지 못했다. 루시의 세계에서 생일은 무조건 축하해야 하고 절대 잊어서는 안 되는 행사였다. 케이크와 촛불과 카드와 선물이 반드시 있어야만 했다. 날짜를 꼭 표시해놓고 질서를 지키고 전통을 받들어야 했다.

택시가 블랙월 터널을 지나 속도를 내어 템스 강 지하로 해서 남쪽 런던으로 달리고 있을 때, 스트라이크는 니나를 가족 파티에 데리고 가는 행위가 규범을 따르지 않겠다는 선포임을 깨달았다. 허벅지에 놓인 관례적인 와인 병에도 불구하고 그녀는 팽팽하고 예민한 신경의 소유자로서 위험과 도박을 마다하지 않았다. 혼자 살면서, 아기가 아니라 책 이야기를 했다. 한마디로 말해서, 루시와 같은 부류의 여자가 아니었다.

덴마크 스트리트를 떠나 거의 한 시간이 흐르고 호주머니가 50파운드쯤 가벼워진 후, 스트라이크는 니나의 손을 잡고 어둡고 싸늘한 루시의 동네에 내려서 앞마당을 장악하고 있는 커다란 목련나무 그늘 아래 진입로로 이끌었다. 초인종을 울리기 전 스트라이크가 약간 머뭇거리며 말했다.

"아무래도 이 말은 해야겠어요. 이건 생일 축하 파티예요. 내 생일요."

"아, 미리 말씀하시지 그랬어요! 생일 축하—."

"오늘이 아니에요." 스트라이크가 말했다. "대단한 일도 아니고."

그리고 그는 초인종을 울렸다.

스트라이크의 매제 그렉이 그들을 맞아 안으로 안내했다. 팔을 철썩거리는 인사들이 굉장히 많이 오갔고, 니나를 보고 다들 과장되게 기쁨을 표하기도 했다. 그러나 루시는 이런 감정을 전혀 보이지 않는다는 게 두드러지게 눈에 띄었다. 그녀는 주걱을 장검처럼 들고 파티 드레스 위에 앞치마를 두른 채 부산하게 복도를 왔다 갔다 했다.

"누구 데려온단 얘기는 없었잖아!" 스트라이크가 허리를 굽혀 뺨에 키스하자 그녀가 씩씩거리며 말했다. 루시는 체격이 아담하고, 금발에 둥근 얼굴이었다. 두 사람의 혈연관계를 짐작한 사람은 이제까지 아무도 없었다. 그녀는 어머니가 또 다른 유명한 뮤

지션과 관계를 맺어 가진 아이였다. 릭은 리듬 기타리스트로 스트라이크의 아버지와 달리 자식들과 우호적인 관계를 유지했다.

"네가 손님을 데려오라고 말했던 거 같은데." 그렉이 니나를 거실로 안내하는 사이 스트라이크가 동생에게 말했다.

"데리고 올 건지 아닌지 물어봤지." 루시가 화를 내며 말했다. "아, 맙소사. 가서 또 여분의 상을 차려야 하잖아. 그리고 불쌍한 마거리트는—."

"마거리트가 누군데?" 스트라이크가 물었지만 루시는 벌써 주걱을 하늘로 치켜들고 오늘의 손님을 홀에 혼자 남겨둔 채로 식당으로 황급히 가고 있었다. 스트라이크는 한숨을 쉬고 그렉과 니나를 따라 거실로 들어갔다.

"깜짝 놀랐지!" 이마가 훤하게 넓어지고 있는 금발의 남자가 소파에서 일어나며 말했고, 안경을 쓴 그의 아내가 스트라이크를 보고 웃었다.

"이런 세상에." 스트라이크가 진심에서 우러나오는 기쁨을 담아 손을 내밀고 악수를 하러 다가섰다. 닉과 일사는 그의 가장 오랜 친구들이었고, 어린 시절의 두 반쪽인 런던과 콘월이 교차하는 유일한 지점이었다. 두 사람은 행복한 부부였던 것이다.

"여기 온다는 얘기 아무한테도 못 들었는데!"

"그래, 뭐, 그러니까 깜짝 이벤트지, 오기." 닉은 스트라이크가 일사에게 키스하는 사이 말했다. "마거리트 알아?"

"아니." 스트라이크가 말했다. "몰라."

그러니까 바로 이것이 루시가 스트라이크한테 누구를 데려올 거냐고 물었던 이유였다. 루시의 상상 속에서 그녀는 스트라이크

를 반하게 만들고, 더 나아가 앞마당에 목련을 심은 집에서 영원
히 살게 할 여자였다. 마거리트는 검정 머리에 기름기가 번들거
리는 피부를 가진 음산한 인상의 여자로, 지금보다 말랐을 때 산
것 같은 광택이 나는 보랏빛 드레스를 입고 있었다. 스트라이크
는 그녀가 이혼녀라고 확신했다. 그 주제에 관한 한 그는 천리안
이 되어가고 있었다.

"안녕하세요?" 그녀가 말을 건넬 때 끈 달린 검은 드레스를 입
은 니나는 그렉과 이야기를 나누고 있었다. 짤막한 인사말에 헤
아릴 수 없이 씁쓸한 속내가 배어 있었다.

그래서 그들 일곱 명은 앉아서 식사를 하기 시작했다. 스트라이
크는 부상으로 전역한 이후 민간인 친구들을 별로 만나지 못했
다. 자발적으로 떠맡은 어마어마한 업무량에 평일과 주말의 경계
가 흐려졌지만, 이제 그는 자신이 닉과 일사를 얼마나 좋아하는
지 새삼스럽게 깨닫고 있었다. 어디 다른 곳에서 셋만 만나 커리
라도 먹으러 갔다면 지금보다는 천배 만배 좋았을 텐데.

"코모란을 어떻게 아세요?" 니나가 열띤 질문을 던졌다.

"콘월에서 학교를 같이 다녔어요." 일사가 식탁 맞은편에 앉은
스트라이크를 보고 미소를 지으며 말했다. "그러다 말다 했죠. 왔
다 갔다 했거든요. 그랬지, 콤?"

그리고 스트라이크와 루시의 파편적인 유년기 이야기가 훈제
연어를 앞에 놓고 퐁퐁 흘러나왔다. 편력이 심한 어머니와 함께
하던 여행들과 정규적으로 세인트마위스에 돌아왔던 일, 그리고
어린 시절과 10대를 지나는 내내 대리부모 역할을 해주었던 숙모
와 삼촌.

"그리고 콤이 다시 어머니 손에 끌려 런던으로 갔던 게 몇 살이더라, 열일곱?" 일사가 말했다.

스트라이크는 루시가 그 대화를 즐기지 않고 있다는 걸 눈치챘다. 그녀는 비정상적인 성장 과정과 악명 높은 어머니 얘기가 나오는 걸 끔찍하게 싫어했다.

"그러고는 질풍노도의 전형적인 종합학교에 나랑 같이 다니게 됐죠." 닉이 말했다. "좋은 시절이었어요."

"닉은 알아두면 쓸모가 많은 친구예요." 스트라이크가 말했다. "런던을 자기 손바닥처럼 훤히 꿰고 있거든요. 아버지가 택시 운전사시고."

"택시 운전을 하세요?" 니나가 닉에게 물었다. 스트라이크의 친구들이 별종들이라 신이 난 기색이 역력했다.

"아니요." 닉이 쾌활하게 말했다. "저는 소화기내과 전문의입니다. 오기하고 나는 합동으로 열여덟 살 생일 파티를 했죠―."

"―그리고 콤이 친구 데이브와 저를 세인트마위스에서 파티에 초대해줬어요. 런던에 가는 건 처음이라 정말 흥분했었죠―." 일사가 말했다.

"그리고 거기서 우리가 만났어요." 닉이 말을 맺으며 아내를 보고 환한 미소를 지었다.

"그런데 아직 아이가 없으세요? 세월이 이만큼 흘렀는데." 세 아이를 두어 뿌듯한 아버지 그렉이 물었다.

아주 짧은 침묵이 흘렀다. 스트라이크는 닉과 일사가 몇 년 동안이나 아이를 가지려고 노력해왔지만 성과가 없었다는 걸 알고 있었다.

"아직은요." 닉이 말했다. "니나는 무슨 일 하세요?"

로퍼차드 얘기가 나오자 마거리트가 약간 생기를 찾았다. 그녀는 마치 잔인하게도 자기 손이 닿지 않는 곳에 놓여 있는 맛있는 과자 한 조각을 바라보듯 반대편 식탁 머리에서 그를 노려보고 있었다.

"마이클 팬코트가 바로 얼마 전에 로퍼차드 사로 옮겼죠." 그녀가 말했다. "오늘 아침에 작가 웹사이트에서 봤어요."

"젠장, 그거 바로 어제 공개된 사실인데요." 니나가 말했다. 그 "젠장"은 스트라이크가 듣기에 도미닉 컬페퍼가 웨이터를 "친구"라고 부르던 말투를 연상시켰다. 그건 닉을 위해서 한 말이었고, 아마도 스트라이크에게 자기도 프롤레타리아 계급과 행복하게 어울릴 수 있다는 걸 과시하기 위한 목적도 있을 터였다. (스트라이크의 전 약혼자인 샬럿은 어딜 가든 어떤 사람을 만나든 절대로 어휘나 억양을 바꾸지 않았다. 그의 친구들 중 누구도 마음에 들어 하지 않았고.)

"아, 저는 마이클 팬코트의 열렬한 팬이에요." 마거리트가 말했다. "《할로우의 저택》은 제가 가장 좋아하는 책 중 하나예요. 저는 러시아 작가들을 정말 좋아하는데 팬코트는 어쩐지 도스토예프스키를 생각나게 하는 데가 있거든요."

루시가 아마 그가 옥스퍼드에 다녔고 똑똑하다는 얘기를 미리 해줬나 보다고, 스트라이크는 짐작했다. 그는 마거리트에게서 수천 마일쯤 떨어진 데로 도망가고 싶은 마음이었고, 루시가 자기를 좀 더 이해해주면 얼마나 좋을까 생각했다.

"팬코트는 여자들을 못 써요." 니나가 한마디로 묵살했다. "애는 쓰는데 그냥 못 해요. 그 사람이 여자에 대해 묘사하는 거라곤 성깔머리, 젖꼭지, 그리고 탐폰밖에 없다고요."

닉은 "젖꼭지"라는 뜻밖의 단어가 나오자 와인을 마시다 말고 피식 웃었다. 스트라이크는 웃는 닉을 보고 웃었고, 일사는 낄낄 웃으며 말했다. "둘 다 이제 서른여섯이야, 제발 좀."

"글쎄요, 저는 훌륭한 작가라고 생각해요." 마거리트가 웃음기 하나 없이 되풀이해 말했다. 그녀는 잠재적인 파트너를 빼앗긴 신세였다. 아무리 외다리에 과체중이라도 말이다. 그러니 마이클 팬코트까지 포기할 수는 없었다. "그리고 굉장한 매력의 소유자고요. 복잡하고 영특하고, 전 언제나 그런 남자들에게 반하거든요." 그녀는 루시를 향한 방백처럼 한숨을 쉬었다. 과거의 참담한 연애사에 대한 언급이 분명했다.

"몸에 비해 머리가 너무 커요." 니나는 전날 밤 팬코트를 보고 흥분했던 일 따위는 없다는 듯 쾌활하게 말했다. "그리고 전례 없이 오만하다니까요."

"저는 늘 팬코트가 그 젊은 미국 작가를 위해 해준 일이 감동적이라고 생각했어요." 마거리트가 말하는 사이, 루시는 전채 요리를 치웠고 그렉에게 부엌으로 따라와서 자기를 좀 도와달라는 손짓을 했다. "대신 소설을 마무리해줬잖아요. 에이즈로 죽은 그 젊은 소설가, 이름이 뭐였죠?"

"조 노스." 니나가 말했다.

"오늘 밤에 올 생각이 들었다니 놀라운데." 닉이 조용히 스트라이크에게 말했다. "오늘 오후에 그런 일이 벌어졌는데 말이지."

닉은 안타깝게도 토트넘 팬이었다.

양갈비를 들고 들어오다가 닉의 말을 들은 그렉이 덥석 말꼬리를 물었다.

"타격이 컸겠어요, 콤? 모두들 따놓은 당상이라고 생각했는데 말이죠."

"이게 뭐래?" 학급 학생들에게 정숙을 외치는 교사처럼 말하며 루시는 감자와 야채가 든 접시들을 차렸다. "아, 축구 얘기는 하지 마, 그렉. 부탁이야."

그래서 마거리트가 다시 대화의 공을 받게 되고 말았다.

"그래요, 《할로우의 저택》은 그 죽은 친구가 팬코트에게 물려준 저택에서 영감을 받았죠. 그들이 젊었을 때 행복하게 지냈던 장소고요. 너무나 감동적이에요. 정말로 회한과 상실과 고꾸라진 꿈의 이야기죠."

"조 노스는 사실 그 집을 마이클 팬코트와 오언 퀸 두 사람의 공동명의로 물려줬어요." 니나가 단호하게 마거리트의 잘못을 교정했다. "그리고 두 사람 모두 그 저택에서 영감을 받은 소설을 썼죠. 마이클은 부커 상을 받았고, 오언의 책은 모든 사람들에게서 호된 혹평을 받았고요." 니나는 스트라이크를 겨냥해서 마지막 말을 덧붙였다.

"그 집은 어떻게 됐어요?" 루시한테 양고기 접시를 건네받은 스트라이크가 니나에게 물었다.

"아, 그건 진짜 오래된 일이에요, 이젠 팔렸을 거예요." 니나가 말했다. "뭐든 둘이 공동으로 소유하고 있을 리가 없거든요. 서로 지독하게 미워하게 된 지 벌써 수년이 됐으니까. 엘스페스 팬코트가 그 패러디 건으로 자살한 후부터요."

"그 집이 어디 있는지는 몰라요?"

"그 사람 거기 없어요." 니나가 반쯤 속삭였다.

"누가 어디에 없다는 거예요?" 루시는 짜증을 굳이 숨기려 들지 않았다. 그녀가 스트라이크를 위해 준비한 계획은 틀어졌다. 앞으로 결코 니나를 좋아할 리 없었다.

"우리 작가들 중 하나가 행방불명됐거든요." 니나가 말했다. "그 사람 부인이 코모란에게 남편을 찾아달라고 부탁했어요."

"성공한 사람인가요?" 그렉이 물었다.

머리는 비상하지만 무일푼이고, 일은 엄청나게 많은데 막상 사업은 확 터지지 않는 오빠에 대해서 허구한 날 걱정이 늘어진 아내를 지긋지긋해하는 눈치가 역력한 그렉이었지만, 그의 입에서 나온 "성공"이라는 말이 품고 있는 수많은 함의들은 쐐기풀에 쏘인 상처처럼 아리고 거슬렸다.

"아니." 그가 말했다. "퀸을 성공한 작가라고 말하기는 힘들 거 같은데."

"그럼 누가 고용한 거야, 콤 오빠? 출판사?" 루시가 걱정스럽게 물었다.

"그 사람 부인." 스트라이크가 말했다.

"하지만 수임료를 낼 능력은 있겠죠, 안 그래요?" 그렉이 물었다. "돈 안 되는 고객은 받으면 안 돼요, 콤. 그게 사업의 제1법칙이라고요."

"아니, 저런 지혜의 말씀을 받아 적지 않다니 놀라 자빠질 일인데." 닉이 스트라이크에게 넌지시 언성을 낮추어 말하는데, 루시는 마거리트에게 식탁에 차린 음식을 더 먹으라고 권했다. (스트라이크와 결혼해서, '루시와 그렉'에게서 받은 빛나는 새 커피메이커를 가지고 같은 동네에서 길 두 개만 건너가면 되는 집에 살지 못하게 된 보상으로.)

식사를 마치고 그들은 거실에 있는 베이지색 소파로 가서, 선물과 카드 증정식을 가졌다. 루시와 그렉은 새 손목시계를 사주었다. 루시는 "지난번 시계가 고장 난 거 알아" 하고 말했다. 그녀가 기억하고 있었다는 사실에 감동을 받은 나머지 벅찬 애정이 샘솟아, 오늘 밤 이리로 끌고 와서 그가 내린 삶의 선택들에 대해 끝도 없이 잔소리를 하고 그렉과 결혼해 살고 있는 동생에 대한 짜증을 잠시 흐릿하게 지워버렸다. 그는 직접 구입한, 저렴하지만 성능 좋은 대용 시계를 풀고 루시가 준 손목시계를 찼다. 큼지막하고 번쩍거리는 메탈 밴드 시계는 그렉의 것을 똑같이 복제한 모양이었다.

닉과 일사는 "네가 좋아하는 그 위스키"를 사주었다. 애런 싱글 몰트, 그걸 보니 주체할 수 없이 샬럿이 떠올랐다. 그녀와 함께 처음으로 맛본 위스키였다. 그러나 멜랑콜리한 추억의 가능성은 파자마를 입은 세 아이가 갑자기 문간에 나타나는 바람에 싹 흩어지고 말았다. 제일 키가 큰 아이가 말했다.

"아직 케이크 안 먹어요?"

스트라이크는 한 번도 아이들을 갖고 싶어 한 적이 없었고(루시가 통탄해 마지않는 태도였다) 자주 보지 못하는 조카들도 잘 몰랐다. 제일 큰 아이와 막내가 어머니를 따라 방에서 나가 그의 생일 케이크를 가지고 왔다. 하지만 둘째는 곧장 스트라이크에게로 돌진해 와서 집에서 만든 카드를 내밀었다.

"삼촌이에요." 잭이 그림을 가리키며 말했다. "훈장을 받는 거예요."

"훈장을 받았어요?" 니나가 눈을 휘둥그레 뜨고 미소를 지으며 물었다.

"고마워, 잭." 스트라이크가 말했다.

"저는 군인이 되고 싶어요." 잭이 말했다.

"형님 탓이에요, 콤." 그렉이 말했다. 스트라이크는 약간의 적의를 감지하지 않을 수 없었다. "군인 장난감을 사줘서 그래요. 총 얘기도 해주고."

"총이 두 정이에요." 잭이 아버지의 말을 고쳤다. "총 두 정을 가지고 계셨잖아요." 그는 스트라이크에게 말했다. "하지만 반납해야 했고요."

"기억력 좋은데." 스트라이크가 말했다. "출세하겠다."

루시가 홈메이드 케이크를 들고 나타났다. 서른여섯 개의 촛불이 불타고 있었고, 수백 개쯤 되는 초코볼로 장식되어 있었다. 그렉이 불을 끄고 모두가 노래를 시작하자, 스트라이크는 당장 박차고 나가버리고 싶은 압도적인 충동을 느꼈다. 방에서 빠져나가자마자 택시회사에 전화를 걸고 싶었다. 하지만 일단은 얼굴에 미소를 억지로 끌어올리고 촛불을 불어 끄고, 바로 옆의 의자에서 심란할 정도로 절제 없이 대놓고 노려보고 있는 마거리트의 시선을 피해야 했다. 선의를 베풀려는 친구와 가족들한테 이끌려 버림받은 여자의 장식품 같은 배우자 역할을 떠맡을 뻔한 건 그의 잘못이 아니었다.

스트라이크는 아래층 화장실에서 택시를 불렀고, 예의바르게 아쉽다는 티를 내면서 30분 후에는 니나와 함께 떠나야 한다고 말했다. 다음 날 아침 일찍 일어나야 한다고.

사람들이 다 같이 복도로 나와 복작복작 시끄러웠다. 조카들은 잔뜩 들뜬 데다 늦은 밤의 당분 섭취로 법석을 떨고, 그렉이 생색을 내며 니나의 코트를 입혀주고, 입에 키스하려는 마거리트를 스트라이크가 깔끔하게 피해냈을 때, 닉이 불쑥 말했다.

"작은 여자를 좋아하는 줄 몰랐는데."

"안 좋아해." 스트라이크가 조용히 대꾸했다. "어제 날 위해서 뭘 슬쩍해줬어."

"그래? 뭐, 그렇다면 나 같으면 상위로 올라가게 해서 감사의 마음을 보여주겠네." 닉이 말했다. "너한테 깔리면 딱정벌레처럼 짜부라질 테니까."

16

……저녁식사를 날것으로 들지 맙시다. 피는 충분히 마셔 배가 부를 테니.

– 토머스 데커와 토머스 미들턴, 《정직한 창녀》

이튿날 스트라이크는 아침잠에서 깨자마자 자기 침대가 아니라는 사실을 알아차렸다. 침대는 너무 폭신했고, 시트는 너무 매끄러웠다. 이불 여기저기를 비추는 햇빛은 자기 방과는 다른 쪽에서 들어오고 있었고, 창문을 때리는 빗소리는 커튼을 쳐놓아 작게 들려왔다. 스트라이크는 몸을 일으켜 앉은 뒤, 전날 잠시 불빛에 얼핏 보았던 니나의 방을 둘러보다가 반대편 거울에 비친 자신의 벌거벗은 상체를 보았다. 숱이 많은 검은 가슴털이 등 뒤 하늘색 벽을 배경으로 마치 검은 점처럼 보였다.

니나는 없었지만 커피 냄새는 흘러들어 왔다. 예상했던 대로 니나는 침대에서 열정적이고 힘이 넘쳤고 생일 파티에서 살짝 우울해진 기분을 날려주었다. 하지만 스트라이크는 얼마나 빨리 철수할 수 있을지 궁리했다. 머뭇거리다가는 공연히 기대만 높여줄 것 같았다.

의족은 침대 옆 벽에 세워져 있었다. 그걸 잡으려고 침대에서 몸을 일으키던 스트라이크는 주춤했다. 문이 열리더니 니나가 들어왔기 때문이다. 옷을 다 차려입고 젖은 머리칼에 신문을 끼고 한 손에는 커피 머그 두 잔, 다른 손에는 크루아상 접시를 들고 있었다.

"나갔다 왔어요." 니나가 숨을 몰아쉬며 말했다. "어휴, 바깥 날씨가 끔찍하네요. 코 좀 만져봐요. 꽁꽁 얼었어요."

"그럴 것까지는 없었는데." 스트라이크는 크루아상을 가리키며 말했다.

"난 배가 고파 죽을 것 같아요. 바로 옆에 끝내주는 빵집이 있거든요. 이거 봐요. 《뉴스 오브 더 월드》. 도미닉의 독점 기사예요!"

스트라이크가 컬페퍼에게 비밀 계좌를 밝히는 바람에 망신을 당한 귀족의 사진이 일면 중앙을 채우고 있었고, 그 뒤로 세 면에 걸쳐 스트라이크가 그의 개인비서에게서 얻어낸 케이맨 제도 문서와 두 명의 애인 사진이 실려 있었다. 헤드라인은 '수입이 두둑한 포크 경'이라고 외치고 있었다. 스트라이크는 니나에게서 신문을 받아 재빨리 훑어보았다. 컬페퍼는 약속을 지켰다. 실연한 비서의 이름은 어디에도 언급되지 않았다.

니나는 스트라이크 옆에 앉아 함께 기사를 읽으면서 약간 즐거워하는 반응을 보였다. "어머나, 어쩜 저럴 수가. 인간 말종이네"라든가 "와, 그것참 너무하네"라든가.

"컬페퍼에겐 아무런 손해도 없을 겁니다." 둘 다 기사를 읽고 나서 스트라이크가 신문을 덮으면서 말했다. 1면 위의 날짜가 눈에 띄었다. 11월 21일. 전 약혼녀의 생일이었다.

명치에 짧지만 강한 통증이 느껴지더니 문득 달갑지 않은 기억들이 생생하게 몰려들었다. 1년 전 바로 이 시각에, 스트라이크는 홀랜드파크 애비뉴의 샬럿 곁에서 깨어났었다. 샬럿의 긴 검정 머리카락과 커다란 녹갈색 눈동자, 다시는 볼 수도 만질 수도 없는 몸을 기억했다. 그날 아침, 두 사람은 행복했다. 끊임없이 벌어지는 말썽이 폭풍우 치는 바다라면, 그 침대는 마치 거기 떠가는 구명선 같았다. 그는 샬럿에게 팔찌를 선물했다. 그 덕분에 (비록 샬럿은 몰랐지만) 무시무시한 이자를 내는 대출을 받아야 했고, 이틀 뒤 그의 생일에 샬럿한테서 이탈리아제 슈트를 선물로 받았다. 둘은 저녁 식사를 하러 나갔고 마침내, 만난 지 16년 만에 결혼 날짜를 잡았다.

하지만 날을 잡자 두 사람에겐 일상이었던 불안정한 긴장이 깨지기라도 한 것처럼 관계에 새롭고도 끔찍한 국면이 시작되었다. 샬럿은 점점 더 변덕스러워졌고 예측불허가 되어갔다. 싸우고, 남부끄러운 꼴을 보이고, 그릇이 깨지고, (오히려 지금의 약혼남과 남몰래 만나고 있었으면서) 스트라이크가 바람을 피운다고 욕을 해대고……. 넉 달 가까이 괴로워하다가 결국 치사하게 비난과 분노를 폭발시키고 나니 비로소 모든 것이 영영 끝나버렸다.

시트가 부스럭거리는 느낌. 스트라이크는 주위를 둘러보고는 여태 니나의 방에 있다는 사실에 놀랄 뻔했다. 니나는 그와 함께 침대에 누울 생각으로 웃옷을 벗으려고 했다.

"가봐야 해요." 스트라이크는 다시 의족으로 손을 뻗으며 말했다.

"왜요?" 니나는 양팔을 교차시켜 셔츠 자락을 쥐며 물었다. "뭘 그래요, 일요일인데!"

"일이 있어요." 스트라이크는 거짓말을 했다. "일요일에도 수사는 해야 하거든요."

"아." 니나는 사무적인 말투였지만 멋쩍고 풀죽은 눈치였다.

스트라이크는 커피를 마시며 가볍지만 사적인 내용을 배제한 대화를 나눴다. 니나는 스트라이크가 의족을 끼우고 욕실로 가는 것을 보았다. 그가 옷을 입으러 돌아와보니 니나는 의자에 웅크리고 앉아서 약간 쓸쓸한 분위기로 크루아상을 먹고 있었다.

"그 집이 어디 있는지 모르는 게 확실해요? 퀸과 팬코트가 물려받은 집?" 스트라이크는 바지를 입으며 물었다.

"네?" 니나는 알아듣지 못해 물었다. "아이참, 그걸 찾는 건 아니죠? 말했잖아요. 옛날에 팔렸을 거라고!"

"퀸의 부인에게 물어보면 알 수 있겠군요." 스트라이크가 말했다.

스트라이크는 전화하겠다고―아무 의미 없는 형식적인 인사라는 사실을 니나가 깨달을 수 있을 만큼 재빠르게―말하고는 죄책감 없이 약간의 고마운 마음만 품고 그녀의 아파트를 떠났다.

낯선 거리를 지나 지하철역으로 향하는 사이 빗방울이 얼굴과 손을 때렸다. 니나가 크루아상을 사 온 빵집 창문에서는 크리스마스 분위기의 장식등이 반짝였다. 루시가 카드와 생일 선물 위스키, 반짝이는 새 시계가 든 상자를 넣어준 비닐봉지를 꽉 움켜쥔 커다란 스트라이크의 모습이 빗물이 튄 유리창을 가로질러 지나갔다.

그의 생각은 어쩔 수 없이 샬럿에게 되돌아갔다. 서른여섯이지만 스물다섯 같은 외모로 새 약혼자와 생일을 축하하고 있을 그녀. 어쩌면 다이아몬드를 받았을지도 모른다는 생각이 들었다.

샬럿은 늘 자긴 그런 걸 좋아하지 않는다고 했지만, 둘이서 싸울 때면 그가 해주지 못한 온갖 화려한 선물을 들먹이며 비난하기도 했다.

'성공한 사람?' 그렉이 오언 퀸에 대해 던진 질문은 "큰 차를 갖고 있는지, 집이 좋은지, 은행 잔고가 두둑한지"를 묻는 것이었다.

스트라이크는 비틀즈 커피숍을 지나갔다. 경쾌하게 그려진 네 멤버의 흑백 머리가 그를 쳐다보았다. 지하철역으로 들어가니 바깥에 비해 따뜻했다. 덴마크 스트리트의 다락방에서 이 비 오는 일요일을 혼자 보내고 싶지 않았다. 샬럿 캠벨의 탄생 기념일은 바쁘게 지내고 싶었다.

그는 전화기를 꺼내려고 걸음을 멈춘 뒤, 리어노라 퀸에게 전화했다.

"여보세요?" 부인이 빠르게 말했다.

"안녕하세요, 리어노라. 코모란 스트라이크입니다."

"오언을 찾았어요?"

"못 찾았습니다. 남편께 친구에게 물려받은 집이 있다는 이야기를 방금 들어서 전화드린 겁니다."

"무슨 집요?"

지치고 짜증난 목소리였다. 스트라이크는 일 관계로 알게 된 숱한 부자들이 아내가 모르는 독신자 아파트를 갖고 있었다는 사실을 떠올렸다. 퀸이 가족에게 감춰온 비밀을 방금 폭로해버린 것일까.

"아닙니까? 조셉 노스라는 작가가 공동 소유로 집을 남기지 않았습니까?"

"아, 그거요." 부인이 말했다. "맞아요, 탤거스 로드에 있는 거. 하지만 그건 벌써 30년은 된 일인걸요. 그건 뭐하시게요?"

"파셨습니까?"

"아뇨." 부인은 화난 목소리로 말했다. "망할 팬코트가 절대 안 된다고 해서요. 분명히 앙심을 품고 그러는 거예요. 자긴 쓰지도 않으니까. 그 집은 그냥 거기 있어요. 아무도 쓰지 않는 채로 썩어 가고 있어요."

스트라이크는 복잡한 버팀목이 받치고 있는 둥그런 천장에 시선을 고정한 채, 매표기 옆 벽에 기대섰다. 엉망인 상태로 의뢰인을 받으면 이 꼴이 나는 거야, 하고 그는 다시 자신에게 말했다. 다른 재산이 있는지 처음부터 물어봤어야 했는데, 그걸 놓친 것이다.

"남편께서 거기 계시는지 확인해본 사람이 있습니까, 퀸 부인?"

부인은 코웃음을 치며 비웃었다.

"거긴 절대 안 갔을 거예요!" 스트라이크가 남편이 버킹검 궁전에 숨어 있을 거라고 말하기라도 한듯, 부인이 말했다. "그 사람은 거길 싫어해요. 그 근처에도 가지 않는다고요! 가구 같은 것도 없고."

"열쇠를 갖고 계십니까?"

"모르겠어요. 하지만 오언은 절대로 거기 가지 않아요! 그 근처에도 가지 않은 지 오래됐어요. 오래되기도 했고, 아무것도 없어서 사람이 지낼 곳이 아니라니까요."

"혹시 열쇠를 찾아보실 수 있으면—."

"탤거스 로드까진 갈 수가 없어요. 올랜도가 있잖아요!" 예상대로 부인은 이렇게 말했다. "어쨌든, 장담하는데 그 사람은 거기 가지 않았—."

"제가 가보겠습니다." 스트라이크가 말했다. "찾으실 수 있다면, 부인께 열쇠를 받아 가죠. 모든 곳을 확인해보려는 겁니다."

"네, 하지만 일요일이잖아요." 부인은 놀란 목소리로 말했다.

"압니다. 열쇠를 찾아보실 수 있습니까?"

"알겠어요." 부인은 잠시 후에 말했다. 그리고 마지막으로 힘주어 외쳤다. "하지만, 그 사람은 거기 가지 않아요!"

스트라이크는 지하철을 한 번 갈아타고 웨스트본파크에서 내린 뒤, 얼음장 같은 폭우를 막아보려고 옷깃을 올리고서 처음 만났을 때 리어노라가 적어준 주소를 향해 걸어갔다.

그곳도 40년 이상 한 집에 살아온 노동자 계급 가족들 바로 옆에 백만장자들이 사는, 런던의 희한한 지역 가운데 한 곳이었다. 비에 흠뻑 젖은 그곳 광경은 기이했다. 조용하고 특징 없는 테라스 뒤로 펼쳐져 있는 매끈한 신식 아파트 구역. 화려한 신식과 편안한 구식.

퀸 가족의 집은 작은 벽돌집이 모여 있는 조용한 거리인 서던로에 있었다. 칠드에스키모라는 흰 칠을 한 펍에서 조금 걸어가면 나오는 집이었다. 흠뻑 젖어 추웠던 스트라이크는 지나가며 머리 위의 그 간판을 쳐다보았다. 행복한 표정의 이누이트족 한 사람이 떠오르는 해를 등지고서 낚시 구멍 옆에 앉아 있는 그림이었다.

퀸 가족의 집 문은 녹색 칠이 벗겨지고 있었고, 경첩 한쪽에만 매달려 있는 대문을 포함해 모든 것이 다 허물어져가고 있었다.

초인종을 누르면서 스트라이크는 퀸이 편안한 호텔 방을 좋아하던 것을 떠올리고 그에 대한 평가를 한 층 더 낮췄다.

"빠르시네요." 부인이 문을 열며 던진 인사였다. "들어오세요."

스트라이크는 부인을 따라 침침하고 비좁은 복도로 들어갔다. 왼쪽에 문 하나가 조금 열려 있었는데, 오언 퀸의 서재가 분명했다. 서재는 지저분하고 어질러져 있는 것 같았다. 서랍이 열린 채였고, 낡은 전기 타자기가 책상에 삐뚜름히 놓여 있었다. 퀸이 엘리자베스 태슬에게 분노하며 타자기에서 종이를 떼어내는 광경이 스트라이크의 눈에 선했다.

"혹시 열쇠는 찾으셨습니까?" 복도 끝, 어둡고 더러운 냄새가 나는 주방으로 들어가면서 스트라이크가 리어노라에게 물었다. 주방 도구는 전부 최소 30년은 되어 보였다. 조앤 이모가 80년대에 거기 있는 것과 똑같은 진갈색 전자레인지를 갖고 있었다는 생각이 들었다.

"음, 저것들을 찾았어요." 리어노라는 주방 테이블에 놓인 대여섯 개의 열쇠를 가리켰다. "저 중에 맞는 게 있는지 모르겠어요."

그중 어느 것도 열쇠고리에 끼워져 있지 않았고, 하나는 너무 커서 교회 문밖에 열지 못할 것 같았다.

"탤거스 로드의 몇 번지죠?" 스트라이크가 물었다.

"179번지요."

"마지막으로 거기 가신 게 언제였습니까?"

"저요? 전 가본 적 없어요." 리어노라가 진정 무관심한 표정으로 말했다. "관심 없었어요. 바보 같은 짓이죠."

"뭐가요?"

"그 사람들한테 그걸 물려준 거요." 정중하게 묻는 스트라이크의 표정에, 그녀는 짜증을 내며 말했다. "그 조 노스라는 사람이 오언이랑 마이클 팬코트한테 그걸 남긴 거 말이에요. 그들에게 그 집에서 글을 쓰라고 했대요. 그걸 받은 후로 둘 다 한 번도 쓴 적이 없어요. 쓸모없는 일이죠."

"부인도 한 번도 가보지 않으셨고요?"

"네. 올랜도가 태어났을 때쯤 받았거든요. 관심 없었어요." 리어노라가 다시 말했다.

"올랜도가 그때 태어났습니까?" 스트라이크가 놀라면서 물었다. 올랜도가 한시도 가만있지 못하는 열 살짜리라고 어렴풋이 상상하고 있었던 것이다.

"네, 86년에요." 리어노라가 말했다. "장애가 있어요."

"아." 스트라이크가 말했다. "그렇군요."

"야단을 쳤더니 위층에서 삐쳐 있어요." 리어노라가 또 거두절미하고 툭 던졌다. "뭘 훔쳐서요. 잘못이라는 걸 알면서도 자꾸 그러네요. 어제 애가 옆집에 사는 에드나의 가방에서 지갑을 훔치는 걸 봤어요. 돈 때문도 아니에요." 리어노라는 스트라이크가 비난한다는 듯 재빨리 말했다. "색깔이 좋아서 그런 거예요. 에드나는 저 앨 아니까 이해해주지만, 모두 그렇진 않잖아요. 그러면 안 된다고 했어요. 저 애도 알아요."

"그럼 이걸 가져가서 열어봐도 괜찮습니까?" 스트라이크가 열쇠를 집어 들며 말했다.

"그러시든가요." 리어노라는 단호하게 덧붙였다. "거긴 없어요."

스트라이크는 열쇠를 주머니에 넣고, 차나 커피를 마시고 가라는 리어노라의 뒤늦은 제안을 사양한 뒤 차가운 빗속으로 다시 나섰다.

웨스트본파크 지하철역까지는 짧고 고른 길이었는데도 스트라이크는 다시 다리를 절고 있었다. 니나의 아파트에서 급히 나오느라 의족을 세심하게 착용하지 않았고 피부를 보호해주는 연고를 바를 수도 없었던 탓이다.

8개월 전(팔뚝에 칼을 맞았던 바로 그날) 그는 계단에서 심하게 넘어졌다. 그 직후 상처를 살펴본 의사는 절단된 다리의 무릎 관절인대에 또 부상을 입었지만 치료할 수 있을 거라면서 얼음찜질을 하면서 무리하지 말고 계속 관찰해야 한다고 조언했다. 하지만 스트라이크는 쉴 형편이 아니었고 검사도 다시 받고 싶지 않아서 무릎에 붕대를 감고 앉을 때면 다리를 꼭 높이 올려놓으려고 노력하면서 지냈다. 통증은 대부분 가라앉았지만 가끔 많이 걸으면 무릎이 쓰리고 부어오르곤 했다.

스트라이크가 터덜터덜 걷던 길이 오른쪽으로 꺾였다. 그 뒤에서 키 크고 마른 체형에 어깨가 구부정한 사람이 따라 걷고 있었는데 고개를 숙이고 있어 검은 모자 정수리만 보였다.

물론 지각 있는 행동이라면 당장 집으로 돌아가 쉬어야 한다. 일요일이었다. 빗속에 런던을 가로지르며 돌아다닐 필요는 없었다.

그 사람은 거기 없을 거라고, 리어노라가 스트라이크의 머릿속에서 말했다.

하지만 남는 대안이라곤 덴마크 스트리트로 돌아가 이가 잘 맞지 않는 창문을 두드리는 빗소리를 들으며, 층계에 쌓아둔 상자 속에 넣어둔 샬럿의 사진으로 가득한 앨범을 끼고 처마 밑 침대에 누워 있는 것뿐이었으므로…….

움직이고, 일하고, 남의 문제를 걱정하는 편이 차라리 나았다.

스트라이크는 비 때문에 눈을 깜빡이면서 지나치는 집들을 올려다보고, 20미터 뒤에서 따라오는 사람을 곁눈질로 살폈다. 검은 외투는 볼품이 없었지만, 짧고 빠른 걸음걸이로 미루어 여자일 거라고 짐작했다.

그러다 그 여자의 걸음걸이에서 뭔가 이상한 점, 부자연스러운 점이 눈에 띄었다. 춥고 비오는 날 혼자 걷는 사람답게 자신에게 신경 쓰는 태도가 전혀 없었던 것이다. 여자는 비를 막으려고 머리를 숙이지도 않았고, 목적지에 가겠다는 단순한 목표로 꾸준히 속도를 유지하지도 않았다. 아주 조금씩, 그러나 스트라이크는 감지할 수 있을 정도로 걷는 속도를 조정했고, 몇 발자국마다 모자 아래 감춰진 얼굴은 쏟아지는 폭우 속으로 드러났다가 다시 그림자 속으로 감춰졌다. 스트라이크를 내내 주시하고 있었다.

처음 만났을 때 리어노라가 뭐라고 했었더라?

'미행을 당하는 것 같아요. 키가 크고 어깨가 둥그렇고 검은 옷을 입은 여자예요.'

스트라이크는 미세하게 속도를 높였다 낮추면서 실험해보았다. 그들 사이의 거리는 일정하게 유지되었다. 그의 위치를 확인하느라 감춰진 얼굴이 더 자주 위아래로 움직이면서 연한 핑크빛 피부를 드러냈다.

여자는 미행 경험이 많지 않았다. 전문가인 스트라이크였다면 반대쪽 길로 옮겨가 전화를 거는 척했을 것이다. 대상에 집중하며 관심을 갖는다는 사실을 감추면서.

스트라이크는 오로지 재미로 갑자기 방향이 맞는지 헷갈리는 것처럼 우물쭈물했다. 당황한 검은 형체는 마비라도 일으킨 듯 우뚝 멈췄다. 스트라이크는 다시 걸어갔고, 몇 초 뒤 그 여자가 젖은 보도를 밟는 소리가 들려왔다. 발각된 것도 모를 정도로 어리석은 여자였다.

웨스트본파크 역이 앞에 나타났다. 금색 벽돌로 올린 길고 야트막한 건물이었다. 스트라이크는 거기서 여자에게 다가가 시각을 물어보면서 얼굴을 제대로 볼 생각이었다.

그는 역 쪽으로 향하며 입구 반대편으로 빠르게 걸어가 보이지 않는 여자를 기다렸다.

30초쯤 뒤 키 크고 검은 형체의 사람이 주머니에 양손을 꽂은 채 빗속을 가로질러 입구로 달려오는 모습이 보였다. 그를 놓친 줄 알고, 그가 이미 열차에 오른 줄 알고 겁먹은 모양이었다.

스트라이크가 확신에 찬 발걸음으로 재빠르게 나아가 여자와 마주하려는 순간, 의족이 젖은 타일 바닥에 미끄러졌다.

"젠장!"

우아하지 못하게 다리가 찢어지면서 균형을 잃은 스트라이크는 넘어지고 말았다. 슬로모션처럼 길게 느껴지는 몇 초가 흐르고, 그는 더러운 물이 고인 바닥에 엎어지면서 봉지에 든 위스키 병 옆으로 쓰러졌고, 여자의 모습이 입구에서 멈추더니 놀란 사슴처럼 달아나는 것을 보았다.

"제기랄." 젖은 타일 위에 뻗어 있는 그의 모습을 매표기 앞에 선 사람들이 쳐다보았다. 넘어지면서 다리가 또 접질렸다. 인대가 찢어진 것 같았다. 쓰라리기만 하던 무릎이 이제는 비명을 질러대고 있었다. 제대로 닦지 않은 바닥과 뻣뻣한 합성 발목을 속으로 욕하면서, 스트라이크는 일어서려고 했다. 아무도 다가오려고 하지 않았다. 분명 그가 취했다고 생각했을 것이다. 닉과 일사가 준 위스키가 봉지에서 달아나 바닥에 나뒹굴고 있었다.

한참이 지나서야 런던 지하철 직원이 와서 바닥이 젖어 미끄럽다는 표지판도 있었는데 그걸 못 봤냐고, 눈에 잘 띄지 않느냐고 중얼거리면서 스트라이크를 부축해주었다. 그가 위스키도 집어주었다. 부끄러워진 스트라이크는 고맙다고 작게 말하곤 숱한 구경꾼들의 눈길에서 벗어나고 싶은 마음으로 개찰구 쪽으로 절뚝이며 걸어갔다.

하행선에 올라탄 그는 욱신거리는 다리를 뻗고 슈트 바지 위로 무릎을 만져보았다. 지난 봄에 계단에서 굴렀을 때와 똑같이 따갑고 쓰라렸다. 스트라이크는 뒤를 밟던 여자에게 화가 나서 어떻게 된 것인지 따져보려고 했다.

그 여자가 언제 따라붙었던 것일까? 퀸의 집을 감시하다가 그가 들어가는 것을 보았을까? (기분 나쁜 가능성이지만) 스트라이크를 오언 퀸으로 착각했을까? 캐스린 켄트도 어두울 때 잠시 그런 적이 있으니……

스트라이크는 해머스미스 라인으로 갈아타야 했다. 위험할 수도 있어서 그는 몇 분 미리 일어섰다. 목적지 배런스 코트에 도착한 무렵에는 다리를 심하게 절었고 지팡이가 있었으면 싶었다. 스트라이크는 연두색 타일이 깔린 개찰구를 벗어나 지저분하고 젖은 종이가 잔뜩 깔린 바닥에 조심스레 발을 디뎠다. 아르누보 글씨체와 석조 박공으로 장식된 예쁘장한 역을 나선 그는 가차없이 쏟아지는 빗속에서 이차선 도로를 향해 걸어갔다.

찾던 집이 있는 텔거스 로드가 역에서 바로 연결된다는 사실에 마음이 놓이고 다행이라는 생각이 들었다.

런던에는 이런 식의 비정상적인 건축이 어디나 있었지만, 스트라이크는 이토록 주위 환경과 심하게 어울리지 않는 건물은 본 적이 없었다. 보다 자신만만하고 상상력 넘치던 시절이 남겨놓은 붉은 벽돌집들이 눈에 띄게 한 줄로 늘어서 있는 가운데, 자동차들이 양쪽으로 무자비하게 내달렸다. 이곳이 서부에서 런던으로 진입하는 대동맥과 같은 입지이기 때문이었다.

그것들은 후기 빅토리아조 예술가들이 쓰던 화려하게 장식된 작업실이었다. 사라진 수정궁처럼 아래층 창문에는 격자 장식이 되어 있었고, 위층에는 북향으로 커다란 창문이 나 있었다. 비에 젖어서 춥고 다리도 아픈 상태였지만 스트라이크는 179번지 집을 몇 초간 올려다보면서 특이한 건축에 감탄했다. 팬코트가 마음을 바꿔 팔기로 했다면 퀸 부부가 얼마나 벌 수 있을까 궁금했다.

그는 흰 현관 계단에 힘겹게 올라섰다. 현관문은 꽃다발과 두루마리, 휘장을 새겨 넣어 화려하게 장식한 벽돌 덮개 덕분에 비를 맞지 않았다. 스트라이크는 추워서 감각이 없어진 손으로 열쇠를 하나씩 꺼냈다.

네 번째 열쇠가 구멍으로 쏙 들어가더니 오랫동안 기다려왔다는 듯 돌아갔다. 한 번 부드럽게 달칵하더니 현관문이 스르르 열렸다. 스트라이크는 문턱을 지나 안으로 들어간 뒤 문을 닫았다.

따귀를 맞을 때, 또는 물 양동이가 떨어졌을 때 느낄 법한 충격. 스트라이크는 서둘러 외투 옷깃을 잡아 입과 코를 막았다. 먼지와 오래된 목재 냄새만 풍겨야 할 곳에서 강렬한 화학물질의 냄새가 코와 목을 침범해 들어왔다.

스트라이크는 반사적으로 옆쪽 벽의 스위치에 손을 뻗었고, 천장에 매달린 두 개의 알전구에 불이 들어왔다. 좁고 아무것도 없는 복도는 꿀색 목재가 대어져 있었다. 재료를 알 수 없는 비틀어진 기둥들이 그 복도 가운데쯤에서 아치를 떠받치고 있었다. 첫눈에는 고요하고 우아하며 균형이 잘 잡힌 모습이었다.

하지만 자세히 보니 원래의 목재 조각에 마치 불에 탄 것처럼 커다란 얼룩이 나 있는 것이 서서히 눈에 들어오기 시작했다. 먼지로 가득한 공기에 배인 강한 냄새는 사방에 뿌려진 부식성의 매캐한 액체 때문이었는데, 누군가 일부러 한 짓 같았다. 그로 인해 오래된 마룻바닥에서 광택제가 벗겨졌고, 앞에 보이는 목재 층계는 변색되어 있었다. 벽에도 용액이 뿌려져 칠이 여기저기 탈색되고 변색되어 있었다.

두꺼운 외투 깃으로 코를 막고 잠시 숨을 쉬던 스트라이크는 문득 아무도 살지 않는 집치고 너무 따뜻하다는 생각이 들었다. 난방 온도를 잔뜩 높여두어서 강한 화학물질 냄새가 더욱 자극적으로 느껴졌다. 겨울날의 차가운 방 안이었다면 이 정도로 심하지는 않았을 것이다.

발밑에서 종이가 부스럭거렸다. 내려다보니 테이크아웃 메뉴 광고지와 '거주자/관리자에게'라고 적힌 봉투 하나가 있었다. 스트라이크는 허리를 굽혀 그 봉투를 들었다. 옆집 이웃이 냄새를 불평하며 짤막하게 휘갈겨 쓴 쪽지였다.

스트라이크는 쪽지를 도어매트 위에 도로 떨어뜨리고 복도 안

쪽으로 들어가며 화학물질을 뿌린 곳마다 남은 얼룩을 살폈다. 왼쪽에 문이 하나 있어 열어보았다. 방 안은 어둡고 텅 빈 상태였다. 그곳은 표백제 같은 것으로 변색되어 있지 않았다. 그 밖에 아래층에는 역시 아무 가구도 없이 다 허물어져가는 부엌이 전부였다. 화학물질의 홍수는 그곳도 피해 가지 않아서 썩은 빵 반 조각에도 뿌려져 있었다.

스트라이크는 위층으로 올라갔다. 누군가 계단을 오르거나 내려오면서 커다란 용기에 든 지독한 부식성 약품을 사방에 쏟아부어 놓았는데 계단의 창틀에까지 뿌려놓아서 마른 페인트가 끓어오르며 갈라져 있었다.

2층으로 올라간 스트라이크는 우뚝 멈췄다. 두꺼운 모직 코트로 코를 막았지만, 뭔가 다른 냄새, 강렬한 공업용 화학물질로도 감추지 못하는 냄새가 났다. 들척지근하고 구역질나는, 산패된 기름 냄새. 살이 썩을 때 나는 냄새였다.

스트라이크는 위층의 닫힌 문 두 개는 열어보지 않았다. 대신 비닐봉투에 든 위스키를 멍하니 흔들며, 산을 쏟아부은 사람의 발자국을 천천히 따라서 얼룩이 남은 계단을 더 올라갔다. 계단의 광택제는 약품 때문에 타버렸고, 조각이 되어 있던 난간에서도 반들반들한 윤은 사라지고 없었다.

스트라이크가 걸음을 옮길 때마다 썩는 냄새는 더 강해졌다. 보스니아에서 기다란 막대를 땅에 찌르고 빼낸 뒤, 그 끝의 냄새를 맡았던 시절이 떠올랐다. 시체들을 묻은 구덩이를 찾아내는 틀림없는 방법이었다. 그는 꼭대기 층에 올라 옷깃으로 입을 더 단단히 막고서 빅토리아 시대 예술가가 빛의 변화가 없는 북향 창가에서 일하던 작업실로 향했다.

스트라이크는 목재 문을 밀어 열 때 지문이 남지 않도록 셔츠 소매를 내려 맨손을 가린 것 이외에는 문턱에서 조금도 망설이지 않았다. 조그맣게 끼익 하는 경첩 소리 외에는 고요하다가, 왱왱 거리는 파리 소리가 들려왔다.

죽은 사람이 있을 거라고 예상하긴 했지만, 이런 광경은 미처 상상하지 못했다.

시체였다. 꽁꽁 묶인 채 썩어 냄새를 풍기는, 내장이 도려내져 속이 텅 빈 사체가 필시 걸려 있었을 금속 갈고리에서 떨어져 바닥에 쓰러져 있었다. 하지만 그 모습은 꼭 사람의 옷을 입혀놓은 도살된 돼지 같았다.

그것은 높다란 아치형 대들보 아래서 거대한 로마네스크식 창문을 통해 들어오는 빛을 가득 받고 있었다. 개인의 집이었고 창문 너머로 차들이 여전히 달리고 있었지만, 스트라이크는 신전 같은 곳에서 신성모독의 행위로 희생제물을 살해하는 광경을 목격한 것처럼 속이 메스꺼워졌다.

썩어가는 시체가 거대한 고깃덩어리라는 듯, 주위에는 일곱 개의 접시와 일곱 벌의 포크 나이프가 놓여 있었다. 몸통은 목에서 허리까지 갈라져 있었는데, 키가 큰 스트라이크에게는 문턱에서도 갈라진 속이 시커멓게 비어 있는 것이 보였다. 옷감과 살점이 온통 타들어가 있어서 그것을 익혀서 먹어치웠을 것이라는 끔찍한 느낌이 더욱 강해졌다. 타버린 채 썩고 있는 시체는 여기저기가 번들거려서 겉보기에는 마치 액체가 묻은 것 같기도 했다. 쉭쉭거리며 돌아가는 라디에이터가 부패를 가속시키고 있었다.

썩은 얼굴은 그에게서 가장 먼 쪽, 창가에 놓여 있었다. 스트라이크는 움직임 없이 숨을 참으면서 얼굴을 자세히 살폈다. 턱에는 누런 수염이 아직 좀 붙어 있었고, 타버린 눈 한쪽이 겨우 보였다.

죽거나 사지가 절단되는 광경을 그렇게 많이 봐온 스트라이크조차 화학약품과 시체가 뿜어내는 숨 막히는 악취 속에서는 토하고 싶은 충동과 싸워야 했다. 봉지를 팔꿈치에 걸고 전화기를 꺼내 그 자리에서 더 움직이지 않고 찍을 수 있는 여러 각도로 현장 사진을 찍었다. 그리고 그는 작업실에서 나와 문이 닫히도록 두고는 999에 전화를 걸었다. 문이 닫혀도 악취는 전혀 가시지 않았다.

빗물에 씻긴 신선하고 깨끗한 공기가 간절했지만, 스트라이크는 미끄러져 넘어지지 않으려고 조심스러운 걸음걸이로 천천히 얼룩진 계단을 내려와 거리에서 경찰을 기다렸다.

17

숨 쉴 수 있을 때 들어두는 게 최고지.
죽고 나면 술 마시는 일도 없으니까.
― 존 플레처, 《잔인한 형제》

런던 경찰청의 요구로 스트라이크가 경시청을 찾는 게 처음은
아니었다. 그가 이전에 면담을 한 것도 역시 어느 시체 때문이었
다. 한참 동안 취조실에서 본의 아니게 가만히 앉아 있다 보니 무
릎 통증이 덜해진 것을 느끼던 스트라이크는 그때도 바로 그 전날
섹스를 했었다는 생각을 했다.
 여느 사무실의 캐비닛보다 별로 크지 않은 방에 혼자 있다 보니
그 작업실의 썩어가는 시체에서 떨어질 줄 모르던 파리처럼 그의
생각도 거기서 떨어져 나오지 못했다. 그 광경이 주는 공포에서
벗어날 수가 없었다. 그는 직업상 자살이나 사고를 가장하려고
옮겨놓은 시체는 여럿 보았다. 죽기 전에 당한 잔인한 행동을 감
추려고 끔찍한 흔적을 남겨놓은 시체도 살펴본 적이 있었다. 여
기저기 잘리고 훼손된 남녀와 어린아이의 시체도 본 적이 있었
다. 하지만 탤거스 로드 179번지에서 본 것은 완전히 새로운 종류

였다. 그곳에서 자행된 악의적인 짓은 광신에 가까웠고, 가학적인 쇼맨십을 세심한 계산을 통해 드러내놓은 것이었다. 상상하기 가장 끔찍한 일은 산을 붓고 시체의 내장을 빼낸 순서였다. 고문이었을까? 살인자가 주위에다 준비를 하는 동안 퀸은 살아 있었을까, 죽은 상태였을까?

퀸의 시체가 있던 그 천장 높은 방에는 전신 보호복을 착용한 사람들이 잔뜩 들어가 부검용 증거를 모으고 있을 것이다. 스트라이크도 그들과 함께 거기 있고 싶었다. 그런 발견을 하고도 아무것도 못 하는 처지가 싫었다. 직업에 대한 불만이 치밀어 올랐다. 경찰이 도착하자마자 곧바로 쫓겨난 그는 현장(그리고 문득 '현장'*이란 말이 여러 모로 들어맞는다는 생각이 들었다. 거대한 교회 창문 같은 곳에서 비추는 빛 속에 묶인 채 놓여 있는 시체는 악마에게 바치는 제물 같았다. 그리고 일곱 개의 접시와 일곱 벌의 포크와 나이프……)에 들어온 얼간이에게 밀려났다.

취조실의 간유리 창으로는 이제 새까매진 하늘 이외에는 아무것도 보이지 않았다. 이 골방에 꽤 오랫동안 있었는데도 경찰은 아직 조서 작성을 마치지 않았다. 취조를 길게 끄는 것에 진정한 의심이 얼마나 작용하고, 반감이 얼마나 작용하는지 짐작하기 어려웠다. 살해당한 피해자를 발견한 사람은 대부분 쉽게 말해주는 것보다 많은 사실을 알았고, 모든 정황을 다 아는 경우도 드물지 않았으므로 철저히 취조하는 것이 물론 옳았다. 하지만 룰라 랜드리 사건을 해결하면서 스트라이크는 그녀의 자살을 확언했던

* 영어로 scene에는 '대단한 광경'이라는 의미도 있음.

런던 경찰청에 망신을 준 셈이기도 했다. 방금 취조실을 나간 짧은 머리 여자 형사가 스트라이크를 힘들게 할 작정을 했다고 생각되는 것이 피해망상 탓은 아닐 것이다. 그 형사의 동료들이 그렇게 여럿이나 그를 보러 찾아오고, 그중 그렇게 많은 사람들이 노려보고 은근히 헐뜯는 소리를 한 것도 엄밀히 따지자면 불필요한 일이었으니까.

그들이 스트라이크를 불편하게 한다고 생각했다면 착각이었다. 그는 따로 갈 곳도 없었고, 경찰에서는 먹을 만한 식사도 주었다. 담배만 피울 수 있게 해준다면 그는 상당히 편안했을 것이다. 한 시간 동안 취조한 여자는 경찰과 함께 밖에 나가 담배를 피우고 와도 된다고 했지만, 그는 무기력과 호기심 때문에 그냥 앉아 있었다. 생일 위스키는 옆에 놓인 비닐봉지에 들어 있었다. 그들이 더 오래 그를 붙잡아 놓는다면, 그걸 딸 수도 있다는 생각이 들었다. 플라스틱 물컵도 하나 있었다.

등 뒤의 문이 두툼한 회색 카펫 위로 쓰윽 열렸다.

"미스틱 밥." 누군가 말했다.

런던 경찰청 및 민방위국의 리처드 안스티스가 머리칼이 비에 젖은 채 서류 뭉치를 겨드랑이에 끼고 씩 웃으며 들어왔다. 얼굴 한쪽에 큰 상처가 있었고, 오른쪽 눈 아래 살갗이 당겨져 있었다. 스트라이크가 의식을 잃은 상태에서 의사들이 잘린 무릎을 보존하려고 치료하던 중, 그는 카불의 야전병원에서 시력을 구했다.

"안스티스!" 스트라이크는 경찰이 내민 손을 잡으며 말했다. "대체 무슨—?"

"손 좀 썼지, 친구. 내가 이번 사건을 맡을 거야." 안스티스가 부루퉁한 여자 경찰이 앉았던 자리에 털썩 앉으며 말했다. "자네도 알지, 여기서 인기 없는 거? 디키 아저씨가 옆에서 보증을 서주니 다행이지, 뭐."

그는 늘 스트라이크가 자기 목숨을 구해줬다고 했고, 어쩌면 그 말이 맞을지도 몰랐다. 그들은 아프가니스탄의 흙먼지 길에서 포화를 받고 있었다. 스트라이크 스스로도 어떻게 곧 폭발이 일어날 것을 감지했는지 확실히 알 수 없었다. 동생처럼 보이는 아이와 길가에서 달려가는 청년은 단순히 포화를 피하려고 달아나는 것일 수도 있었다. 기억나는 거라고는 그가 바이킹 운전수에게 브레이크를 밟으라고 소리친 것뿐이었고, 아마 듣지 못해서인지 그가 지시를 따르지 않자 스트라이크는 손을 뻗어 안스티스의 셔츠 뒷덜미를 잡아 한 손으로 차량 뒷좌석으로 끌어냈던 것이다. 안스티스가 그 자리에 계속 있었더라면, 스트라이크 바로 앞에 앉았던 젊은 게리 토플리와 같은 운명을 맞아 머리와 몸통만 겨우 찾아낼 수 있었을 것이다.

"이야기를 처음부터 한 번 더 해줘야 되겠어, 친구." 안스티스는 여자 경찰에게서 받은 조서를 펼쳐놓으면서 말했다.

"한잔해도 괜찮나?" 스트라이크가 힘없이 물었다.

안스티스의 즐거워 보이는 시선을 받으며, 스트라이크는 봉지에서 애런 싱글 몰트 위스키를 꺼내 미지근한 물이 담긴 플라스틱 컵에 조금 따랐다.

"그래, 죽은 사람을 찾아달라고 부인이 자네를 고용했고…… 시체는 그 작가라는 사람으로 추측하고 있는데, 이름이—."

"맞아, 오언 퀸." 안스티스가 동료가 쓴 글씨를 살피는 동안, 스트라이크가 말해주었다. "부인이 엿새 전에 나를 고용했어."

"그때는 실종된 지 얼마나—."

"열흘."

"그래도 경찰에는 신고하지 않았고?"

"음. 그 사람은 정기적으로 그랬다더군. 어디 있는지 아무한테도 알리지 않고 사라졌다가 다시 돌아오곤 했다고. 부인 없이 호텔에서 지내는 걸 좋아했다더군."

"이번에는 왜 자네를 찾은 거지?"

"집에 어려운 일이 있었어. 장애를 가진 딸이 있고, 돈이 떨어졌다고. 그 사람이 평소보다 오래 나가 있었고. 부인은 남편이 늘 틀어박혀 글 쓰는 곳에 있다고 생각했어. 어딘지는 몰랐지만. 내가 확인해보니 거기 없더군."

"그래도 왜 우리한테 오지 않고 자네를 찾아갔는지 모르겠군."

"그 사람이 나갔을 때 한번은 신고를 했는데 화를 냈다고 했어. 아마 애인이랑 있었던 모양이야."

"그건 확인해보지." 안스티스가 적으면서 말했다. "그 집에는 어떻게 간 건가?"

"어젯밤에 퀸 부부가 그 집을 공동소유하고 있다는 걸 알아냈어."

잠시 침묵.

"부인이 그 말을 하지 않았단 말인가?"

"음." 스트라이크가 말했다. "부인 말로는 퀸이 그곳을 싫어해서 근처에도 가지 않았대. 부인은 그걸 갖고 있다는 사실도 잊고 있었던 것 같아."

"그럴 수가 있나?" 안스티스가 턱을 긁적이며 중얼거렸다. "형편도 어렵다면서?"

"문제가 좀 복잡해." 스트라이크가 말했다. "마이클 팬코트라
는 사람과 공동으로 소유하고 있는데—."

"그 사람 이름은 나도 들어봤어."

"그런데 그 사람이 팔게 해주지 않았다더군. 팬코트랑 퀸 사이
에 불화가 있었어." 스트라이크는 위스키를 마셨다. 덕분에 목구
멍과 배 속이 뜨끈해졌다. (퀸의 위장을 비롯한 소화기관이 몽땅 잘려
나가 있었다. 대체 그게 어디로 간 걸까?) "어쨌든, 점심시간에 가봤
더니, 거기 그 사람이, 아니 그 사람한테서 남은 부분이 있더군."

위스키를 마시니 담배 생각이 더욱 간절해졌다.

"들은 이야기로는 시체가 완전히 엉망이라며." 안스티스가 말
했다.

"보겠어?"

스트라이크는 주머니에서 휴대전화를 꺼내 시체 사진을 찾아
낸 다음 책상 너머로 건넸다.

"어이쿠." 안스티스가 말했다. 잠시 썩어가는 시체를 묵묵히 들
여다본 뒤, 그는 혐오스럽다는 내색을 하며 물었다. "주위에 저건
뭐지? 접시?"

"음." 스트라이크가 말했다.

"무슨 뜻인지 알겠어?"

"전혀." 스트라이크가 말했다.

"피해자가 마지막으로 살아 있는 게 목격됐을 때 어땠는지 아
나?"

"부인이 마지막으로 본 건 5일 밤이었어. 퀸은 에이전트랑 저

녁식사를 마친 뒤였고, 이번에 쓴 책을 출판할 수 없다는 이야기를 들었다더군. 소송을 아주 좋아하는 사람 두어 명을 포함해서 수도 없이 많은 사람들의 명예를 훼손했기 때문이라나."

안스티스는 롤린스 경위가 남긴 기록을 살폈다.

"그건 브리지트에게 이야기하지 않았군."

"묻지 않아. 경위랑 사이도 안 좋았고."

"책이 서점에 나온 지 얼마나 됐지?"

"서점에 나오지 않았어." 스트라이크가 컵에 위스키를 더 부으며 말했다. "아직 출판이 안 됐어. 말했잖아, 에이전트가 출판할 수 없다고 해서 싸웠다고."

"자네는 읽어봤나?"

"거의."

"부인이 원고를 주던가?"

"아니, 부인은 읽지 않았다더군."

"별장이 있는 것도 잊어버렸고, 남편의 책도 읽지 않는다." 안스티스는 특별한 강조 없이 말했다.

"부인 말로는 제대로 표지가 붙어서 나온 책만 읽는다더군." 스트라이크가 말했다. "그러거나 말거나지만, 나는 부인 말을 믿어."

"흐흠." 안스티스는 스트라이크의 진술에 뭐라고 덧붙여 적으면서 말했다. "원고는 어떻게 얻었나?"

"말하고 싶지 않은데."

"말썽이 될 수도 있어." 안스티스가 고개를 들고 말했다.

"나하고는 상관없지." 스트라이크가 말했다.

"이 점은 나중에 다시 확인해야 할 수도 있어, 밥."

스트라이크는 어깨를 으쓱하고 물었다.

"부인한테 알렸나?"

"지금쯤은 알렸을 거야."

스트라이크는 리어노라에게 전화를 하지 못했다. 남편이 죽었다는 소식은 필요한 훈련을 받은 사람이 직접 전해야 했다. 그도 여러 차례 그 일을 맡았었지만, 그건 오래전 일이었다. 어쨌든 오늘 오후에 그가 전념한 일은 오언 퀸의 유해에 대한 것이었고, 그것을 안전하게 경찰의 손에 넘길 때까지 지키고 서 있는 일이었다.

그는 경시청에서 취조를 받는 동안 리어노라가 겪게 될 일을 잊고 있었다. 문을 열고 경찰관이, 아마 두 명이 서 있는 것을 본 리어노라가 제복을 보고 처음 느낄 불안감을 상상할 수 있었다. 침착하고 이해심과 동정 어린 말투로 안으로 들어가자고 하면 가슴이 쿵 내려앉을 것이다. 무시무시한 발표(처음에는 남편을 묶고 있던 굵은 자주색 밧줄이나 가슴과 배에 난 텅 빈 구멍에 대해서는 이야기하지 않을 것이고, 산으로 얼굴이 타버렸다는 것도, 그가 거대한 고깃덩이라는 듯 주위에 접시를 차려놓은 것도 알리지 않겠지만…… 스트라이크는 루시가 거의 24시간 전에 돌린 양고기 접시를 떠올렸다. 비위가 약한 편이 아니었지만, 위스키가 목에 걸린 것 같아서 잔을 내려놓았다).

"그 책 내용을 몇 명이나 알 것 같은가?" 안스티스가 천천히 물었다.

"모르겠어." 스트라이크가 말했다. "지금쯤이면 꽤 많을걸. 퀸의 에이전트 엘리자베스 태슬, 소리 나는 대로 적으면 돼." 안스티스가 끼적이는 동안 스트라이크가 도움이 되도록 말해주었다. "크로스파이어 출판사의 크리스천 피셔에게 원고를 보냈고, 그는 말이 많은 사람이거든. 변호사들도 이야기를 막으려고 개입되었어."

"점점 더 흥미롭군." 안스티스가 빠르게 적으면서 중얼거렸다. "먹을 거는 더 필요 없나, 밥?"

"담배가 필요해."

"곧 끝나." 안스티스가 약속했다. "누구 명예를 훼손했는데?"

"문제는," 스트라이크가 아픈 다리를 구부렸다 폈다 하면서 말했다. "그것이 명예훼손인지, 진실을 밝힌 것인지 여부야. 하지만 내가 알아본 인물은, 펜이랑 종이 좀 줘." 말보다 쓰는 것이 빨랐기 때문에 이렇게 말했다. 스트라이크는 재빨리 적으면서 이름을 소리 내어 말했다. "작가 마이클 팬코트, 퀸의 출판사 사장 대니얼 차드, 퀸의 애인 캐스린 켄트―."

"애인이 있어?"

"응, 1년 이상 만난 모양이야. 만나러 갔었어. 클레멘트애틀리 코트의 스태포드 크립스 하우스였는데, 여자는 퀸이 자기 아파트에도 없고, 만나지도 못했다고 했어. 그리고 에이전트 리즈 태슬, 편집자 제리 월드그레이브, 또―." 아주 잠깐 머뭇거린 뒤, 그는 말했다. "부인도 있었어."

"부인도 거기 넣었어?"

"음." 스트라이크는 안스티스에게 목록을 밀어주며 말했다. "하지만 알아볼 수 없는 인물들도 여럿 있었어. 퀸이 책에 넣은 누군가를 찾는 건 아주 막연한 일이야."

"원고는 아직 갖고 있나?"

"아니." 스트라이크는 그 질문을 예상하고 있었기 때문에 쉽게 거짓말했다. 안스티스에게는 니나의 지문이 묻지 않은 원고를 알아서 구하라고 하지.

"그 밖에 도움이 될 만한 점은 없나?" 안스티스는 허리를 세워 앉으며 물었다.

"아," 스트라이크가 말했다. "부인이 한 짓은 아닐 거야."

안스티스는 따뜻함이 사라진 건 아니지만 약간 놀란 표정으로 스트라이크를 쳐다보았다. 두 사람이 바이킹에서 폭발 사고를 겪기 단 이틀 전에 태어난 안스티스의 아들에게, 스트라이크는 대부가 되어주었다. 스트라이크는 티모시 코모란 안스티스를 몇 차례 만났지만, 별로 호감을 사지는 못했다.

"좋아, 밥. 여기 사인을 하면 집까지 태워다줄게."

스트라이크는 진술서를 꼼꼼히 읽고, 롤린스 경위가 작성한 글에서 철자 몇 군데를 즐거운 마음으로 고쳐준 후 서명했다.

안스티스와 함께 긴 복도를 지나 아픈 무릎을 끌며 승강기로 향하는 도중, 스트라이크에게 전화가 왔다.

"코모란 스트라이크입니다."

"저예요, 리어노라." 리어노라는 음성이 조금 덜 고른 것뿐, 평소와 거의 똑같은 말투였다.

스트라이크는 안스티스에게 탈 수 없다고 손짓하고는 경찰에게서 떨어져 끝없이 내리는 비 속을 달리는 자동차들이 내려다보이는 어두운 창가로 다가갔다.

"경찰이 찾아갔습니까?" 스트라이크가 물었다.

"네. 지금 같이 있어요."

"유감입니다, 리어노라." 그가 말했다.

"괜찮으세요?" 리어노라가 무뚝뚝하게 물었다.

"저요?" 스트라이크가 놀라서 말했다. "전 괜찮습니다."

"경찰에서 못살게 굴지 않았어요? 취조를 받고 계신다면서요. 그 사람은 내가 부탁해서 오언을 찾아준 것뿐이라고, 그런데 뭐 때문에 체포된 거냐고 말했어요."

"절 체포한 건 아닙니다." 스트라이크가 말했다. "진술이 필요한 것뿐입니다."

"하지만 지금까지 붙잡아 놓았잖아요."

"얼마나 됐는지 어떻게—?"

"지금 여기 왔어요." 리어노라가 말했다. "아래층 로비에 있어요. 당신을 만나고 싶어서 데려다 달라고 했어요."

깜짝 놀란 데다 빈속에 위스키를 마신 그는 생각나는 대로 말해 버렸다.

"올랜도는 누가 봅니까?"

"에드나가 봐요." 리어노라는 딸에 대한 스트라이크의 관심을 당연하게 받아들이며 대답했다. "당신을 언제 보내준대요?"

"지금 나가는 길입니다."

"누구야?" 스트라이크가 전화를 끊자 안스티스가 물었다. "샬럿이 걱정하는 건가?"

"젠장, 아니야." 스트라이크는 함께 승강기에 타면서 말했다. 안스티스에게 헤어졌다는 이야기를 한 적이 없다는 사실을 완전히 잊고 있었던 것이다. 경찰청 친구인 안스티스는 스트라이크에게는 한담 따위를 나눌 수 없는, 일종의 봉쇄구역이었다. "헤어졌어. 몇 달 됐어."

"정말? 힘들었겠군." 승강기가 아래로 내려가기 시작할 때, 안스티스는 진심으로 유감이라는 표정을 지었다. 하지만 스트라이크는 안스티스의 실망이 전적으로 친구를 위해서는 아니라고 생각했다. 그는 샬럿의 뛰어난 미모와 헤픈 웃음에 몹시 반해 있었다. 둘이 병원이나 부대에서 벗어나 런던으로 돌아와 있을 때면 안스티스는 늘 "샬럿도 데려와"라고 말하곤 했다.

스트라이크는 안스티스에게서 리어노라를 보호해주고 싶은 충동을 느꼈지만, 그럴 수 없었다. 승강기 문이 열리자 그녀가 서 있었다. 생기 없는 머리카락에 핀을 꽂고, 낡은 외투로 몸을 감싼 채, 가냘프고 소심한 모습으로. 검은 구두를 신고 있었음에도 여전히 침실 슬리퍼를 신고 있는 것 같은 분위기였다. 리어노라는 제복을 입은 경찰 두 사람을 옆에 끼고 있었는데 그중 하나는 여자였다. 그 둘이 분명 퀸의 사망을 알리고 그녀를 여기로 데려왔을 것이다. 스트라이크는 그들이 안스티스에게 던지는 조심스러운 시선으로 미루어 리어노라가 놀랄 만한 구실을 제공했을 것이라고 추측했다. 남편이 죽었다는 소식에 대한 반응이 그들 보기에 특이했던 모양이라고.

울기는커녕 아무렇지도 않다는 표정을 짓고 있던 리어노라는 스트라이크를 보고 안심한 것 같았다.

안스티스가 호기심 어린 표정으로 그녀를 쳐다보았지만, 스트라이크는 서로를 소개해주지 않았다.

"이쪽으로 갈까요?" 스트라이크는 리어노라에게 벽에 붙어 있는 벤치를 가리키며 물었다. 그녀 옆에서 다리를 절며 걸어가던 스트라이크는 경찰 셋이 뒤에 따라오는 것을 느꼈다.

"괜찮습니까?" 리어노라가 약간이라도 힘들어하는 기색을 보여서 보고 있는 사람들의 호기심을 가라앉혀주기를 바라면서 스트라이크가 물었다.

"모르겠어요." 리어노라는 플라스틱 의자에 털썩 앉으며 말했다. "믿을 수가 없어요. 그 사람이 거기 갈 줄은 몰랐는데. 어리석은 인간 같으니. 강도 같은 놈이 들어와서 그런 것 같아요. 평소처럼 호텔에 갈 것이지, 안 그래요?"

그렇다면 경찰에서 별로 자세히 이야기를 해주지 않은 모양이었다. 스트라이크는 리어노라가 겉보기보다 더, 스스로 느끼는 것보다 더 큰 충격을 받았다고 생각했다. 스트라이크를 찾아온 것도, 도와주기로 되어 있는 사람을 찾는 것 이외에는 달리 어떻게 해야 할지 모른 채 갈피를 잃은 사람의 행동 같았다.

"댁까지 모셔다드릴까요?" 스트라이크가 물었다.

"아마 경찰들이 데려다줄 거예요." 리어노라는 엘리자베스 태슬이 스트라이크가 내야 할 돈을 내줄 거라고 말했을 때처럼 당연하다는 듯 담담하게 대답했다. "당신이 무사한지, 저 때문에 곤란한 건 아닌지 확인하고, 계속 저를 위해 일해달라고 부탁하고 싶었어요."

"계속 일해달라고요?" 스트라이크가 되물었다.

아주 짧은 순간, 스트라이크는 리어노라가 무슨 일이 있었는지 알아차리지 못한 것이 아닌지, 퀸이 실종 중이라고 생각하는 것은 아닌지 의아했다. 그녀의 살짝 특이한 태도가 그보다 더 심각한 문제, 뭔가 근본적인 인지장애에 기인한 것이었을까?

"경찰에선 제가 뭔가를 안다고 생각해요." 리어노라가 말했다.

"그럴 것 같아요."

스트라이크는 "그렇지 않다고 전 확신합니다"라고 말하려다 망설였는데, 그렇게 말했다면 거짓말이었을 것이다. 무책임하고 불성실한 남편의 아내이며, 경찰에 신고하지 않고 열흘이나 기다렸다 찾는 시늉을 한 사람, 시체가 발견된 빈집의 열쇠를 갖고 있었으며 그에게 기습을 가할 수 있었던 리어노라가 가장 먼저, 가장 중요한 용의자가 되리라는 것을 스트라이크는 무척 잘 알고 있었다. 그럼에도 불구하고 스트라이크는 물었다.

"왜 그렇게 생각하십니까?

"그럴 것 같아요." 리어노라는 되풀이해 말했다. "저한테 말하는 투를 보면요. 그리고 우리 집을, 그 사람 서재를 보겠다고 했어요."

형식적인 절차였지만, 리어노라는 그것을 침범이라 생각하고 불길하게 여겼다.

"올랜도도 무슨 일이 있었는지 압니까?" 그가 물었다.

"얘기해줬지만 무슨 일인지 모르는 것 같아요." 리어노라가 이렇게 말했고, 처음으로 눈물을 비췄다. " '풉처럼 됐다'고 했어요. 풉은 우리 고양이였는데, 차에 치였어요. 하지만 올랜도가 이해하는지는 모르겠어요. 정말 모르겠어요. 올랜도는 늘 그렇거든요. 누가 그 사람을 죽였다고는 말하지 않았어요. 못 하겠더라고요."

짧은 순간, 스트라이크는 위스키 냄새를 풍기지 않았으면, 하는 엉뚱한 생각을 했다.

"계속 일해주시겠어요?" 리어노라가 대놓고 물었다. "경찰보다 당신이 낫잖아요. 그래서 애초에 당신한테 찾아간 거예요. 해주시겠어요?"

"네." 스트라이크가 말했다.

"경찰은 제가 뭔가 관련이 있다고 생각하는 게 분명하니까요." 리어노라는 일어나며 다시 말했다. "나한테 말하는 투가 그래요."

리어노라는 코트를 여몄다.

"올랜도한테 가봐야 되겠어요. 무사하니 다행이에요."

그녀는 다시 경찰에게 다가갔다. 여자 경찰은 택시 운전수 취급을 받는 것에 당황한 표정이었지만, 안스티스를 한 번 쳐다보고는 집까지 데려다 달라는 리어노라의 요청을 수락했다.

"대체 뭐 때문에 그래?" 안스티스는 여자 둘이 말소리를 들을 수 없는 곳까지 나가자 물었다.

"자네가 날 체포했을까 봐 걱정했어."

"좀 이상하지, 그렇지 않아?"

"음, 약간."

"아무 말도 하지 않았지?" 안스티스가 물었다.

"음." 스트라이크는 그 질문이 마음에 들지 않았다. 용의자에게 범죄현장에 대한 정보를 넘기는 짓을 할 사람으로 보다니.

"조심해야 할 거야, 밥." 두 사람이 회전문을 통과해 비 오는 거리로 나설 때, 안스티스가 어색하게 말했다. "누구한테든 번거로운 일을 당하지 않으려면 말이야. 이제 살인 사건이 되었는데, 자넨 이쪽에 친구가 별로 없잖나."

"인기가 좋다고 다 되는 건 아니야. 이봐, 나는 택시를 탈게." 안스티스가 반대하자 스트라이크는 단호하게 말했다. "아니, 우선 담배를 피워야 해. 고마워, 리치. 여러 모로."

둘은 악수를 했다. 스트라이크는 비를 막으려고 옷깃을 세운 뒤 작별 인사로 손을 흔들고 어두운 길을 따라 절뚝이며 걸었다. 안스티스를 떼어낸 것도 달콤한 담배 첫 모금만큼이나 반가웠다.

18

질투가 자라는 곳에서는
마음속의 뿔이 머리 위에 난 뿔보다 더 괴롭다는 사실을 알고 있으니.
– 벤 존슨, 《십인십색》

　스트라이크는 금요일 오후에 로빈이 '부루퉁함'이라고 분류되
는 상태로 사무실에서 나갔다는 사실을 까맣게 잊고 있었다. 무
슨 일이 있었는지 이야기하고 싶은 상대는 오로지 로빈뿐이라는
생각만 하면서 보통 주말에는 전화를 삼가더라도 지금은 상황이
워낙 예외적이니 문자 한 통 정도는 얼마든지 보낼 수 있다고 판
단했다. 그는 추운 밤 길거리를 걷다가 15분 만에 잡은 택시 안에
서 문자를 보냈다.
　로빈은 온라인으로 산 책《조사 인터뷰: 심리학과 실제》를 들고
서 안락의자에 편안하게 앉아 있었다. 매튜는 소파에서 요크셔에
계신 편찮은 어머니와 집 전화로 또 통화 중이었다. 매튜의 분노
에 로빈이 매번 고개를 들고 동정 어린 미소를 지어 보일 때마다
그는 어이없다는 표정을 나타내곤 했다.
　전화가 진동하자 로빈은 짜증스러운 표정으로 쳐다보았다. 《조

사 인터뷰》에 집중하려고 노력하는 중이었기 때문이다.

살해된 퀸 발견. C

로빈이 탄성과 비명이 섞인 소리를 내지르자 매튜는 깜짝 놀랐다. 책이 무릎에서 떨어져 바닥으로 나뒹굴었다. 로빈은 전화를 들더니 침실로 달려갔다.

매튜는 어머니와 20분간 더 통화하고는 닫힌 침실 문 앞에서 통화 내용을 들었다. 로빈이 질문하고 길고 자세한 답변을 받는 것이 들렸다. 로빈의 음색으로 미뤄 스트라이크가 분명했다. 매튜의 각진 턱이 경직되었다.

로빈은 한참 만에 놀라고 경이로워하는 표정으로 침실에서 나오더니 약혼자에게 스트라이크가 찾고 있던 실종자를 발견했으며 그가 살해되었다고 말했다. 자연스럽게 발동한 호기심과는 별개로, 가뜩이나 탐탁지 않은 스트라이크가 일요일 저녁에 로빈에게 연락했다는 점 때문에 매튜는 갈등했다.

"흠, 오늘 밤에 당신한테 흥미로운 일이 생겨서 기쁘네." 그가 말했다. "엄마 건강 문제로 한동안 엄청 지루해했잖아."

"위선자 같으니!" 부당한 말에 화가 나서 로빈이 외쳤다.

싸움은 놀라운 속도로 격렬해졌다. 결혼식에 스트라이크를 초대한 것, 로빈의 직업에 대한 매튜의 비아냥거리는 태도, 둘의 생활에 대한 전망, 서로에게 져야 할 의무. 자신들의 관계가 가지는 아주 근본적인 사항을 너무나 빨리 끄집어내 살피고 또 비난할 수 있다는 사실에 로빈은 와락 두려워졌지만 쉽게 물러서지는 않았다. 로빈의 삶에 중요한 남자들에 대한 해묵은 불만과 분노가 치밀어 올랐다. 로빈에게 일이 왜 그렇게 중요한지 이해하지 못하는 매튜와 로빈의 잠재력을 알아봐주지 못하는 스트라이크에게.

(하지만 스트라이크는 시체를 발견하고 로빈에게 전화했다……. 로빈은 "또 누구한테 말씀하셨어요?"라는 질문을 슬쩍 던져보았다. 그리고 스트라이크는 그 대답이 어떤 의미를 갖는지 전혀 모르는 말투로 이렇게 말했다. "아무한테도 하지 않았어요. 당신한테만 얘기하는 거예요.")

한편 매튜는 몹시 부당한 대우를 받는 느낌이었다. 그는 얼마 전부터, 불평해서는 안 된다고 생각하면서도, 꾹꾹 누르면 누를수록 신경을 건드리는 문제가 있다는 것을 알게 되었다. 스트라이크와 일하기 전의 로빈은 싸움이 일어나면 늘 먼저 굽히고 사과하는 쪽이었는데, 그놈의 바보 같은 곳에 취직한 뒤로는 온화한 천성이 망가진 것 같았다.

침실은 하나뿐이었다. 로빈은 장롱 위에서 여분의 담요를 끌어내고 갈아입을 옷을 꺼내더니 소파에서 자겠다고 했다. (소파가 딱딱하고 불편하니) 로빈이 곧 포기할 거라고 확신한 매튜는 말리지도 않았다.

하지만 로빈이 마음을 누그러뜨릴 것이라는 매튜의 예상은 어긋났다. 이튿날 아침 일어나보니 소파는 비어 있고 로빈은 없었다. 분노가 수직으로 치솟았다. 로빈은 분명 평소보다 한 시간 일찍 일하러 나갔을 것이다. 매튜의 빈약한 상상 속 세계에서 그 못생긴 덩치는 아래층 사무실이 아니라 숙소의 문을 열어 로빈을 맞았다.

19

……내게 깊숙이 새겨져 있는 검은 죄악의 책을 당신에게 펼쳐 보
일 것이오.
……내 병은 내 영혼에 있소.
– 토머스 데커, 《고귀한 스페인 병사》

스트라이크는 의뢰인이나 전화벨에 방해받지 않고 평화로운
시간을 가지려고 이른 시각에 알람을 맞춰놓았다. 그는 바로 일
어나 샤워하고 아침식사를 한 뒤, 퉁퉁 부어오른 무릎에 의족을
아주 조심해서 연결시켰고, 기상한 지 45분이 지난 시각에 《봄빅
스 모리》에서 읽지 않은 부분을 옆구리에 끼고 사무실에 들어섰
다. 안스티스에게는 털어놓지 않은 의심쩍은 점 때문에 그 책을
마저 읽는 것이 급선무가 되었다.

진한 홍차 한 잔을 끓인 뒤, 그는 볕이 제일 잘 드는 로빈의 자
리에 앉아 원고를 읽기 시작했다.

커터를 벗어나 목적지였던 도시에 들어온 봄빅스는 긴 여행을
함께해온 서쿠바와 틱을 떼어내기로 했다. 그는 그들을 사창가로
데려갔는데, 둘 다 거기서 일하는 데 만족한 모양이었다. 봄빅스
는 유명한 작가이자 자신의 멘토가 되어주리라 믿는 베인글로리

어스를 찾아 혼자 떠났다.

어두운 골목길을 절반쯤 지나던 봄빅스에게 긴 붉은 머리에 악마 같은 표정을 한 여자가 다가왔다. 그녀는 죽은 쥐 몇 마리를 저녁거리로 집에 가져가고 있었다. 봄빅스의 정체를 알고 난 하피는 그를 집으로 데려갔는데, 알고 보니 그곳은 동물 해골이 여기저기 흩어져 있는 동굴이었다. 스트라이크는 섹스 장면은 대충 지나쳤다. 네 페이지에 걸친 그 장면에서 봄빅스는 천장에 매달려 채찍으로 맞기도 했다. 그다음, 틱과 마찬가지로 하피도 봄빅스의 젖을 빨려고 했지만 매달려 있었음에도 불구하고 봄빅스는 그녀를 밀쳐낼 수 있었다. 그의 젖꼭지에서 초자연적인 눈부신 빛이 흘러나오는 동안 하피는 울면서 자기 가슴을 드러냈고 거기서는 진갈색의 끈적이는 뭔가가 흘러나왔다.

스트라이크는 그 이미지에 인상을 찌푸렸다. 퀸의 문체가 패러디 같기도 했지만, 스트라이크가 느끼기에는 과하다 싶을 정도로 심했다. 이 장면에서는 악의가 솟구쳐 오르고, 쌓였던 가학 증세가 분출하는 것 같았다. 퀸은 가능한 한 많은 고통과 괴로움을 주는 데 자기 인생의 몇 달, 혹은 몇 년을 들인 것일까? 제정신이었을까? 스트라이크의 마음에 드는 건 아니었지만, 이처럼 자신의 문체를 완전하게 통제할 줄 아는 사람을 미쳤다고 분류할 수 있을까?

그는 마음을 안정시켜주는 뜨겁고 맑은 차를 한 모금 마신 뒤, 계속 읽어나갔다. 봄빅스가 역겨움을 느끼며 하피의 집을 나가려는데 또 하나의 인물이 문을 박차고 들어왔다. 하피가 훌쩍이며 자기 양딸이라고 소개한 에피코이네였다. 잘 여미지 못한 옷 사이로 페니스가 보이는 소녀 에피코이네는 봄빅스와 자신이 모두 남녀양성이라는 것을 알고는 서로가 영혼의 쌍둥이라고 주장했다. 에피코이네는 봄빅스에게 양성의 몸에서 샘플을 채취해 가라면서 우선 노래를 들어달라고 했다. 자신이 아름다운 음성을 가졌다고 생각하는 에피코이네는 물개가 짖는 것 같은 소리를 냈고, 봄빅스는 귀를 막고 달아났다.

봄빅스는 이제 처음으로 도시 중앙의 산 높이 자리 잡은 빛의 성을 보았다. 그는 그 성을 향해 가파른 거리를 오르다 자신을 베인글로리어스라고 소개하는 난쟁이를 만났다. 그는 팬코트처럼 생긴 눈썹에 팬코트처럼 부루퉁한 표정, 비아냥거리는 태도를 가졌으며, 봄빅스의 "훌륭한 재능 이야기를 들었다"면서 그날 밤 자기 집에서 자고 가라고 했다.

그 집에 가보니 젊은 여자가 사슬에 묶인 채 글을 쓰고 있어서 봄빅스는 겁에 질렸다. 난롯불에는 하얗게 달궈진 낙인이 여러 개 꽂혀 있었는데, 거기에는 '끈질기게 잘 속는 자'라든가 '달변의 관계' 같은 글자가 매달려 있었다. 봄빅스가 들으면 재미있어 할 것이라고 예상했는지, 베인글로리어스는 어린 아내 에피지에게 자기 책을 쓰게 해서 자신이 걸작을 쓰는 동안 방해하지 않도록 만들었다고 설명했다. 불행히도, 에피지는 재능이 없어서 벌을 받아야 한다고 베인글로리어스가 설명했다. 그가 낙인 하나를 난로에서 집어 드는 순간 봄빅스는 그 집에서 달아났고, 에피지가 고통에 지르는 비명 소리가 들려왔다.

봄빅스는 빛의 성에서는 쉴 곳을 찾을 수 있으리라 생각하며 계속 걸어갔다. 그곳의 문에는 '팔루스 임푸디쿠스'라는 이름이 적혀 있었지만 봄빅스가 두드려도 아무도 나오지 않았다. 그래서 그는 성 주위를 돌아가며 창문을 들여다보다가 벌거벗은 대머리 남자가 온몸에 칼에 찔린 상처가 난 금빛 소년 시체 옆에 서 있는 것을 발견했다. 아이의 상처에서는 봄빅스의 젖꼭지와 똑같이 눈부신 빛이 흘러나오고 있었다. 팔루스의 발기한 페니스는 썩고 있는 것 같았다.

"안녕하세요."

스트라이크는 깜짝 놀라 고개를 들었다. 트렌치코트 차림의 로빈이 긴 붉은 금발을 흐트러뜨린 채, 창문으로 흘러 들어오는 아침 햇살을 받으며 서 있었다. 그 순간 스트라이크는 그녀가 얼마나 아름다운지 알게 되었다.

"왜 이렇게 일찍 왔어요?" 스트라이크의 귀에 이렇게 말하는 자기 목소리가 들렸다.

"어떻게 됐는지 궁금해서요."

로빈이 코트를 벗자 스트라이크는 속으로 자책하며 시선을 돌렸다. 벌거벗은 대머리 남자가 병든 페니스를 드러낸 광경을 상상하다 그녀를 보았으니 당연히 예쁘게 보일 수밖에……

"차 한 잔 더 하실래요?"

"그거 좋겠군요. 고마워요." 그는 원고에서 눈을 떼지 않은 채 말했다. "5분만 기다려요. 이것만 읽고……"

그리고 오염된 물속으로 다이빙하는 심정으로 그는 다시《봄빅스 모리》의 기괴한 세계로 돌아갔다.

팔루스 임푸디쿠스와 시체의 끔찍한 광경에서 눈을 떼지 못하고 성의 창문을 들여다보고 있던 봄빅스는 두건을 쓴 무리에게 거칠게 잡혀 성안으로 끌려 들어가서는 팔루스 임푸디쿠스 앞에서 발가벗겨졌다. 이때 봄빅스의 배는 커다랗게 부풀어 올라 있었고 아이를 낳을 때가 다 된 것 같았다. 팔루스 임푸디쿠스는 부하들에게 불길한 지시를 내렸고, 그러자 순진한 봄빅스는 자신이 그 연회의 주빈이라고 믿었다.

스트라이크가 알아보았던 여섯 인물인 서쿠바와 틱, 커터, 하피, 베인글로리어스, 임푸디쿠스, 그리고 에피코이네가 모였다. 일곱 명의 손님은 김이 모락모락 나는 커다란 주전자와 사람 크기만 한 빈 접시가 차려진 큰 테이블에 앉았다.

연회장에 도착한 봄빅스는 자기 자리가 없다는 것을 알게 되었다. 다른 손님들이 일어나 밧줄을 가지고 다가오더니 힘으로 그를 제압했다. 그들은 그를 묶어 접시에 눕히고는 배를 갈랐다. 배 속에서 자라나던 것은 초자연적인 빛 덩어리였고, 그들은 그것을 꺼내 팔루스 임푸디쿠스의 상자에 넣어 잠갔다.

김이 모락모락 나는 주전자에 든 것은 알고 보니 산이었다. 일곱 명의 공격자들은 아직 산 채로 비명을 지르는 봄빅스에게 신이 나서 산을 뿌렸다. 그리고 그가 마침내 조용해지자 모두 그를 먹기 시작했다.

손님들이 줄을 지어 성에서 나가며 아무런 죄책감 없이 봄빅스에 대한 추억을 이야기하고, 빛을 담은 상자가 천장에 마치 등불처럼 매달려 있고, 연회장 테이블 위에는 아직 연기가 나는 시체가 남아 있다는 묘사와 함께 소설은 끝났다.

"젠장." 스트라이크가 나직이 중얼거렸다.

그가 고개를 들었다. 로빈이 어느새 새로 끓인 차를 옆에 갖다

놓았다. 로빈은 소파에 앉아 그가 읽기를 마치기를 가만히 기다리고 있었다.

"여기 다 나와요." 스트라이크가 말했다. "퀸이 당한 일이. 다 나와요."

"무슨 말씀이세요?"

"퀸이 쓴 책 주인공이 퀸이랑 똑같이 죽어요. 묶여서 내장이 도려내지고 산 같은 걸 뒤집어쓴 채로. 책에서는 사람들이 주인공을 먹어요."

로빈이 빤히 쳐다보았다.

"접시랑 나이프와 포크가……."

"맞아요." 스트라이크가 말했다.

그는 아무 생각 없이 주머니에서 전화기를 꺼내 찍은 사진을 찾아냈고, 겁에 질린 로빈의 표정을 보았다.

"참," 그가 말했다. "미안해요. 깜빡했군요."

"보여주세요." 로빈이 말했다.

뭘 깜빡했단 말인가? 로빈이 훈련받은 적도 없고, 경험도 없다는 것을? 로빈이 경찰도 군인도 아니라는 것을? 로빈은 스트라이크가 그런 사실을 염려하지 않아도 상관없는 사람이 되고 싶었다. 로빈은 자신의 한계를 넘어서 한 단계 올라가고 싶었다.

"보고 싶어요." 거짓말이었다.

스트라이크는 불안한 표정으로 전화기를 넘겨주었다.

로빈은 놀란 내색을 하지 않았지만, 시체의 가슴과 복부에 뚫린 구멍을 보고 있자니 공포에 내장이 졸아드는 것 같았다. 머그를 들어 올렸지만 차를 마시고 싶지 않았다. 위에 뿌려진 무언가 때문에 검게 삭아버린 데다 눈두덩이 없어진 얼굴을 클로즈업한 사진이 최악이었다.

접시는 외설스럽게 느껴졌다. 스트라이크는 접시 하나를 접사로 촬영해두었다. 세팅이 몹시 꼼꼼했다.

"세상에." 로빈은 전화기를 도로 넘기며 멍하니 중얼거렸다.

"자, 이걸 읽어봐요." 스트라이크가 해당 페이지를 넘겨주었다.

로빈은 말없이 읽었다. 다 읽고 난 로빈은 두 배는 커진 눈으로 스트라이크를 올려다보았다.

"세상에!" 로빈이 다시 말했다.

로빈의 전화가 울렸다. 로빈은 소파 옆에 둔 핸드백에서 휴대전화를 꺼내 확인했다. 매튜였다. 여전히 화가 삭지 않은 터라 '거절'을 눌렀다.

"이 책을 몇 명이나 읽었을까요?" 로빈이 스트라이크에게 물었다.

"지금쯤이면 여럿일걸요. 피셔가 일부를 이메일로 돌렸으니. 피셔가 소문 내고 변호사들이 나서면서 이 책에 관심이 집중됐어요."

그런데 이렇게 말하는 사이 스트라이크의 머릿속에 이상한 생각이 문득 떠올랐다. 퀸이 아무리 애를 써도 이보다 더 유명해질 수는 없었을 것이라는……. 하지만 묶인 채로 스스로 산을 뒤집어쓰거나 자기 내장을 끄집어낼 수는 없었을 것이다.

"원고는 로퍼차드의 금고에 보관되어 있었는데, 그 회사 직원 절반은 비밀번호를 아는 모양이더군요." 스트라이크가 말했다. "나도 그렇게 원고를 얻었으니까요."

"그럼 범인이 혹시 책에 나오는—."

로빈의 휴대전화가 다시 울렸다. 매튜였다. 이번에도 로빈은

'거절'을 눌렀다.

"반드시 그런 건 아니죠." 스트라이크가 로빈이 끝맺지 못한 질문에 대답했다. "그렇지만 그가 쓴 사람들이 경찰의 취조를 먼저 받게 될 거예요. 내가 알아본 인물 중에서 리어노라는 읽지 않았다고 했고, 캐스린 켄트도—."

"그 말을 믿으세요?" 로빈이 물었다.

"리어노라는 믿어요. 캐스린 켄트는 모르겠어요. 대사가 뭐였죠? '당신이 고문당하는 걸 보면 쾌감이 느껴진다'?"

"여자가 그런 짓을 했을 것 같지는 않아요." 로빈은 두 사람 사이 책상에 놓인 스트라이크의 전화기를 흘깃 보면서 말했다.

"애인의 살갗을 벗기고 머리를 자르고 머리와 엉덩이를 요리해서 그의 자식들에게 먹이려고 했던 호주 여자 이야기 못 들었어요?"

"농담이시죠?"

"진담이에요. 인터넷에서 찾아봐요. 여자들이 돌면 제대로 돌거든요." 스트라이크가 말했다.

"그 사람은 덩치가 컸는데……."

"그가 믿는 여자였다면? 섹스하려고 만난 여자라면 어떨까요?"

"확실하게 원고를 읽은 사람은 누구죠?"

"크리스천 피셔, 엘리자베스 태슬의 비서 랠프, 태슬, 제리 월드그레이브, 대니얼 차드, 모두 소설에 등장해요. 랠프랑 피셔만 빼고. 니나 라셀스—."

"월드그레이브랑 차드는 누구예요? 니나 라셀스는 누구고?"

"퀸의 편집자, 출판사 사장, 그리고 이걸 훔치게 도와준 여자요." 스트라이크가 원고를 툭 치며 말했다.

로빈의 전화가 세 번째로 울렸다.

"죄송해요." 로빈은 짜증을 내며 전화를 받았다. "네?"

"로빈."

잠긴 매튜의 목소리가 낯설었다. 그는 운 적이 없었고, 싸우고 특별히 후회한 적도 없었다.

"응?" 로빈은 조금 덜 날카롭게 말했다.

"엄마가 또 발작을 일으켰어. 엄마가 — 엄마가 —."

로빈의 가슴속에서 묵직한 것이 뚝 떨어졌다.

"맷?"

매튜는 울고 있었다.

"맷?" 로빈이 다시 재촉했다.

"죽었어." 그는 어린애처럼 말했다.

"내가 갈게." 로빈이 말했다. "지금 어디야? 당장 갈게."

스트라이크는 로빈의 얼굴을 보고 있었다. 죽음을 알리는 표정에, 로빈의 부모나 형제들, 로빈이 사랑한 사람이 아니기를 바랐다.

"알았어." 로빈은 벌써 일어나면서 말하고 있었다. "거기 있어. 내가 갈게."

"맷의 어머니가 돌아가셨어요." 로빈이 스트라이크에게 말했다.

너무나 비현실적이었다. 로빈은 믿을 수가 없었다.

"어젯밤에만 해도 맷과 통화했는데." 로빈이 말했다. 맷이 어이없어하던 표정과 방금 들은 우는 목소리를 떠올린 로빈은 마음이 약해지고 불쌍해서 어쩔 줄 몰랐다. "정말 죄송하지만 —."

"가요." 스트라이크가 말했다. "나도 유감이라고 전해줘요."

230

"네." 로빈은 당황해 말을 듣지 않는 손가락으로 핸드백을 잠그려고 애쓰며 말했다. 컨리프 부인은 초등학생 시절부터 알고 지낸 사이였다. 로빈이 코트를 팔에 걸고 나가고 유리문이 닫혔다.

스트라이크는 로빈이 사라진 곳을 몇 초 동안 바라보았다. 그리고 시계를 보았다. 겨우 9시였다. 그의 금고에 넣어둔 에메랄드의 주인인 갈색 머리 이혼녀가 30분 뒤면 찾아올 예정이었다.

그는 자리를 정리하고 머그잔을 씻은 다음, 금고에 보관했던 목걸이를 꺼내고 그 자리에 《봄빅스 모리》 원고를 넣어 잠갔다. 주전자를 채운 뒤 그는 이메일을 확인했다.

'결혼식을 미루겠군.'

스트라이크는 반가워하고 싶지 않았다. 휴대전화를 버튼을 누르자 안스티스가 곧바로 받았다.

"밥?"

"안스티스, 벌써 알고 있는지 모르겠지만, 알아둘 게 있어. 퀸의 마지막 소설에 그가 죽은 과정이 묘사되어 있어."

"뭐?"

스트라이크가 설명했다. 그가 말을 마치고 나서 짧은 침묵이 흐르는 것으로 보아 안스티스는 아직 그 정보를 입수하지 못한 것이 분명했다.

"밥, 그 원고 사본이 필요해. 누굴 보내면 —?"

"45분만 줘." 스트라이크가 말했다.

아직 복사를 끝내지 못했는데 갈색 머리 의뢰인이 도착했다.

"비서는 어디 갔어요?" 그녀는 요염하게 놀란 표정으로, 마치 스트라이크가 단둘이 있으려고 손을 썼다는 듯 첫마디를 던졌다.

"병가를 냈습니다. 설사와 구토랍니다." 스트라이크가 의뢰인을 말리려고 이렇게 말했다. "시작할까요?"

20

양심은 늙은 병사의 동지인가?
— 프랜시스 보몬트와 존 플레처, 《그릇된 자》

그날 저녁 스트라이크는 책상에 혼자 앉아 빗속을 지나다니는 자동차 소리를 배경음으로 싱가포르 누들을 먹으면서 다른 한 손으로는 목록을 작성하고 있었다. 그날의 일은 끝났으므로 그는 오언 퀸 살인 사건에만 집중할 수 있었고, 해독하기 어려운 글씨체로 다음에 해야 할 일들을 적고 있었던 것이다. 그중 몇 가지에는 안스티스의 약자인 A를 적어두었다. 수사 권한도 없는 일개 사립탐정이 담당 경찰관에게 업무를 맡길 수 있다고 생각하다니 오만이나 착각이라는 생각이 들었지만, 스트라이크는 개의치 않았다.

안스티스와 아프가니스탄에서 일해본 스트라이크는 그의 능력을 높이 평가하지는 않았다. 그가 보기에 안스티스는 유능하기는 하지만 상상력이 없었다. 그는 패턴을 효율적으로 알아보며 빤한 것을 잘 찾아내는 사람이었다. 빤한 것이 보통 해답이며 기계적으로 목록을 체크하는 일은 그것을 증명하는 방법이므로 스트라이크는 그런 성향을 무시하지 않았다. 그러나 이 살인은 정교하고, 이상하고, 가학적이면서 기괴했으며, 책에서 영감을 받아 가차없이 실행한 사례였다. 썩어빠진 퀸의 상상력 속에서 살인계획을 키워낸 인간의 마음을 이해할 능력이 안스티스에게 있을까?

침묵을 가르며 스트라이크의 휴대전화가 울렸다. 전화기를 귀에 대고 리어노라 퀸의 목소리를 들었을 때에야 그는 로빈의 전화이길 바랐음을 깨달았다.

"좀 어떻습니까?" 그가 물었다.

"여기 경찰이 왔어요." 리어노라가 인사를 생략하고 말했다. "오언의 서재를 다 뒤지고 있어요. 싫었지만, 에드나가 막으면 안 된다고 했어요. 이런 일을 당했는데 좀 가만히 놔두면 안 돼요?"

"수색할 근거가 있습니다." 스트라이크가 말했다. "오언의 서재에 범인에 대한 실마리가 있을지도 모릅니다."

"그게 뭔데요?"

"저도 모르겠습니다." 스트라이크가 참을성 있게 말했다. "하지만 에드나 말이 옳은 것 같군요. 경찰을 들인 것이 최선이었습니다."

침묵이 흘렀다.

"여보세요?"

"네." 리어노라가 말했다. "그러고는 제가 못 들어가게 서재를 잠가놓고 갔어요. 또 오겠대요. 경찰이 여기 오는 거 싫어요. 올랜도도 좋아하지 않아요. 한 명이 저더러 좀 나가 있고 싶은지 물었어요." 분개한 목소리였다. "그래서 '아뇨, 절대 안 나가요'라고 했어요. 올랜도는 다른 데서 지낸 적이 없어요. 그러질 못해요. 아무 데도 안 가요."

"부인께 질문하고 싶다는 말은 하지 않았습니까?"

"네." 리어노라가 말했다. "서재에 들어가도 되는지만 물었어요."

"그렇군요. 질문을 하려고 하면 —."

"알아요, 변호사를 불러야죠. 에드나가 그랬어요."

"내일 아침에 찾아뵈어도 될까요?" 스트라이크가 물었다.

"네." 반가운 목소리였다. "10시쯤 오세요. 일찍 장 보러 나가야 해요. 하루 종일 밖에 못 나갔거든요. 저도 없는 집에 경찰만 둘 순 없었어요."

스트라이크는 전화를 끊었고, 경찰을 상대하는 리어노라의 태도가 도움이 되지 않을 거라고 다시 한 번 생각했다. 리어노라의 약간 둔한 반응과 남들 기준에 적절한 행동을 못 하는 성격, 보고 싶지 않은 꼴은 절대 못 보는 고집(아마 이런 자질 덕분에 그녀가 퀸과 함께 살아낼 수 있었을 것이다)이 바로 살인을 할 수 없는 이유임을, 스트라이크와 마찬가지로 안스티스도 알아봐줄 수 있을까? 아니면 리어노라가 특이한 성격과 현명하지 못한 타고난 솔직함 탓에 평범하게 슬퍼하지 않는 것을 보고, 안스티스의 범속한 머릿속에 이미 자리 잡은 의심이 점점 자라나 다른 가능성들까지 상쇄해버릴 것인가?

왼손으로는 여전히 음식을 입에 밀어 넣으면서 다시 글을 쓰기 시작하는 스트라이크는 열에 들뜬 것처럼 열심이었다. 여러 가지 생각이 매끄럽게 설득력을 가지고 떠올랐다. 답을 원하는 질문, 조사하고 싶은 장소, 살펴보고 싶은 자취. 그것은 스트라이크 자신의 수사 계획이며, 안스티스를 올바른 방향으로 밀어주고, 그에게 남편이 살해당했을 때 아내가 항상 범인은 아니라는 사실에 눈뜨게 해주기 위한 방편이었다. 비록 남편이 무책임하고, 믿을 수 없으며, 불성실했더라도 말이다.

스트라이크는 한참 만에 펜을 내려놓았고, 국수를 두 입 만에 비운 뒤 책상을 치웠다. 노트는 오언 퀸이라는 이름이 적힌 폴더 파일에 넣었다. 표지에서 '행방불명'을 지우고 '살인'이라고 적어놓았다. 불을 끄고 유리문을 잠그려는 순간, 그는 뭔가 생각해내고 로빈의 컴퓨터로 돌아갔다.

정말로 BBC 뉴스 웹사이트에 올라와 있었다. 퀸 자신의 생각이야 어땠든 그는 별로 유명한 사람은 아니었으므로, 물론 헤드라인 뉴스는 아니었다. 유럽연합이 아일랜드 공화국을 긴급구제하기로 합의했다는 주요 뉴스 다음 세 번째 칸에 나와 있었다.

> 작가 오언 퀸(58)으로 추정되는 시신이 런던 탤거스 로드의
> 주택에서 발견되었다. 어제 가족의 친구가 시신을 발견한
> 뒤, 경찰은 살인 수사를 시작했다.

외투를 입은 퀸의 사진도 없었고, 시신이 당한 끔찍한 일을 세세히 설명하지도 않았다. 하지만 그것은 첫 기사였다. 아직은 그럴 때가 아니었다.

위층 집에 들어서자 스트라이크는 기운이 좀 빠졌다. 침대에 털썩 앉아 눈을 부빈 다음 옷을 입고 의족도 낀 채 드러누웠다. 애써 간신히 밀어냈던 생각이 몰려들었다.

퀸이 2주 가까이 행방불명이라는 사실을 어째서 경찰에 알리지 않았을까? 퀸이 죽었을지도 모른다는 의심을 어째서 하지 않았을까? 롤린스 경위가 그 질문을 했을 때, 앞뒤가 잘 맞고 조리 있는 대답을 내놓았지만, 스트라이크 자신을 만족시키기는 어려웠다.

이젠 전화기를 꺼내지 않아도 퀸의 시신이 보였다. 밧줄에 묶인 채 썩어가는 시체의 모습이 망막에 새겨진 것 같았다. 얼마나 교활하고 얼마나 큰 증오심이 있어야, 또 얼마나 변태적이어야 퀸의 책 속에 등장하는 기괴한 장면을 현실로 바꿀 수 있을까? 어떤 종류의 인간이 사람의 배를 갈라 산을 뿌리고, 내장을 꺼내고, 속 빈 시체 주위에 접시를 차려놓을 수 있을까?

스트라이크는 자신이 시체를 찾는 목적으로 훈련된 새처럼 멀리서 현장의 냄새를 맡았을 것이라는 어이없는 생각을 떨쳐버릴 수 없었다. 한때 이상한 것, 위험한 것, 의심스러운 것을 본능적으로 알아내는 것으로 악명 높았던 그가 어떻게 그 말 많고 극적인 것을 좋아하고 자기홍보에 능한 퀸이 너무 오랫동안 잠잠하다는 사실을 깨닫지 못했을까?

'그 바보 같은 놈이 거짓말을 자꾸 해서…… 그리고 내가 지쳐버려서겠지.'

스트라이크는 몸을 겨우 일으켜 욕실로 향했지만, 시체가 자꾸 떠올랐다. 몸통에 난 구멍과 산에 타버린 눈두덩. 살인자는 그 흉측한 시체가 피를 흘리는 동안 주위를 돌아다녔고, 퀸의 비명 소리는 아마 그 둥근 천장의 작업실과 부드럽게 이어지는 분기점을 벗어났을 테니…… 또 하나의 질문을 더 적어야 했다. 퀸이 최후를 맞을 때, 이웃 사람들은 무슨 소리를 들었는가?

스트라이크는 마침내 침대에 누워 털이 숭숭 난 팔로 눈을 가리고서 가만있지 못하는 일중독자 쌍둥이처럼 자신을 찔러대는 생각의 소리를 들었다. 부검한 지 이미 24시간이 지났다. 아직 검사 결과가 다 들어오진 않았더라도, 소견은 나왔을 것이다. 안스티스에게 전화를 걸어 부검 결과에 대해 무슨 말을 하는지 알아봐야 했다.

'그만 됐어.' 그는 지치고 흥분한 뇌에게 말했다. '그만 됐다고.'

군대에서 콘크리트 맨바닥이나 바위투성이 바닥, 움직일 때마다 그의 큰 덩치를 불평하며 끽끽거리던 야전침대에서도 곧장 잠들게 해준 그 정신력으로 그는 마치 검은 바다를 향해 나아가는 전함처럼 잠으로 빠져들었다.

21

그럼 그는 죽었나?

마침내, 확실히, 정말로 영원히 죽었단 말인가?

– 윌리엄 콩그리브, 《애도하는 신부》

이튿날 아침 9시 15분 전, 스트라이크는 느릿느릿 층계를 내려가면서 어째서 승강기를 고칠 생각을 하지 않는 것인지 자문했다. 그런 질문이 떠오른 것이 처음도 아니었다. 넘어진 이후로 무릎은 여전히 쓰라리고 부어올라 있었다. 택시를 계속 탈 수는 없는 형편이라 래드브로크 그로브까지 가는 데 한 시간 이상 여유를 두고 출발했다.

문을 열자 차가운 바람이 얼굴을 때리더니 코앞에서 플래시가 터지고 눈앞이 하얘졌다. 스트라이크는 눈을 깜빡였다. 세 사람의 윤곽이 움직였다. 또 플래시가 터지기 시작하자 스트라이크는 손으로 막았다.

"오언 퀸이 행방불명이라는 사실을 왜 경찰에 신고하지 않았습니까, 스트라이크 씨?"

"그가 죽은 걸 알았습니까, 스트라이크 씨?"

한순간 그는 도로 들어가서 문을 쾅 닫고 싶었지만, 그러면 꼼짝달싹 못하다가 나중에 또 그들과 맞닥뜨려야 했다.

"노코멘트입니다." 그는 차갑게 말하고는 경로를 수정하지 않고 성큼성큼 걸어서 그들에게 바짝 다가갔고, 그러자 그들이 물러나야 했다. 둘은 질문을 던지고 하나는 뒷걸음치면서 계속 사진을 찍어댔다. 기타 가게 문 앞에서 곧잘 스트라이크와 담배를 피우곤 하던 여자는 창문을 통해 그 광경을 보고 입을 딱 벌리고 있었다.

"그가 보름 이상 행방불명된 사실을 아무에게도 알리지 않은 이유가 뭡니까, 스트라이크 씨?"

"어째서 경찰에 신고하지 않았습니까?"

스트라이크는 양손을 주머니에 꽂고, 음울한 표정으로 말없이 걸었다. 그들은 날카로운 부리의 갈매기 두 마리가 어선을 공격하듯 옆으로 따라와서 말을 걸었다.

"이번에도 경찰을 놀라게 할 생각입니까, 스트라이크 씨?"

"경찰보다 앞서 나가는 겁니까?"

"유명해지니 사업이 잘됩니까, 스트라이크 씨?"

스트라이크는 군에서 권투를 했다. 휙 돌아서서 옆구리에 레프트훅을 날려 그 조그만 자식이 쓰러지는 광경을 상상했다.

"택시!" 스트라이크가 외쳤다.

찰칵, 찰칵, 찰칵. 그가 택시에 타는 동안에도 카메라 플래시는 계속 터졌다. 고맙게도 신호등이 바뀌었고 택시가 커브에서 빠르게 움직이자 기자들은 몇 발자국 따라서 뛰다 포기했다.

'재수 없는 놈들.' 택시가 모퉁이를 돌아갈 때 스트라이크는 어깨 너머를 쳐다보며 생각했다. 경시청의 어떤 자식이 기자들에게 시체를 발견한 것이 스트라이크라고 알려준 게 분명했다. 공식 자료에서 그 정보를 뺀 것을 보면 안스티스는 아니겠지만, 룰라 랜드리 사건으로 아직 그에게 원한을 품고 있는 누군가가 한 짓일 것이다.

"유명한 분이에요?" 기사가 후방 거울로 쳐다보며 물었다.

"아뇨." 스트라이크는 짧게 대답했다. "옥스퍼드 서커스에서 내려주세요."

거리가 짧아 요금이 얼마 안 나오는 것에 실망한 기사가 작게 투덜거렸다.

스트라이크는 전화기를 꺼내 로빈에게 다시 문자를 보냈다.

> 나올 때 기자 둘이 문 앞에 있었음. 크라우디에서 일한다고
> 해요.

그리고 안스티스에게 전화를 걸었다.

"밥."

"방금 기자들한테 붙잡혔어. 내가 시체를 찾은 걸 알던데."

"어떻게?"

"나한테 묻긴가?"

잠시 침묵.

"밥, 정보는 늘 새어 나가게 돼 있어. 하지만 내가 알려준 건 아니야."

"음. '가족의 친구'라는 기사는 봤어. 내가 경찰에 알리지 않은

건 유명해지고 싶어서라고 쓰고 싶어 하던데."

"이봐, 난—."

"공식 자료로 그 사실을 반박해주면 좋겠어, 리치. 진창에 구르고 싶지 않아. 이 판에서 밥벌이를 해야 한다고."

"처리할게." 안스티스가 약속했다. "참, 이따가 저녁 먹으러 오지 않겠어? 과학수사 팀에서 첫 번째 결과가 나왔어. 같이 의논해주면 좋겠는데."

"그래, 좋아." 스트라이크가 말했다. 택시가 옥스퍼드 서커스에 닿았다. "몇 시에?"

앉으면 다시 일어나야 하고, 그러면 아픈 무릎에 더 무리가 되기 때문에 스트라이크는 열차에서 계속 서 있었다. 로열 오크를 지나가는데 전화기에서 진동이 느껴졌고, 문자 두 통이 왔다. 처음 것은 루시가 보낸 것이다.

생일 축하해, 스틱! Xxx

그날이 생일인 것을 완전히 잊고 있었다. 두 번째 문자도 열어보았다.

안녕하세요, 코모란. 미리 알려주셔서 고마워요, 방금 저도 봤어요, 아직도 문 앞에서 진을 치고 있어요. 나중에 뵐게요. Rx

스트라이크는 잠시 비가 그쳐 다행이라고 생각하면서 10시가 되기 조금 전에 퀸의 집에 도착했다. 볕이 드는 날씨에도 지난번에 찾아왔을 때처럼 칙칙하고 우울한 곳이었지만, 달라진 점이 있었다. 집 앞에 경찰이 서 있었던 것이다. 각진 턱에 키가 크고 젊은 경찰이었고, 스트라이크가 다리를 살짝 절며 다가오는 것을 보더니 눈썹을 찌푸렸다.

"누구신지 물어봐도 됩니까, 선생님?"

"네. 그럴 거요." 스트라이크는 그를 지나쳐 초인종을 눌렀다. 안스티스가 저녁식사에 초대했음에도, 그는 경찰에게 호감을 가질 수 없었다. "그 정도야 당신 마음대로 할 수 있지."

문이 열리고 스트라이크는 거무죽죽한 피부에 밝은 갈색 곱슬머리, 커다란 입에 순진한 표정을 한 키 크고 여윈 여자를 마주했다. 맑은 초록색 눈동자는 크고 서로 멀찍이 자리 잡고 있었다. 여자아이는 긴 티셔츠 아니면 짧은 원피스를 입고 있었고, 그 아래 앙상한 무릎과 보송보송한 핑크색 양말이 보였으며, 평평한 가슴에 커다란 오랑우탄 인형을 안고 있었다. 장난감 인형 앞발에는 벨크로가 붙어 있어서 아이의 목에 걸려 있었다.

"안녕하세요." 아이가 말했다. 아이는 양쪽 발에 번갈아 체중을 실으면서 조금씩 흔들거렸다.

"안녕." 스트라이크가 말했다. "네가 올란—?"

"성함을 알려주시겠습니까, 선생님?" 젊은 경찰관이 큰 소리로 물었다.

"네, 좋아요. 왜 이 집 앞에 서 있는지 물어봐도 된다면 말이오." 스트라이크가 미소를 지어 보이며 말했다.

"기자들이 찾아옵니다." 경찰관이 말했다.

"어떤 아저씨가 왔어요." 올랜도가 말했다. "카메라를 들고요. 그래서 엄마가—."

"올랜도!" 리어노라가 안에서 불렀다. "뭐 하는 거야?"

치맛단이 뜯어진 낡은 군청색 원피스를 입은 리어노라는 새하얗게 질린 얼굴로 딸의 등 뒤로 달려왔다.

"아." 그녀가 말했다. "당신이군요. 들어오세요."

스트라이크는 문턱을 넘으며 쳐다보는 경찰관에게 미소를 지었다.

"이름이 뭐예요?" 현관문을 닫으면서 올랜도가 스트라이크에게 물었다.

"코모란이란다." 그가 말했다.

"웃기는 이름이다."

"그렇지." 스트라이크는 어쩐 일인지 이렇게 덧붙였다. "거인 이름에서 딴 거야."

"웃기다." 올랜도가 흔들거리며 말했다.

"들어가세요." 리어노라가 주방을 가리키며 무뚝뚝한 말투로 말했다. "화장실 좀 갔다 올게요. 잠깐만 기다려요."

스트라이크는 좁은 복도를 걸어갔다. 서재 문은 닫혀 있었고 예상대로 여전히 잠겨 있었다.

주방에 가보니 놀랍게도 손님이 또 있었다. 로퍼차드의 편집자 제리 월드그레이브가 창백한 얼굴에 불안한 표정으로, 차분한 자주색과 푸른색이 섞인 꽃다발을 꽉 쥐고 식탁에 앉아 있었다. 셀로판지로 싼 또 다른 꽃다발이 더러운 식기로 반쯤 찬 싱크대에서

쑥 튀어나와 있었다. 식료품이 든 슈퍼마켓 봉투가 옆에 그대로 놓여 있었다.

"안녕하세요." 월드그레이브는 서둘러 일어나면서 뿔테 안경 너머로 진지하게 눈을 껌뻑이며 말했다. 어두운 옥상에서 만났던 탐정을 알아보지 못하는 모양으로, 그는 악수를 청하며 "가족이 신가요?"라고 물었다.

"가족의 친구입니다." 악수를 하며 스트라이크가 말했다.

"끔찍한 일이군요." 월드그레이브가 말했다. "뭐라도 도울 게 있을까 싶어서 와봤습니다. 내가 온 이후로 부인이 계속 욕실에 계시는군요."

"네." 스트라이크가 말했다.

월드그레이브는 자리에 다시 앉았다. 올랜도가 오랑우탄 인형을 껴안고 게걸음으로 어두운 주방으로 다가왔다. 올랜도가 아무렇지도 않게 두 사람을 빤히 쳐다보는 사이, 어색한 침묵이 아주 길게 흘렀다.

"머리가 멋지다." 올랜도가 한참 만에 제리 월드그레이브에게 말했다. "꼭 건초 뭉치 같다."

"그러게." 월드그레이브는 이렇게 말하면서 아이에게 미소를 지었다. 아이는 다시 슬그머니 없어졌다.

또 짧은 침묵이 이어졌고, 그사이 월드그레이브는 꽃다발을 만지작거리며 주방을 훑어보았다.

"믿을 수가 없습니다." 그는 한참 만에 말했다.

위층에서 요란하게 변기 물 내리는 소리와 계단을 쿵쿵 내려오는 소리가 들리더니 리어노라가 올랜도를 달고 나타났다.

"미안해요." 리어노라가 두 사람에게 말했다. "좀 안 좋네요."

위장 상태를 가리키는 말이 분명했다.

"저기, 리어노라." 제리 월드그레이브는 너무나 어색한 나머지 일어서며 말했다. "친구가 계신데 방해하고 싶지 않습니다."

"저분요? 친구 아니에요. 탐정이죠." 리어노라가 말했다.

"네?"

스트라이크는 월드그레이브의 한쪽 귀가 들리지 않는다는 사실을 기억했다.

"거인한테서 이름을 땄대요." 올랜도가 말했다.

"탐정이라고요." 리어노라가 딸의 말을 무시하고 크게 말했다.

"아." 월드그레이브가 놀라서 말했다. "저는⋯⋯. 그런데 왜―?"

"필요해서요." 리어노라가 짧게 말했다. "경찰은 내가 오언을 그렇게 만들었다고 생각해요."

조용해졌다. 월드그레이브가 얼마나 불편해하는지 눈에 보일 지경이었다.

"아빠가 죽었거든요." 올랜도가 모두에게 알렸다. 올랜도는 모두를 빤히, 열심히 쳐다보며 반응을 기다렸다. 한 사람이라도 대꾸를 해야 할 것 같아서, 스트라이크가 이렇게 말했다.

"알고 있어. 참 슬픈 일이구나."

"에드나가 슬픈 거랬어요." 올랜도는 좀 더 독창적인 반응을 기다렸다는 듯 이렇게 대답하고는 다시 주방에서 나갔다.

"앉으세요." 리어노라가 두 사람에게 말했다. "나한테 줄 건가요?" 월드그레이브가 든 꽃다발을 가리키며 덧붙인 말이었다.

"네." 월드그레이브는 조금 서툴게 그것을 건네고 계속 서 있었다. "저, 리어노라, 당장은 시간을 뺏고 싶지 않아요. 여러 가지 준비로 바쁠 테니까요. 그리고—."

"시체를 나한테 주지 않을 거예요." 리어노라가 너무나 솔직하게 말했다. "그러니까 아직은 준비할 것도 없어요."

"참, 카드가 있어요." 월드그레이브는 주머니를 더듬으며 필사적으로 말했다. "자…… 음, 우리가 도와드릴 일이 있으면, 무슨 일이든지, 리어노라—."

"뭘 어떻게 할 수 있을지 모르겠어요." 리어노라가 그가 내민 봉투를 받으며 짧게 말했다. 그녀는 스트라이크가 다리를 쉴 수 있어 기쁜 마음으로 이미 자리를 잡은 식탁에 앉았다.

"음, 이제 가보겠습니다, 두 분이 의논하시도록." 월드그레이브가 말했다. "저, 리어노라, 이런 때 이런 걸 묻고 싶진 않지만, 《봄빅스 모리》 말인데요, 혹시 원고 갖고 계십니까?"

"아뇨." 리어노라가 말했다. "오언이 가져갔어요."

"정말 죄송하지만…… 혹시 두고 간 것이 있는지 살펴봐도 된다면…… 우리한테 도움이 될 텐데요."

리어노라는 오래된 커다란 안경 너머로 그를 쳐다보았다.

"그 사람이 남긴 건 전부 경찰이 가져갔어요. 어제 서재를 샅샅이 뒤졌어요. 그러고는 문을 잠그고 열쇠를 가져가버렸어요. 나도 저긴 못 들어가요."

"아, 경찰이 필요하다면……." 월드그레이브가 말했다. "아뇨. 알겠습니다. 아뇨, 일어나지 마세요. 혼자서 나가겠습니다."

그가 복도를 걸어 나가고, 현관문이 닫히는 소리가 들렸다.

"왜 왔는지 모르겠네." 리어노라가 부루퉁하게 말했다. "뭐 좋은 일이라도 하고 싶은 모양이죠."

리어노라는 그가 준 카드를 열었다. 앞에는 수채화로 제비꽃이 그려져 있었고 안에는 여러 개의 서명이 적혀 있었다.

"죄책감을 느끼니까 이젠 모두 착해지네." 리어노라는 포마이카 식탁에 카드를 던졌다.

"죄책감을 느껴요?"

"그 사람을 한 번도 제대로 평가해주지 않았거든요. 책은 마케팅이 필요해요." 놀랍게도 그녀가 말했다. "광고를 해야 한다고요. 책을 밀어주는 건 출판사 일이에요. 그 사람을 텔레비전 같은 데 한 번도 내보내지 않았어요."

스트라이크는 리어노라가 내뱉는 그런 불평은 남편에게서 들었을 것이라고 추측했다.

"리어노라," 그가 수첩을 꺼내며 말했다. "몇 가지 질문해도 괜찮겠습니까?"

"그럴 거예요. 하지만 아무것도 몰라요."

"5일에 집을 나간 뒤에 오언과 이야기를 했다거나 봤다는 사람이 아무도 없었습니까?"

리어노라는 고개를 저었다.

"친구나 가족도요?"

"아무도 없었어요. 차 한잔 드릴까요?"

"네, 고맙습니다." 이 지저분한 부엌에서 만든 거라면 뭐든 반갑지 않았지만, 스트라이크는 리어노라에게 말을 시키고 싶었다.

"오언의 출판사 사람들은 얼마나 잘 아십니까?" 그는 주전자를 요란하게 채우는 소리 너머로 물었다.

248

리어노라는 어깨를 으쓱였다.

"별로 알지 못해요. 제리는 오언이 예전에 사인회를 했을 때 만났어요."

"로퍼차드 직원 중에 누구든 친한 사람은 없습니까?"

"없어요. 뭐하러 친하게 지내겠어요? 오언이 거기서 일하지, 난 아닌데."

"그리고 《봄빅스 모리》는 읽지 않으셨죠?" 스트라이크는 슬쩍 물었다.

"전에도 대답했잖아요. 출판되어 나오기 전에는 읽고 싶지 않아요. 그건 왜 자꾸 묻는 거예요?" 리어노라는 비닐봉투 속에서 비스킷을 찾다가 고개를 들고 물었다.

"시체에 무슨 문제가 있는 거예요?" 그녀가 불쑥 따져 물었다. "어떻게 된 거예요? 아무도 말해주지 않아요. 신원확인을 위해 DNA 검사를 해야 한다면서 칫솔을 가져갔어요. 왜 나한테 그 사람을 보여주지 않는 거예요?"

스트라이크는 전에도 다른 아내들, 흥분한 부모들에게서 이 질문을 받아보았다. 전에도 자주 그랬듯, 그는 사실의 일부만 내놓았다.

"사망한 지 좀 되었습니다." 그가 말했다.

"얼마나요?"

"아직 모릅니다."

"어떻게 된 거예요?"

"경찰에서도 정확히 모르는 것 같습니다."

"하지만 분명히……."

올랜도가 이번에는 오랑우탄 인형뿐만 아니라 색색의 그림 한 묶음을 들고 들어오자 리어노라는 입을 다물었다.

"제리는 어디 갔어?"

"회사로 돌아갔어." 리어노라가 말했다.

"머리가 멋있어. 아저씨 머리는 싫어." 올랜도가 스트라이크에게 말했다. "부스스해."

"나도 별로 좋아하지 않아." 스트라이크가 말했다.

"아저씨는 지금 그림 보고 싶지 않아, 도도." 엄마가 짜증난 목소리로 말했지만, 올랜도는 무시하고 스트라이크가 보도록 식탁 위에 그림을 펼쳐놓았다.

"내가 그렸어요."

꽃, 물고기, 새 그림인 걸 알아볼 수 있었다. 한 장은 뒷면에 어린이 메뉴가 찍혀 있었다.

"아주 잘 그렸구나." 스트라이크가 말했다. "리어노라, 어제 경찰이 서재를 수색하다가 《봄빅스 모리》를 일부라도 발견했는지 아십니까?"

"네." 리어노라가 이 빠진 머그에 티백을 넣으면서 말했다. "다 쓴 타자기 리본 두 개를 찾았어요. 그게 책상 뒤로 넘어가 있었거든요. 나머지는 어디 있냐고 묻더군요. 그 사람이 나갈 때 가져갔다고 했어요."

"아빠 서재가 좋아." 올랜도가 말했다. "아빠가 그림 그릴 종이를 주니까."

"쓰레기장이에요, 저 서재." 리어노라가 주전자의 스위치를 올리면서 말했다. "모두 뒤지려면 엄청 오래 걸릴 거예요."

"리즈 이모가 저기 갔어." 올랜도가 말했다.

"언제?" 리어노라가 머그 두 개를 들고서 딸을 노려보았다.

"이모가 왔을 때, 엄마가 화장실 갔을 때." 올랜도가 말했다. "아빠 서재에 들어갔어. 내가 봤어."

"지가 뭐라고 거길 들어가." 리어노라가 말했다. "여기저기 뒤지든?"

"아니." 올랜도가 말했다. "그냥 들어갔다가 나왔는데 날 보고는 울었어."

"그래." 리어노라가 만족한 분위기로 말했다. "나 보고도 울더라. 또 죄책감을 느끼는 거지."

"언제 오신 겁니까?" 스트라이크가 리어노라에게 물었다.

"월요일 아침에요." 리어노라가 말했다. "도와줄 게 있는지 보러 왔대요. 도와주긴요! 그만하면 할 만큼 했어요."

스트라이크의 차는 너무 연하고 우유가 많이 들어서 티백을 넣은 것 같지도 않았다. 그는 콜타르 색이 나도록 진하게 우리는 쪽을 좋아했다. 예의 바르게 한 모금 마시면서, 스트라이크는 자기 도베르만이 물었을 때 퀸이 죽어버렸으면 좋았을 거라는 엘리자베스 태슬의 말을 떠올렸다.

"이모 립스틱이 좋아." 올랜도가 말했다.

"오늘 좋은 게 아주 많구나." 리어노라가 연한 차가 담긴 잔을 들고 앉으면서 멍하니 말했다. "왜 그랬냐고, 왜 오언한테 책을 낼 수 없다고 해서 그렇게 화나게 만들었냐고 물었어요."

"그랬더니 뭐라고 했습니까?" 스트라이크가 물었다.

"그 사람이 실제 사람들을 거기 잔뜩 넣었대요." 리어노라가 말했다. "그게 뭐가 그렇게 화낼 일인지 모르겠어요. 그 사람은 늘 그러는데." 리어노라는 차를 한 모금 마셨다. "책에 나도 늘 넣거든요."

스트라이크는 "닳고 닳은 창녀" 서쿠바를 떠올리고 오언 퀸에 대한 경멸을 느꼈다.

"탤거스 로드에 대해 물어보고 싶었습니다."

"그 사람이 거기 왜 갔는지는 몰라요." 리어노라가 곧바로 말했다. "거길 싫어했거든요. 몇 년째 팔아버리고 싶어 했지만 팬코트가 반대했어요."

"네, 그 점이 궁금했습니다."

올랜도가 옆 의자에 앉더니 맨다리 한쪽을 깔고 앉아서 어디선가 가져온 크레용으로 커다란 물고기 그림에 색색의 지느러미를 덧붙이고 있었다.

"어떻게 마이클 팬코트가 그동안 집을 파는 것을 막았던 겁니까?"

"그 조라는 인간이 그 사람들한테 그 집을 물려준 사연이랑 관계가 있어요. 그 집을 어떻게 쓰라고 했다던데. 난 몰라요. 리즈한테 물어보셔야 해요. 리즈가 다 알아요."

"오언이 마지막으로 거기 간 건 언제였는지 아십니까?"

"몇 년 전이에요." 리어노라가 말했다. "몰라요. 몇 년 됐어요."

"그럼 그리게 종이 더 줘." 올랜도가 말했다.

"이제 없어." 리어노라가 말했다. "다 아빠 서재에 있어. 이거 뒷장에 그려."

리어노라는 물건이 잔뜩 놓인 작업대에서 전단지를 하나 집어 올랜도에게 밀어줬지만, 올랜도는 그것을 밀치고는 오랑우탄을 목에 걸고 힘없이 걸어 나갔다. 그러고는 곧바로 올랜도가 서재 문을 억지로 여는 소리가 들렸다.

"올랜도, 그러지 마!" 리어노라가 벌떡 일어나 복도를 달려가며 외쳤다. 스트라이크는 그사이에 몸을 뒤로 기울여 멀건 차를 싱크에 대부분 부어버렸다. 홍차는 셀로판지에 싼 꽃다발 사이로 흘러 내려갔다.

"안 돼, 도도. 그러면 안 돼. 안 된다니까. 그러면 안 돼. 들어갈 수 없어. 이리 나와―."

고음의 울음소리와 쿵쿵거리는 발소리로 올랜도가 위층으로 올라갔음을 알 수 있었다. 리어노라는 상기된 얼굴로 주방으로 돌아왔다.

"이제 하루 종일 이러고 살아야 해요." 리어노라가 말했다. "애가 불안해요. 경찰이 오는 게 싫은 거예요."

그녀는 신경질적으로 하품을 했다.

"잠은 주무셨습니까?" 스트라이크가 물었다.

"별로 못 잤어요. 계속 '누구지?' 하는 생각이 들었어요. 그 사람한테 누가 그랬을까? 그 사람이 남의 화를 돋우긴 하죠." 리어노라는 갑자기 엉뚱한 이야기를 했다. "하지만 그런 사람인걸요. 괴팍한 사람요. 사소한 일에 화를 내요. 항상 그러지만, 그게 진심은 아니거든요. 누가 그딴 일로 그 사람을 죽이겠어요?"

"마이클 팬코트가 아직 그 집 열쇠를 갖고 있을 거예요." 리어노라가 화제를 바꿨다. 그녀는 손가락을 비틀면서 말했다. "어젯밤에 잠이 안 올 때 그 생각을 했어요. 마이클 팬코트가 그 사람을 좋아하지 않는 건 알지만, 그건 옛날 일이거든요. 어쨌든 마이클이 했다는 일을 오언은 안 했어요. 그 사람은 그걸 쓰지 않았어요. 어쨌든 마이클 팬코트가 오언을 죽이진 않았을 거예요." 리어노라는 딸처럼 순수하고 맑은 눈으로 스트라이크를 올려다보았다. "그 사람은 부자잖아요? 유명하고……. 그럴 리 없어요."

신문에서 유명인들을 폄하하고 사냥하고 몰아붙여도 대중이 그들을 이유 없이 신성화하는 것에 스트라이크는 늘 놀라움을 느꼈다. 아무리 많은 유명인들이 강간이나 살인으로 선고를 받아도, 거의 미신에 가까운 그런 믿음이 유지되었다. 그는 아니야. 그가 그랬을 리 없어. 유명한 사람이잖아.

"그리고 망할 차드." 리어노라는 분통을 터뜨렸다. "오언한테 협박 편지를 보내고. 오언은 그 사람을 좋아하지 않았어요. 그런데 뭐든 도와주겠다고 카드를 보내? 그 카드 어디 갔지?"

바이올렛이 그려진 카드가 식탁에서 사라지고 없었다.

"쟤가 가져갔네." 리어노라가 화가 나서 얼굴을 붉히며 말했다. "쟤가 가져갔어." 그러고는 천장을 향해 "도도!"라고 어찌나 크게 소리를 질렀는지 스트라이크는 흠칫 놀랐다.

그것은 상실을 처음 겪는 단계에서 느끼는 비이성적인 분노였고, 부루퉁한 표정에도 불구하고 이것은 복통과 마찬가지로 그녀가 큰 아픔을 겪고 있음을 드러내주었다.

"도도!" 리어노라가 또 소리쳤다. "네 물건이 아닌 걸 가져가면 어떻게 한다고 그랬지?"

올랜도는 오랑우탄을 안은 채 놀라울 정도로 재빠르게 주방에 나타났다. 고양이처럼 소리 없이 살금살금 내려온 모양이었다.

"내 카드 가져갔지!" 리어노라가 씨근거렸다. "네 것이 아닌 물건을 가져가면 어떻게 된다고 그랬어? 어디 뒀어?"

"꽃이 좋아서." 올랜도는 반짝거리지만 구겨진 카드를 내밀었고, 엄마는 그것을 낚아챘다.

"이건 내 거야." 리어노라가 딸에게 말했다. "보세요." 리어노라는 정확한 초서체로 가장 길게 쓴 메시지를 스트라이크에게 가리켜 보였다. "'필요한 것이 있으면 무엇이든 꼭 알려주십시오. 대니얼 차드.' 망할 위선자 같으니."

"아빠는 대널차를 싫어했어." 올랜도가 말했다. "아빠가 그랬어."

"그놈은 망할 위선자야. 나도 알아." 리어노라는 다른 서명을 살피면서 말했다.

"그 사람이 붓을 줬어." 올랜도가 말했다. "날 만지고 나서."

짧고 묵직한 침묵이 있었다. 리어노라는 딸을 쳐다보았다. 스트라이크는 컵을 입에 가져가다가 얼어붙었다.

"뭐?"

"그 사람이 나 만지는 거 싫었어."

"무슨 소리야? 누가 널 만져?"

"아빠 회사에서."

"엉터리 같은 소리 하지 마." 엄마가 말했다.

"아빠가 날 데려갔을 때—."

"한 달 더 됐나, 내가 병원에 가야 해서 그 사람이 앨 데려갔어요." 리어노라가 놀라 허둥거리며 말했다. "무슨 말인지 모르겠어요."

"……그리고 거기 붙여놓은 책 사진도 봤어. 모두 색색깔이었어." 올랜도가 말했다. "그런데 대닐차가 만졌어—."

"대니얼 차드가 누군지도 모르잖아." 리어노라가 말했다.

"머리가 없는 사람이야." 올랜도가 말했다. "아빠가 날 데리고 아줌마를 만나러 갔을 때, 그 아줌마한테 내가 제일 잘 그린 그림을 줬어. 아줌마는 머리가 멋있어."

"무슨 아줌마? 무슨 말을 하는 거야?"

"대닐차가 날 만졌을 때," 올랜도가 크게 말했다. "그 사람이 날 만져서 내가 소리를 질렀더니, 나중에 붓을 줬어."

"그런 말은 하는 거 아니야." 리어노라가 이렇게 말할 때, 낮은 목소리가 갈라졌다. "이것만 해도 힘들거든. 멍청한 소리 하지 마, 올랜도."

올랜도는 얼굴이 새빨개졌다. 아이는 어머니를 노려보면서 주방에서 나갔다. 이번에는 문을 쾅 닫았다. 문은 닫히지 않고 튀어나가 다시 열렸다. 스트라이크는 아이가 쿵쿵거리며 올라가는 소리를 들었다. 몇 발자국 올라간 뒤, 아이는 알아들을 수 없는 소리로 비명을 질렀다.

"이젠 쟤가 화를 내네." 리어노라는 눈물을 흘리며 멍한 표정으로 말했다. 스트라이크는 옆에 놓인 키친타월에 손을 뻗어 몇 장 떼어낸 뒤 그녀의 손에 쥐어주었다. 그녀는 마른 어깨를 떨면서 소리 없이 울었고 스트라이크는 맛없는 차를 마저 마시며 가만히 앉아 있었다.

"오언은 펍에서 만났어요." 그녀는 문득, 안경을 치켜 올리고 젖은 얼굴을 닦으면서 중얼거렸다. "축제 때문에 온 거였어요. 헤이온와이에요. 처음 듣는 이름이었지만, 옷 입은 모양새나 말하는 투를 보니 유명한 사람 같더라고요."

그리고 오랜 세월 동안 무시당하며 불행하게 지내느라, 그의 잘난 체와 성질머리를 참느라, 작고 초라한 집에서 생활을 꾸려나가고 딸을 돌보느라 거의 사라졌던 영웅 숭배의 희미한 불빛이 지친 두 눈에서 다시 반짝이기 시작했다. 어쩌면 그녀의 영웅이, 여느 최고의 영웅들과 마찬가지로 죽음을 맞았기 때문에, 그 불빛이 되돌아온 것 같았다. 이제 그 빛은 영원히 타오를 것 같았고, 리어노라는 최악의 상황은 잊고 한때 사랑했던 그에 대한 기억만 간직할 것 같았다. 그가 남긴 마지막 원고와, 그녀를 더럽게 묘사한 것만 읽지 않는다면…….

"리어노라, 또 여쭤보고 싶은 것이 있었습니다." 스트라이크가 부드럽게 말했다. "그리고 가보겠습니다. 지난주에는 우편함에 개똥이 들어 있지 않았습니까?"

"지난주에요?" 리어노라는 눈가를 문지르며 잠긴 목소리로 물었다. "아, 화요일엔 있었어요. 아니면 수요일이었나? 아무튼, 있었어요. 한 번 더."

"또, 뒤를 밟는다고 생각하신 여자를 보신 적 있습니까?"

리어노라는 고개를 젓고 코를 풀었다.

"아마 착각이었나, 잘 모르겠는데……."

"그리고 돈 문제는 괜찮습니까?"

"네." 리어노라가 눈가를 닦으면서 말했다. "오언은 생명보험을 들었어요. 올랜도 때문에 들어놓으라고 했어요. 그러니까 괜찮을 거예요. 돈이 입금될 때까지 에드나가 얼마간 빌려준다고 했어요."

"그럼 가보겠습니다." 스트라이크는 다시 몸을 일으키며 말했다.

리어노라는 훌쩍이며 좁은 복도를 따라 나왔고, 문이 닫히기 전에 이렇게 부르는 소리가 들렸다.

"도도! 도도, 내려와. 잘못했다!"

젊은 경찰이 스트라이크의 시야를 가리며 서 있었다. 화가 난 표정이었다.

"누군지 압니다." 그가 말했다. 휴대전화를 손에 쥔 채였다. "코모란 스트라이크죠."

"눈치가 빠르네요, 안 그래요?" 스트라이크가 말했다. "자, 이제 비켜주시오. 이쪽은 할 일이 있으니까."

22

……대체 이건 무슨 살인자인지, 지옥의 사냥개인지, 악마인지?
    - 벤 존슨,《에피코이네 또는 조용한 여인》

무릎이 아플 때는 일어서기가 힘들다는 것을 잊고서 스트라이크는 열차 구석 자리에 털썩 앉아 로빈에게 전화를 걸었다.

"여보세요." 스트라이크가 말했다. "기자들은 갔어요?"

"아뇨, 아직도 밖에서 얼쩡거리고 있어요. 뉴스에 나온 거 보셨어요?"

"BBC 웹사이트는 봤어요. 안스티스한테 전화해서 나에 관한 내용은 내려달라고 했어요. 그렇게 됐어요?"

로빈이 키보드를 두드리는 소리가 들렸다.

"네, 이렇게 올라왔어요. '리처드 안스티스 경위는 시체가 코모란 스트라이크 사립탐정에 의해 발견되었다는 소문이 사실임을 인정했다. 그는 올해 초―."

"됐어요."

"스트라이크 씨는 퀸 씨 가족이 고용했으며, 퀸 씨는 아무에게도 행방을 알리지 않고 사라지는 경우가 종종 있었다. 스트라이크 씨는 혐의를 받고 있지 않으며, 경찰은 그가 시신을 발견하고 제보한 사실에 만족하고 있다."

"착한 디키*." 스트라이크가 말했다. "오늘 아침에는 내가 광고 차원에서 시신을 감춘다는 식으로 떠들더군요. 58세 남자의 시체를 놓고 언론이 이렇게 관심을 갖다니 놀랍네요. 아직 살인이 얼마나 끔찍했는지 모르면서."

"퀸 때문에 관심을 갖는 게 아니에요." 로빈이 말했다. "당신 때문이에요."

스트라이크는 그렇게 생각해도 전혀 기쁘지 않았다. 신문이나 텔레비전에 얼굴이 나오는 것을 원하지 않았다. 룰라 랜드리 사건 이후에 나왔던 사진은 크기가 작았다(멋진 모델의 사진, 그것도 가급적이면 옷을 적게 입은 사진을 실을 공간이 필요했다). 어두컴컴하고 부루퉁한 그의 모습은 얼룩덜룩한 신문 인쇄로는 잘 나오지 않았으며 그는 랜드리 살인범에 대한 증언을 하러 법원에 들어가면서 정면 사진을 찍히지도 않았다. 그들은 유니폼을 입은 그의 옛날 사진을 찾아냈지만, 그것은 스트라이크가 10킬로그램 이상 가벼웠던 시절의 오래된 사진이었다. 짧은 유명세를 탄 이후에도 얼굴만 보고 그를 알아보는 사람은 아무도 없었고, 그는 더 이상 자신의 익명성을 위태롭게 할 생각이 없었다.

"기자 놈들이랑 마주치고 싶지 않아요. 그렇다고," 쑤셔대는 무릎에 그는 이렇게 비꼬듯 덧붙였다. "누가 돈을 준다고 해도 뛸

---

* '리처드'의 애칭.

수는 없고. 혹시 어디 딴 데서—."

그가 가장 좋아하는 곳은 토트넘이었지만, 앞으로 있을지도 모를 기자들의 급습에 그곳마저 노출시키고 싶지는 않았다.

"40분쯤 뒤에 케임브리지에서 만날까요?"

"좋아요." 로빈이 말했다.

전화를 끊은 뒤에야 첫째, 슬퍼할 매튜의 안부를 물었어야 했으며 둘째, 목발을 가져와달라고 부탁했어야 한다는 생각이 들었다.

19세기에 지은 펍은 케임브리지 서커스에 있었다. 스트라이크는 2층 황동 샹들리에와 금박 테두리의 거울 사이, 가죽 의자에 앉아 있는 로빈을 찾았다.

"괜찮으세요?" 스트라이크가 다리를 절며 다가오자 로빈은 걱정스러운 표정으로 물었다.

"얘기하는 걸 잊었군요." 그는 신음소리를 내며 로빈 맞은편 의자에 조심조심 앉았다. "일요일에 뒤를 밟는 여자를 잡으려다가 무릎을 또 다쳤어요."

"어떤 여자요?"

"퀸의 집에서 지하철역까지 내 뒤를 따라온 여자요. 내가 멍청하게 넘어진 사이에 달아났고. 리어노라가 퀸이 사라진 이후로 주위에서 얼쩡거린다고 한 여자랑 생김새가 같았어요. 한잔해야되겠는데."

"내가 사 올게요." 로빈이 말했다. "오늘은 생일이니까요. 그리고 선물도 있어요."

로빈은 식탁 위에 셀로판지를 덮고 리본으로 장식한 작은 바구니를 올려놓았다. 맥주, 사과주, 달콤한 것들, 겨자 등 콘월 음식이 들어 있었다. 스트라이크는 터무니없이 감동을 받았다.

"이럴 것까지 없는데……."

하지만 로빈은 이미 바에 가 있어서 그 말을 들을 수 없었다. 로빈이 와인 한 잔과 런던프라이드 맥주 한 잔을 들고 돌아왔을 때, 스트라이크가 말했다. "정말 고마워요."

"천만에요. 그럼 그 이상한 여자가 리어노라의 집을 감시하고 있었던 걸까요?"

스트라이크는 반가운 마음으로 길게 한 모금 마셨다.

"네, 그리고 아마 우편함에 개똥도 넣었을 테죠." 스트라이크가 말했다. "하지만 내 뒤를 밟아서 뭘 얻으려고 했는지는 모르겠어요. 날 따라오면 퀸을 찾을 거라고 생각한 게 아니라면."

그는 얼굴을 찡그리며 다친 다리를 식탁 아래 걸상에 올렸다.

"이번 주에는 브로클허스트와 버넷의 남편을 감시해야 하는데. 다리를 끝장내기 딱 좋은 때로군요."

"제가 대신 감시할 수 있어요."

로빈은 자기도 모르게 신이 나서 그렇게 말했지만, 스트라이크는 듣지 못한 것 같았다.

"매튜는 어때요?"

"별로예요." 로빈이 말했다. 스트라이크가 자신의 제안을 접수했는지 아닌지 알 수가 없었다. "아버지랑 여동생이랑 함께 있으려고 집에 갔어요."

"마샴 말이죠?"

"네." 로빈은 머뭇거리더니 말했다. "결혼식을 미뤄야 할 거예요."

"유감이군요."

로빈은 어깨를 으쓱였다.

"그렇게 빨리 할 순 없으니까요. 가족한테 엄청난 충격이었어요."

"매튜의 어머니랑 가깝게 지냈어요?" 스트라이크가 물었다.

"네, 당연하죠. 그분은……."

하지만 사실 컨리프 부인은 늘 까다로웠다. 로빈은 그녀를 건강 염려증 환자라고 생각했다. 로빈은 지난 24시간 동안 그렇게 생각한 것에 죄책감을 느끼고 있었다.

"……상냥하셨어요." 로빈이 말했다. "가엾은 퀸 부인은 어떠세요?"

스트라이크는 리어노라를 찾아간 일을 설명해주었고, 제리 월드그레이브를 잠시 본 것과 올랜도에게서 받은 느낌도 알려주었다.

"그 애는 정확하게 뭐가 문제예요?" 로빈이 물었다.

"요즘은 학습장애라고 하죠?"

그는 올랜도의 순진한 미소와 품에 든 오랑우탄을 떠올리며 잠시 말을 멈췄다.

"내가 있는 사이에 그 애가 좀 이상한 말을 했는데, 어머니도 처음 듣는 모양이었어요. 아버지랑 회사에 같이 간 적이 있었는데, 퀸의 출판사 사장이 몸을 만졌다고 했어요. 대니얼 차드라는 사람요."

그 더러운 주방에서 그 말이 불러일으킨 알 수 없는 두려움이 로빈의 얼굴에서도 떠오르는 것이 보였다.

"어떻게, 만졌다는 거예요?"

"구체적으로는 말하지 않았어요. '날 만졌어요'라고 했고, '만지는 거 싫어요'라고도 하더군요. 그리고 나서 붓을 줬다는 말도 했고. 그런 게 아닐 수도 있어요." 로빈의 불안한 침묵과 긴장된 표정에 대한 대답으로, 스트라이크가 말했다. "우연히 그 애와 부딪쳤다가 달래려고 물건을 준 것일 수도 있고. 내가 있는 동안 그 애는 원하는 걸 주지 않는다거나 엄마가 야단을 쳤다고 계속 소리를 지르면서 나가버리더군요."

배가 고팠던 그는 로빈의 선물에서 셀로판지를 뜯어내고 초콜릿 바를 꺼내 포장을 뜯었고, 로빈은 내내 생각에 잠겨 입을 다물고 있었다.

"문제는," 스트라이크가 침묵을 깨면서 말했다. "퀸이 《봄빅스 모리》에 차드가 게이라고 암시해놓았다는 거예요. 어쨌든, 그 사람은 그렇게 말하고 있는 것 같으니까."

"흐음." 로빈은 아무렇지도 않게 말했다. "그런데 퀸이 그 책에 쓴 내용을 다 믿으세요?"

"뭐, 퀸에게 소송을 걸었다는 사실에 미뤄 판단하면, 차드는 그 말에 화가 나긴 한 거죠." 스트라이크가 초콜릿을 크게 한 덩어리 잘라 입에 넣으면서 말했다. "참," 그가 우물거리며 말했다. "《봄빅스 모리》에 나오는 차드는 살인자에다 아마도 강간범이고, 그리고 거시기가 떨어져 나오고 있으니 게이라는 것 때문에 화가 난 건 아닐 수도 있어요."

"그건 퀸의 소설에 늘 나오는 주제예요. 성적인 이중성이라는 거." 로빈이 이렇게 말하자 스트라이크는 우물거리며 눈썹을 치켜뜨고 로빈을 쳐다보았다. "출근하는 길에 포일스에 들러서 《호바트의 죄》를 한 권 샀어요. 거기도 남녀양성체가 나와요."

스트라이크는 씹던 것을 삼켰다.

"그런 사람들한테 관심이 있나보죠.《봄빅스 모리》에도 한 명 나와요." 그는 초콜릿 바 포장을 살피면서 말했다. "이건 멀리언에서 만든 거로군요. 내가 자란 곳에서 해변을 따라 내려가면 나오는 곳인데…….《호바트의 죄》는 어때요? 재미있던가요?"

"작가가 며칠 전에 살해당한 게 아니라면 몇 페이지 이상 못 읽었을 거예요." 로빈이 털어놓았다.

"아마 책 판매량도 뛸걸요. 살해당한 거 때문에."

"제 말은요," 로빈은 끈덕지게 밀어붙였다. "남의 성생활에 관한 거라면, 퀸의 말을 반드시 믿을 수는 없다는 거예요. 그 사람 책에 나오는 인물들은 모두 아무하고나 닥치는 대로 자는 것 같으니까요. 위키피디아에서 퀸을 찾아봤어요. 그 사람 책의 주요 특징 가운데 하나는 인물들이 성역할이나 성적 지향을 계속 바꾸는 거예요."

"《봄빅스 모리》도 그렇지." 스트라이크는 초콜릿을 더 먹으면서 웅얼거렸다. "맛있는데, 한 쪽 먹어볼래요?"

"다이어트 해야 해요." 로빈이 슬픈 목소리로 말했다. "결혼식 때문에."

스트라이크는 로빈이 체중을 줄일 필요가 전혀 없다고 생각했지만, 로빈이 한 쪽 떼어 먹는 동안 아무 말도 하지 않았다.

"생각해봤는데요." 로빈이 조심스레 말했다. "범인에 대해서요."

"심리학자의 소견은 늘 반갑죠. 말해봐요."

"전 심리학자가 아니에요." 로빈이 설핏 웃으려고 하면서 말했다.

로빈은 심리학 전공을 도중에 그만두었다. 스트라이크는 그 이유를 캐물은 적이 없었고, 로빈이 먼저 설명한 적도 없었다. 대학을 중퇴한 건 두 사람의 공통점이었다. 그는 어머니가 알 수 없는 이유로 약물을 과다 복용했을 때 학교를 그만두었다. 그리고 아마 그 이유 때문에 스트라이크는 로빈이 학교를 그만둔 데에도 뭔가 트라우마가 관련되어 있을 거라고 추측했다.

"왜 그 사람들이 그렇게 쉽게 알 수 있을 정도로 책이랑 살인을 연결시켰는지 궁금했어요. 겉으로 보면 일부러 복수하고 원한을 갚은 것 같잖아요. 퀸이 그 책을 썼으니 그런 짓을 당해도 마땅하다고 세상에 보여주려는 것처럼 말이에요."

"그렇죠." 스트라이크는 여전히 배가 고팠다. 그는 옆 테이블에 손을 뻗어 메뉴를 집어 들었다. "스테이크랑 감자튀김을 먹어야 되겠어요. 뭐 먹을래요?"

로빈은 샐러드를 대충 골랐고, 스트라이크의 무릎 상태를 고려해 직접 바로 가서 주문을 했다.

"하지만 다른 한편으로," 로빈은 다시 앉으면서 이야기를 계속했다. "책의 마지막 장면을 그대로 따라하는 것은 다른 동기를 감추기에 좋은 방법으로 여겨졌을지도 몰라요, 안 그래요?"

로빈은 스트라이크와 추상적인 문제를 논의하는 것처럼 아무렇지도 않게 말하려고 노력했지만, 퀸의 시체 사진을 잊을 수가 없었다. 내장을 빼낸 몸통의 검은 구멍, 입과 눈이 있었던 곳의 검게 타버린 구멍. 로빈은 퀸이 무슨 짓을 당한 건지 너무 깊이 생각했다가는 점심을 먹지도 못하고, 두려움을 스트라이크에게 드러낼 수도 있을 것 같았다. 스트라이크는 검은 두 눈에 심란할 정도로 기민한 빛을 반짝이며 그녀를 쳐다보고 있었으니까.

"그 사람이 당한 일을 생각하면 토할 것 같다고 인정해도 괜찮아요." 스트라이크가 초콜릿을 우물거리며 말했다.

"그렇지 않아요." 로빈은 자동적으로 거짓말했다. 그리고, "음, 사실…… 그러니까, 끔찍하긴 하지만—."

"맞아, 그랬어요."

예전 특수수사대 동료들과 함께였다면, 스트라이크는 지금쯤 그 일을 놓고 농담을 주고받았을 것이다. 칠흑같이 검고 불길한 농담을 숱하게 주고받던 오후 시간이 떠올랐다. 그렇게 극복할 수밖에 없는 사건이 있었다. 하지만 로빈은 프로답게 냉담한 태도로 스스로를 방어할 준비가 아직 되어 있지 않았고, 배 속이 도려내진 남자에 대해 태연하게 이야기하려는 시도 자체가 그 사실을 증명해주었다.

"동기란 게 까다로워요, 로빈. 십중팔구는 누군지를 알아내야 비로소 이유를 알 수 있어요. 우리가 원하는 건 수단과 기회예요. 개인적으로는," 그는 맥주를 한 모금 삼켰다. "의학 지식을 가진 사람을 찾아야 할 것 같군요."

"의학요?"

"아니면 해부학이라든가. 퀸에게 한 짓이 아마추어 같지 않았어요. 내장을 꺼내려다 보면 여기저기 찌를 수도 있는데, 정확하게 그었어요. 깔끔하고 단호한 칼질이었어요."

"네." 로빈은 객관적이고 냉담한 태도를 유지하려고 애쓰며 말했다. "사실이에요."

"좋은 교과서를 손에 넣은 미치광이가 아니라면," 스트라이크가 생각에 잠겨 말했다. "그럴 가능성도 있지만……. 알 수 없는 일이죠. 그 사람을 묶어서 취하게 해놓았다면, 그자들이 배짱만 좋으면 생물학 수업처럼 다룰 수도 있었을 것이고……."

로빈은 입을 다물고 있을 수 없었다.

"동기는 늘 변호사의 몫이라고 하셨죠?" 로빈은 다소 필사적으로 말했다(함께 일한 이후로 스트라이크는 이 금언을 여러 차례 말해왔다). "하지만 잠시만 제 말을 들어보세요. 범인은 퀸을 책 내용과 똑같이 죽이면 분명 불리한 점이 있는데도 무슨 이유에서인지 그럴 가치가 있다고 생각했어요."

"불리한 점이라면?"

"음," 로빈이 말했다. "그렇게…… 정교한 살해를 준비하는 어려움이라든지 용의자가 그 책을 읽은 사람들로 좁혀진다는 사실이라든지─."

"아니면 그 책 내용을 자세히 들은 사람이라든가." 스트라이크가 말했다. "그리고 '좁혀진다'고 했는데, 그 수가 적은지는 모르겠군요. 크리스천 피셔는 가능한 한 책 내용을 멀리 넓게 퍼뜨리려고 애쓴 것 같으니까요. 로퍼차드가 갖고 있던 원고는 직원 절반이 비밀번호를 아는 금고에 들어 있었고."

"하지만……." 로빈이 말했다.

부루퉁한 표정의 종업원이 테이블에 포크, 나이프와 냅킨을 던지러 다가온 바람에 로빈은 방해를 받았다.

"하지만," 종업원이 돌아가자 로빈이 다시 말했다. "퀸이 죽은 것이 아주 최근일 리는 없잖아요? 그러니까, 전 전문가는 아니지만……."

"나도 아니에요." 스트라이크가 남은 초콜릿을 먹어치운 다음, 피넛 브리틀*도 먹을지 망설이며 말했다. "하지만 무슨 말인지는

268

알겠어요. 시체가 일주일은 된 것 같다는 거죠."

"또," 로빈이 말했다. "살인범이 《봄빅스 모리》를 읽고 퀸을 실제로 죽이기까지 시간차가 있었을 거예요. 준비할 것이 아주 많았어요. 밧줄이랑 산, 식기를 빈 집에 가져가야 했고……."

"그리고 그가 탤거스 로드에 갈 계획이라는 걸 미리 알지 않았다면 퀸을 찾아내야 했겠죠." 스테이크와 감자튀김이 오고 있었으므로, 피넛 브리틀을 먹지 않기로 결정한 스트라이크가 말했다. "아니면, 그를 거기로 꾀어내거나."

종업원은 스트라이크의 접시와 로빈의 샐러드 볼을 내려놓고 고맙다는 인사를 무표정하게 받더니 되돌아갔다.

"계획과 실제 준비를 감안할 때, 범인은 퀸이 실종되고 나서 이틀이나 사흘 안에 책을 읽었을 것 같군요." 스트라이크가 포크로 음식을 찍으며 말했다. "문제는, 범인이 퀸의 살인을 계획하기 시작한 순간을 뒤로 잡으면 잡을수록 내 의뢰인에게 불리해진다는 거예요. 리어노라는 복도를 몇 발자국 걸어가기만 하면 퀸이 탈고한 원고를 읽을 수 있었어요. 생각해보면 몇 달 전에 퀸이 결말을 이야기해줬을 수도 있고."

로빈은 맛도 모른 채 샐러드를 먹었다.

"그럼 리어노라 퀸이……." 로빈이 조심스레 말을 꺼냈다.

"남편 내장을 꺼낼 여자처럼 생겼냐고요? 아뇨. 하지만 경찰이 의심하고 있고, 동기를 찾는다면 리어노라가 불리해요. 퀸은 쓰레기 같은 남편이었거든요. 믿을 수도 없고, 외도를 하고, 책에다

---

* 설탕과 물을 끓인 뒤 굳히면서 땅콩을 넣어 만든 과자.

부인을 역겹게 등장시키는 걸 좋아했고."

"리어노라가 한 거라고 생각하지 않으시는 거죠?"

"네." 스트라이크가 말했다. "하지만 리어노라를 감방에 보내지 않으려면 내 의견만으로는 턱없이 부족해요."

로빈은 묻지 않고 빈 잔들을 채우러 바로 가져갔다. 로빈이 잔을 또 내려놓자, 스트라이크는 그녀가 아주 마음에 들었다.

"누군가 퀸이 인터넷에 공개할까 봐 겁을 먹었을 가능성도 살펴봐야 해요." 스트라이크가 감자튀김을 입에 집어넣으면서 말했다. "꽉 찬 레스토랑에서도 퀸이 그런 위협을 했다고 하니까요. 조건만 맞으면 그것도 퀸을 죽일 동기가 되죠."

"그러니까," 로빈이 천천히 말했다. "범인이 원고에서 더 많은 사람들에게 읽히기 싫은 내용을 봤다면 말인가요?"

"맞아요. 그 책은 여기저기 무슨 암호 같은 부분이 있거든요. 만약 퀸이 누군가에 대해 중대한 문제를 알게 되었는데, 그 책에 그 내용을 감춰서 넣었다면요?"

"음, 그럴 수도 있겠네요." 로빈이 천천히 말했다. "왜냐면, '왜 그를 죽일까?'라는 생각을 계속 하고 있거든요. 사실, 명예훼손 문제를 다룰 더 효과적인 방법이 있잖아요? 퀸한테 책을 맡아줄 수 없다거나 출판해줄 수 없다고 할 수도 있고, 아니면 차드라는 사람처럼 법적 조치를 취하겠다고 할 수도 있고요. 그 사람이 죽는 바람에 그 책에 등장한 사람은 모두 다 훨씬 나쁜 상황에 놓이는 거 아닐까요? 이미 그 책에 대해 훨씬 더 많이 알려져버렸잖아요."

"동감이에요." 스트라이크가 말했다. "하지만 범인이 이성적으로 생각하고 있다고 가정하는군요."

"갑자기 저지른 범죄가 아니었다고요." 로빈이 반박했다. "계획을 짰어요. 정말 철저하게 계획한 거예요. 그 결과에 대한 대비도 해놓았을 거예요."

"맞는 말이군요." 스트라이크가 감자튀김을 먹으면서 말했다.

"오늘 아침에 《봄빅스 모리》를 좀 봤어요."

"《호바트의 죄》가 지겨워진 다음에?"

"네……. 음, 책이 금고에 있어서……."

"다 읽어봐요. 갈수록 더 재밌어지는데." 스트라이크가 말했다. "어디까지 읽었어요?"

"중간에 건너뛰었어요." 로빈이 말했다. "서쿠바랑 틱이 나오는 부분을 읽었어요. 악의적이긴 하지만, 거기 뭐랄까…… 숨겨진 게 있는 것 같지는 않아요. 결국 부인과 에이전트가 모두 기생충이라고 욕하는 것이잖아요?"

스트라이크는 고개를 끄덕였다.

"그런데 나중에, 에피? 에피 — 뭐라고 읽죠?"

"에피코이네? 남녀양성체?"

"그것도 실제 인물이라고 생각하세요? 노래 같은 게요? 그게 정말로 노래라고는 생각되지 않잖아요?"

"그리고 애인 하피는 왜 쥐들이 가득한 동굴에 살아요? 상징주의일까요, 아니면 다른 걸까요?"

"커터가 어깨에 멘 핏자국 난 가방도." 로빈이 말했다. "난쟁이도……."

"그리고 베인글로리어스의 집 난롯불의 낙인도." 스트라이크가 이렇게 말하자 로빈은 잘 모르겠다는 표정을 지었다. "거기까진 못 읽었어요? 하지만 제리 월드그레이브가 로퍼차드 파티에서 여러 명한테 설명해줬어요. 그건 마이클 팬코트랑 그의 첫 번째—."

스트라이크의 전화가 울렸다. 전화기를 꺼내보니 도미닉 컬페퍼의 이름이 찍혀 있었다. 그는 작게 한숨을 쉬면서 전화를 받았다.

"스트라이크?"

"음."

"대체 뭐야?"

스트라이크는 컬페퍼가 무슨 말을 하는지 모르는 척하느라 시간을 낭비하지 않았다.

"컬페퍼, 그 이야기는 할 수 없어. 경찰 수사에 영향을 줄 수 있으니까."

"그딴 건 집어치우라고. 벌써 경찰이 우리랑 이야기하고 있으니까. 퀸이 최근에 쓴 책에서 어떤 놈이 죽은 거랑 똑같이 살해당했다던데."

"그래? 이것저것 지껄이고 수사를 망치는 대가로 그 얼간이한테 돈을 얼마나 주고 있나?"

"젠장, 스트라이크. 이런 살인에 엮였으면서 나한테 전화할 생각도 안 해?"

"우리 관계를 어떻게 생각하는지 몰라서 말이야. 하지만 확실한 건, 내가 자네한테 일을 해주면, 자네는 돈을 내는 거야. 그런 거지."

"내가 니나하고 엮어준 덕에 자네가 그 출판사 파티에 갔잖아."

"자네가 청하지도 않은 온갖 자료를 다 갖다 줬는데, 그 정도는 해줘야지." 스트라이크는 한 손으로 감자튀김을 마저 집어 들면서 말했다. "그걸 타블로이드 신문사에 좍 돌릴 수도 있었어."

"돈을 원하면—."

"아니. 돈은 필요 없어, 얼간아." 스트라이크가 짜증을 내자 로빈은 솜씨 좋게 자기 전화기의 BBC 웹사이트로 시선을 돌렸다. "《뉴스 오브 더 월드》를 끌어들여 살인 사건 수사를 망치는 걸 도울 생각은 없다고."

"개인 인터뷰를 따주면 1만 파운드를 받아줄 수 있어."

"잘 있어, 컬—."

"잠깐! 어느 책인지만 말해줘. 그 살인이 나오는 책이 뭔지."

스트라이크는 머뭇거리는 척했다.

"《봄…… 아니 발자크 형제들》." 그가 말했다.

그는 씩 웃으며 전화를 끊고 디저트를 살펴보려고 메뉴를 집었다. 컬페퍼가 읽기 괴로운 문장과 촉수가 난 음낭 사이를 헤치며 긴긴 오후를 보내기를 바랐다.

"새로 올라온 거 있어요?" 로빈이 전화기에서 시선을 들자 스트라이크가 물었다.

"피파 미들턴이 케이트보다 결혼을 잘할 거라고 가족과 친구들이 생각한다는 《데일리 메일》 기사 말고는 별거 없네요."

스트라이크가 인상을 찌푸렸다.

"전화 받으시는 동안에 이것저것 본 것뿐이에요." 로빈이 살짝 변명하는 투로 말했다.

"아니, 그게 아니라." 스트라이크가 말했다. "방금 생각났어요.

피파2011."

"무슨―." 로빈은 계속 피파 미들턴을 생각하면서, 무슨 말인지 몰라 이렇게 말했다.

"피파2011. 캐스린 켄트의 블로그에서. 그 사람이 《봄빅스 모리》 일부를 들어봤다고 했어요."

로빈이 깜짝 놀라면서 전화로 검색을 시작했다.

"여기 있어요!" 몇 분 뒤 로빈이 말했다. "'그 사람이 나한테 읽어줬다고 하면 뭐라고 하겠어요'! 그런데 이게⋯⋯." 로빈이 화면을 위로 올렸다. "10월 21일이었어요. 10월 21일! 이 사람은 퀸이 사라지기도 전에 결말을 알았을지 몰라요."

"맞아요." 스트라이크가 말했다. "난 애플 크럼블을 먹을 건데, 뭐 먹을래요?"

로빈이 바에 가서 또 주문을 하고 돌아오자, 스트라이크가 말했다.

"안스티스가 오늘 저녁을 먹자고 했어요. 부검 사전 결과가 몇 가지 나왔다고."

"오늘이 생일이라는 거 그분도 알고 있어요?" 로빈이 물었다.

"무슨, 몰라요."

그 말에 스트라이크가 어찌나 불쾌해하는지, 로빈은 웃음을 터뜨렸다.

"그게 뭐가 그렇게 나빠요?"

"생일 저녁은 이미 먹었어요." 스트라이크가 험악한 목소리로 말했다. "안스티스한테서 받을 수 있는 최고의 선물은 사망시각이에요. 날짜가 앞으로 잡힐수록 용의자가 줄어들어요. 일찍 원고를 본 사람들이니까. 거기에 리어노라도 끼는 건 안됐지만, 이 피파라는 여자랑, 크리스천 피셔—."

"피셔는 왜요?"

"수단과 기회요, 로빈. 피셔는 일찌감치 원고를 볼 수 있었으니까 리스트에 올라가요. 그리고 엘리자베스 태슬의 비서 랠프, 엘리자베스 태슬, 제리 월드그레이브가 있고. 월드그레이브 바로 다음으로 대니얼 차드가 봤을 테고. 캐스린 켄트는 읽었다는 걸 부인하지만, 곧이곧대로 들을 수는 없고. 그리고 마이클 팬코트가 있어요."

로빈은 놀란 표정으로 고개를 들었다.

"그 사람은 어떻게—?"

스트라이크의 휴대전화가 또 울렸다. 니나 라셀스였다. 그는 잠시 망설였지만, 니나의 사촌이 지금 막 스트라이크와 통화했다는 얘기를 그녀에게 했을지도 모른다는 생각에 전화를 받았다.

"여보세요." 스트라이크가 말했다.

"안녕, 유명인." 니나가 말했다. 명랑한 척 들뜬 목소리였지만 분노를 제대로 감추지 못했다. "기자니 팬이니 하는 사람들 전화가 쏟아져 들어오고 있을까 봐 전화를 못 했어요."

"그 정도는 아닙니다." 스트라이크가 말했다. "로퍼차드 분위기는 어때요?"

"제정신이 아니죠. 아무도 일을 하지 않아요. 그 정도만 이야기할 수 있어요. 정말로 살인이 확실해요?"

"그런 것 같군요."

"세상에, 믿을 수가 없네……. 그렇지만 나한테 얘기해줄 수 없겠죠?" 니나는 추궁하는 기색을 별로 감추지 않고 물었다.

"경찰에서 현재로선 자세한 사항이 알려지는 걸 원하지 않아요."

"책이랑 상관이 있죠, 그렇죠?" 그녀가 말했다. "《봄빅스 모리》랑."

"말할 수 없어요."

"그리고 대니얼 차드가 다리가 부러졌어요."

"예?" 엉뚱한 마무리에 스트라이크는 당황했다.

"그냥 이상한 일들이 너무 많이 일어나고 있다고요." 니나가 말했다. 잔뜩 긴장하고 흥분한 목소리였다. "제리가 여기저기 돌아다니고 있어요. 대니얼이 방금 데븐에서 전화를 해서 또 소리를 질러댔어요. 제리가 우연히 스피커폰을 켜놓고는 끄는 법을 모르는 바람에 사무실 사람들 절반이 들었어요. 다리가 부러져서 주말 별장에서 돌아올 수가 없대요. 대니얼이 말이에요."

"왜 월드그레이브한테 소리를 지른 건가요?"

"《봄빅스》 보안 문제 때문에요." 니나가 말했다. "경찰이 어딘가에서 그 원고 전체를 입수한 게 대니얼 마음에 안 드는 거죠."

"어쨌든," 니나가 말했다. "축하 전화를 걸어야 되겠다고 생각했어요. 탐정이 시체를 찾아내면 축하하는 거 맞죠? 바쁘지 않을 때 전화해줘요."

스트라이크가 뭐라고 대답도 하기 전에 니나는 전화를 끊었다.

웨이터가 애플 크럼블과 로빈의 커피를 가져왔을 때 그가 말했다. "그—."

"원고를 훔쳐다 준 사람이죠?" 로빈이 말했다.

"그 기억력은 인사부에서 일하기엔 아까웠을 거예요."

"마이클 팬코트는 진심으로 한 말이에요?" 로빈이 조용히 물었다.

"물론이죠." 스트라이크가 말했다. "대니얼 차드가 퀸이 한 짓을 분명히 말했을 거예요. 팬코트가 남한테서 그 이야기를 듣는 건 원치 않았을 거 아니에요? 팬코트가 그쪽에서는 주요 인사인데. 그래요, 팬코트가 일찌감치 알았다고 봐야 해요. 그━."

이번에는 로빈의 전화가 울렸다.

"여보세요." 매튜가 말했다.

"응, 좀 어때?" 로빈이 불안한 목소리로 물었다.

"별로야."

어딘가 뒤에서 누가 음악을 틀었다. "First day that I saw you, thought you were beautiful……."*

"어디야?" 매튜가 날카롭게 물었다.

"아…… 펍이야." 로빈이 말했다.

갑자기 펍이 온통 시끄러워지는 것 같았다. 잔이 부딪치는 소리, 바에서 들려오는 요란한 웃음소리.

"오늘이 코모란 생일이거든." 로빈이 불안한 목소리로 말했다. (사실 매튜와 그의 동료들은 서로 생일에 펍에 가줬으니까…….)

"잘했네." 매튜는 화가 잔뜩 난 목소리로 말했다. "나중에 전화할게."

"맷! 아니, 잠깐━."

로빈이 아무 말도 없이 일어나 바 쪽으로 걸어가는 것을 스트라

* 당신을 처음 만난 날, 아름답다고 생각했지…….

이크는 애플 크럼블을 한입 가득 우물거리면서 곁눈질로 보았다. 분명 매튜에게 다시 전화를 걸기 위해서였다. 그 회계사는 약혼녀가 자기 어머니를 애도하지 않고 점심을 먹으러 나간 것이 싫었던 것이다.

로빈은 계속해서 전화를 다시 걸었다. 그리고 겨우 통화가 되었다. 스트라이크는 크럼블과 세 잔째 맥주를 다 비우고 나서 화장실에 가야 한다는 사실을 깨달았다.

먹고, 마시고, 로빈과 이야기하는 사이에는 아무렇지도 않았던 무릎이 일어나자 격렬하게 저항했다. 다시 자리로 돌아왔을 때는 통증 때문에 땀까지 약간 날 정도였다. 표정으로 봐서 로빈은 여전히 매튜를 달래려고 노력하는 중이었다. 한참 뒤 로빈이 전화를 끊고 돌아왔을 때, 그는 괜찮냐는 질문에 짧게 대답했다.

"저, 브로클허스트 양은 제가 따라다닐 수 있어요." 로빈이 다시 말했다. "다리가 너무—."

"아뇨." 스트라이크가 잘라 말했다.

무릎은 쓰라리고, 스스로에게는 화가 났고, 매튜 때문에 짜증이 난 그는 갑자기 속이 조금 메스꺼렸다. 스테이크, 감자튀김, 크럼블, 맥주 세 잔을 마시기 전에 초콜릿을 먹은 것이 후회됐다.

"사무실로 가서 건프리의 마지막 청구서를 작성해줘요. 그리고 망할 기자들이 아직도 있으면 문자해요. 그렇다면 여기서 바로 안스티스한테 갈 테니까."

그리고 그는 작게 중얼거렸다. "다른 사람을 채용하는 문제를 생각해봐야 되겠군."

로빈의 표정이 굳었다.

"그럼 가서 작성할게요." 로빈이 말했다. 그리고 코트와 가방을 들더니 나갔다. 스트라이크는 로빈의 화난 표정을 보았지만, 뭐라 설명할 수 없는 짜증이 치밀어 올라 전화를 걸지 않았다.

23

내 입장을 말하자면, 그 여자가 그렇게 잔인한 짓을 저지를 만큼 검은 영혼을 가졌다고 생각하지 않네.
- 존 웹스터, 《하얀 악마》

오후 내내 펍에서 다리를 올려놓고 앉아 있었지만 스트라이크의 무릎 붓기는 별로 가시지 않았다. 지하철역으로 가면서 진통제와 싼 레드와인 한 병을 산 뒤, 그는 안스티스가 헬리라고 부르는 아내 헬렌과 함께 사는 그리니치로 출발했다. 센트럴 라인이 연착되는 바람에 애시버넘 그로브에 있는 그의 집으로 가는 데 한 시간이 넘게 걸렸다. 그는 내내 왼쪽 다리에 체중을 싣고 서서 가면서 루시의 집에 오가는 데 100파운드를 쓴 것을 다시 한 번 후회했다.

도크랜즈 라이트 철도에서 내리니 얼굴에 빗방울이 떨어졌다. 그는 옷깃을 세우고 다리를 절며 어둠 속으로 나섰고, 5분이면 될 거리를 15분 가까이 걸려서 걸어갔다.

깔끔하게 정리된 테라스와 잘 관리한 정원들이 늘어선 거리로 접어들어서야 대자 아이에게 줄 선물을 가져왔어야 하는 게 아닐까 하는 생각이 들었다. 안스티스와 부검 정보를 이야기하고 싶기는 했지만, 그날 저녁 담당해야 하는 사교적인 역할에는 별로 의욕이 생기지 않았다.

스트라이크는 안스티스의 아내를 좋아하지 않았다. 가끔 싫증날 정도로 따뜻하게 굴지만 참견하기 좋아하는 성격을 잘 감추지 못하는 여자였다. 마치 모피코트 밑에 감춘 단도가 갑자기 번뜩이는 것처럼 그 성격이 드러나곤 했다. 헬리는 스트라이크가 궤도 안에 들어올 때마다 고맙다고 인사하고 신경써주는 말을 쏟아냈지만, 스트라이크의 파란만장한 경력과 록스타 아버지, 약물복용으로 돌아가신 어머니에 관한 정보가 궁금해 안달을 내는 것이 빤히 보였다. 게다가 헬리는 샬럿을 늘 야단스럽게 맞이해주었지만 늘 마음에 들지도 않고 믿지도 못하겠다는 내색을 감추지 않았고, 그랬던 샬럿과 스트라이크가 헤어진 과정도 몹시 알고 싶어 할 것이 분명했다.

티모시 코모란 안스티스의 세례 파티는 아버지와 대부가 아프가니스탄에서 공수되어 각자 병원에서 퇴원할 때까지, 아이가 18개월이 되도록 미뤄졌다. 그 파티에서 헬리는 스트라이크가 아기 아버지의 목숨을 어떻게 구했는지, 그리고 그가 티미에게도 수호천사가 되어주겠다고 약속한 것이 얼마나 뜻 깊은 일인지 울먹이며 연설했다. 그 아이의 대부가 되어주기를 거절할 적절한 이유를 생각해낼 수 없었던 스트라이크는 헬리가 연설을 하는 동안 테이블만 쳐다보면서 샬럿이 웃길까 봐 시선을 피하려고 조심하고 있었다. 샬럿이 그가 제일 좋아하던 청록색 랩오버 드레스를 완벽한 몸매에 꼭 맞게 입고 있었던 것이 생생하게 기억났다. 목발을 짚었어도 그렇게 아름다운 여자와 팔짱을 끼고 있으면, 아직 의족을 끼우지 못한 반쪽 다리를 보상받을 수 있었다. 그러면 그는 '발이 하나뿐인 사나이'가 아니라, 어디든 나타나기만 하면 이상하게 모두 하던 말을 멈출 만큼 눈부시게 아름다운 약혼녀를 낚아챈 남자로 변신할 수 있었다.

"코미, 어서 와요." 헬리는 문을 열더니 아이를 어르듯 말했다. "어디, 유명인 얼굴 좀 보여주세요. 우릴 잊어버린 줄 알았잖아요."

스트라이크를 코미라고 부르는 사람은 아무도 없었다. 그는 그렇게 부르는 게 싫다는 말을 하고 싶지도 않았다.

헬리는 상대의 의사와는 상관없이 다정하게 껴안으며 인사했는데, 스트라이크는 그것이 싱글이 된 자신의 처지에 대한 동정심과 유감을 나타내기 위한 것임을 알고 있었다. 적대적인 겨울밤을 겪고 난 그에게 집은 따뜻하고 밝게 느껴졌고, 헬리에게서 몸을 빼내자 환영 선물로 둠바 맥주 한 잔을 들고 다가오는 안스티스가 반가웠다.

"리치, 들어가기나 하고 시작해. 정말이지……."

하지만 스트라이크는 잔을 받고 감사한 마음으로 서너 모금 마신 후에야 외투를 벗었다.

스트라이크의 세 살 반 된 대자는 부우웅 엔진 소리를 내면서 복도로 달려 나왔다. 아이는 엄마를 많이 닮아서 이목구비가 작고 예쁘장하긴 하지만 얼굴 한가운데로 이상하게 쏠려 있었다. 티모시는 슈퍼맨 파자마를 입고 있었고, 플라스틱 광선검을 벽에다 휘둘렀다.

"오, 티미, 그러지 마. 페인트를 새로 예쁘게 칠했잖니. 애가 코모란 아저씨를 보겠다고 자지 않고 있어요. 코모란 씨 이야기를 늘 해주거든요." 헬리가 말했다.

스트라이크는 무덤덤하게 아이를 살펴보았고, 아이에게서도 자신에 대한 흥미를 별로 발견하지 못했다. 티모시는 스트라이크가 생일을 기억해보려고 노력하는 유일한 아이였지만, 그렇다고 선물을 사준 적은 없었다. 아프가니스탄의 흙먼지 날리는 길에서 바이킹이 폭발해 스트라이크의 오른쪽 다리 절반과 안스티스의 얼굴 일부를 앗아 가기 이틀 전, 그 아이가 태어났다.

아무에게도 말하지는 않았지만, 스트라이크는 병원 침대에 누워 있던 긴긴 시간 동안, 왜 하필 안스티스를 붙잡아 차량 뒤로 끌어당겼는지 궁리하며 그 일을 머릿속으로 되풀이해보았다. 폭발이 일어날 것이라는 불길한 예감이 확신에 가까워지는 순간, 그는 게리 토플리 병장을 잡을 수도 있었지만 결국 안스티스에게 손을 뻗어 붙잡았던 것이다.

그 전날, 안스티스가 거의 종일 스트라이크에게 들리는 곳에서 헬렌과 스카이프로 화상 통화를 하면서 하마터면 제대로 만나지도 못했을 갓난 아들을 보고 있었기 때문일까? 그래서 스트라이크의 손이 일말의 망설임 없이 나이가 더 많은 쪽, 민방위군 경찰을 잡았던 것일까? 약혼은 했지만 아이는 없는 토플리 대신에? 알 수 없는 일이었다. 그는 아이를 좋아하지도 않았고, 과부가 될 처지에서 구해낸 그의 아내는 마음에 들지 않았다. 수백만 명의 살아 있는, 그리고 죽은 군인들이 그랬듯이, 훈련과 본능에 따라 그가 한 행동이 한 사람의 운명을 영영 바꿔놓았다.

"팀한테 그림책 읽어줄래요, 코미? 새 책을 샀거든요. 그렇지,

티미?"

스트라이크로서는 그만큼 싫은 일도 별로 없었다. 가만있지 못하는 아이가 무릎에 앉아 오른쪽 무릎을 발로 찬다고 생각하니 더욱 그랬다.

안스티스는 주방과 연결된 식당으로 안내했다. 벽은 크림색이었고, 마룻바닥으로 되어 있었으며, 반대편 큰 유리창 옆에는 기다란 목재 식탁이 놓여 있었다. 식탁에는 검은 가죽 의자들이 놓여 있었다. 스트라이크는 마지막으로 샬럿과 여기 왔을 때 의자 색이 달랐다는 생각이 어렴풋이 들었다. 헬리가 뒤에서 밀고 들어오더니 스트라이크의 손에 화려한 색깔의 그림책을 쥐어주었다. 식당 의자에 앉아 대자를 옆에 앉히고 《뛰기 좋아하는 캥거루 킬라》를 읽어줄 수밖에 없었다. 책은 (평소라면 관심을 갖지도 않았겠지만) 로퍼차드에서 출판된 것이었다. 티모시는 킬라의 익살맞은 행동에는 별로 관심이 없는 듯, 내내 광선검만 갖고 놀았다.

"잘 시간이다, 티미. 코미한테 뽀뽀하렴." 헬리가 이렇게 말하니 티미는 의자에서 내려가 싫다고 소리 지르며 달려 나갔고, 스트라이크는 소리 없이 축복해주었다. 헬리가 아이의 뒤를 따라갔다. 모자가 위층으로 달려가자 소리가 점점 잦아들었다.

"틸리를 깨우겠군." 안스티스가 예측했고, 아니나 다를까 헬리는 한 살짜리 아기를 안고 내려와 남편 품에 안기고는 오븐 쪽으로 갔다.

스트라이크는 점점 더 배고픔을 느끼며 식탁에 멍하니 앉아서 아이가 없다는 사실에 깊은 감사를 느꼈다. 안스티스 부부가 틸리를 다시 재우기까지 45분 가까이 걸렸다. 마침내 캐서롤*이 식탁에 올라왔고 둠바 한 잔도 함께 나왔다. 헬리 안스티스가 공격 태세를 갖추는 것을 감지하지만 않았더라도 스트라이크는 편안 해졌을 것이다.

"샬럿이랑 그렇게 된 건 정말 정말 유감이에요." 헬리가 말했다.

스트라이크는 마침 음식을 입에 잔뜩 넣고 있어서 동정해줘서 고맙다는 표정을 대충 지어 보였다.

"리치!" 남편이 와인을 한 잔 따르자 헬리가 장난스럽게 말했다. "이건 아니지! 또 아이가 생겼거든요." 헬리는 배에 손을 얹으면서 스트라이크에게 자랑스레 말했다.

스트라이크는 우물거리던 것을 꿀꺽 삼켰다.

"축하합니다." 티모시나 틸리가 또 하나 생긴다는 전망에 두 사람이 그렇게 기쁜 표정을 짓는다는 사실이 당황스러웠다.

기다렸다는 듯, 아들이 다시 나타나더니 배가 고프다고 했다. 스트라이크로서는 실망스럽게도 안스티스가 일어나 아이를 상대했고, 헬리는 '뵈프 부르기뇽'**을 포크에 찍어 올리면서 눈을 반짝이며 스트라이크를 쳐다보았다.

"그래서 4일에 결혼을 한다니. 코모란 씨 기분이 어떨지 상상도 못 하겠네요."

"누가 결혼을 합니까?" 스트라이크가 물었다.

헬리가 놀란 표정을 지었다.

"샬럿요."

계단 쪽에서 티미가 울부짖는 소리가 어렴풋이 들려왔다.

---

* 고기와 야채를 오븐에 넣어 천천히 익혀 만드는 찜 요리.
** 프랑스식 쇠고기찜.

"샬럿이 12월 4일에 결혼해요." 그 소식을 그에게 처음 전하는 사람이 되었다는 사실을 깨달은 헬리는 흥분한 표정이었다. 그러나 곧 스트라이크의 표정을 보고 불안해진 눈치였다.

"어, 어디서 그렇다고 들었어요." 헬리가 접시로 시선을 떨구었을 때 안스티스가 돌아왔다.

"말썽쟁이 같으니." 안스티스가 말했다. "또 일어나서 나오면 엉덩이를 때려준댔어."

"신이 나서 그래." 스트라이크의 화난 표정에 살짝 당황한 헬리가 말했다. "코미가 와서."

캐서롤은 스트라이크의 입안에서 고무와 폴리스티렌으로 바뀌었다. 샬럿이 결혼하는 것을 헬리 안스티스가 어떻게 알아냈을까? (스트라이크가 싫지만 기억하는 대로) 크로이의 14대 남작의 아들인 샬럿의 남편감과 안스티스가 아는 사이일 가능성은 없었다. 신사들의 전용 클럽이나 새빌 로의 양복점, 자고 로스가 금융 수입만 가지고 살면서 만나고 다니는 마약에 쩐 슈퍼 모델들에 대해서 헬리 안스티스가 뭘 안단 말인가? 헬리도 스트라이크 자신처럼 아무것도 몰랐다. 그런 곳 출신이었던 샬럿이 스트라이크와 사귈 때는 서로의 배경에 모두 불편하기만 한 사교의 무인지대에서 만난 셈이었다. 두 개의 완전히 다른 규범이 충돌을 일으키고, 사사건건 공통점을 찾기 위한 투쟁이 이어졌다.

티모시가 또다시 울어대면서 주방으로 왔다. 이번에는 부모 모두 일어나 아이를 침실로 데려갔고, 그사이 스트라이크는 둘이 나간 것도 모른 채 기억 속으로 빠져들었다.

샬럿은 양아버지 중 한 사람이 정신병원에 보내려고 할 만큼 아슬아슬했다. 샬럿은 다른 사람들이 숨 쉬듯 거짓말을 했고, 완전히 망가져 있었다. 샬럿과 스트라이크가 가장 길게 연속해서 사귄 기간이래 봐야 2년이었지만, 서로에 대한 믿음이 자주 박살이 나면서도 둘은 서로에게 끌렸다. 헤어졌다 다시 합칠 때마다 둘은 더 상처를 입었지만(스트라이크에게는 그렇게 느껴졌다), 그럼에도 서로에 대한 열망은 더욱 강해졌다. 16년간 샬럿은 가족과 친구들의 불신과 경멸을 견디면서 덩치 큰 사생아, 결국에는 불구가 된 군인에게 자꾸만, 자꾸만 되돌아갔다. 스트라이크는 다른 친구가 그런 일을 당하고 있었다면 헤어지라고, 뒤도 돌아보지 말라고 조언했을 테지만 그 자신은 샬럿을 박멸할 수 없는 혈중 바이러스처럼 여기게 되었다. 그가 희망할 수 있는 최선은 그 증세를 통제하는 것뿐이었다. 마지막 결별은 8개월 전, 랜드리 사건으로 유명해지기 직전이었다. 샬럿은 마침내 용서할 수 없는 거짓말을 했고, 스트라이크가 영영 떠나자 샬럿은 남자들이 아직도 뇌조사냥을 다니고 여자들이 가문의 창고에 보관해둔 왕관을 쓰는 세계로 돌아갔다. 그녀가 경멸한다던 세상으로(그것도 거짓말처럼 들리기는 했지만).

안스티스 부부는 티모시를 떼어놓은 대신 울며 딸꾹질을 하는 틸리를 달고 돌아왔다.

"애가 없어서 다행이다 싶죠?" 헬리가 틸리를 안고 식탁에 앉으면서 명랑하게 말했다. 스트라이크는 입만 씩 웃어 보이면서 반박하지 않았다.

아기가 있었다. 좀 더 정확하게 말하자면 아기의 유령, 아기의 약속, 그리고 아기의 죽음이 있었다. 샬럿은 임신했다고 했다. 그런데 병원에 가기를 거부하고 만날 약속을 바꾸더니, 그것이 진짜였는지 아닌지 한 조각의 증거도 없이 모두 끝났다고 선언했다. 그것은 대부분의 남자들이 용서할 수 없을 거짓말이었고, 스트라이크에게 그것은 모든 거짓말을 끝내줄 거짓말이자, 그 오랜 세월의 거짓말을 견디고도 간신히 살아남은 작은 믿음의 최후였다. 샬럿도 분명 그 사실을 알았을 것이다.

12월 4일, 11일 후에 결혼한다니……. 헬리 안스티스가 그걸 어떻게 알았을까?

두 아이가 징징거리며 울어대는 바람에 루바브플랑과 커스터드 디저트를 먹으며 대화를 나눌 수 없게 된 것이 오히려 다행스럽다는 심술궂은 마음이 들었다. 부검 결과를 의논하러 맥주를 들고 서재로 가자고 하는 안스티스의 제안이 스트라이크로서는 그날 들은 말 중 가장 반가웠다. 둘은 살짝 부루퉁한 헬리에게 몹시 졸린 틸리와 이상하게 잠을 청하지 못하고 이번에는 침대에 물을 쏟았다고 알려오는 티모시를 맡겨두고 나왔다. 헬리는 스트라이크에게서 본전도 뽑지 못해 실망한 눈치였다.

안스티스의 서재는 책이 가득 들어 찬 조그만 방이었다. 그는 스트라이크에게 컴퓨터 의자를 권하고 낡은 방석에 앉았다. 커튼이 걷혀 있어, 보슬비가 오렌지빛 가로등 불빛 아래로 먼지처럼 내리는 것이 보였다.

"과학수사 팀에서는 여태까지 본 것 중에 가장 어려운 일이라던데." 안스티스가 말을 꺼냈고, 스트라이크의 관심이 곧바로 집중되었다. "잊지 마, 이건 모두 비공식이고, 아직 결론이 나오지 않았어."

"정확한 사인은 알아냈나?"

"뇌손상이야." 안스티스가 말했다. "두개골 뒤쪽을 맞았어. 즉사는 아니었을지도 모르지만, 뇌상만으로도 죽었을 거야. 배를 열 때 죽어 있었는지는 확실히 모르지만, 의식은 분명히 없었을 거래."

"다행이군. 맞은 다음에 묶였는지, 그 전에 묶였는지는 아나?"

"거기에 대해서는 논란이 있어. 손목을 밧줄로 묶은 곳에는 멍이 들어 있어서 죽이기 전에 묶었다고 보는데, 밧줄로 묶을 때 의식이 있었다는 징후는 없어. 문제는 산을 죄다 뿌려놓는 바람에 몸싸움이 있었다거나 시신을 끌어 왔다거나 하는 자국이 바닥에 하나도 없다는 거야. 덩치도 크고 무거운 사람이라—."

"묶어놓으면 처리하기 쉽지." 스트라이크는 키 작고 마른 리어노라를 떠올리며 말했다. "하지만 맞은 각도를 알면 좋을 거야."

"바로 위에서 맞았어." 안스티스가 말했다. "하지만 서서 맞았는지, 앉거나 무릎을 꿇고 맞았는지는 몰라."

"그 방에서 살해당한 것은 확실하다고 봐도 좋을 것 같던데." 스트라이크가 나름대로 생각을 이어가며 말했다. "그렇게 무거운 시체를 그 계단으로 옮길 수 있는 사람은 없으니까."

"시신이 발견된 그 자리에서 죽었다는 데 모두 동의해. 거기 산 농도가 제일 높고."

"무슨 산인지 아나?"

"아, 말하지 않았나? 염산이야."

스트라이크는 화학시간에 배운 내용을 기억해보려고 했다. "철에 도금할 때 쓰는 거 아닌가?"

"그것도 한 가지 용도지. 합법적으로 살 수 있는 부식성 약품이고, 공장에서 여러 가지로 사용해. 강력 세제로도 쓰고. 이상한 점하나는, 사람 몸에서도 자연적으로 사용된다는 거야. 위산이 그거거든."

스트라이크는 생각하며 맥주를 마셨다.

"책에서는 비트리올을 끼얹었는데."

"비트리올은 황산인데, 염산도 그걸로 만들어. 인체 조직을 심각하게 부식시키지. 자네도 봤지만."

"그 정도 양을 대체 어디서 구한 거지?"

"믿거나 말거나, 그게 전부터 그 집에 있었던 것 같아."

"대체 왜─?"

"그걸 알려줄 사람은 아직 찾지 못했어. 주방 바닥에 빈 통이 있었고, 계단 아래 창고에 똑같이 생긴 용기에 먼지가 쌓여 있었어. 염산이 가득 들어 있고, 열지 않은 통이야. 버밍엄의 화학약품 공장에서 만든 거야. 빈 통에는 장갑 낀 손자국 같은 것이 나 있어."

"재미있는데." 스트라이크가 턱을 긁으면서 말했다.

"그걸 언제 어떻게 샀는지 알아보는 중이야."

"머리를 때린 둔기는?"

"작업실에 구식 도어스토퍼가 있어. 손잡이가 달린 쇳덩어리야. 아마 그걸 거야. 두개골의 자국하고 모양도 같아. 그것도 염산을 뒤집어쓰고 있었어."

"사망시각은 언제쯤 같아?"

"어, 그게 복잡해. 곤충학자가 시체 상태 때문에 보통의 계산이 전혀 맞지 않는다면서 확답을 하지 않아. 염산에서 나오는 연기만으로도 벌레가 한동안 생기지 않았을 것이고, 그래서 벌레 상태만 보고는 사망 날짜를 알 수가 없대. 파리가 제정신이면 산에다 알을 낳지는 않을 테니까. 염산이 묻지 않은 부분에 구더기가 한두 마리 있지만, 보통처럼 벌레가 생기지는 않았어. 게다가 실내 난방을 최고로 높여놓아서 이런 날씨의 일반적인 경우보다 시체가 좀 더 빨리 썩었거든. 하지만 염산이 정상적인 부패도 방해했을 거야. 시체 일부는 뼈까지 탔으니까. 내장을 봤다면 마지막 먹은 식사니 하는 것을 알아서 결론을 내렸을 텐데, 시체에서 싹 빼내갔고. 범인이 가져간 것 같아." 안스티스가 말했다. "그런 짓은 처음 보는데. 그렇지 않아? 생 창자를 가져가다니."

"음. 나도 처음이야." 스트라이크가 대답했다.

"요점만 말하자면, 과학수사팀에서는 열흘 이상 되었다는 말 말고는 사망시각을 내놓지 않는다는 거야. 하지만 거기 보스인 언더힐이랑 이야기를 해봤는데, 퀸이 죽은 지 2주는 되었을 거라고 비공식적으로 알려줬어. 하지만 모든 자료를 총동원한다 해도 변호사측에서 조작할 게 많을 정도로 증거가 모호하더군."

"약물학 쪽에서는?" 퀸의 체구와 그렇게 큰 몸을 다루기 힘들었을 것이라는 사실을 떠올리며, 스트라이크가 물었다.

"음, 약물을 썼을 수도 있어." 안스티스가 동의했다. "아직 혈액검사 결과는 나오지 않았고, 주방에 있는 병 내용물도 분석하고 있어. 하지만," 그는 맥주를 마저 마시고 잔을 내려놓았다. "범인이 쉽게 처리할 수 있었던 방법이 또 있어. 퀸이 묶이는 걸 좋아했거든. 섹스 게임에서."

"그건 어떻게 알았나?"

"애인한테서." 안스티스가 말했다. "캐스린 켄트 말이야."

"그 여자랑 벌써 이야기를 했군?"

"응." 안스티스가 말했다. "5일에 자기 집에서 좀 떨어진 곳에서 퀸을 태워 릴리 로드에 내려준 택시 기사를 찾아냈거든."

"스태포드 크립스 하우스 바로 옆이군." 스트라이크가 말했다. "그럼 리어노라한테서 나와서 바로 애인한테 간 건가?"

"아니, 그러진 않았어. 켄트는 아픈 언니를 보러 외출 중이었고, 확증도 있어. 호스피스 병원에서 그날 밤을 보냈어. 켄트는 그를 한 달 동안 못 만났다고 했는데, 성생활에 대해서는 놀라울 정도로 솔직하게 이야기해주더라고."

"세세한 내용도 물었나?"

"켄트는 우리가 실제로 아는 것보다 많이 안다고 생각하는 느낌이던데. 별로 묻지도 않았는데, 술술 나오더라고."

"《봄빅스 모리》를 읽지 않았다고 했지만ㅡ." 스트라이크가 말했다.

"우리한테도 그렇게 말했어."

"그 여자가 책에서 주인공을 묶고 공격하는 점에 미루어 보면 말이야. 어쩌면 자기가 섹스에서는 사람을 묶지만, 고문하고 죽이는 건 아니라고 밝혀두고 싶었을지도 모르겠군. 리어노라는 퀸이 원고를 가져갔다던데, 그건 언제? 노트랑 낡은 타자기 리본하고. 그건 찾았나?"

"아니." 안스티스가 말했다. "그가 탤거스 로드로 가기 전에 다른 곳에서 지냈는지 알아낼 때까지는, 범인이 그걸 가져갔다고 가정할 셈이야. 주방에 음식 부스러기랑 음료수, 침실 한 곳에 캠

292

핑 매트리스랑 침낭 말고는 집에 아무것도 없었어. 퀸이 거기서 대충 지내고 있었던 것 같아. 그 방에도 염산을 뿌렸더라고. 퀸의 침대에 온통."

"지문은? 발자국도 없어? 이상한 머리카락이나 진흙도?"

"아무것도 없어. 수색을 했지만, 지나간 자리는 염산이 다 지워 놨어. 염산 연기에 목구멍이 타지 않게 경찰도 마스크를 썼으니 까."

"택시 기사 이외에 퀸이 사라진 후에 봤다는 사람은?"

"아무도 그가 탤거스 로드에 들어가는 걸 보진 못했지만, 183번 지에 사는 이웃이 퀸이 아침에 거기서 나오는 걸 본 적이 있다고 해. 6일 아침 일찍. 본파이어 나이트* 파티에서 돌아와 들어가던 길이었다더군."

"어두웠을 테고 두 집 건너 집이었으니, 그 여자가 실제로 본 건……."

"외투를 입고 여행용 가방을 든 키 큰 사람의 윤곽이지."

"여행용 가방이라." 스트라이크가 되풀이했다.

"응." 안스티스가 말했다.

"외투 입은 사람이 차에 탔다고 했나?"

"아니. 걸어서 사라졌지만, 모퉁이 지나 차가 있었을 수도 있지."

"다른 사람은?"

"퍼트니의 노인 하나가 퀸이 8일에 왔다고 하더군. 동네 경찰 서에 전화를 해서 정확하게 묘사했어."

---

* 영국에서 11월 5일 밤에 1605년 의사당 폭파 계획을 기념해 벌이는 불꽃놀이 파티.

"퀸이 뭘 하고 있었다던가?"

"브리들링턴 서점에서 책을 샀대. 그 사람이 일하는 곳이야."

"얼마나 믿을 수 있는 증인이지?"

"글쎄, 노인이긴 하지만 퀸이 산 것을 기억할 수 있다고 하고, 외모 묘사도 좋아. 그리고 범죄현장 건너편의 아파트에 사는 여자가 8일 아침에 그 집 앞을 걸어가는 마이클 팬코트하고 마주쳤다고도 해. 알지, 머리 큰 작가? 유명한 사람이잖아."

"어, 알지." 스트라이크가 천천히 말했다.

"목격자 말로는 어깨 너머로 그 사람을 보고 누군지 알아서 열심히 쳐다봤다던데."

"팬코트가 그냥 지나갔다던가?"

"그렇다고 하더군."

"팬코트에게 그 사실을 확인한 사람은 아직 없나?"

"독일에 갔어. 하지만 돌아오면 기꺼이 협조하겠다더군. 에이전트가 도와주려고 열심이던데."

"탤거스 로드에서 다른 수상한 행동은 없었고? CCTV 영상은?"

"카메라가 하나 있는데 엉뚱한 방향으로 달려 있어서 자동차가 찍혔어. 하지만 제일 중요한 사실은 이거야. 길 맞은편, 네 집 건너에 사는 또 다른 이웃이 4일 오후에 부르카*를 입은 뚱뚱한 여자가 할랄 음식**이 든 테이크아웃 봉투를 들고 들어가는 길 봤대. 하도 오래 비어 있던 집이라 눈에 띄었다는 거야. 그는 여자가 한 시간쯤 있다가 나갔다고 했어."

---

* 이슬람 여성이 착용하는 옷.
** 이슬람 교리에 따라 도축한 고기로 만든 요리.

"퀸의 집에 들어간 게 확실하다고 했나?"

"그렇다고 해."

"그런데 열쇠를 갖고 있었고?"

"그렇다고 하더라고."

"부르카라." 스트라이크가 되풀이했다. "젠장."

"그 사람 시력이 좋은지는 모르겠어. 안경 렌즈가 굉장히 두껍던데. 그 길에 무슬림은 아무도 살지 않아서 눈에 띄었다더군."

"그럼 퀸이 집에서 나간 뒤로 두 차례 목격했다는 사람이 있군. 6일 아침 일찍, 그리고 8일에 퍼트니에서."

"그렇지." 안스티스가 말했다. "하지만 둘 다 별로 큰 기대를 걸 증인은 아니야."

"퀸이 집에서 나온 날 밤에 죽었다고 생각하지?" 질문보다는 진술에 가까운 말투였고, 안스티스는 고개를 끄덕였다.

"언더힐도 그렇게 생각해."

"칼과 관련된 흔적은 없고?"

"전혀. 주방에 칼이 하나 있었는데 아주 무딘 보통 칼이야. 그런 일을 할 때 쓸 물건이 아니었어."

"그 집 열쇠를 가진 사람은 누구라고 알고 있지?"

"우선 자네 의뢰인이 갖고 있고." 안스티스가 말했다. "퀸도 하나 갖고 있었을 거야. 팬코트는 두 개를 갖고 있다고 전화로 알려줬어. 퀸 부부는 팬코트의 에이전트가 집수리 준비를 할 때 열쇠를 하나 빌려줬어. 에이전트는 열쇠를 돌려줬다고 했고. 집에 문제가 생기면 들어갈 수 있도록 옆집 사람이 열쇠를 하나 갖고 있어."

"냄새가 그렇게 나는데, 그 사람은 들어가보지 않았나?"

"다른 쪽 옆집 사람은 냄새를 불평하는 쪽지를 문 밑으로 밀어 넣었다고 하는데, 열쇠를 갖고 있는 사람은 보름 전에 뉴질랜드에 두 달 지내려고 갔어. 그 사람과는 통화를 했어. 그 집에 마지막으로 들어간 건 5월인데, 소포가 두어 개 와서 일꾼들이 그걸 현관에 두었다고 해. 퀸 부인은 그사이에 열쇠를 누구한테 빌려 줬는지 잘 모르더군."

"좀 이상해, 퀸 부인은." 안스티스가 담담하게 말했다. "그렇지 않나?"

"그런 생각은 해보지 않았는데." 스트라이크는 거짓말을 했다.

"그가 사라진 날 밤에 부인이 쫓아 나가는 소리를 이웃이 들은 거 알고 있어?"

"몰랐어."

"그랬다는 거야. 부인이 소리를 지르면서 그를 쫓아 집에서 달려 나갔어. 부인이 '오언, 어디로 가는지 다 알아!'라고 소리 지른 걸 이웃이 전부 들었어."

"음, 부인은 정말로 안다고 생각했어." 스트라이크가 어깨를 으쓱이며 말했다. "퀸이 크리스천 피셔가 말해준 집필 장소로 가는 줄 알았거든. 비글리 홀로."

"집에서 나오지 않으려고 해."

"다른 곳에서는 자본 적이 없는 정신박약 딸이 있어. 리어노라가 퀸을 힘으로 제압하는 게 상상이 되나?"

"아니." 안스티스가 말했다. "하지만 그 사람이 결박당하는 것에 흥분하는 걸 알고 있잖아. 30년 넘게 산 부인이 그걸 모를 리는 없을 것 같은데."

"둘이 싸웠는데, 부인이 쫓아가서 결박 게임을 하자고 했을 것 같나?"

안스티스는 형식적으로 짧게 웃어 보이고는 말했다.

"부인한테 별로 유리한 상황이 아니야. 집 열쇠를 갖고 있고, 원고를 일찌감치 읽을 수 있었던 화난 아내. 내연녀에 대해 알았다면 동기도 충분하고. 특히 퀸이 그녀와 딸을 버리고 켄트에게 간다는 문제가 있다면 말이야. '어디로 가는지 다 알아'가 탤거스 로드의 집이 아니라 집필 장소라는 건 부인의 말이잖아."

"그렇게 말하니 그럴듯하군." 스트라이크가 말했다.

"하지만 자넨 그렇게 생각하지 않잖아."

"부인은 내 의뢰인이잖아." 스트라이크가 말했다. "여러 가지 대안을 생각해주고 돈을 받고 있으니까."

"부인이 어디서 일했는지 이야기해줬나?" 안스티스가 트럼프 카드를 내놓는 사람처럼 말했다. "결혼하기 전에 헤이온와이에서 말이야."

"말해봐." 스트라이크는 불안해졌다.

"삼촌의 정육점에서 일했어."

서재 문 밖에서 티모시 코모란 안스티스가 또 뭔가 새로운 문제로 소리를 질러대며 계단을 쿵쿵 내려왔다. 어색한 첫 만남 이후 처음으로, 스트라이크는 아이에게 진정한 공감을 느꼈다.

24

교육을 잘 받은 사람들은 너나없이 거짓말을 하지.
게다가, 당신은 여자고. 당신은 절대로 생각하는 걸 말하지 않을 거
야⋯⋯.
— 윌리엄 콩그리브, 《사랑에는 사랑으로》

그날 밤, 하루 종일 마셔댄 둠바 맥주와 피, 염산과 파리로 점철
된 대화로 불붙은 스트라이크의 꿈들은 기괴하고 추악했다.

샬럿이 결혼을 한다는 소식에 스트라이크는 멀쩡하게 잘 움직
이는 두 다리로 섬뜩한 고딕 성당을 향해 달려가고 있었다. 그녀
가 방금 자기 아이를 낳았다는 사실을 아는 그는 무슨 일이 있어
도 그 아기를 보고, 또 구해야만 했다. 그녀는 어둡고 텅 빈 광활
한 공간에서, 혼자 제단에 서서 핏빛처럼 붉은 드레스를 입으려
씨름하고 있었다. 그리고 어딘가 시야 밖에서, 아마도 차가운 제
의실(祭衣室)에 버림받은 벌거벗은 아기가 힘없이 누워 있었다.

"어디 있어?" 그가 물었다.

"당신은 못 봐. 원치 않았잖아. 어쨌든 어디 좀 잘못되기도 했
고." 그녀가 말했다.

그는 아기를 찾으러 가서 무엇을 보게 될까 두려웠다. 그녀의

신랑은 어디에도 보이지 않았지만 그녀는 두꺼운 진홍색 베일을 둘러쓰고 이미 결혼식 채비를 마쳤다.

"그냥 뭐, 끔찍하단 말이야." 그녀는 차갑게 말하며 그를 밀치고 지나쳐 혼자 제단을 등지고 다시 회랑을 걸어 저 멀리 문간을 향했다. "손대기만 해봐." 그녀는 어깨 너머로 소리를 쳤다. "난 자기가 만지는 거 싫어. 결국 알게 될 거야. 발표가 나고야 말 테니까." 희미하게 사라지는 목소리가 들리는가 싶더니, 그녀는 활짝 열린 문으로 쏟아져 들어오는 환한 빛 속에서 춤추는 한 조각 진홍빛으로 화했다. "신문에……."

불현듯 어둑어둑한 새벽빛 속에서 잠을 깼다. 입안은 메말라 있었고, 하룻밤 휴식을 취했는데도 무릎에서는 불길하게 쿵쿵거리는 통증이 느껴졌다.

겨울은 밤이면 런던을 뒤덮은 빙하처럼 스르르 미끄러졌다. 다락방 창밖으로 단단한 서리가 얼어붙어 있었고, 창틀이며 문간의 아귀도 맞지 않고 총체적으로 단열이라는 게 아예 되지 않는 방안의 기온은 무섭게 떨어져 있었다.

스트라이크는 일어나서 침대 끄트머리에 놓인 스웨터로 손을 뻗었다. 의족을 손보려던 그는 그리니치까지 다녀온 후로 무릎이 심하게 부어 있다는 걸 깨달았다. 샤워 물을 데우는 데 보통 때보다 시간이 많이 걸렸다. 그는 조절장치를 돌려 온도를 올리면서 파이프가 터지고 하수구가 얼어버려 영하의 숙소에서 살면서 값비싼 배관공을 불러야 하는 사태를 걱정했다. 몸을 말리고 나서 그는 층계참에 내놓은 상자를 뒤져 무릎을 단단히 묶을 낡은 스포츠 밴드를 꺼냈다.

밤새 수수께끼를 풀며 보낸 것도 아닌데, 이제 스트라이크는 헬리 안스티스가 어떻게 샬럿의 결혼 계획을 알았는지를 또렷이 알았다. 일찌감치 깨닫지 못한 게 멍청했던 거다. 그의 잠재의식은 알고 있었다.

깨끗이 씻고 옷을 입고 아침을 먹은 그는 아래층으로 내려갔다. 책상 너머 창밖을 흘끗 쳐다본 그는 칼 같은 추위 덕분에 전날 그가 돌아오기를 기다리다 물을 먹은 기자 무리가 선뜻 다시 돌아오지 못하고 있다는 걸 알았다. 바깥 사무실 로빈의 컴퓨터로 다시 돌아가는데 진눈깨비가 창유리를 때렸다. 그는 검색엔진에 이렇게 쳐 넣었다. '샬럿 캠벨 자고 로스 경 결혼'.

무자비하게 빠른 속도로 결과가 나왔다.

태틀러, 2010년 12월
커버걸 샬럿 캠벨이 미래의 자작과 결혼하는 날……

"《태틀러》지라." 스트라이크는 사무실에서 소리 내어 말했다.

애초에 그 잡지를 알게 된 것부터가 사교계 지면이 온통 샬럿의 친구들 소식으로 가득했기 때문이었다. 샬럿은 가끔 그 앞에서 여봐란 듯이 기사를 큰 소리로 읽어주면서 한때 자기와 동침했거나 대저택에서 파티를 열어주던 남자들에 대해 평을 하려는 목적으로 잡지를 사곤 했다.

그리고 지금 그녀는 크리스마스 특별호를 장식하는 커버걸이었다.

꽁꽁 묶어두었는데도 그의 무릎은 금속 계단을 내려가 진눈깨비 속으로 걸어 들어가는 그의 몸을 지탱하면서 불평불만이 많았다. 뉴스 가판대 카운터 앞에는 이른 아침부터 손님들이 줄을 서 있었다. 그는 차분하게 잡지들이 꽂혀 있는 가판대를 눈으로 훑었다. 싸구려 잡지에는 TV 드라마 스타들이 있었고, 값비싼 잡지엔 영화배우들이 나와 있었다. 아직 11월인데도 12월호는 거의 다 매진이었다. 《보그》('슈퍼스타 특집호')지에는 하얀 옷을 입은 엠마 왓슨이, 《마리 끌레르》('글래머 특집호')에는 핑크빛 리한나가 실려 있었고 《태틀러》지의 표지에는……

하얗고 완벽한 피부, 우뚝 솟은 광대뼈가 두드러지게 나부끼는 검정 머리칼, 러셋 사과처럼 반점으로 얼룩진 커다란 녹갈색 눈동자. 두 개의 커다란 다이아몬드가 그녀의 귓불에서 달랑거렸고, 세 번째는 얼굴에 살포시 놓은 손가락에 끼워져 있었다. 심장이 망치로 둔탁하게, 그러나 가차없이, 그 어떤 외부의 경고도 없이 가격당해 충격을 고스란히 흡수한 느낌이었다. 그는 가판대에 남은 마지막 잡지를 집어 들고 돈을 지불한 후 덴마크 스트리트로 돌아왔다.

9시 20분 전이었다. 그는 사무실 문을 걸어 잠그고 책상에 앉아 잡지를 앞에 펼쳤다.

IN-CROY-ABLE!* 샬럿 캠벨, 과거의 악동 아가씨가 장래의 자작부인이 되다.

* 장래의 크로이 자작(Viscount of Croy)과 결혼한다는 의미와 '믿을 수 없다'는 뜻의 incredible을 합쳐 만든 말.

스트랩의 끈이 샬럿의 백조 같은 목을 가로지르고 있었다.

바로 이 사무실에서 그의 얼굴을 손톱으로 할퀴고 도망쳐 곧장 자작 자제이신 자고 로스 님의 품에 안긴 이후 처음으로 보는 그녀의 얼굴이었다. 이 잡지는 사진들을 모두 포토샵으로 보정하는 게 틀림없다고 그는 생각했다. 그녀의 피부가 이렇게 완벽할 리 없고, 눈의 흰자위가 이렇게 깨끗할 리가 없었다. 그러나 다른 데서는 일말의 과장도 찾아볼 수 없었다. 절묘한 골격도 손가락에 낀 다이아몬드의 크기도(그는 확신해 마지않았다) 사실에 충실했다.

그는 느릿하게 목차 페이지를 확인하고 기사를 펼쳤다. 양면에 걸쳐 샬럿의 사진이 실려 있었다. 바닥에 끌리는 길이의 반짝이는 은빛 롱드레스를 입고 태피스트리가 걸려 있는 긴 회랑 가운데 아주 날씬한 모습으로 서 있었다. 그녀 옆에, 카드 테이블에 기댄 모습이 방탕한 북극 여우처럼 보이는 자고 로스가 있었다. 그 페이지에는 사진이 몇 장 더 게재되어 있었다. 낡은 사주식 침대에 앉아 고개를 젖히고 웃고 있는 샬럿, 하얀 기둥 같은 목이 속이 비치는 크림 블라우스에서 솟아 있었다. 청바지와 웰링턴 부츠를 입고 손을 잡은 채 미래의 집 앞 영지를 산책하고 있는 샬럿과 자고, 그 발치에 따라붙는 두 마리의 잭러셀견, 성채 위에 서서 온몸으로 바람을 맞고 있는 샬럿이 자작의 타탄체크로 몸을 휘감고 어깨 너머로 뒤돌아보는 모습.

분명히 헬리 안스티스는 잡지 값으로 쓴 4파운드 10실링을 한 푼도 아깝게 생각하지 않았을 것이다.

올해 12월 4일 크로이의 성채(절대 "크로이 성"이라고 쓰면 안 된다. 가문 사람들이 짜증을 내니까)에 소재한 17세기의 교회는 가히 1세기 만에 처음으로 열리는 결혼식을 위해 먼지를 털고 단장을 하게 된다. 1960년대의 잇걸이었던 툴라 클러몬트와 학자이자 방송인인 앤서니 캠벨의 숨 막히게 아름다운 영애 샬럿 캠벨이 성채와 크로이 자작을 비롯한 부친의 여러 작위를 물려받을 상속자 자고 로스와 결혼을 하기 때문이다.

장래의 자작부인이 과연 크로이의 로스 가문에 어울리는 신붓감인가에 대해서는 논쟁이 없지 않았으나, 자고는 한때 탕아로 유명했던 그녀를 유서 깊고 장중한 스코틀랜드 가문에 들이는 걸 환영하지 않는 가문의 일원이 있다는 생각 자체를 웃어넘긴다.

"사실, 어머니는 늘 저희가 결혼하기를 바라셨어요." 그는 말한다. "우리는 옥스퍼드에서부터 사귀었지만 그때는 너무 어렸던 것 같아요. 런던에서 서로를 다시 찾게 됐지요. 둘 다 사귀던 연인과 막 헤어진 참이었습니다."

'그랬어?' 스트라이크는 생각했다. '둘 다 사귀던 연인과 막 헤어진 참이었다고? 아니면 나하고 동시에 그 여자와 잤던 건가? 그래서 아이를 가졌을지 모른다고 두려워하던 그녀가 아버지가 누군지 알 수 없게 한 건가? 일어날 수 있는 모든 가능성을 커버하기 위해서 날짜를 바꿔대고, 그녀가 선택할 수 있는 여지를 전부 열어놓으려고……'

……그녀는 젊었을 때 비데일즈 학교 재학 중 7일간 실종된 적이 있으며, 당시 전국적인 수색 작업이 벌어졌었다. 그리고 25세에 중독 치료 재활 경험을 했음을 인정했다.

"이미 옛날 얘기인걸요. 이제 잊어버리세요. 별 볼 일도 없는걸요." 샬럿은 환하게 말했다. "네, 저 젊었을 때 재미를 많이 봤어요. 하지만 이제 정착할 때가 됐고 솔직히 정말 기대가 돼요."

'재미? 그런 거였어?' 스트라이크는 넋이 빠지도록 아름다운 그녀의 사진 앞에서 물었다. '재미라, 지붕 위에 올라서서 떨어지겠다고 협박하는 게 재미있었어? 정신병원에서 나한테 전화 걸어서 빼내달라고 애원했던 게 재미였어?'

가십란을 분주하게 만들었던 몹시 지저분한 이혼에서 빠져나와 홀가분해진 로스는…… "변호사 없이 해결할 수 있었다면 얼마나 좋았겠습니까." 그는 한숨을 쉬었다. "어서 빨리 새엄마가 되고 싶어요!" 샬럿은 명랑하게 지저귀듯 말했다…….

("안스티스네 버릇없는 애새끼들하고 하룻밤만 더 같이 보내야 한다면 말이야, 콤, 하느님께 맹세하지만 그중 한 녀석 머리를 깨버릴 거야." 그리고 루시의 교외 저택 뒷마당에서도, 스트라이크의 조카들이 축구하는 모습을 바라보면서 이렇게 말했었지. "왜 이런 애들은 다 저렇게 똥같애?" 그 말을 엿들은 루시의 동그란 얼굴에 떠올랐던 표정이란…….)

지면에서 그의 이름이 불쑥 튀어나왔다.

······그녀의 편력 중에는 조니 로커비의 큰아들 코모란 스
트라이크와의 놀라운 불장난도 들어 있다. 그는 작년에 신
문 1면을 장식했던······

'조니 로커비의 큰아들과의 놀라운 불장난······
······조니 로커비의 큰아들······'

그는 갑자기 조건반사적인 동작으로 잡지를 덮고 쓰레기통으
로 밀어 던져버렸다.

16년간, 만났다 헤어졌다를 반복했다. 고뇌와 광기와 간헐적인
황홀경으로 점철된 16년이었다. 그리고―그녀가 그를 떠나 다른
여자들이 철길에 몸을 던지듯 다른 남자들의 품에 몸을 던졌던 그
많은 세월들을 지나―그가 끝을 냈다. 그러면서 그는 용서할 수
없는 루비콘 강을 건너야만 했다. 언제나 암묵적으로 그는 바위
처럼 태산처럼 서 있어야 하는 사람이었기 때문이다. 남겨두고
떠났다가 언제든 돌아올 수 있는, 결코 움츠러들거나 물러서지
않고, 결코 포기하지 않고 그 자리를 지키는 사람이어야 했다. 그
러나 그날 밤, 배 속의 아기에 대해 그녀가 했던 얽히고설킨 거짓
말들을 놓고 그가 정면으로 따지고 들자 그녀가 분노를 주체 못
하고 히스테리를 부렸던 그날 밤, 태산이 마침내 움직이고 말았
다. 문 밖으로 뛰쳐나가는 그의 뒤로 재떨이가 날아왔다.

시커멓게 멍든 눈가가 미처 낫기도 전에 그녀가 로스와 약혼했
다고 선언했다. 3주일이면 되는 일이었다. 고통에 답하는 길을 딱

하나밖에 모르는 여자였으니까. 자기 자신에게 닥칠 결과는 아랑 곳없이 고통을 준 자에게 최대한 깊은 상처를 주는 것. 그리고 그 는 뼛속 깊은 데서부터 알 수 있었다. 친구들은 대체 그게 무슨 오 만이냐고 말할지 모르지만, 그는 확신했다. 그《태틀러》의 사진들 과, 그에게 가장 상처가 되는 언어로 그들의 관계를 묘사한 구절 (사교계의 잡지 기자에게 또박또박 철자를 불러주는 그녀의 모습이 눈에 선했다. "그이는 조니 로커비의 아들이에요."), 씨발 빌어먹을 크로이 의 성채…… 그 모두가, 전부다 그에게 상처를 주고자 하는 목적 으로, 그가 두 눈 똑바로 뜨고 보고 후회하고 연민하기를 바라는 마음에서 부리는 수작이라는 것을. 그녀는 로스가 어떤 인간인지 알고 있었다. 스트라이크에게도 한심하게 위장한 그의 알코올중 독과 폭력성에 대해 말한 적이 있었다. 오랜 세월에 걸쳐 그녀에 게 온갖 소식을 전해주었던 냉혈한 상류사회의 가십 네트워크를 통해 흘러 다니던 풍문이었다. 그녀는 재수 좋게 도망쳐 나온 거 라며 웃었다. 웃었었다.

연회 드레스를 차려입고 스스로를 제물로 바친 거다. '내가 불 타는 걸 봐, 블루이.' 결혼식은 열흘 후로 다가와 있었지만 그는 평생 이토록 강한 확신을 가진 적은 없었다. 지금이라도 당장 샬 럿에게 전화를 걸어 "나와 함께 도망치자"라고 말한다면, 그 지 저분한 난리통을 다 겪은 지금에도, 그녀가 그에게 던진 몸서리 쳐지는 욕설과 그 많은 거짓말과 엉망진창으로 얽힌 문제들과 두 사람의 연애를 급기야 파탄내고 만 그 엄청난 부담에도 불구하 고, 그녀는 흔쾌히 좋다고 할 것이다. 야반도주는 그녀에게 생명 을 지탱하는 붉은 피와 같았고, 그럴 때마다 그는 자유와 안전이

어우러진 가장 훌륭한 목적지였다. 감정싸움으로 피를 흘릴 수 있다면 둘이 몇 번은 죽고도 남았을 혈전을 벌이고 나서 그녀는 되풀이해 말하고 또 말했다. "난 자기가 필요해. 자기는 내 전부야. 알잖아. 자기 말고 그 어디서도 안전하다는 느낌을 받은 적이 없어, 블루이……."

충계참과 연결된 유리문이 열리고 닫히는 소리가 들렸다. 로빈이 출근해서 코트를 벗고 주전자에 물을 채우는 낯익은 소리도.

그에게는 일이 언제나 구원이었다. 샬럿은 광적이고 폭력적인 난리법석으로부터, 그녀의 눈물과 애원과 협박으로부터 순식간에 벗어나 철저히 사건에 몰두하는 그를 끔찍하게 싫어했다. 그녀가 아무리 말려도 그는 제복을 입었고, 아무리 막아도 자대로 복귀했으며, 아무리 생떼를 써도 조사에 온 힘을 다했다. 그녀는 그의 집중력과 군대에 대한 충성심과 그녀를 딱 잘라 차단하는 능력을 원망했고, 일종의 배신 내지는 방기 행위로 생각했다.

그리고 지금, 이 시린 겨울 아침, 바로 옆의 쓰레기통에 그녀 사진을 처박은 스트라이크는 명령이 떨어지기를, 해외로 사건 조사차 파견을 갈 수 있기를, 그래서 자의와 상관없이 머나먼 다른 대륙에 체재할 수 있기를 자기도 모르게 간절히 바라고 있었다.

"왔어요?" 그는 절뚝거리며 바깥 사무실로 나갔다. 로빈은 머그잔 두 개 분량의 커피를 끓이고 있었다. "이건 빨리 마셔야 될 거 같아요. 우리 외근해야 되거든요."

"어디로요?" 로빈이 깜짝 놀라 물었다.

진눈깨비가 창유리를 타고 질척하게 흘러내리고 있었다. 한시라도 빨리 실내로 들어가고 싶어 미끄러운 인도를 서둘러 뛰어올 때 쓰라리게 뺨을 때리던 진눈깨비의 감촉이 아직도 선하게 느껴졌다.

"퀸 건으로 처리할 일이 있어요."

거짓말이었다. 경찰이 실권을 다 쥐고 있었다. 경찰이 못 하는 일을 그라고 어쩔 도리가 있겠는가? 그렇지만 이 킬러를 잡으려면 엽기와 도착의 냄새를 맡는 코가 필요할 텐데, 그건 안스티스에게 결여된 자질이라는 걸 육감적으로 알 수 있었다.

"10시에 캐럴라인 잉글스와 약속이 있는데요."

"씨발. 그 약속을 연기해야죠, 뭐. 문제는, 검시 소견으로는 퀸이 실종되고 나서 금세 죽었다는 거거든요."

그는 뜨겁고 진한 차를 한 모금 입에 머금었다. 이렇게 투지를 불태우며 활기 넘치는 그의 모습은 오랜만이었다.

"그렇게 되면 곧장 스포트라이트가 원고에 일찍 접근할 수 있었던 사람들에게로 돌아간단 말입니다. 그 사람들이 다 어디 사는지, 그리고 혼자 사는지 알아야겠어요. 그리고 그 집들을 답사합시다. 내장이 든 가방을 들고 들어갔다 나오는 게 얼마나 어려웠을지 알아봐야 해요. 증거를 매장하거나 불태울 만한 곳이 있는지도요."

대단한 건 아니었지만 오늘 그가 할 수 있는 전부였다. 그리고 그는 절실하게 뭐든 하고 싶었다.

"같이 가요." 그는 덧붙여 말했다. "항상 이런 일은 잘해내니까."

"뭐요, 그쪽한테 왓슨 노릇 해주는 거요?" 그녀는 짐짓 무관심하게 말했다. 전날 캠브리지에서부터 죽 품었던 분노가 미처 전소되지 않고 남아 있었다. "그 사람들 집에 대해서는 온라인으로 알 수 있어요. 구글 어스로 보면 되죠."

"아, 좋은 생각이네요." 스트라이크도 가세했다. "그냥 옛날 사진을 쳐다보면 될걸, 뭐하러 현장 답사를 합니까, 그렇죠?"

뜨끔해진 그녀가 말했다.

"저야 얼마든지 기꺼이—."

"좋아요. 잉글스 건은 내가 취소하죠. 온라인으로 크리스천 피셔, 엘리자베스 태슬, 대니얼 차드, 제리 월드그레이브, 그리고 마이클 팬코트의 주소를 찾아봐요. 우리는 클램아틀레 코트로 가서 증거 은닉의 관점에서 한 번 더 조사를 할 겁니다. 어둠 속에서 본 바로는 쓰레기통이며 덤불숲이 굉장히 많았어요. 아, 그리고 퍼트니에 있는 브리들링턴 서점에 전화를 걸어요. 8일에 거기서 퀸을 만났다고 주장하는 노친네하고 얘기를 해볼 수 있을 거예요."

그는 성큼성큼 자기 사무실로 들어갔고 로빈은 컴퓨터 앞에 앉았다. 방금 걸어놓은 스카프에서 얼음같이 차가운 물이 뚝뚝 듣고 있었지만 그녀는 개의치 않았다. 난도질당한 퀸의 사체에 대한 기억을 떨칠 수 없어 괴로웠지만 그녀는 더 알아내고 싶다는, 모든 걸 알아내고 싶다는 (더러운 비밀처럼 매튜에게 숨기고 있는) 충동에 휩싸여 있었다.

다만 머리끝까지 화가 나는 건, 스트라이크가, 세상 누구보다도 잘 이해해야 할 그가, 자기 마음속에 불타고 있는 그 욕구가 그녀 안에도 있음을 몰라주기 때문이었다.

25

그래서 그럴 때 남자는 무식하게 허세를 떨며 온갖 시중을 다 들면
서도 이유를 모른단 말이야……

– 벤 존슨, 《에피코이네, 또는 말없는 여인》

그들은 갑자기 흩날리기 시작한 보송보송한 눈발을 맞으며 사무
실을 나섰다. 로빈은 온라인 전화번호부에서 구한 각종 주소들을
휴대전화에 저장해두었다. 스트라이크가 텔거스 로드에 다시 가보
고 싶어 해서 로빈은 지하철 객차 안에 선 채로 검색결과를 말해주
었다. 러시아워가 끝날 무렵이라 지하철은 만석이었지만 빽빽하게
들어차 있지는 않았다. 불행한 표정을 한 이탈리아 배낭여행객 세
사람과 같은 기둥을 잡고 있는 바람에 축축하게 젖은 울, 더러운
때와 고어텍스에서 풍기는 악취가 그들의 코를 찔렀다.

"서점에서 일하는 그 노인은 휴가 중이래요." 그녀가 스트라이
크에게 말했다. "월요일에 다시 출근한다고 해요."

"좋아요, 그러면 그때까지 그 사람은 제쳐두기로 하죠. 우리 용
의자들은요?"

그녀는 그 말에 한쪽 눈썹을 치켜 올리고는 말을 이었다.

"크리스천 피셔는 서른두 살짜리 여성과 캠든에서 살고 있어요. 여자친구일까요?"

"그럴 가능성이 높죠." 스트라이크가 동의했다. "그건 불편한데……. 우리의 킬러는 피로 얼룩진 옷을 처리하기 위해 평화와 고독이 필요했을 테니까요. 족히 6, 7킬로는 나갈 인간 내장은 말할 것도 없고 말이죠. 남의 눈에 띄지 않고 들어갔다 나올 수 있는 그런 장소를 찾고 있어요."

"저, 제가 구글 거리뷰로 그 장소의 사진들을 봤는데요." 소정의 반항기를 비치며 로빈이 말했다. "그 아파트 현관은 다른 세 가구와 같이 쓰게 되어 있어요."

"그리고 탤거스 로드에서 수 킬로미터 떨어져 있고."

"하지만 설마 정말로 크리스천 피셔가 저지른 짓이라고 생각하시는 건 아니죠, 네?" 로빈이 물었다.

"솔직히 개연성이 좀 떨어지긴 하죠." 스트라이크가 인정했다. "퀸을 잘 알지도 못하는 사람이었으니까―책에도 나오지 않고―개연성이 안 보여요."

그들은 홀본 역에서 내렸고, 로빈은 눈치껏 스트라이크의 걸음 속도에 맞춰 발걸음을 늦췄다. 그가 심하게 절뚝이고 있고 상체를 써서 그 힘으로 앞으로 가고 있다는 건 눈치챘지만 일절 언급하지 않았다.

"엘리자베스 태슬은 어때요?" 걸어가면서 그가 물었다.

"풀햄팰리스 로드에 혼자 살아요."

"좋아요." 스트라이크가 말했다. "가서 그걸 한번 봅시다. 새로 흙을 파낸 화단이 있는지 보자고요."

"이런 일은 경찰이 하고 있지 않을까요?" 로빈이 물었다.

스트라이크는 얼굴을 찌푸렸다. 그는 자기가 사자들이 작은 뼈다귀에 붙은 살점이라도 남겼기를 바라며 사건 주변을 기웃거리는 자칼이라는 걸 너무나 잘 알고 있었다.

"그럴 수도 있죠." 그가 말했다. "아닐 수도 있고. 안스티스는 리어노라가 했다고 생각하는데, 쉽게 마음을 바꿀 사람이 아니에요. 내가 알아요. 아프가니스탄에서 사건을 맡아서 같이 일했던 적이 있거든요. 리어노라로 말하자면……." 그는 아무렇지도 않게 말했다. "안스티스는 그녀가 옛날에 정육점에서 일했던 전력이 있다는 걸 알아냈더군요."

"어머, 젠장." 로빈이 말했다.

스트라이크는 씩 웃었다. 긴장하면 그녀의 요크셔 억양이 더 두드러지곤 했다.

그들은 배론즈 코트 방향 피카딜리 라인으로 갈아탔는데 객차가 훨씬 더 비어 있었다. 스트라이크는 마음 편하게 좌석을 잡고 앉았다.

"제리 월드그레이브는 아내와 함께 살죠, 맞나요?" 그가 로빈에게 물었다.

"네, 그 여자 이름이 페넬라라면요. 켄징턴해즐리트 로드예요. 조애나 월드그레이브라는 여자가 지하실에 살고 있어요—."

"그 집 딸이에요." 스트라이크가 말했다. "유망한 신인 소설가죠. 로퍼차드 파티에도 왔었어요. 그리고 대니얼 차드는?"

"핌리코서섹스 스트리트. 네니타와 매니 라모스라는 이름의 부부와 같이 살아요."

"하인들 같은데요."

"그리고 데본에도 사유지가 있어요. 타이스반 하우스라고."

"추정컨대 아마 부러진 다리 때문에 현재 요양하고 있는 곳이 거기겠죠."

"그리고 팬코트는 전화번호부에 올라 있지 않아요." 그녀가 말을 맺었다. "하지만 온라인에 각종 전기적인 사실들이 올라와 있어요. 추 매그나 외곽에 엔저 코트라는 이름의 엘리자베스 시대 저택을 소유하고 있어요."

"추 매그나?"

"서머셋에 있어요. 세 번째 아내와 거기 산대요."

"오늘 가기엔 좀 머네요." 스트라이크는 아쉽다는 듯 말했다. "텔거스 로드 근처에는 그 친구가 내장을 쌓아둘 만한 냉장고가 있는 독신자 아파트 같은 게 없나요?"

"제 검색 범위 내에서는 없네요."

"그러니까 범죄현장을 보러 갔을 때 어디 묵었을까요? 아니면 그날따라 향수를 불러일으키는 장소를 방문하러 당일로 올라왔던 걸까요?"

"그게 정말 그 사람이었다면요."

"그래요, 그게 그 사람이었다면……. 그리고 캐스린 켄트도 있어요. 뭐, 그 여자가 어디 사는지는 이미 알고, 혼자 산다는 것도 알죠. 퀸은 5일 밤에 그 여자 집 근처에서 내렸는데, 안스티스 말로는 그 여자가 집에 없었다고 하더군요. 어쩌면 퀸은 그녀가 언니 집에 갔다는 사실을 깜박 잊었는지도 몰라요." 스트라이크는 생각에 잠겼다. "아니면 그 여자가 집에 없다는 걸 알고 퀸이 텔거스 로드로 갔을까요? 호스피스에서 돌아와서 거기서 그를 만났을 수도 있죠. 다시 한 번 그녀 집 주위를 좀 살펴야겠어요."

서쪽으로 이동하면서 스트라이크는 로빈에게 11월 4일에 부르카를 입은 여자가 건물로 들어가는 광경과 11월 6일 이른 새벽에는 퀸 본인이 나오는 모습을 보았다고 주장하는 각각의 목격자들 이야기를 해주었다.

"하지만 그중 한 사람, 아니면 둘 다 착각을 했거나 거짓말을 하고 있어요." 그가 결론을 내렸다.

"부르카를 입은 여자라니. 설마요." 로빈이 조심스럽게 말했다. "그 이웃 사람이 광적인 이슬람 공포증을 가진 건 아니고요?"

스트라이크와 함께 일하다 보니 예전에는 대중의 가슴에서 불타고 있을 거라고는 상상도 하지 못했던 각종 공포증과 불만 들의 엄청난 강도에 눈을 뜨게 된 그녀였다. 랜드리 사건 해결을 둘러싼 엄청난 관심의 물결이 로빈의 책상을 한바탕 휩쓸고 간 후, 산더미처럼 쌓인 편지들을 읽다 보면 심란해지기도 하고 재미있기도 했다.

스트라이크에게 그 명백하게 뛰어난 재능을 세계은행 체제를 장악하고 자유를 말살하고 있는 '국제적 유태인' 들의 만행을 조사하는 데 돌리라고 애걸복걸하던 남자도 있었다. 그는 아쉽게도 자기가 수임료를 줄 수는 없지만 그 일로 스트라이크는 세계적인 명성을 얻게 될 거라고 말했다. 어떤 젊은 여자는 보호 정신병동에서 열두 쪽에 달하는 편지를 보내와서, 자기 가족 구성원 모두가 납치되어 어딘가로 사라졌고 똑같이 생긴 사기꾼들이 가족 노릇을 하고 있다는 사실을 입증할 수 있게 도와달라고 애원하기도 했다. 성별 미상에 익명으로 글을 쓴 어떤 사람은 스트라이크에게 시민 민원 상담실을 통해 진행되고 있는 전국적 규모의 흉악한 학대 캠페인을 밝히는 일을 도와달라고 요구하기도 했다.

"미친놈들일 수도 있죠." 스트라이크도 동의했다. "정신병자들은 살인을 좋아하니까. 그런 사람들한테 굉장히 매력적인가 봐요. 어쨌든 일단 사람들이 자기 말을 들어줘야만 하니까."

히잡을 쓴 젊은 여자가 맞은편 자리에서 대화하는 그들을 지켜보고 있었다. 커다랗고 다정한, 맑은 갈색 눈동자를 가진 사람이었다.

"누군가 정말 4일에 그 집에 들어갔다고 가정하면, 부르카는 눈에 띄지 않고 들어갔다 나오는 기막히게 좋은 방법이라고 말하지 않을 수가 없어요. 얼굴과 몸을 완전히 가리고도 다른 사람들의 저지를 받지 않을 다른 방법을 생각할 수 있을까요?"

"그런데 할랄 포장음식을 들고 있었다는 거죠?"

"일단 추정은 그렇죠. 최후의 식사가 할랄이었을까요? 그래서 킬러가 내장을 제거한 걸까요?"

"그리고 이 여자가—."

"남자였을 수도 있죠……."

"—한 시간 뒤에 집에서 나오는 모습을 누가 봤단 말이죠?"

"안스티스는 그렇게 말했어요."

"그러니까 숨어서 퀸을 기다리고 있었던 건 아니라는 건가요?"

"아니죠. 하지만 접시를 사들이고 있었을 수도 있지요." 스트라이크가 말하자 로빈이 움찔했다.

히잡을 쓴 젊은 여자가 글로스터 로드에서 내렸다.

"서점에 CCTV 카메라가 있었을 것 같지가 않네요." 로빈이 한숨을 쉬었다. 그녀는 랜드리 사건 이후로 CCTV에 몹시 집착하게 되었다.

"있었으면 안스티스가 말을 했겠죠." 스트라이크도 같은 생각이었다.

그들은 배런즈 코트에서 내려 또 무섭게 쏟아지는 폭설 속으로 걸어 들어갔다. 새털 같은 눈송이가 흩날려 실눈을 뜬 채로, 두 사람은 계속해서 스트라이크의 길 안내에 따라 탤거스 로드까지 전진했다. 스트라이크는 지팡이의 필요성을 점점 더 절실하게 느끼고 있었다. 퇴원할 때 샬럿은 증조부 것이었다고 주장하며 우아한 앤티크 말라카 지팡이를 주었다. 그 멋있는 낡은 지팡이는 스트라이크에게는 너무 짧아서 걸을 때 오른쪽으로 몸이 기울어지곤 했다. 그녀가 그를 아파트에서 내쫓으며 챙겨준 짐 안에는 그 지팡이가 들어 있지 않았다.

그 집에 다가갈수록 법의학 팀이 아직도 179번지에서 분주하게 일하고 있다는 사실이 분명해졌다. 입구는 테이프로 봉쇄되어 있었고 추위에 단단히 팔짱을 낀 경찰관 한 사람이 밖에서 홀로 보초를 서고 있었다. 그녀는 접근하면서 고개를 돌렸다. 눈길은 스트라이크에게서 떼지 않은 채로 실눈을 뜨고 있었다.

"스트라이크 씨." 그녀가 날카롭게 말했다.

생강빛 머리카락의 남자 사복형사가 문간에 서서 바로 안에 있는 사람과 이야기를 나누다가 홱 돌아서서 스트라이크를 보고는 미끄러운 계단을 순식간에 뛰어 내려왔다.

"안녕하세요." 스트라이크가 뻔뻔스럽게 말했다. 로빈은 그의 배짱에 대한 경탄과 심한 불안감 사이에서 어쩔 줄 몰라 하고 있었다. 천성적으로 법에 대한 존중심을 지닌 그녀였다.

"여기 다시 와서 뭐하고 계십니까, 스트라이크 씨?" 생강빛 머리카락의 남자가 유들유들하게 물었다. 로빈을 훑는 그의 눈길이 왠지 모르게 불쾌했다. "여기는 들어오면 안 됩니다."

"안타깝군요." 스트라이크가 말했다. "그러면 집터만 찬찬히 살펴보고 가야겠네요."

그의 일거수일투족을 감시하는 두 명의 경찰관들을 무시하고 스트라이크는 절뚝절뚝 그들을 지나쳐 183번지로 가서 현관문을 지나 전면의 계단을 올라갔다. 로빈은 뭘 해야 하는 건지 전혀 감도 잡을 수 없었지만 그를 따라갔다. 등 뒤로 따라붙는 눈길 때문에 자의식이 발동했다.

"우리 뭐 하는 거예요?" 그녀는 아늑한 벽돌 천장에 도달해 노려보던 경찰관들의 시선에서 몸을 숨길 수 있게 되자 다짜고짜 물었다. 집 안은 텅 빈 것처럼 보였지만, 그녀는 누군가 현관문을 홱 열어젖히지 않을까 걱정이 되었다.

"여기 사는 여자가 새벽 2시에 몸을 싸매고 커다란 여행가방을 든 채 179번지를 나서는 사람의 모습을 분간할 수 있을지 가늠해 보는 거죠." 스트라이크가 말했다. "그런데 말이죠. 내 생각에는 저 가로등이 꺼져 있지만 않으면 충분히 그럴 수 있을 거 같단 말이죠. 좋아요, 반대편을 한번 살펴봅시다."

"자네 이름이 파키 맞지?" 스트라이크는 얼굴을 잔뜩 찌푸린 경관과 여자 동료를 다시 지나쳐 걸어가며 인사를 건넸다. "네 집 건너 있다고, 안스티스가 그랬거든요." 그는 조용히 로빈에게 말했다. "그러니까 171번지일 거란 말이죠."

이번에도 스트라이크는 현관 앞 계단을 씩씩하게 올라갔고, 로빈은 그 뒤를 바보처럼 따라 걸었다.

"있잖아요, 혹시 그 사람이 번지수를 착각하지 않았을까 궁금했거든요. 하지만 177번지는 문 앞에 빨간 플라스틱 쓰레기통이 있어요. 부르카를 입은 사람은 바로 그 뒤에 있는 계단으로 올라갔을 테니까 알아보기가 쉬웠을……."

현관문이 열렸다.

"무슨 용건이시죠?" 도수 높은 안경을 쓴 남자가 교양 있는 말씨로 물었다.

스트라이크가 집을 잘못 찾아 죄송하다고 사과하기 시작하는데 생강머리 경찰관이 179번지 밖의 인도에서 뭔가 알아들을 수 없는 소리를 질렀다. 아무도 대답을 하지 않자 그는 집 안으로 들어가는 입구를 봉쇄한 플라스틱 테이프를 넘어와서 그들 쪽으로 달려왔다.

"저 남자는……." 그는 황당하게도 스트라이크를 가리키며 외쳤다. "경찰이 아닙니다!"

"경찰이라고 하지 않았는데요." 안경 낀 남자가 놀라서 순한 말씨로 대답했다.

"뭐, 여기 일은 끝난 거 같은데요." 스트라이크가 로빈에게 말했다.

"걱정되지 않으세요?" 로빈은 다시 지하철 쪽으로 걸어가는 길에 스트라이크에게 물었다. 약간 고소하고 재밌기도 했지만, 한시라도 빨리 현장을 떠나고 싶은 마음이 훨씬 컸다. "이런 식으로 범죄현장 근처에서 어슬렁거리면 안스티스라는 친구분께서 뭐라고 할지……."

"좋아하진 않겠죠." 스트라이크는 CCTV 카메라를 찾아 주위를 두리번거리며 대꾸했다. "하지만 안스티스의 비위를 맞춰주는 게 내가 할 일은 아니니까요."

"그래도 법의학 팀의 자료를 넘겨준 건 꽤 고마운 일이잖아요."

"그건 나한테 손 떼라고 경고의 의미로 보여준 거죠. 모든 정황이 리어노라를 가리키고 있다고 생각하거든요. 문제는, 일단 지금은 실제로 그렇다는 거고."

도로는 자동차들로 꽉 막혀 있었는데, 스트라이크의 눈에 띄는 도로 감시 카메라는 딱 하나밖에 없었다. 그러나 곁길이 워낙 많이 나 있어 오언 퀸의 티롤풍 망토나 부르카를 입은 사람이 전혀 정체를 의심받지 않고 슬그머니 시야각 밖으로 빠져나갈 수 있는 가능성은 얼마든지 있었다.

스트라이크는 지하철 역사 안에 있는 메트로 카페에서 테이크아웃 커피를 두 잔 샀고, 두 사람은 다시 완두콩 색깔의 검표소를 지나 웨스트브롬튼으로 출발했다.

"기억할 건 말이죠." 스트라이크는 얼스코트에서 갈아탈 지하철을 기다리며 서서 말했다. 로빈은 스트라이크가 멀쩡한 한쪽 다리에 체중을 모두 싣고 있다는 걸 눈치챘다. "퀸이 5일에 사라졌다는 겁니다. 본파이어 나이트죠."

"세상에, 당연히 그렇겠죠!" 로빈이 말했다.

"불꽃놀이에 화약이 터지는 소리." 스트라이크는 지하철에 타기 전에 컵을 비우려고 재빨리 커피를 꿀꺽꿀꺽 넘기고 있었다. 미끄럽고 얼어붙은 바닥에서 커피를 들고 몸의 균형을 잡을 자신이 없었다. "사방에서 폭죽이 터지고, 모든 사람들의 관심이 그리로 쏠리겠죠. 망토를 두른 사람이 그날 밤 건물로 들어가는 걸 본 사람이 아무도 없다 해도 그리 놀랄 일은 아니에요."

"퀸 말씀이세요?"

"꼭 그런 건 아니죠."

로빈은 잠시 생각에 잠겼다.

"서점의 남자가 8일에 퀸이 그리로 들어갔다고 한 건 거짓말이라고 생각하세요?"

"모르겠어요." 스트라이크가 말했다. "아직 뭐라 말하기에는 좀 일러서요, 안 그런가요?"

그러나 자기가 바로 그렇게 믿고 있다는 걸, 그는 깨달았다. 4일과 5일에 버려진 집 주위에서 갑작스레 여러 가지 일들이 활발하게 벌어졌다는 건 몹시 의미심장했다.

"웃겨요, 사람들이 눈여겨보는 일들이란." 웨스트브롬튼 역의 빨강과 초록색 계단을 올라가면서 로빈이 말했다. 이제 스트라이크는 오른쪽 다리를 내려놓을 때마다 얼굴을 찌푸리고 있었다. "기억이라는 게 이상한 거죠, 그렇지 않……."

스트라이크의 무릎이 갑자기 불에 덴 듯 뜨거워져서, 그는 선로 위를 가로지르는 다리 난간에 몸을 기대고 풀썩 쓰러졌다. 그의 뒤에서 따라오던 양복 차림의 남자가 느닷없이 엄청난 크기의 장애물이 길을 막자 성마르게 욕을 했고 로빈은 계속 말하며 몇 걸음 더 걷다가, 뒤늦게 스트라이크가 곁에 없다는 걸 깨달았다. 황급히 뒤로 돌아가보니 그는 하얗게 질린 얼굴로 비 오듯 땀을 흘리며 난간에 엎드려 기대서 있고, 지나가는 행인들은 할 수 없이 그를 돌아가고 있었다.

"뭐가 나간 거 같아요." 그는 이를 악물고 말했다. "무릎이. 씨발…… 젠장!"

"택시를 타요."

"이런 날씨엔 절대 못 잡을 거예요."

"그러면 다시 돌아가서 지하철 타고 사무실로 가요."

"아니, 나는 꼭—."

지금 이 순간처럼 절실하게 아무 대책이 없다는 느낌은 처음이었다. 그가 붙잡고 선 철교 위 아치형의 유리 천장에 소복소복 눈이 쌓이고 있었다. 예전 같으면 언제나 그가 직접 운전할 차가 있었다. 목격자들을 소환해 취조할 수도 있었다. 그는 특수수사과 소속이었고, 언제나 주도권을 쥐고 모든 걸 통제했었다.

"이 일을 하려면 우리는 택시가 필요해요." 로빈은 단호하게 말했다. "여기서 릴리 로드까지는 꽤 오래 걸어가야 해요. 혹시—."

로빈은 망설였다. 스트라이크의 장애에 대한 언급은 두 사람 사이에서는 늘 에둘러서 조심스럽게 꺼내야 할 얘기였다.

"지팡이나 뭐 그런 거 없어요?"

"있으면 좋겠네요." 그는 얼얼한 입술로 말했다. 굳이 아닌 척 시늉한들 무슨 소용이랴? 심지어 철교 끝까지 걸어갈 일조차 겁이 나 까마득한 마당에.

"하나 사면 되죠." 로빈이 말했다. "가끔씩 약국에서도 팔더라고요. 하나 찾아봐요."

그리고 또다시 짤막한 망설임 끝에 그녀가 말했다.

"저한테 기대세요."

"내가 너무 무거워요."

"균형을 잡으라고요. 나를 지팡이처럼 써요. 어서요." 그녀의 말투는 결연했다.

그는 한 팔을 그녀의 어깨에 둘렀고 두 사람은 천천히 다리를 건너 출구 옆에서 잠시 멈춰 섰다. 눈은 일시적으로 멈춘 상태였지만, 추위는 적어도 아까보다는 훨씬 심했다.

"대체 왜 어디 앉을 데가 없죠?" 로빈이 눈을 부릅뜨고 주위를 둘러보며 말했다.

"내가 사는 세상에 온 걸 환영합니다요." 멈춰 서자마자 그녀의 어깨에 둘렀던 팔을 슬쩍 뺀 스트라이크가 말했다.

"대체 뭐가 어떻게 된 것 같은데요?" 로빈이 그의 오른쪽 다리를 내려다보며 물었다.

"몰라요. 오늘 아침에 퉁퉁 부었더라고요. 아무래도 의족을 끼지 말았어야 했던 거 같은데, 그래도 목발은 진짜 끔찍하게 싫단 말입니다."

"이런 눈 속에서 릴리 로드를 걸어서 올라갈 수는 없겠어요. 택시를 잡으면 사무실로 돌아갈 수 있을 텐데—."

"아니. 하고 싶은 일이 있단 말입니다." 그가 벌컥 화를 내며 말했다. "안스티스는 리어노라라고 확신하고 있어요. 하지만 아니에요."

이 정도의 통증을 느끼게 되면 만사에서 불필요한 요소는 다 사라지고 꼭 필요한 핵심만 남게 마련이다.

"좋아요." 로빈이 말했다. "그럼 우리 둘이 갈라져서 가고, 당신은 택시를 타요. 그러면 되죠? 네?" 그녀가 끈질기게 물었다.

"좋아요." 결국 패배한 스트라이크가 말했다. "클렘아틀레 코트로 올라가줘요."

"뭘 찾는 건데요?"

"카메라들요. 옷과 내장을 숨길 만한 장소들. 켄트가 가져갔다면 아파트에 숨길 수는 없을 거예요. 냄새가 고약하니까. 휴대전화로 사진을 찍어요. 쓸 데가 있어 보이면 뭐든지……."

말하면서도 한심스럽게 초라해 보이는 일들이었지만, 뭐든 해야만 했다. 이유는 알 수 없지만, 자꾸만 올랜도의 기억을 떠올리게 되는 것이었다. 활짝 웃던, 그 공허한 표정과 꼭 안고 있던 오랑우탄이.

"그다음에는요?" 로빈이 물었다.

"서섹스 스트리트." 몇 초쯤 생각에 잠겼다가 스트라이크가 말했다. "똑같은 일이에요. 그리고 나한테 전화 줘요. 그리고 만납시다. 태슬하고 월드그레이브네 집 번지수는 나한테 주는 게 좋겠어요."

그녀는 종이쪽지 하나를 건네줬다.

"내가 택시 잡아줄게요."

그에게 생각할 말미조차 주지 않고 그녀는 씩씩하게 시린 길거리로 걸어 나갔다.

26

조심해서 발 놓을 곳을 살펴봐야 한다네.
그렇게 미끄러운 빙판길에서 남자들은 의연하게 버텨야 하네,
안 그러면 모가지가 부러질 수 있으니……

　- 존 웹스터,《몰피의 공작부인》

　스트라이크가 10대 소년을 칼로 난자하는 대가로 받은 500파운드를 여전히 지갑에 넣어두고 있었던 게 천만다행이었다. 그는 택시 운전사에게 엘리자베스 태슬의 집이 있는 풀햄팰리스 로드로 가달라고 말하고, 가는 길을 눈여겨보았다. 아마도 중간에 '부츠'*가 눈에 띄지 않았다면 불과 4분 만에 목적지에 도착했을 것이다. 그는 운전사에게 정차한 채로 기다려달라고 말하고, 잠시 약국에 들어갔다가 나왔다. 길이가 조절되는 지팡이가 있으니 걷기가 한결 수월했다.

　그는 건강한 여자라면 도보로 반시간도 못 되어 충분히 갈 만한 거리라고 추산했다. 엘리자베스 태슬의 집은 캐스린 켄트의 집보다는 범죄현장에서 거리상으로 멀리 떨어져 있었지만, 그 지역

---

* 영국의 드럭스토어 체인점.

지리를 꽤 잘 알고 있던 스트라이크는 주택가 뒷길을 따라오면 카메라를 피해서 올 수 있고, 설사 자동차를 타더라도 이목을 피할 수 있었을 거라 확신했다.

이처럼 황막한 겨울날 보는 그녀의 집은 추레하고 더러웠다. 평범한 빅토리아조의 붉은 벽돌집이었지만 탤거스 로드의 화려함이나 변덕스러운 취향은 찾아볼 수 없었다. 한 모퉁이에 있는 집은 무성하게 웃자란 러버넘 관목 숲에 짙게 그늘이 드리운 습한 정원을 앞에 두고 있었다. 정원 문 너머를 스트라이크가 기웃거리며 엿보는데 진눈깨비가 또 내리기 시작하는 바람에 손으로 담뱃불을 감싸 꺼지지 않게 해야 했다. 앞뒤로 정원이 있었고, 둘 다 얼음처럼 차가운 폭설에 파르르 떨고 있는 시커먼 덤불숲 덕분에 외부의 눈길로부터 든든하게 보호받고 있었다. 집의 위층 창문들은 풀햄팰리스 로드 공동묘지를 내려다보게 되어 있었는데, 한겨울의 한 달 정도는 굉장히 우울한 전망이 될 터였다. 새하얀 하늘을 등지고 앙상한 가지들을 실루엣으로 드러낸 나목들, 저 멀리까지 줄지어 행진하는 낡은 묘비들.

말끔한 까만 정장을 입고 진홍빛 립스틱을 바르고 공공연하게 오언 퀸에 대한 분노를 드러내는 엘리자베스 태슬이 피와 염산으로 얼룩진 채 내장이 가득 든 가방을 들고서 어둠을 위장 삼아 이리로 돌아오는 모습을 상상할 수 있을까?

스트라이크의 목덜미와 손가락을 추위가 사정없이 물어뜯었다. 그는 꽁초를 비벼 끄고, 엘리자베스 태슬의 집을 샅샅이 살피는 그를 의심의 눈초리로 계속 바라보고 있던 택시 운전사에게 켄징턴의 해즐리트 로드로 가달라고 부탁했다. 뒷자리에 풀썩 쓰러지듯 기대앉아서 그는 부츠에서 산 생수로 진통제를 삼켰다.

택시 안은 답답했고, 오래된 담배와 들러붙은 먼지와 낡은 가죽 냄새가 났다. 전면 유리창의 와이퍼는 음소거한 메트로놈처럼 휙휙 움직이며, 널찍하고 분주한 해머스미스 로드의 흐릿하게 번진 풍경을 리듬에 맞춰 닦아냈다. 작은 사무실 구역들 사이로 간간이 테라스 주택들이 짤막하게 줄지어 서 있었다. 스트라이크는 창밖으로 보이는 나자렛 하우스 요양원을 바라보았다. 역시 붉은 벽돌에 교회 같고 고요한 풍광이 이어졌지만, 이번에는 보안이 철저한 대문들에다 요양원에서 돌봄을 받는 사람들과 그렇지 않은 이들을 확실하게 갈라놓는 수위실이 있었다.

희뿌연 창밖으로 블라이드 하우스가 시야에 들어왔다. 하얀색 둥근 지붕을 얹은 장엄한 궁전 같은 건물은 회색 진눈깨비 속에서 분홍빛 도는 거대한 케이크처럼 보였다. 스트라이크는 요즘은 그 건물이 대형 박물관의 매점으로 쓰인다는 것만 대충 알고 있었다. 택시가 우회전을 해서 해즐리트 로드로 들어섰다.

"몇 번지요?" 운전사가 물었다.

"여기서 내리죠." 스트라이크는 집 바로 앞에서 내리고 싶지 않았고, 또 지금 이렇게 펑펑 쓰는 돈은 갚아야 할 빚이라는 사실도 잊지 않고 있었다. 지팡이에 무겁게 몸을 싣다 보니 미끄러운 인도에 착 달라붙는 고무 코팅 마감재에 감사하는 마음이 절로 들었다. 그는 운전사에게 요금을 지불하고 월드그레이브의 집을 가까이서 살펴보기 위해 거리를 따라 걷기 시작했다.

지하까지 딸린 4층짜리 진짜 타운하우스였다. 황금색 벽돌에 고전적인 하얀 박공들, 위층 창문 밑으로는 화환이 조각되어 있고, 철제 세공 난간이 달려 있었다. 대부분은 아파트로 개조되어 있어 앞마당도 없고 곧장 지하로 내려가는 층계뿐이었다.

거리 전체에 당장이라도 쓰러질 것 같은 추레한 분위기가 어렴풋이 감돌고 있었다. 한 발코니에 무작위로 아무렇게나 갖다 둔 화분들이며 또 다른 발코니에 놓인 자전거, 그리고 깜박 잊고 걷지 않은 축 늘어진 젖은 빨래, 아마도 진눈깨비에 곧 꽁꽁 얼어버릴 빨래, 이 모든 게 휘청거리는 중산층 계급의 위태로움을 드러내고 있었다.

월드그레이브가 아내와 함께 사는 집은 아파트로 개조되지 않은 극소수 중 하나였다. 물끄러미 올려다보면서 스트라이크는 최고급 편집장의 봉급이 얼마나 되는지 궁금해졌고, 한편으로는 월드그레이브의 아내가 "돈 있는 집 출신"이라고 했던 니나의 말도 기억해냈다. 월드그레이브네 1층 발코니에는(제대로 보려면 길을 다시 건너 돌아가야 했다) 낡은 펭귄 문고판 표지가 프린트된 흠뻑 젖은 데크 체어 두 개가 파리의 비스트로에서 볼 수 있는 아주 작은 철제 테이블 옆에 놓여 있었다.

스트라이크는 담배를 한 대 더 꺼내 불을 붙이고 월드그레이브의 딸이 사는 지하층을 다시 살펴보려고 또 길을 건너가면서, 퀸이 원고를 전달하기 전에 《봄빅스 모리》의 내용을 편집자와 상의했을까 생각했다. 《봄빅스 모리》의 마지막 장면을 어떻게 구상하고 있는지 월드그레이브에게 털어놓았을까? 뿔테안경을 쓴 호감 가는 인상의 그 남자는 열광적으로 고개를 끄덕이며 그 우스꽝스러운 피칠갑을 한 마지막 장면을 다듬는 일을 도왔고, 그러는 내내 언젠가 자기가 그 장면을 그대로 재현할 구상을 하고 있었다니, 그럴 수가 있단 말인가?

지하층 아파트의 현관문 주위에는 검은 쓰레기봉지들이 잔뜩 쌓여 있었다. 조애나 월드그레이브가 대대적인 청소를 하고 살림살이를 처분한 것 같았다. 스트라이크는 등을 돌리고, 월드그레이브 식구들의 현관 두 개를 내려다볼 수 있는, 어림잡아 50개쯤 되어 보이는 창문들을 찬찬히 살펴보았다. 이렇게 훤히 다 내려다보이는 집을 월드그레이브가 남몰래 드나들었다면 운이 굉장히 좋아야 했을 것이다.

그러나 스트라이크는 우울한 생각에 잠겼다. 문제는 제리 월드그레이브가 새벽 2시에 수상쩍게 불룩한 가방을 겨드랑이에 끼고 몰래 집 안으로 들어가는 모습을 목격한 사람이 있다 해도, 그 시간에 오언 퀸이 멀쩡하게 살아 있지 않았다고 배심원을 설득시키기가 쉽지 않을 터였다. 사망시각을 두고 의혹이 너무 짙었다. 살인자는 이제 증거를 인멸할 시간을 최장 19일 확보했다. 길고 쓸모 있는 기간이다.

오언 퀸의 내장은 어디로 갔을까? 대체 몇 킬로그램에 달하는 갓 발라낸 인간의 위장과 창자를 어떻게 하지, 하고 스트라이크는 자문해보았다. 매장하나? 강물에 투척해? 공동 쓰레기통에 버려? 잘 탈 리가 없는데…….

월드그레이브 집의 현관문이 벌컥 열리더니 검정 머리에 미간 주름이 깊게 팬 여자가 현관 앞 세 칸짜리 계단을 내려왔다. 짧은 진홍빛 코트 차림에 성난 얼굴이었다.

"창밖으로 계속 보고 있었는데요." 그녀는 스트라이크 쪽으로 다가오면서 외쳤다. 그는 월드그레이브의 아내 페넬라를 알아보왔다. "지금 대체 뭐 하는 거죠? 왜 그렇게 우리 집에 관심이 많아요?"

"부동산 중개인을 기다리고 있어요." 스트라이크는 전혀 당황한 기색 없이 즉각 대답했다. "여기 지하층 아파트가 임대 매물로 나온 거 맞죠?"

"아." 그녀는 당혹스러워하며 말했다. "아뇨. 그건 세 집 건너 저 밑이에요." 그리고 손가락으로 그 집을 가리켰다.

스트라이크는 그녀가 사과를 할까 말까 망설이다가 그냥 말기로 했다는 것을 눈치챘다. 그녀는 눈 내리는 날씨에 어울리지 않는 에나멜 스틸레토 힐을 신고 근거리에 주차되어 있는 볼보 자동차로 갔다. 검정 머리 아래로 회색 뿌리가 드러나 보였고 잠시 스쳐 지나가는 사이에도 알코올로 얼룩진 구취가 훅 풍겨왔다. 후면 거울로 여전히 그를 볼 수 있다는 사실을 명심하고, 그는 아까 그녀가 가리킨 방향으로 절뚝거리며 걸어가 차가 떠날 때까지 기다렸다가—그녀는 아슬아슬하게 바로 앞에 있던 시트로엥을 피했다—다시 조심스럽게 길 끝까지 가서 곁길로 빠졌다. 그곳에서는 벽 너머로 일렬로 길게 늘어선 작은 개인 정원들을 엿볼 수 있었다.

월드그레이브의 화단은 낡은 헛간을 제외하면 별 특기할 점이 없었다. 잔디밭은 험하게 밟혀 초라했고, 컨트리풍 가구 세트가 한쪽 끝에 서글프게 놓여 있었는데 어쩐지 오래전에 버려진 느낌을 짙게 풍겼다. 지저분한 땅뙈기를 바라보면서 스트라이크는 자기가 모를 수도 있는 창고나 공터, 차고 들의 존재 가능성을 음산하게 타진했다.

길고 차갑고 축축한 길을 걸어야 한다는 생각에 내심 앓는 소리를 하며 그는 자기 앞에 놓인 선택의 여지를 가늠했다. 켄징턴올림피아 역이 가장 가까웠지만, 그가 타야 하는 디스트릭트 라인은 주말에만 오픈했다. 지상에 역사가 있으니 배런즈 코트보다는 해머스미스 역이 더 움직이기 편할 거라고 판단해서, 그는 좀 더 먼 길을 선택했다.

오른쪽 다리를 내디딜 때마다 움찔거리면서 블라이드 로드로 막 접어드는데, 휴대전화가 울렸다. 안스티스였다.

"대체 무슨 꿍꿍이로 그러는 거야, 밥?"

"그 말뜻은?" 스트라이크는 다리를 절며 계속 걸었다. 무릎을 칼로 후벼 파는 것 같았다.

"범죄현장 근처에서 어슬렁거렸잖나."

"좀 보려고 돌아갔었지. 일반 대중이 쓸 수 있는 길 아닌가. 기소할 거리가 못 될 텐데."

"이웃과 인터뷰를 하려고 —."

"그 사람이 현관문을 열 거라고는 생각 못 했어." 스트라이크가 말했다. "퀸에 대해서는 한마디도 하지 않았다고."

"이봐, 스트라이크 —."

탐정은 다시 본명으로 불리고 있다는 걸 알아차렸지만 아쉬움은 전혀 없었다. 안스티스가 붙여준 별명은 한 번도 마음에 들었던 적이 없다.

"말했잖아, 우리 일에 끼어들지 말라고."

"그럴 수가 없어, 안스티스." 스트라이크가 건조하게 말했다. "고객이 있으니까 —."

"자네 고객은 잊으라고." 안스티스가 말했다. "우리가 정보를 모으면 모을수록 그 여자가 점점 더 살인자로 보인단 말일세. 내 조언은, 지금 적을 엄청나게 많이 만들고 있으니까 손해는 이쯤에서 줄이라는 걸세. 경고했━."

"그랬지." 스트라이크가 말했다. "더할 나위 없이 뚜렷한 의사 표명이었지. 아무도 자네 책임을 묻지 않을 거야, 안스티스."

"내 꽁무니 보존하자고 자네한테 꺼지라는 경고를 하는 게 아니야." 안스티스가 쏘아붙였다.

스트라이크는 휴대전화를 어정쩡하게 귀에 대고 계속 걸었다. 잠시 말이 없던 안스티스가 말했다.

"약리학 쪽 보고서를 다시 받았네. 소량의 혈중 알코올 말고는 아무것도 없어."

"알았어."

"그리고 오늘 오후에 머킹마시즈에 개들을 보낼 거야. 날씨가 더 나빠지기 전에 처리하려고. 예보에서 폭설이 온다더라고."

머킹마시즈. 스트라이크도 아는 데였다. 영국에서 가장 큰 쓰레기 매립지였다. 교외를 포함한 런던 시 전역은 물론 템스 강 유역에서 흉측한 바지선으로 실어 나르는 쓰레기들까지 모두 처리하는 곳이다.

"내장을 쓰레기통에 투기했다고 생각하는 거야, 그래?"

"폐기물 운반차면 그럴 수 있지. 탤거스 로드에서 모퉁이를 돌면 개조공사를 하는 집이 있는데 8일까지 그 앞에 두 대가 주차되어 있었네. 이런 추위 속에서는 내장에 파리가 꼬이지 않았을 수도 있어. 확인해봤는데 그 건축업자가 가져간 폐기물들은 다 거기 버렸다고 하더군. 머킹마시즈."

"뭐, 행운을 비네." 스트라이크가 말했다.

"자네 시간과 에너지를 절약해주려는 거야, 친구."

"그래. 아주 고마워."

그리고 지난밤에 환대해줘서 고맙다고 건성으로 인사한 후 스트라이크는 전화를 끊었다. 그리고 잠시 벽에 기대서서 쉬었다. 아무래도 새 번호로 전화를 거는 편이 나을 것 같았다. 뒤에서 따라오는 줄도 몰랐던 왜소한 아시아 여인은 유모차를 몰고 그를 피해 길을 돌아가야 했지만, 웨스트브롬튼 육교의 남자와 달리 그를 보고 욕을 하지는 않았다. 지팡이는 부르카처럼 보호받는 위상을 부여했다. 여인은 지나가면서 그를 보고 조그맣게 미소를 지어 보였다.

리어노라 퀸은 신호가 세 번 울리기 전에 받았다.

"빌어먹을 경찰들이 다시 왔어요." 이게 그녀의 인사였다.

"뭘 원한대요?"

"집 안을 모조리 수색하고 이제 정원을 뒤지고 있어요." 그녀가 말했다. "그냥 내버려둬야 하나요?"

스트라이크는 망설였다.

"그쪽에서 뭐든 하고 싶은 대로 하게 두는 게 현명할 겁니다. 들어봐요, 리어노라." 그는 군대에 있을 때처럼 독단적으로 행동하는데 전혀 양심의 가책을 느끼지 않았다. "변호사를 구했습니까?"

"아니요, 왜요? 체포된 것도 아니잖아요. 아직은."

"아무래도 구하시는 게 좋겠어요."

잠시 침묵이 흘렀다.

"누구 좋은 사람 아세요?" 그녀가 물었다. "네." 스트라이크가 말했다. "일사 허버트에게 전화해보세요. 지금 제가 전화번호 보내드릴 테니까."

"경찰들이 쑤시고 다녀서 올랜도가 기분이 언짢아요—."

"문자로 전화번호를 보낼 테니까, 즉시 일사에게 전화하시면 좋겠군요. 알았죠? 즉시."

"알았어요." 그녀는 퉁명스럽게 대답했다.

그는 전화를 끊고 옛날 학교 친구의 전화번호를 휴대전화에서 찾아 리어노라에게 보내주었다. 그리고 일사에게 전화해 미안하다는 말과 함께 방금 자기가 한 일을 설명했다.

"뭐가 미안한지 잘 모르겠는데." 그녀는 명랑하게 말했다. "경찰하고 문제가 있으면 우리는 환영이지. 우리의 일용할 양식이라니까."

"무료 국선 변호 요건을 채울 수도 있어."

"요즘 그런 사람은 거의 없어." 일사가 말했다. "그냥 적당히 가난하기만 빌자고."

스트라이크는 손에 감각이 없어졌고, 심하게 허기가 졌다. 그는 휴대전화를 다시 코트 주머니에 스윽 집어넣고 절뚝거리며 해머스미스 로드로 걸어갔다. 반대편 인도에 아늑해 보이는 펍이 보였다. 검은 페인트칠을 하고 둥근 금속 간판에는 돛을 활짝 편 스페인 상선이 그려져 있었다. 그는 곧장 그리로 가면서, 지팡이를 쓰면 운전자들이 얼마나 더 참을성을 가지고 기다려주는지 실감했다.

이틀에 펍 두 군데……. 하지만 날씨가 나빴고 무릎 통증이 지독했다. 스트라이크는 더 이상의 죄책감을 감당할 수 없었다. 알비온 펍의 실내는 밖에서 풍기는 이미지만큼 아늑했다. 길고 비좁은 펍 끝에 모닥불이 타고 있었고, 난간이 있고 반들거리는 목재로 꾸민 2층 자리들이 있었다. 1층으로 내려오는 검은 철제 나선형 층계 밑으로 앰프 두 개와 마이크 스탠드가 놓여 있었다. 유명 뮤지션들의 흑백사진이 크림빛의 한쪽 벽면에 가득 걸려 있었다.

모닥불 옆의 좌석들은 이미 다 차고 없었다. 스트라이크는 파인트 맥주 한 잔을 주문하고 바 메뉴를 하나 집어 들어 거리를 내다보는 창문 옆 바 스툴들이 빙 둘러 놓여 있는 높은 식탁을 차지하고 앉았다. 자리에 앉으면서 보니 듀크 엘링턴*과 로버트 플랜트** 사이에 머리를 길게 기른 그의 아버지 사진이 끼어 있었다. 공연을 마쳤는지 땀에 흠뻑 젖은 모습으로, 스트라이크의 어머니 말에 따르면, 자기가 목 졸라 죽이려 했던 적이 있다던 베이스 연주자와 농담을 하고 있는 모습이었다.

("조니는 늘 속주엔 젬병이었어." 레다는 무슨 소리인지 알아듣지도 못하는 아홉 살짜리 아들에게 솔직히 털어놓았다.)

그의 휴대전화가 또 울렸다. 아버지의 사진에서 눈길을 떼지 않은 채 그는 전화를 받았다.

"저예요." 로빈이 말했다. "사무실로 돌아왔어요. 어디 계세요?"

"해머스미스 로드의 알비온 펍요."

"이상한 전화가 왔었어요. 돌아와보니 메시지가 와 있었어요."

"말해봐요."

* 미국의 피아니스트이자 재즈 음악가.
** 영국의 헤비메탈 밴드 '레드 제플린'의 보컬.

"대니얼 차드였어요." 로빈이 말했다. "만나고 싶대요."

미간을 찌푸리며 스트라이크는 아버지의 가죽 점프슈트에서 시선을 돌려 깜박이는 모닥불 불빛에 비친 펍을 내려다보았다. "대니얼 차드가 나를 만나고 싶어 한다고요? 대니얼 차드는 내가 존재한다는 것도 모를 텐데?"

"정말 왜 그러세요, 시체를 발견한 장본인이면서! 뉴스에 다 났단 말이에요."

"아, 그렇지. 그래서 그렇군요. 용건은 말하던가요?"

"제안이 있다고 했어요."

곪아 썩어가는 성기가 발기한 나체의 대머리 남자가 스트라이크의 머릿속에 프로젝터 슬라이드처럼 생생한 이미지로 섬광처럼 떠올랐지만 그는 금세 털어버렸다.

"다리가 부러져서 데본에 처박혀 있는 줄 알았는데요."

"맞아요. 자기를 보러 거기까지 와주면 안 되겠느냐고 하더라고요."

"아하, 그러시대요?"

스트라이크는 업무량과 나머지 주중에 잡혀 있는 미팅들을 고려해서 그 제안을 숙고했다. 그리고 마침내 이렇게 말했다.

"버넷 건을 연기하면 금요일 아침에 만날 수도 있겠는데요. 대체 뭘 원하는 걸까요? 차를 렌트해야 되겠어요. 오토매틱으로." 이 말을 덧붙이는데, 테이블 아래 다리가 고통스럽게 쑤셨다. "나 대신 좀 해줄 수 있겠어요?"

"당연하죠." 로빈이 말했다. 그녀가 메모하는 소리가 들렸다.

"해줄 이야기가 굉장히 많아요." 그가 말했다. "점심 같이 먹을

래요? 여기 메뉴가 꽤 괜찮은데. 택시를 타면 20분도 안 걸릴 거
예요."

"이틀 연달아서요? 우리 이렇게 계속 택시를 타고 다니고 점심
을 밖에서 먹다가는 파산할걸요." 로빈은 말은 그렇게 해도 기분
좋은 눈치였다.

"괜찮아요. 버넷은 전남편 돈을 펑펑 쓰는 걸 아주 좋아하니까.
그쪽 계정으로 청구하죠, 뭐."

스트라이크는 전화를 끊고 스테이크와 에일파이로 결정한 후
주문을 하러 바로 갔다.

다시 자리에 앉았을 때 그의 눈길은 별 생각 없이 딱 붙는 가죽
옷을 입은 아버지의 사진으로 다시 향했다. 웃고 있는 좁은 얼굴
을 둘러싸고 머리가 쫙 붙어 있었다.

'그 아내는 나에 대해 알지만 모른 척하고 있다…… 그이의 아
내는 그게 모두에게 최선인데도 그를 놓아주지 않는다……'

'당신 꿍꿍이는 내가 다 알고 있어, 오언!'

스트라이크의 시선이 맞은편 벽에 걸린 일련의 흑백 슈퍼스타
들을 훑었다.

'내가 미쳤나?' 그가 말없이 존 레논에게 물었더니, 짓궂은 표
정을 한 코주부 레논이 둥근 안경 너머로 그를 내려다보았다.

의미심장한 반대 증거들로 인정하지 않을 수 없는 것들을 똑똑
히 보면서도 어째서 그는 리어노라가 남편을 죽였다고 도저히 믿
을 수가 없었던 걸까? 어째서 그녀가 자기 사무실을 찾아온 게 위
장이 아니라 퀸이 뾰루퉁한 아이처럼 도망가버린 데 진심으로 화
가 나서였다고 이토록 굳게 확신하고 있는 걸까? 선서를 하고 말

하라고 해도, 그는 그녀가 자기 남편이 죽었을지도 모른다는 생각은 해본 적이 없다고 단언할 수 있었다. 상념에 몰두한 나머지 그는 자기도 모르는 새 벌써 맥주 한 잔을 다 비워버리고 말았다.

"왔어요." 로빈이 말했다.

"정말 빨리 왔는데요!" 스트라이크는 그녀를 보고 놀라서 말했다.

"별로 그렇지도 않은걸요." 로빈이 말했다. "길이 꽤 막혀요. 주문할까요?"

로빈이 바로 걸어가자 남자들의 고개가 휙휙 돌아갔지만, 스트라이크는 눈치채지 못했다. 그는 여전히 리어노라 퀸을 생각하고 있었다. 깡마르고 못생기고 머리가 하얗게 세어가고 있는, 그리고 궁지에 몰려 쫓기고 있는 여자를.

스트라이크가 마실 맥주 한 잔과 자기 몫의 토마토 주스를 들고 돌아온 로빈은 그날 아침 휴대전화로 찍은 대니얼 차드의 시내 숙소 사진을 보여주었다. 난간 기둥까지 완벽하게 갖춰진 하얀 벽토 빌라로, 번들거리는 검은 현관문 옆으로 주랑이 쫙 늘어서 있었다.

"길거리에서 잘 보이지 않게 숨겨진 희한한 안뜰이 있더라고요." 로빈이 스트라이크에게 사진을 보여주며 말했다. 배가 불룩한 그리스식 대형 화분들에 관목이 심어져 있었다. "차드가 내장을 이 중 하나에 버렸을 수도 있겠죠."

"차드가 그렇게 정력적이고 더러운 일을 했다는 게 상상이 가진 않는데, 그런 식으로 계속 생각을 하긴 해야죠." 스트라이크는 출판사 사장의 완벽한 정장과 화려한 타이를 떠올리며 말했다. "클렘아틀레 코트는 어땠던가요? 내 기억처럼 숨길 장소들이 많던가요?"

"엄청 많던데요." 로빈이 새로운 사진들을 보여주며 말했다. "공동 쓰레기통, 덤불숲, 별별 게 다 있어요. 다만 한 가지, 사람 눈을 피해서 그런 짓을 할 수 있다는 게 상상이 안 되더라고요. 누군가 굉장히 빨리 눈치를 챘을 것 같거든요. 항상 주위에 사람들이 있고 어디를 가나 100개쯤 되는 유리창들이 내려다보고 있어요. 한밤중이면 어떻게 해볼 수도 있겠지만, 카메라들도 있거든요. 그런데 제가 뭐 다른 걸 하나 본 게 있는데요. 뭐…… 그냥 제 생각일 뿐이에요."

"말해봐요."

"그 건물 앞에 메디컬센터가 하나 있어요. 그쪽에서 가끔 처리하는 게—."

"의학 폐기물!" 스트라이크가 맥주 잔을 내리며 말했다. "이런 씨발, 그거 그럴싸한 생각인데요!"

"그럼 그걸 좀 알아볼까요?" 스트라이크의 표정에 드러난 찬사가 얼마나 기쁘고 자랑스러운지 속마음을 숨기면서 로빈이 말했다. "가서 어떻게, 그리고 언제—."

"당연하죠!" 스트라이크가 말했다. "그게 안스티스가 추적하는 단서보다 훨씬 훌륭하네요. 그 친구는 글쎄……." 그는 그녀의 얼굴에 떠오른 궁금증에 답해 설명했다. "내장이 탤거스 로드에서 가까운 데 서 있던 폐기물 운반차에 투기되었다고 생각하지 뭡니까. 킬러가 그걸 그냥 들고 가서 던져버렸을 거라고요."

"뭐, 그렇게 생각할 수도 있죠"라고 로빈이 말머리를 꺼내자, 스트라이크는 그녀가 스트라이크의 생각이나 믿음에 대해 얘기할 때면 매튜가 짓곤 하는 표정과 정확히 똑같이 미간을 찌푸렸다.

"이 살인은 철저하게 계획된 거예요. 우리는 시신이 있는 데서 모퉁이 하나 돌아가서 인간 내장이 가득 든 가방을 던져버리는 그런 살인자를 상대하는 게 아니란 말입니다."

두 사람이 말없이 앉아 있는 동안 로빈은 스트라이크가 안스티스의 이론을 싫어하는 게 어떤 객관적 평가보다는 천성적인 경쟁심 때문이 아닐까 짓궂게 생각했다. 로빈은 남자의 자존심에 대해서는 꽤 잘 알고 있었다. 굳이 매튜 때문만이 아니라, 남자 형제가 셋이나 되었으니까.

"그런데 엘리자베스 태슬과 제리 월드그레이브의 집들은 어땠어요?"

스트라이크는 월드그레이브의 아내가 그가 자기 집을 감시하고 있는 줄 알았다는 이야기를 해주었다.

"굉장히 언짢아하던걸요."

"이상하네요." 로빈이 말했다. "우리 집을 누가 빤히 쳐다보고 있다고 하더라도, 그러니까 '감시'를 하고 있다는 결론으로 곧장 치달을 것 같지는 않은데요."

"남편과 마찬가지로 술을 마시더라고요." 스트라이크가 말했다. "술 냄새가 났어요. 그런가 하면 엘리자베스 태슬의 집은 내가 이제까지 본 중에서 제일 살인자의 은닉처처럼 생겼더라고요."

"그게 무슨 뜻이에요?" 로빈은 반쯤은 재미있어서, 반쯤은 겁이 나서 물었다.

"굉장히 사적이고, 밖에서 거의 보이지 않거든요."

"글쎄요, 그래도 전 여전히 —."

"—여자라고, 당신이 말했잖아요."

스트라이크는 말없이 1분 내지 2분 정도 술을 마시며, 그 누구보다 안스티스에게 짜증을 유발할 만한 행동 계획이 뭘까 생각했다. 그에게는 용의자를 취조할 권한이 없었다. 경찰의 영역을 넘보지 말라는 경고도 받았다.

그는 휴대전화를 들고 잠시 생각에 잠겼다가 로퍼차드에 전화를 걸어 제리 월드그레이브와 통화하고 싶다고 말했다.

"안스티스가 자신들의 영역을 침범하지 말라고 했잖아요!"로빈이 걱정스럽게 말했다.

"맞아요." 스트라이크가 말했다. 귓전에 댄 수화기에서는 아무소리도 들리지 않았다. "방금도 그걸 조언이랍시고 되풀이하더라고요. 하지만 지금 해준 얘기는 현재 상황의 절반도 되지 않아요. 금세 말해줄—."

"여보세요?" 제리 월드그레이브가 전화선 건너편에서 말했다.

"월드그레이브 씨." 스트라이크가 자기소개를 한 번 더 했다. 아까 비서한테도 이미 이름을 말해둔 터였지만 말이다. "어제 아침에 잠깐 퀸 씨 댁에서 뵈었지요."

"네, 알죠." 월드그레이브가 말했다. 예의바르지만 당혹스러워하는 말투였다.

"퀸 부인께서 말씀하셨으리라 짐작되지만, 경찰이 용의자로 의심할까 봐 걱정하시다가 저를 고용하셨습니다."

"설마 그럴 리가 있겠습니까." 월드그레이브가 말이 떨어지기 무섭게 대답했다.

"경찰이 의심한다는 것 말씀입니까, 아니면 남편을 죽였다는 것 말씀입니까?"

"둘 다요."

"아내들은 보통 남편이 죽으면 철저한 조사를 받게 됩니다."

"당연히 그렇겠지요. 하지만 저는…… 글쎄요, 사실 하나도 믿어지지가 않습니다." 월드그레이브가 말했다. "이 모든 게 너무 실감도 나지 않고 끔찍해서요."

"네." 스트라이크가 말했다. "뵙고 몇 가지 질문을 드려도 되겠습니까? 저는……." 탐정은 로빈을 흘긋 보고 말을 이었다. "퇴근 후에 직접 댁으로 찾아뵙는 것도 괜찮은데요. 편하신 대로 하시면 됩니다."

월드그레이브의 답변은 금세 나오지 않았다.

"물론 리어노라를 돕기 위해서라면 뭐든 하겠지만, 제가 무슨 말씀을 드릴 수 있겠습니까?"

"저는 《봄빅스 모리》에 관심이 있습니다." 스트라이크가 말했다. "퀸 씨가 그 책에 굉장히 비위가 상할 수 있을 만한 인물 묘사를 많이 넣었던데요."

"네." 월드그레이브가 말했다. "맞습니다."

스트라이크는 월드그레이브가 경찰 조사를 이미 받았는지 알고 싶었다. 이미 그 피비린내 나는 포대들의 내용물과 익사한 난쟁이가 상징하는 바에 대해 설명해달라는 요구를 받은 건지 궁금했다.

"좋습니다." 월드그레이브가 말했다. "만나는 건 얼마든지 좋습니다만 이번 주엔 제 일정이 꽉 차 있어서요. 어디 봅시다…… 혹시 월요일 점심 괜찮으시겠습니까?"

"아주 좋아요." 스트라이크는 씁쓸하게 이 상황에 대해 생각했다. 그러니까 이 말은 그가 점심 값도 내야 하고, 월드그레이브의 집 안을 보고 싶다는 바람도 물 건너갔다는 의미였다. "어디서요?"

"저는 사무실 근처가 좋습니다. 오후 일정이 꽉 차 있어서요. '심슨스 인 더 스트랜드' 괜찮겠습니까?"

스트라이크는 괴상한 선택이라고 생각했지만 좋다고 했다. 그는 줄곧 로빈과 눈을 마주치고 있었다. "1시요? 제 비서한테 예약해두라고 하겠습니다. 그럼 그때 뵙지요."

"만나주겠대요?" 스트라이크가 끊자마자 로빈이 물었다.

"그렇다네요." 스트라이크가 말했다. "냄새가 나죠."

그녀는 반쯤 웃으면서 고개를 저었다.

"내가 듣기로는 특별히 반가워하는 기색은 아니었어요. 그리고 사실 만나주기로 했다는 사실 자체가 양심에 거리낄 게 없다는 뜻인 것 같은데요?"

"아니에요." 스트라이크가 말했다. "전에도 이 얘기는 한 것 같은데요. 상황이 어떻게 돌아가는지 살펴보기 위해서 나 같은 사람 근처에 어슬렁거리는 사람들도 많아요. 그냥 가만두지를 못하는 거예요. 강박적으로 자기 해명을 해야 될 것 같거든요. 잠깐 소변 좀 보고요. 기다려요, 더 해줄 얘기가 있으니까."

로빈은 스트라이크가 새로 산 지팡이를 짚고 절뚝거리며 가는 사이 토마토 주스를 홀짝거렸다.

창밖으로 또 한 번 눈이 펑펑 쏟아지며 금세 흩날렸다. 로빈은 건너편 벽의 흑백사진들을 보다가 스트라이크의 아버지 조니 로커비를 알아보고 살짝 충격을 받았다. 두 사람 다 180센티미터 이상의 장신이라는 사실을 제외하면 전혀 닮은 데가 없는 부자였다. 그래서 친부 확인을 하기 위해서는 유전자 검사를 거쳐야만 했다. 스트라이크는 위키피디아의 로커비 항목에도 록스타의 아들로 등재되어 있다. 스트라이크가 로빈에게 말해준 바에 따르면, 두 사람은 두 번 만났다고 한다. 로커비가 입은 아주 딱 달라붙는, 그래서 몸 선이 훤히 드러나는 가죽 바지를 한참 동안 노려보다가 로빈은 혹시라도 아버지의 사타구니를 빤히 쳐다보는 자기 모습을 스트라이크한테 들키기라도 할까 봐 억지로 창밖으로 다시 눈길을 돌렸다.

스트라이크가 테이블로 돌아옴과 동시에 음식이 나왔다.

"경찰이 지금 리어노라의 집 전체를 수색하고 있어요." 스트라이크는 나이프와 포크를 집어 들며 선언했다.

"왜요?" 포크를 들다 말고 허공에 멈춘 채로 로빈이 물었다.

"왜라고 생각해요? 피 묻은 옷을 찾고, 정원에 새로 판 구덩이에 남편의 내장이 가득 차 있는지 보려고 그러겠죠. 내가 변호사를 붙여줬어요. 아직은 구속할 만한 증거가 없겠지만 경찰은 뭐든 찾아내려고 혈안이 되어 있어요."

"그 여자가 한 짓이 아니라고 정말 믿으세요?"

"네, 난 그렇게 생각해요."

스트라이크는 접시를 싹싹 비우고 나서야 다음 말을 이었다.

"팬코트하고 얘기를 좀 해볼 수 있으면 좋겠어요. 어째서 그 싫어한다는 퀸이 있다는 걸 알면서 로퍼차드 출판사하고 일하기로 했는지 그게 알고 싶어요. 틀림없이 마주치게 되어 있는데 말이죠."

"팬코트가 회식에서 얼굴 마주치는 게 싫어서 퀸을 죽였다고 생각한다고요?"

"그거 좋은 생각이네요." 스트라이크가 짓궂게 말했다.

그는 맥주 잔을 비우고 또 휴대전화를 들고 전화번호 안내 서비스 번호를 돌렸고 잠시 후 엘리자베스 태슬 문학 에이전시로 전화가 연결되었다.

비서인 랠프가 전화를 받았다. 스트라이크가 이름을 밝히자 청년은 반쯤은 겁에 질리고 반쯤은 흥분한 묘한 말투가 되었다.

"아, 모르겠습니다만…… 여쭤보지요. 잠시 대기로 돌릴게요."

그러나 그는 전화교환 시스템을 능숙하게 다루는 눈치가 아니었다. 시끄러운 철커덕 소리가 난 후로 전화는 계속해서 통화 상태로 남아 있었던 것이다. 스트라이크는 멀리서 랠프가 상사에게 스트라이크가 통화를 기다리고 있다는 얘기를 전하는 목소리와 태슬의 시끄럽고 성마른 대꾸를 들을 수 있었다.

"대체 지금 그 인간은 뭘 원하는 거야?"

"말하지 않았습니다."

묵직한 발소리, 수화기를 책상에서 덜컥 낚아채는 소리.

"여보세요?"

"엘리자베스." 스트라이크가 유쾌하게 말했다. "접니다, 코모란 스트라이크."

"네. 랠프한테 방금 들었어요. 무슨 용건이죠?"

"한번 뵐 수 있을까 해서요. 저는 아직 리어노라 퀸의 일을 맡고 있습니다. 경찰이 남편의 살인 용의자로 자신을 의심하고 있다고 믿고 있어요."

"그런데 나하고는 무슨 얘기를 하려고요? 그 여자가 살인을 했는지 안 했는지는 내가 얘기해줄 수가 없잖아요."

스트라이크는 냄새 고약한 낡은 사무실에서 경청하고 있는 랠프와 샐리의 충격 받은 얼굴 표정이 눈에 선했다.

"퀸에 대해 질문이 몇 개 더 있습니다."

"아, 진짜 미치겠네." 엘리자베스가 투덜거렸다. "뭐, 괜찮으면 내일 점심때는 만나줄 수도 있겠어요. 안 그러면 계속 바빠서 —."

"내일 아주 좋습니다." 스트라이크가 말했다. "하지만 꼭 점심일 필요는 없지요. 혹시 —?"

"전 점심이 좋아요."

"알겠습니다." 스트라이크가 즉시 말했다.

"샬럿 스트리트의 페스카토리." 그녀가 말했다. "다른 소식 없으면 12시 30분으로 합시다."

그리고 전화가 끊겼다.

"빌어먹을 점심식사들을 되게 좋아하네요, 책 만드는 사람들." 스트라이크가 말했다. "혹시라도 냉장고에 든 퀸의 내장을 내가 보게 될까 봐 집에서 만나는 걸 꺼린다고 생각하면 지나친 비약일까요?"

로빈의 미소가 희미해지다 사라졌다.

"있잖아요, 이 일로 친구를 잃을 수도 있어요." 그녀는 코트를 입으며 말했다. "이런저런 사람들한테 전화를 걸고 질문을 하겠다고 하면."

스트라이크는 툴툴거렸다.

"개의치 않아요?" 그녀가 물었다. 그들이 따뜻한 온기를 뒤로 하고 시리다 못해 아린 추위 속으로 들어서자 얼굴에 닿는 눈발이 타는 듯 따가웠다.

"그 인간 아니라도 친구는 차고 넘쳐요." 스트라이크의 말은 허세가 아니라 진심이었다.

"우리 점심때마다 맥주를 마셔야겠어요." 그는 지하철역으로 걸어가면서 심하게 지팡이를 의지했다. 눈앞에 보이지 않는 새하얀 폭설 때문에 두 사람은 고개를 푹 숙이고 걸었다. "평일 일과에 쉼표를 찍어줘서 좋네요."

그의 보속에 맞춰 발걸음을 조절한 로빈은 미소를 지었다. 스트라이크 밑에서 일하기 시작한 이래로 오늘만큼 즐거웠던 날은 처음이다시피 했지만, 아직도 요크셔에서 어머니의 장례식 준비를 거들고 있는 매튜한테 이틀 동안 펍에 두 번이나 갔다는 사실을 알릴 수는 없었다.

27

사람을 믿어야 하다니, 그것도 예전에 친구들을 배신했던 적이 있
는 인간을!
- 윌리엄 콩그리브, 《이중거래자》

어마어마한 눈의 카펫이 영국 전역에 깔리고 있었다. 아침 뉴스
에는 영국 북동부가 이미 하얀 가루에 뒤덮였다는 소식이 나오고
있었다. 자동차들이 힘없는 양 떼처럼 좌초해 있고, 헤드라이트
가 미약하게 깜박이고 있었다. 런던은 점점 더 불길해지는 하늘
아래 차례를 기다리고 있었고, 옷을 입으며 텔레비전 화면에 나
오는 기상도를 흘긋 쳐다본 스트라이크는 다음 날 데본까지 차를
몰고 가는 게 가능할까, 심지어 M5 고속도로가 통행이 허락될까
걱정되었다. 초청 자체가 워낙 이상해서 거동이 곤란해진 대니얼
차드를 만나고야 말겠다는 결심을 굳히기는 했지만, 아무리 오토
매틱이라도 이런 악천후에 그의 다리로 운전을 한다는 건 두려운
일이었다.
　머킹마시즈에는 여전히 개들을 풀어놓고 있었다. 그는 의족을
붙이면서 그 개들을 상상했다. 무릎의 부기는 더 심해지고 통증

도 그 어느 때보다 심했다. 이렇게 위협적인 암회색 먹구름 아래, 머리 위를 돌고 있는 갈매기들 아래서, 그 예민하게 파르르 떠는 코로 가장 최근에 투척된 쓰레기 더미를 뒤지고 다니고 있을 경찰견들의 모습이 눈앞에 그려졌다. 짧은 일조시간을 감안하면 이미 수색이 개시되었을 수도 있다. 개들은 얼어붙은 쓰레기 사이로 조련사들을 끌고 다니며 오언 퀸의 창자를 찾아 헤매고 있으리라. 스트라이크는 탐지견들과 일해본 경험이 있었다. 개들의 씰룩이는 둔부와 살랑거리는 꼬리 때문에 수색 작전에는 어울리지 않게 늘 명랑한 분위기가 감돌곤 했다.

아래층으로 내려가려면 또 얼마나 아플까 생각하니 정신이 산란해졌다. 물론 이상적인 세계에서라면 그는 어젯밤에 샬럿과 결혼식 생각을 떨쳐버리겠다면서 런던 전역을 헤매고 다니는 대신 다리를 높은 데 올려놓고 절단 부위에 얼음찜질이나 하고 앉아 있었을 것이다. 결혼식이 조만간 복원된 크로이의 성에서 열릴 예정이라고 했던가…… 아, 크로이 성이라고 하면 안 된다고 했다. '씨발 빌어먹을 가문 사람들이 짜증을 낸다니.' 이제 앞으로 아흐레 남았다.

유리문 자물쇠를 열고 들어가는데 로빈의 책상 전화가 울렸다. 움찔한 그는 서둘러 전화를 받았다. 브로클허스트 양의 수상쩍은 연인이자 상사였다. 그는 자기 개인비서가 독감으로 집에 앓아누워 있다면서 비서가 다시 건강해져서 출근할 때까지 스트라이크를 무단 감시 죄로 기소하지는 않을 예정이라고 알려왔다. 스트라이크가 수화기를 내려놓자마자 또 전화벨이 울렸다. 또 다른 고객 캐럴라인 잉글스가 감정이 복받쳐 주체가 안 되는 목소리로 일탈을 범했던 남편과는 화해를 했다고 알려왔다. 스트라이크가 건성으로 축하한다고 인사를 하는데 추위로 얼굴이 발갛게 물든 로빈이 들어왔다.

"바깥 날씨가 더 심해지고 있어요." 그가 전화를 끊자 그녀가 말했다. "누구였어요?"

"캐럴라인 잉글스요. 루퍼트하고 화해했답니다."

"뭐라고요?" 로빈은 아연실색하고 말았다. "그 많은 랩댄서들을 겪고도요?"

"아이들을 위해서 결혼생활을 유지해보겠답니다."

로빈은 믿지 못하겠다는 듯 코웃음을 쳤다.

"요크셔에 폭설이 심한 모양이에요." 스트라이크가 말했다. "혹시 내일 쉬고 일찌감치—."

"아니에요." 로빈이 말했다. "금요일 밤 야간 침대열차를 예약해뒀으니까 전 괜찮아요. 잉글스 사건을 맡지 않게 됐다면, 대기명단에 있는 고객들에게 연락을 할까요?"

"아직은 하지 말아요." 스트라이크가 소파에 풀썩 주저앉으며 자기도 모르게 고통스럽게 반발하는 무릎으로 스르르 손을 가져갔다.

"아직도 쓰려요?" 로빈은 그가 움찔하는 모습을 못 본 척하면서 머뭇머뭇 물었다.

"네." 스트라이크가 말했다. "하지만 그래서 고객을 더 받지 못한다고 한 건 아니에요." 그리고 날카롭게 덧붙였다.

"알아요." 로빈은 그를 등지고 서서 주전자의 스위치를 켰다. "퀸 사건에 집중하고 싶으신 거죠."

스트라이크는 그녀의 말이 책망하는 말투인지 아닌지 잘 파악이 되지 않았다.

"수임료는 받을 겁니다." 그는 짤막하게 말했다. "퀸은 그녀 등쌀에 생명보험을 들었으니까요. 그래서 지금은 거기 돈이 묶여 있어요."

로빈은 그의 말투에서 읽히는 자기방어가 마음에 들지 않았다. 스트라이크는 로빈이 돈을 우선순위로 두고 있다는 전제를 깔고 있었다. 훨씬 보수가 좋은 일자리들을 다 거절하고 그와 일하겠다고 했을 때, 그게 사실이 아니라는 건 이미 입증하지 않았던가? 리어노라 퀸이 남편을 죽이지 않았음을 입증하는 일을 얼마든 기꺼이 돕고 싶은 그녀 마음을 왜 알아주지 않는 걸까?

그녀는 머그잔에 든 홍차와 물 한 잔, 그리고 진통제 파라세타몰을 그 옆에 내려놓았다.

"고마워요." 그는 어차피 용량의 두 배를 먹을 작정이었으면서도 막상 거기 있는 진통제를 보니 짜증스러워 이를 악물고 말했다.

"12시에 페스카토리까지 타고 가실 택시를 예약할게요. 그러면 되죠?"

"겨우 한 모퉁이만 돌면 되는데요." 그가 말했다.

"있잖아요, 세상에는 자존심이라는 것도 있지만 바보짓이라는 것도 있는 법이에요." 로빈이 말했다. 로빈이 만만찮은 성깔을 그렇게 내비치는 모습을 스트라이크는 이제까지 본 적이 없었다.

"알았어요." 그는 눈썹을 치켜세우며 말했다. "빌어먹을 택시를 타도록 하죠."

그리고 실제로 세 시간 뒤 체중을 못 이겨 휘어지는 싸구려 지팡이에 무겁게 몸을 싣고 절뚝거리면서 덴마크 스트리트 끝에서 대기하고 있는 택시까지 걸어가던 그는 내심 천만다행이라고 생각했다. 이제는 애초에 의족을 장착하지 말았어야 한다는 걸 알고 있었다. 몇 분 뒤 샬럿 스트리트에 도착했다. 택시에서 내리는 게 영 쉽지 않아서 택시 기사가 조바심을 냈다. 스트라이크는 안도감에 싸여 시끌벅적하고 따뜻한 페스카토리로 들어갔다.

엘리자베스는 아직 오지 않았지만 그녀 이름으로 예약이 되어 있었다. 스트라이크는 자갈돌이 박혀 있는 하얀 토벽 옆 2인용 테이블로 안내를 받았다. 컨트리풍의 원목 서까래가 천장을 가로세로로 가로지르고 있었고, 바의 공중에는 조정 보트가 걸려 있었다. 저 건너 맞은편 벽에는 말쑥한 오렌지색 부스들이 늘어서 있었다. 습관의 힘에 못 이겨 스트라이크는 맥주를 주문하고 밝고 환한 지중해풍의 매력적인 분위기를 만끽하며 창밖에서 흩날리는 눈발을 바라보고 있었다.

에이전트도 오래 지나지 않아 도착했다. 테이블로 다가오는 그녀를 보고 일어서려 했지만 금세 다시 주저앉고 말았다. 엘리자베스는 눈치채지 못한 낌새였다.

그녀는 지난번에 봤을 때보다 체중이 더 줄어 보였다. 훌륭한 재단의 검은 정장, 진홍빛 립스틱과 스틸그레이 빛깔의 단발머리는 오늘 멋스럽게 보이기는커녕 잘못 고른 위장처럼 보였다. 얼굴은 누렇게 떠서 축 처진 듯했다.

"안녕하세요?" 그가 인사했다.

"안녕할 거 같아요?" 그녀는 무례하게 내뱉었다. "뭐요?" 근처에서 기웃거리는 웨이터에게 그녀가 쏘아붙였다. "아, 물. 난 그냥 생수."

그녀는 이미 너무 많이 털어놓은 사람 같은 분위기로 메뉴를 집어 들었고, 스트라이크는 조금이라도 동정이나 우려의 표정을 지었다가는 절대 환영받지 못하리라는 걸 알아차렸다.

"그냥 수프만요." 그녀는 주문을 받으러 다시 돌아온 웨이터에게 말했다.

"다시 만나주셔서 감사합니다." 스트라이크는 웨이터가 가고 나서 말했다.

"뭐, 리어노라야 받을 수 있는 도움은 무조건 다 받아야 하는 상황이니까요." 엘리자베스가 말했다.

"왜 그런 말씀을 하시죠?" 스트라이크의 말에 엘리자베스는 눈살을 찌푸렸다.

"멍청한 척하지 마세요. 오언에 대한 소식을 듣자마자 당신을 만나야 하니 경찰청에 데려다달라고 고집을 부렸다고 나한테 다 말했어요."

"네, 그랬죠."

"그런데 그게 어떻게 보일 거라 생각했대요? 경찰은 미망인이 그 자리에서 쓰러질 줄 알았는데 막상 여자는 탐정 친구를 만나는 일 말고는 안— 안중에 없었다니."

그녀는 힘들게 기침을 참았다.

"리어노라는 남한테 자기가 어떤 인상을 줄지 아예 생각조차 하지 않는 사람 같던데요." 스트라이크가 말했다.

"뭐, 물론 그렇죠. 그건 당신 말이 맞아요. 그 여자는 한 번도 영리하게 굴었던 적이 없으니까."

스트라이크는 엘리자베스 태슬 본인은 세상 사람들에게 자기가 어떤 인상으로 비칠 거라 생각하는지 궁금해졌다. 본인이 얼마나 비호감인지를 과연 알고 있을까. 그녀는 그동안 참아오던 기침을 마음껏 터뜨렸고 그는 귀청이 떨어질 듯한 물개 울음소리가 지나갈 때까지 기다렸다가 다음 질문을 던졌다.

"가짜로라도 슬픈 시늉을 했어야 한다고 보나요?"

"가짜라고 보진 않아요." 엘리자베스가 쌀쌀맞게 대꾸했다. "그 여자 나름대로 마음이 상하긴 했겠죠. 그저 상을 당한 미망인 행세를 조금 더 했어도 신상에 해롭지는 않았을 거라는 얘기예요. 사람들이 기대하는 게 그런 거니까."

"경찰하고 얘기는 하셨죠?"

"당연하죠. 리버 카페의 언쟁에 대해서 따지더군요. 왜 그 빌어먹을 책을 제대로 읽지 않았느냐고 추궁을 하고 또 하고. 그리고 마지막으로 오언을 본 후 내 동선을 알고 싶어 했어요. 정확히 말해서 그를 만나고 사흘 후까지 일거수일투족을요."

그녀는 뭔가 캐내려는 것처럼 스트라이크를 주시했다. 무표정한 그의 얼굴에는 아무 변화도 없었다.

"경찰에서는 우리가 말다툼을 하고 나서 사흘 내로 그가 죽었다고 여기는 모양이죠."

"저는 전혀 모릅니다." 스트라이크는 거짓말을 했다. "그래서 동선에 대해서는 뭐라고 말씀하셨습니까?"

"오언이 뛰쳐나간 후로 곧장 집으로 와서 다음 날 아침 새벽 6시에 일어나 패딩턴까지 택시를 타고 가서 도커스와 함께 지냈죠."

"작가 중 한 명이라고, 전에 말씀하셨던 거 같은데요?"

"그래요, 도커스 펜젤리, 그 여자는—."

스트라이크가 살짝 미소를 짓는 걸 보고, 엘리자베스는 두 사람이 알게 된 이래 처음으로 얼굴을 풀고 아주 잠깐 동안이지만 웃음기를 보였다.

"믿거나 말거나 그 여자 본명이에요. 필명이 아니라. 그녀는 역사 로맨스로 위장한 포르노그래피를 쓰죠. 오언은 그녀의 책들을 콧방귀 뀌며 비웃었지만 아마 그렇게 책이 팔린다고 하면 못 할 짓이 없었을걸요. 책들이 진짜……." 엘리자베스가 말했다. "불티나게 팔리니까요."

"도커스네 집에서는 언제 돌아오셨어요?"

"월요일 오후 늦게요. 오랜만에 기분 좋게 긴 주말을 즐겨보려 했는데 좋은 기분 같은 건," 엘리자베스는 딱딱하게 말했다. "《봄빅스 모리》 덕분에 물 건너갔죠."

그녀는 말을 이었다. "난 혼자 살아요. 집으로 갔고, 또 런던에 도착하자마자 오언을 살해하지 않았다는 걸 입증할 수는 없어요. 물론 기분 같아서는 죽이고 싶었지만……."

그녀는 물을 좀 더 마시고 얘기를 계속했다.

"경찰은 주로 그 책에 관심이 있었어요. 꽤나 많은 사람에게 살인 동기를 부여했다고 여기는 눈치더군요."

이건 스트라이크로부터 정보를 얻어내려는 그녀의 첫 번째 시도였다.

"처음엔 꽤 여럿처럼 보였죠." 스트라이크가 말했다. "하지만 사망시각이 정확하게 파악되고 퀸이 리버 카페에서 말다툼을 하고 나서 사흘 이내에 죽었다고 확인된다면, 용의자의 수는 상당히 제한되겠지요."

"어째서 그렇죠?" 엘리자베스가 날카롭게 되물었고, 그 말투는 옥스퍼드 수학 시절 가장 가차 없던 강사들을 떠올리게 했다. 그들은 이 두 마디로 된 질문을, 논거가 빈약한 이론을 터뜨리는 거대한 바늘처럼 활용했었다.

"안타깝지만 그 정보는 드릴 수가 없네요." 스트라이크는 유쾌하게 말했다. "경찰의 사건에 편견을 갖게 하면 안 되죠."

작은 식탁 맞은편에 앉은 여자의 창백한 피부는 모공이 크고 결도 거칠었다. 그녀는 까만 올리브 같은 눈동자로 그를 주시하고 있었다.

"경찰에서 묻더군요." 그녀가 말했다. "제리와 크리스천에게 보내기 전 내가 원고를 갖고 있던 며칠 동안 누구한테 보여주었느냐고요. 답은 아무에게도 보여주지 않았다예요. 그랬더니 오언이 그 책을 쓰면서 누구와 의논을 했는지 묻더군요. 왜 그랬는지는 모르겠지만." 그녀의 검은 눈은 여전히 스트라이크에게 고정되어 있었다. "누구 다른 사람의 사주를 받았다고 생각하는 걸까요?"

"모르겠습니다." 스트라이크는 또 거짓말을 했다. "오언은 책을 쓸 때 의논을 하는 스타일인가요?"

"부분적으로는 제리 월드그레이브한테 내용을 털어놓았을 수 있죠. 나한테는 그나마 제목이라도 가르쳐주면 황송한 거고요."

"정말인가요? 오언이 와서 조언을 구한 적이 한 번도 없었다고요? 옥스퍼드에서 영어영문학을 전공했다고 말씀하시지 않았—?"

"학사학위를 땄어요." 그녀는 버럭 화를 내며 말했다. "하지만 오언은 그걸 학위가 없느니만 못한 걸로 취급하더군요. 자기는 러프버로인가 뭔가 하는 데서 그나마 전공하다 쫓겨난 후로 아예 학위도 못 딴 주제에. 그래요, 그리고 마이클이 언젠가 친절하게도 오언한테 학생 시절에 내 글쓰기가 '개탄스러우리만큼 독창적이지 못했다'는 얘기를 했고, 오언은 끝까지 그걸 잊지 않았죠." 해묵은 굴욕의 기억이 그녀의 노란 안색을 보랏빛으로 물들였다. "오언은 문학계의 여자들에 대한 마이클의 편견을 공유하고 있었어요. 둘 다 여자들이 자기 작품을 칭찬하는 건 싫어하지 않았죠, 물, 물론─." 그녀는 냅킨에 대고 기침을 하다가 결국 얼굴이 시뻘겋게 되어서는 버럭 성을 냈다. "오언은 내가 평생 만나본 그 어떤 작가보다 찬사에 목말라 있었어요. 작가들이 대체로 다 탐욕스럽기 이를 데 없는데 말이죠."

음식이 나왔다. 엘리자베스의 토마토 바질 수프와 스트라이크의 피시앤칩스.

"우리가 지난번에 만났을 때 하신 말씀이 있죠." 스트라이크는 한입 가득 베어 문 음식을 일단 삼킨 후 말했다. "팬코트와 퀸을 놓고 양자택일을 해야만 하는 시점이 왔다고요. 어째서 퀸을 선택하셨나요?"

그녀는 수프 한 숟가락을 떠서 호호 불고 있었는데, 말하기 전에 뭐라고 대답할까 심각하게 고민하는 눈치였다.

"그때는─ 그 사람이 지은 죄보다 더 많은 벌을 받고 있다는 느낌을 받았어요."

"팬코트의 아내가 쓴 소설에 대해서 어떤 사람이 썼다는 그 패러디하고 상관이 있는 얘깁니까?"

"어떤 사람이 쓴 게 아니에요." 그녀가 조용히 말했다. "오언이 쓴 거예요."

"확실히 알고 하시는 말씀입니까?"

"잡지에 보내기 전에 나한테 보여줬어요, 유감이지만." 엘리자베스가 차가운 반항기를 담고 스트라이크의 시선을 똑바로 받았다. "그걸 읽고 폭소를 터뜨렸죠. 통렬하게 정확하고 아주 웃기는 글이었어요. 오언은 문학적인 모방에 늘 뛰어났죠."

"하지만 팬코트의 아내가 자살했잖습니까."

"그건 비극이었죠, 물론." 엘리자베스는 눈에 띄는 감정의 동요를 드러내지 않고 말했다. "하지만 그 누구도 합리적으로 그런 예상을 할 수가 없었어요. 솔직히, 혹평 하나 때문에 자살할 사람이라면 애초에 소설을 쓰질 말았어야죠. 그러나 당연히 마이클은 오언한테 무섭게 분노했죠. 오언이 엘스페스의 자살에 대해 알고 나서 겁을 집어먹고 자기가 쓴 게 아니라고 부인하는 바람에 화를 돋우었고요. 두려움을 모르는 무법자라는 정평을 즐겼던 작가로서는, 어쩌면 놀랄 만큼 비겁한 태도였던 거죠. 마이클은 오언하고의 관계를 끊으라고 했어요. 난 거절했죠. 마이클은 그 후로 나와 한마디도 말을 섞지 않았어요."

"당시 팬코트보다 퀸이 돈을 더 많이 벌어주는 작가였나요?" 스트라이크가 물었다.

"이런 세상에, 아니에요." 그녀가 말했다. "오언과 계속 일한 건 금전적으로 내게 이득이 되기 때문이 아니었어요."

"그렇다면 어째서—?"

"방금 말했잖아요." 그녀는 성마르게 말했다. "난 언론의 자유를 믿는다고요. 사람들 비위를 건드리더라도, 아니 그것까지 포함해서요. 아무튼 엘스페스가 자살하고 며칠 후, 리어노라가 쌍둥이를 조산했어요. 출산 과정에서 뭔가 끔찍하게 틀어졌죠. 아들은 죽었고 올랜도는…… 지금쯤은 그 애도 보셨겠죠?"

고개를 끄덕이던 스트라이크는 갑자기 지난밤의 악몽을 새삼스럽게 생생히 떠올렸다. 샬럿이 낳았지만 그에게 보여주려 하지 않았던 아기…….

"뇌손상을 입었죠." 엘리자베스가 말을 이었다. "그래서 오언은 당시 자기 나름대로 개인적인 비극을 겪고 있었고, 마이클과 달리 그는 전혀 자— 자기 타— 탓이라고—."

스트라이크가 약간 놀라는 기미를 보이자 그녀는 기침을 하면서도 한 손으로 초조하게 손사래질을 했다. 발작이 지나가고 나면 설명을 해주겠다는 뜻이었다. 그리고 한 모금 더 물을 마시고 나서 마침내 그녀는 꾸루룩거리기 시작했다.

"마이클이 엘스페스를 부추긴 건 단지 자기 작업을 방해받기 싫었기 때문이었어요. 두 사람은 공통점이 하나도 없었죠. 마이클이 그 여자와 결혼한 건 자기가 중하층 계급에 속한다는 사실에 한도 끝도 없이 과민했기 때문이에요. 엘스페스는 백작 영애였고, 마이클과 결혼하면 끊임없이 문학적 파티가 열리고 반짝거리고 지적인 대화들을 나눌 수 있을 줄 알았죠. 마이클이 일하는 대부분의 시간 동안 홀로 남겨질 거라고는 상상하지 못했던 거예요. 그 여자는 별로 다재다능하지 않았거든요." 엘리자베스는 경멸조로 말했다. "하지만 작가가 된다는 생각에 흥분했어요. 혹시……." 에이전트는 혹독하게 말했다. "얼마나 많은 사람들이 자기가 글을 잘 쓴다고 생각하는지 아세요? 날이면 날마다 내가 받아 보는 쓰레기들을 아마 상상도 못 할걸요. 정상적인 상황이라면 엘스페스의 소설은 일언지하에 거절당했을 거예요. 너무나 허세 넘치고 바보스러웠으니까. 그런데 정상적인 상황이 아니었던 거죠. 그 빌어먹을 소설을 쓰라고 부추겨놓고 마이클은 막상 아내 면전에서 졸작이라고 말할 배짱이 없었던 거예요. 그래서 자기 출판사에 넘겼고, 그쪽에서는 마이클의 비위를 맞추기 위해서 원고를 받았죠. 출간된 지 일주일도 못 되어서 그 패러디가 나온 겁니다."

"퀸은《봄빅스 모리》에서 실제로 패러디를 쓴 건 마이클이었다는 암시를 하고 있는데요." 스트라이크가 말했다.

"알아요. 나라면 마이클 팬코트를 도발하고 싶지는 않을 거 같은데 말이죠." 그녀가 방백처럼 덧붙여 한 그 말은 분명 일부러 들으라고 한 말이었다.

"무슨 뜻입니까?"

잠시 짤막한 침묵이 흐르는 사이 엘리자베스가 그에게 뭘 말해줄까 고르는 속내가 훤히 보였다.

"내가 마이클을 만난 건," 그녀는 천천히 말했다. "제임스 1세 시대의 복수극을 연구하는 스터디 그룹에서였어요. 그 사람 천성에 딱 맞는다고만 말하죠. 그런 작가들을 숭상해요. 가학주의와 복수에 대한 열망…… 강간과 식인, 여자 옷을 입힌 독살당한 해골……. 가학적인 보복에 마이클은 강박적으로 집착했죠."

그녀는 스트라이크를 흘긋 올려다보았다. 그 역시 그녀를 주시하고 있었다.

"뭐요?" 그녀가 퉁명스럽게 말했다.

언제쯤 퀸 살인 사건의 자세한 내역이 언론에 쫙 깔려 터지게 될까? 컬페퍼가 사건에 달라붙었으니, 지금도 댐이 과도한 수압을 견디고 있을 터였다.

"퀸을 선택하셨을 때 팬코트가 가학적인 보복을 해오던가요?"

그녀는 붉은 액체가 든 볼을 내려다보더니 갑자기 한쪽으로 치웠다.

"우리는 친한 친구였어요. 아주 친했죠. 하지만 내가 오언을 자를 수 없다고 한 날 이후로 내게 단 한마디도 말을 하지 않았어요. 전력을 다해 우리 에이전시로 오려는 작가들을 설득해 오지 못하게 했고, 내가 명예나 원칙이 없는 여자라고 말하고 다녔죠.

하지만 나는 한 가지 신성한 원칙을 지키고, 그도 그걸 알고 있어요." 그녀는 단호하게 말했다. "오언은 그 패러디를 쓸 때, 마이클이 다른 작가들에게 수백 번 했던 짓거리 이상도 이하도 하지 않았어요. 물론 그 후유증 때문에 심히 후회하긴 했지만, 그때만큼은—그럴 때가 얼마 없긴 했지만—오언이 도덕적으로 정당하다고 생각했죠."

"그래도 마음이 아팠겠어요." 스트라이크가 말했다. "퀸보다 팬코트와 알고 지낸 시간이 더 길었잖아요."

"지금은 친구로 지낸 시간보다 원수로 지낸 시간이 더 길죠."

이건, 적절한 대답이 아니라는 사실에 스트라이크는 주목했다.

"난 절대……. 오언이 늘, 항상 전적으로 나쁜 사람이었다고 생각해서는 안 돼요." 엘리자베스는 초조하게 말했다. "그러니까 그 사람은 인생과 작품에 있어서 남자의 원기를 굉장히 중요하게 생각했었죠. 가끔은 창조적 천재의 메타포기도 했지만 예술적인 성취를 가로막는 장애물로 보일 때도 있었어요. 《호바트의 죄》의 플롯은 남자인 동시에 여자이기도 한 호바트로 하여금 부모가 되는 것과 작가로서의 야심을 버리는 것 사이에서 양자택일을 하게 만들죠. 몸에 밴 아기를 낙태하든가, 두뇌로 밴 아기인 작품을 버리든가. 하지만 실제 삶에서의 부성애로 말하자면 — 아시겠지만, 올랜도는 그리……. 아마…… 아이를 선택하지는……. 하지만 오언은 아이를 사랑했고 그 애도 그를 사랑했어요."

"가족을 버리고 나가서 다른 여자들과 어울리거나 호텔 방에 돈을 다 써버릴 때만 빼고 말이죠." 스트라이크가 은근히 화두를 던졌다.

"좋아요, 뭐 올해의 아버지 상을 탈 위인은 아니었다고 칩시다." 엘리자베스가 날카롭게 대꾸했다. "하지만 그래도 사랑은 있었어요."

식탁에 정적이 내리깔렸고, 스트라이크는 자기가 나서서 침묵을 깨지는 않기로 했다. 엘리자베스 태슬이 지난번에 미팅을 요청했던 것과 마찬가지로 이번 만남에 동의한 데는 그녀 나름대로 이유가 있을 거라 확신했기에 그 이유를 꼭 듣고 싶었다. 그래서 생선을 먹으며 기다렸다.

"경찰이 나한테 묻더군요." 그녀가 마침내 말을 꺼냈다. 그의 접시가 거의 깨끗하게 비워졌을 무렵이었다. "어떤 식으로든 오언한테 공갈 협박을 당하고 있었느냐고요."

"정말입니까?" 스트라이크가 말했다.

식당의 소음이 그들을 에워싸 달그락거리고 재잘재잘 수다를 떨었고, 바깥에서는 이제껏 가장 짙은 눈발이 펑펑 쏟아지고 있었다. 여기서도 그가 로빈에게 말했던 친숙한 현상이 일어나고 있었다. 첫 시도에서 충분히 잘하지 못했을까 봐 걱정이 되어 다시 해명하고 싶어 하는 용의자.

"수년에 걸쳐 내 계좌에서 거액의 돈이 오언의 계좌로 넘어갔다는 점에 주목하더군요." 엘리자베스가 말했다.

스트라이크는 아무 말도 하지 않았다. 퀸의 호텔 비용을 그렇게 쉽게 처리해주었다는 사실은, 지난번 만남 때 이미 성격에 맞지 않는 이상한 일이라고 여기고 있었다.

"대체 왜 내가 공갈협박을 당할 사람이라고 생각하는지 모르겠네요?" 그녀는 진홍빛 입가를 일그러뜨리며 그에게 물었다. "내 직업 경력은 신중하고 정직했어요. 굳이 언급할 만한 사생활이라는 것도 없고요. 나야말로 결백한 노처녀의 정의 그 자체 아닌가요, 안 그래요?"

스트라이크는 어떤 말을 갖다 대더라도 기분 나쁘지 않게 이런 질문에 대답한다는 건 불가능하다고 판단하고 아무 말도 하지 않았다.

"올랜도가 태어날 때 시작된 일이에요." 엘리자베스가 말했다. "오언은 이제까지 번 돈을 모조리 탕진하는 데 성공했고, 리어노라는 출산 후 2주일 동안 중환자실에 있었고, 마이클 팬코트는 만나는 사람마다 붙잡고 오언이 자기 아내를 살해했다고 악을 쓰고 있었지요. 오언은 최하층 빈민 출신이에요. 그도 리어노라도 가족이 없고요. 그래서 아기용품들을 사라고 친구로서 돈을 빌려주었죠. 그리고 더 큰 집으로 이사 갈 때 보증금을 선불로 내줬어요.

그리고 올랜도의 발육이 정상이 아니라는 게 확실해지고 나서 전문의 진단을 받을 수 있게 의료비와 보조 치료에 드는 돈도 주었죠. 나도 모르는 사이에 그 집안의 개인 은행이 되어 있더군요. 인세가 들어올 때마다 오언은 돈을 갚는 문제로 난리법석을 떨었고, 가끔씩은 몇천 달러를 돌려받기도 했어요.”

그녀의 입에서 말이 청산유수처럼 흘러나왔다. “오언은 철부지 아이였어요. 그래서 도저히 참아줄 수 없을 때도 있고 때론 매력적이기도 했죠. 무책임하고 충동적이고 이기적이고 경이로우리만큼 양심이라는 게 결여되어 있지만, 재미있고 열정적이고 호감 가기도 했어요. 그에게는 페이소스랄까, 웃기게도 유약한 면이 있었어요. 그래서 그렇게 고약하게 구는데도 사람들이 보호본능을 느꼈죠. 제리 월드그레이브도 그랬고, 여자들도 느꼈고, 나 역시 그런 마음이 들었어요. 그리고 난 사실 그가 언젠가는 《호바트의 죄》 같은 작품을 또 쓸 거라고 끊임없이 바라고, 또 믿고 있었어요. 아무리 끔찍스럽게 한심한 졸작을 써내도, 늘 그의 작품에는 완전히 그를 쳐내지 못하게 만드는 무언가가 있었어요.”

웨이터가 와서 접시를 치웠다. 엘리자베스는 수프가 마음에 들지 않으셨냐고 묻는 웨이터의 정중한 질문에 손사래로 답하고 커피를 주문했다. 스트라이크는 디저트 메뉴의 제안을 받아들였다.

“그래도 올랜도는 예쁘죠.” 엘리자베스는 심술궂게 말했다. “올랜도는 아주 사랑스럽죠.”

“네…… 그 애는…….” 스트라이크는 그녀를 찬찬히 살피면서 말했다. “리어노라가 화장실에 들어간 사이, 퀸의 서재로 들어가는 당신을 보았다고 생각하는 것 같더군요.”

그녀에게는 전혀 예상 밖의 질문인 모양이었다. 마음에 들지도 않는 것 같았다.

"그걸 봤대요?"

그녀는 물을 홀짝거리며 마시고, 망설이다가 말했다.

"오언이 남긴 또 다른 고약한 독설들이 돌아다니고 있을지도 모를 가능성이 있는 상황에서, 《봄빅스 모리》에 묘사된 사람이라면 그 누구라도 기회를 틈타 한번 보지 않고는 못 배길걸요."

"뭔가를 찾아내셨나요?"

"아니요." 그녀가 말했다. "왜냐하면 쓰레기장이 따로 없었거든요. 즉시 뭘 찾아내는 데 너무 오래 걸리리라는 걸 깨닫고……." 그녀는 보란 듯이 턱을 치켜들었다. "아주 솔직하게 말씀드리자면, 지문을 남기고 싶지가 않았어요. 그래서 들어가자마자 재빨리 나왔죠. 그건—비열한 짓이었을지는 모르지만—순간적인 충동에서 한 일이었죠."

이제 여기 와서 하고 싶은 말을 다 한 눈치였다. 스트라이크는 사과와 딸기 크럼블을 주문하고 주도권을 잡았다.

"대니얼 차드가 절 만나고 싶다고 하더군요." 그는 말했다. 여자의 검은 올리브 같은 눈이 놀라 휘둥그레졌다.

"왜요?"

"모릅니다. 눈이 너무 심하게 오지 않으면 내일 데본에 만나러 갈 거예요. 그를 만나기 전에 어째서 그가 《봄빅스 모리》에서 젊은 금발 남자의 살인자로 그려졌는지, 그걸 알고 싶어요."

"그 더러운 책을 해독하는 열쇠를 내가 당신한테 주진 않을 거예요." 엘리자베스가 평소의 공격성과 의심을 모조리 되찾아 날

선 대꾸를 했다. "천만의 말씀이지."

"그거 유감이군요." 스트라이크가 말했다. "다들 입을 열고 있는데."

"그 빌어먹을 물건을 세상으로 내보내는 멍청한 실수를 한 것도 모자라서 그 책 뒷얘기까지 들춰낼 것 같아요?"

"저는 신중합니다." 스트라이크가 그녀를 안심시켰다. "정보만 얻으면 출처는 아무도 모르게 해도 되지요."

그러나 태슬은 차갑고 무관심한 얼굴로 그를 노려볼 뿐이었다.

2권에서 계속됩니다

옮긴이 **김선형**

1969년 서울에서 출생했다. 서울대학교 영어영문학과를 졸업하고 동 대학원에서 박사 학위를 받았다. 2010년 유영번역상을 수상했다. 옮긴 책으로 J.K. 롤링의 《쿠쿠스 콜링》《캐주얼 베이컨시》, 아이작 아시모프의 《골드》, C.S. 루이스의 《스크루테이프의 편지》, 토니 모리슨의 《빌러비드》와 《재즈》, 마거릿 애트우드의 《시녀 이야기》, 실비아 플라스의 《실비아 플라스의 일기》, 더글러스 애덤스의 《은하수를 여행하는 히치하이커를 위한 안내서》 등이 있다. 현재 서울시립대학교 연구교수로 재직중이다.

실크웜 1

초　판 1쇄 인쇄 2014년 11월 20일
초　판 1쇄 발행 2014년 11월 27일

지은이 ｜ 로버트 갤브레이스
옮긴이 ｜ 김선형
발행인 ｜ 강봉자 · 김은경

펴낸곳 ｜ (주)문학수첩
주　소 ｜ 경기도 파주시 회동길 192(문발동 513-10) 출판문화단지
전　화 ｜ 031) 955 - 4445(마케팅부), 031) 955 - 4453(편집부)
팩　스 ｜ 031) 955 - 4455
등　록 ｜ 1991년 11월 27일 제16 - 482호

홈페이지 ｜ www.moonhak.co.kr
블로그 ｜ blog.naver.com/moonhak91
이메일 ｜ moonhak@moonhak.co.kr

ISBN 978 - 89 - 8392 - 528 - 2 04840
　　　978 - 89 - 8392 - 530 - 5 (세트)